Isabella d'Amario (Hrsg.)
Boudoir-Phantasien

Boudoir-Phantasien

Verführungen zu Lust und Liebe

Herausgegeben von Isabella d`Amario

marixverlag

Covergestaltung: Thomas Jarzina, Köln
Bildnachweis: akg-images GmbH, Berlin
Satz und Bearbeitung: Pinkuin Satz und Datentechnik, Berlin
Gesamtherstellung: GGP Media GmbH, Pößneck
Printed in Germany

ISBN: 3-86539-020-X
www.marixverlag.de

Inhalt

Boudoir-Phantasien

Das Wort »Boudoir« ruft heute bei den meisten Frauen wohl die Vorstellung eines kleinen, nur ihnen gehörenden Reiches hervor. Tatsächlich wurde darunter seit dem frühen achtzehnten Jahrhundert in Frankreich ein kleines, elegantes Zimmer verstanden, in das sich die Dame zurückzog, um sich darin ungestört dem Lesen, Schreiben oder anderen leichten Beschäftigungen oder Launen hingeben zu können. Da der Begriff »Boudoir« vom französischen »bouder« gebildet wurde, was so viel wie »schmollen«, »sich zurückziehen« bedeutet, könnte man es auch mit dem alten Wort »Schmollwinkel« oder »Schmollzimmer« übersetzen, dem aber kein negativer Beigeschmack anhaften sollte.

Seine amouröse Konnotation erhielt das Boudoir als intimes Gemach der Frau erst, als im späten achtzehnten Jahrhundert vornehme Männer in Frankreich und Italien ihren Mätressen eigene, mit dem größten Luxus ausgestattete »hôtels«, im Sommer oft eine »petite maison« schenkten, in denen das mit allen Raffinements der aphrodisischen Kosmetik ausgestattete Boudoir mit angrenzendem Luxusbad den Mittelpunkt bildete.

Der Mann also, der Einlaß ins Boudoir einer Frau fand, hatte es weit gebracht. Aber er mußte anerkennen, daß sie die unumstrittene und zugleich unwiderstehliche Herrschaft in diesem ihren Reich ausübte. Sie ließ sich in ihrem Boudoir – auch in doppeldeutigem Sinn – nicht das Zepter aus der Hand nehmen. Hier galt das, was sie wollte, und wenn der Mann sie erobern wollte, geschah dies ganz gewiß nicht ohne ihr Einverständnis, auch wenn sie vielleicht – um des erotischen Genusses willen – die Spröde und Unzugängliche spielte und den Widerstand nur vorgab – »Ihre Lippen sagten Nein, ihre Augen aber Ja.«

Die Zeiten des Boudoirs sind lange passé. Doch die Vorstellungen, Gedanken, Wünsche und Sehnsüchte, die sich mit ihm verbanden, bestehen fort und sind nach wie vor lebendig. Erst vor einigen Jahren nannte Vivienne Westwood das von ihr kreierte Parfum »Boudoir« und setzte damit bewußt auf den Luxus, das Raffinement, die Eleganz, das Üppige und Ausschweifende, das sich noch immer mit diesem Wort verbindet. So will auch dieses Buch ein kleines Boudoir sein – eine Verführung zum Sich-zurückziehen, zum ungestörten Lesen und Sich-animieren-lassen. Ein Reich zum Schmollen, ein weibliches Refugium für Leserinnen, die das Leichtsinnige und Leichtherzige lieben und sich voller Phantasie dem hingeben wollen, was geeignet erscheint, ihrer Zerstreuung, ihrem Vergnügen und auch ihrer Lust zu dienen.

Für heimliche Zärtlichkeiten

ITALO CALVINO

Abenteuer im Zug

Eine große, gutgewachsene Dame kam in das Abteil und setzte sich neben den Soldaten Tomagra. Nach ihrer Kleidung und ihrem Schleier zu schließen, mußte es wohl eine Witwe aus der Provinz sein; das Kleid war aus schwarzer Seide, wie es sich für eine lange Trauer ziemt, aber dabei mit überflüssigem Besatz und Stickereien verziert, und der Schleier fiel von einem gewichtigen und etwas altmodischen Hut rund um ihr Gesicht. Der junge Soldat stellte fest, daß noch andere Plätze im Abteil frei waren, und dachte sich, die Witwe werde zweifellos einen von ihnen belegen; statt dessen setzte sie sich, ungeachtet seiner rauhen, soldatischen Nachbarschaft, ausgerechnet hierher, sicherlich wegen irgendeiner Reisebequemlichkeit – so überlegte er hastig – im Hinblick auf den Luftzug oder die Fahrtrichtung.

Ihr Körper war blühend und fest, er würde geradezu kräftig gewirkt haben, wenn nicht eine mütterliche Weichheit die klar hervortretenden Rundungen hätte zarter erscheinen lassen; auf den ersten Blick schien sie kaum älter als dreißig Jahre, doch wenn man in ihr Gesicht sah, hielt man es für möglich, daß sie die Vierzig überschritten hatte: Man entdeckte eine zugleich marmorne und doch etwas erschlaffte Haut, streng verschlossene, flüchtig mit einem grellen Rot geschminkte Lippen und unter tiefschwarzen Brauen und schweren Lidern einen unerreichbaren Blick. Tomagra, ein Rekrut der Infanterie beim ersten Urlaub (es war Ostern), machte sich ganz klein auf seinem Sitz, damit die so schöne und wohlgeformte Dame nicht an ihn stoße; und schon empfand er den Duft ihres Parfüms, eines bekannten, vielleicht schon etwas überholten Parfüms, das hier jedoch durch lange Gewohnheit mit dem natürlichen Hauch ihres Körpers eins geworden war.

Die Dame hatte sich mit bescheidener Zurückhaltung niedergelassen und zeigte nun, dicht neben ihm, Proportionen, die ihm weniger majestätisch erschienen als zuvor. Die üppigen, mit schmalen dunklen Ringen geschmückten Hände hielt sie verschränkt im Schoß über einer glänzenden Handtasche und ihrer Jacke, die, als sie fiel, runde und weiße Arme enthüllt hatte. Tomagra war gleich so weit wie möglich zurückgewichen, da er auf ein umständliches Ausziehen mit weit ausgestreckten Armen gefaßt gewesen war; hingegen hatte sie sich kaum gerührt und war mit kurzen Bewegungen der Schultern und des Oberkörpers aus den Ärmeln geschlüpft.

Die Sitzbank war bequem genug für zwei Fahrgäste, und Tomagra konnte die äußere Nähe der Dame spüren, ohne fürchten zu müssen, daß er sie durch seine Berührung beleidige. Immerhin, überlegte Tomagra weiter, wenn dies auch eine Dame war, so hatte sie seiner Uniform zum Trotz keinerlei Widerwillen gegen ihn gezeigt, sonst hätte sie sich ja woanders hingesetzt. Und seine eben noch angespannten Muskeln wurden bei diesem Gedanken frei und locker, mehr noch, sie versuchten sich so weit wie möglich auszudehnen, ohne daß er sich dabei bewegte; sein Bein, das mit verkrampfter Wade sogar den Kontakt mit dem Stoff der Hose vermieden hatte, streckte sich, streckte wiederum den Stoff, der es umkleidete, bis dieser die schwarze Seide der Witwe berührte; und so, durch dieses Tuch der Hose und diese Seide hindurch, drückte jetzt das Bein des Soldaten an das ihre, mit einer weichen, flüchtigen Bewegung gleich der Begegnung von Fischen, während der Strom in seinen Adern in einer Woge dem Strom jener anderen Adern entgegenschlug.

Es war gleichwohl noch immer eine ganz leichte Berührung, die jedes Schlingern des Zuges auflösen und neu schaffen konnte; die Dame hatte kräftige, üppige Knie, und in seinen eigenen Gliedern glaubte Tomagra bei jedem Rütteln des Zuges das träge Spiel ihrer Kniescheibe mitzuempfinden; und die Wade hatte eine seidige, gewölbte Wange, die man durch einen unmerklichen Druck dazu bringen konnte, sich an die eigene zu schmiegen. Diese Berührung der Waden war köstlich, doch brachte sie einen Verlust mit sich: Das Körpergewicht hatte sich verlagert, und es war nicht mehr möglich, wie vorher durch einfache Nachgiebigkeit der Glieder zu einer wechselseitigen Anlehnung der Hüften zu gelangen. Doch ließ sich eine natürliche und angenehme Haltung wiederherstellen, wenn man sich auf dem Sitz ein wenig rührte, was mit Hilfe einer Kurve des Schienenstrangs leicht möglich war und sich überdies aus dem verständlichen Wunsch nach etwas Bewegung dann und wann wie von selbst ergab.

Die Dame saß unbeweglich unter ihrem matronenhaften Hut, mit dem starren und von den Lidern verhängten Blick und den Händen über der Tasche im Schoß; und doch gab es da eine lange feine Linie an ihrem Körper entlang, mit der sie an ebendergleichen Linie des Mannes lehnte: Sollte sie dessen noch gar nicht gewahr geworden sein? Oder breitete sie schon eine Flucht vor? Würde sie sich brüsk abkehren?

Tomagra beschloß, ihr auf irgendeine Weise eine Botschaft zukommen zu lassen: Er zog den Muskel der Wade zusammen, daß sie sich wie eine große Faust ballte, und mit dieser Wadenfaust klopfte er, sie entspannend, wie eine Hand sich öffnet, an die Wade der Witwe. Gewiß, es war eine blitzschnelle Bewegung, gerade ebenso lange, wie es braucht, eine Sehne zu spannen; doch sie zog sich nicht zurück, jedenfalls nicht, soweit er es begriff – denn schon hatte er, um die geheime Geste zu rechtfertigen, sein Bein ganz ausgestreckt, als sei es steif in den Gelenken geworden.

Man mußte also wieder von vorne anfangen; das geduldige, behutsame Werk der Annäherung bis zum Kontakt war zerstört. Tomagra entschloß sich, etwas mutiger vorzugehen: Als suche er etwas, steckte er eine Hand in die Hosentasche – auf der Seite der Dame – und ließ sie wie aus Unachtsamkeit darin. Dies war eine heftige Bewegung gewesen, und Tomagra wußte nicht recht, hatte er sie berührt oder nicht; eine Geste für nichts und wieder nichts. Doch in dem Augenblick begriff er, was für einen gewaltigen Schritt weiter er damit gekommen war und in welch gefährliches Spiel er sich eingelassen hatte. Auf den Rücken seiner Hand drückte sich leicht die Hüfte der Dame in Schwarz; er fühlte ihre Last auf allen Fingern, auf jedem Fingerglied – wie auch immer er seine Hand jetzt rühren würde, es mußte als eine Geste von unerhörter Intimität der Witwe gegenüber wirken. Mit angehaltenem Atem drehte Tomagra die Hand in der Tasche um, so daß sich ihr Handteller, immer in der Tasche, zu ihr hin öffnete. Es war eine unmögliche Stellung mit verdrehtem Handgelenk. Doch nun wollte er eine entscheidende Geste wagen: Mit der verdrehten Hand krümmte er leicht die Finger. Jetzt gab es keinen Zweifel mehr: Ausgeschlossen, daß die Witwe seine Geschäftigkeit nicht bemerkt hatte! Und wenn sie sich nicht abwandte, wenn sie Gleichgültigkeit und Geistesabwesenheit vortäuschte, so hieß das eindeutig, daß sie seine Annäherung nicht zurückstieß. Freilich, wenn man es länger bedachte, konnte die Tatsache, daß sie von Tomagras Handbewegungen kein Aufhebens machte, auch etwas anderes besagen: Sie mochte an eine vergebliche Suche in jener Tasche glauben, eine Suche nach einer Fahrkarte, einem Streichholz …

Halt, nein: Da die Fingerkuppen des Soldaten, wie mit plötzlicher Hellsichtigkeit begabt, durch die verschiedenen Stoffe hindurch die Ränder der unterirdischen Gewandung erahnten, bis hin zu kleinen Unebenheiten der Haut selbst,

Poren, einem Muttermal – mußte dann nicht vielleicht auch ihre marmorne und etwas schlaffe Haut erkennen, daß es sich wirklich um die Innenseite der Finger handelte und nicht etwa um Nagelrücken oder Knöchel?

Da stahl sich die Hand des Soldaten aus der Tasche hervor, blieb einen Augenblick unschlüssig, glitt dann unvermittelt und eilig an der Hosennaht bis zum Knie hinab, um die Hose glattzustreichen. Man könnte auch sagen, daß sie sich einen Durchbruch erzwang, denn sie mußte sich zwischen ihm und der Dame hindurchwinden, und das wurde bei aller Geschwindigkeit zu einem Lauf, reich an beklemmenden und süßen Erregungen.

Hier muß gesagt werden, daß Tomagra den Kopf weit zurückgelehnt hatte, so daß man auch hätte meinen können, er schliefe: Dies war weniger als ein Alibi für ihn selbst gedacht, sondern vor allem ein Angebot an die Dame, das ihr die Möglichkeit gab, sich nicht belästigt fühlen zu müssen, falls seine Hartnäckigkeit ihr unangenehm werden sollte; sie durfte seine Handbewegungen für unbewußt halten, für Gesten, die aus der schlafenden Ruhe eines Traumteichs auffuhren. So streckte sich jetzt von der eng an sein Knie gepreßten Hand Tomagras ein Finger aus, der kleine Finger, und ging kreisend auf Entdeckungsreisen. Er strich leicht über ihr Knie, und sie blieb still und fügsam; nun kreiste er vorsichtig auf dem seidigen Stoff des Strumpfes, dessen glänzende Wölbung Tomagra durch die halbgeschlossenen Lider musterte. Doch bemerkte er bald, daß die Kühnheit dieses Spiels nicht genügend belohnt wurde, denn der kleine Finger war zu fleischlos und zu ungelenkig, um mehr als winzige Gefühlsschauer übermitteln zu können; jedenfalls reichte er nicht aus, um die Form und Substanz dessen, was er berührte, klar zu empfinden.

Deshalb verband Tomagra den kleinen Finger wieder mit der ganzen Hand, aber nicht, indem er ihn zurückzog, sondern dadurch, daß er den Ring-, den Mittel- und den Zeigefinger ebenfalls ausstreckte: So ruhte seine Hand nun unbeweglich an diesem Frauenknie, und der Zug wiegte sie in einer Woge von Zärtlichkeit.

Jetzt erst dachte Tomagra an die anderen Fahrgäste: Wenn auch die Dame selbst gewährend oder nur geheimnisvoll unempfindlich, auf seine Frechheiten nicht reagierte, so saßen doch noch andere im Abteil, und es konnte wegen seines unsoldatischen Benehmens der Dame gegenüber, die es auch noch zu dulden schien, zu einem Skandal kommen. Vor allem um die Dame von einem möglichen falschen Verdacht zu befreien, zog Tomagra seine Hand zurück, ja, er versteckte sie, als sei sie die Schuldige. Dies wiederum war aber doch ein rechtes Versteckspiel, geboren aus heuchlerischer Überlegung, denn indem er die Hand verbarg, brachte er sie dem Körper der Dame, die auf der Sitzbank ziemlich viel Platz einnahm, nur näher.

Tatsächlich gaben die Finger, leicht, wie ein Falter sich niedersetzt, die Empfindung weiter: Da war sie. Jetzt nur noch ein wohliger Ruck mit der ganzen Handfläche – und regungslos blieb der Blick der Witwe unter dem Schleier, kaum hob sich die Brust im Atemzug … Aber wie auch: Schon war Tomagras Hand zurückgeeilt wie eine flüchtige Maus.

Sie hat sich nicht gerührt, dachte er, vielleicht will sie. Doch er dachte auch: Ein bißchen weiter, und es ist zu spät. Vielleicht lauert sie nur darauf, eine Szene zu machen.

Daraufhin legte Tomagra, nur um auf gefahrlose Weise etwas mehr Sicherheit zu gewinnen, seinen Handrücken auf den Sitz und wartete ab, ob nicht das Schütteln des Zuges die Dame unmerklich auf seine Finger rutschen lassen werde. Er wartete ab ist dabei etwas ungenau gesagt: Die Fingerspitzen hoben sich hin und wieder empor, ihr entgegen mit winzigen Sprüngen, wie hochgeworfen vom Rattern der

Räder. Wenn er die Fingerspitzen bei einem gewissen Punkt in der Luft zurückhielt, dann nicht etwa, weil die Dame ein Zeichen ihres Mißfallens von sich gegeben hätte, sondern deshalb: Wenn sie mit ihm einverstanden war, konnte sie ihm ohne jede Schwierigkeit mit einer winzigen Drehung entgegenkommen, sich auf die wartende Hand leicht niederlassen. Um ihr diesen freundschaftlichen Vorschlag seiner Beharrlichkeit zu übermitteln, versuchte sich Tomagra an einem diskreten Wedeln mit einem Finger; die Dame sah aus dem Fenster und spielte mit träger Hand am Verschluß ihrer Handtasche, auf, zu, auf, zu. War dies ein Zeichen, er sollte sie in Ruhe lassen, eine letzte Absage, die sie ihm warnend zukommen ließ, ein Hinweis, daß ihre Geduld bald erschöpft sein würde? War es dies – so fragte sich Tomagra –, war es das?

Jetzt drückte sich seine Hand schon wie ein Polyp mit zu kurzen Fangarmen an ihr Fleisch. Die Entscheidung war gefallen, er konnte nicht mehr zurück; aber sie, sie, sie war eine Sphinx.

Rückwärts wie ein Krebs kroch die Hand des Soldaten an ihrem Schenkel entlang; war sie auch vor den Augen der anderen Reisenden gut verborgen? Offenbar nicht: Die Witwe hob ihr Jackett, das sie zusammengefaltet im Schoß hielt, und ließ es nach einer Seite hinunterhängen. Um ihm eine Abschirmung zu schaffen oder um ihm den Weg zu versperren? Bitte: frei und ungesehen bewegte sich seine Hand jetzt, rankte sich empor, wagte ein erstes zärtliches Streicheln. Doch das Gesicht der Dame blieb abgekehrt, in die Ferne gerichtet. Zwischen ihrem Ohr und dem aufgesteckten Haar sah Tomagra ein Stück nackter Haut. Und in der Höhlung des Ohres pulsierte eine Ader; das war ihre Antwort an ihn, klar, gelöst, unwiderruflich. Plötzlich wandte sie ihr marmornes, stolzes Haupt – wie ein Vorhang schwankte der vom Hut herabwallende Schleier, verloren lag ihr Auge unter den schweren Lidern. Doch der Blick war über Tomagra hinweggeglitten, hatte ihn nicht einmal gestreift. Über ihn hinweg sah sie auf irgend etwas oder auf nichts, auf einen Gegenstand vielleicht, der ihren Gedankenflügen Halt gab und jedenfalls viel wichtiger und bedeutender war als er, Tomagra. Doch dies alles dachte er erst etwas später. Zuvor, bei ihrer ersten Regung, hatte er sich sofort zurückgeworfen, die Augen zugepreßt wie im Schlaf und versucht, die Röte zurückzudrängen, die sein Gesicht zu überziehen begann. Und auf diese Weise hatte er vielleicht die Gelegenheit versäumt, im ersten Blitz ihres Blickes eine Antwort auf seine letzten Zweifel aufzufangen.

Unter der schwarzen Jacke verborgen, war die Hand wie ohne Verbindung zu seinem übrigen Körper, für sich allein, abgestorben und mit den Fingern zum Puls zurückgekrümmt; keine wirkliche Hand mehr, ohne Empfindung, es sei denn die der Verzweigung der Knochen. Doch da die unterbrochene Reglosigkeit der Witwe nach dem ungewissen Kreisen ihres Blickes wieder war wie zuvor, floß Blut und Mut in die Hand zurück. Und indem Tomagra aufs neue den Kontakt mit jenem nachgiebigen Stück Frauenbein aufnahm, wurde er gewahr, daß er eine Grenze erreicht hatte: Die Finger spielten am Saum des Rockes, dahinter kam eine Leere, die Höhlung der Kniekehlen.

Dies war das Ende der heimlichen Freuden, dachte der Rekrut, und sie erschienen seiner rückblickenden Erinnerung in einem recht armseligen Licht, mochte er auch seine Vergnügungen geschickt dosiert und geizig gesteigert haben: Dieses tölpelhafte Streicheln über ein Stückchen Seide hatte ihm nun wirklich nicht verweigert werden können, gerade im Hinblick auf seine bedauernswerte Lage als Soldat; und auf ihre diskrete Weise, ohne es sich anmerken zu lassen, hatte die Dame es ihm gnädig gewährt.

Doch als Tomagra nun, trübselig, die Hand wieder zurückziehen wollte, stockte er, denn er stellte fest, daß die Dame ihre Jacke jetzt anders im Schoß hielt: nicht mehr zusammengefaltet (wie zuvor bestimmt), sondern nachlässig hingeworfen, so, daß ein Teil ihr nach vorn über die Beine hinabhing. Seine Hand befand sich also in einem dichten Zelt; ein letzter Vertrauensbeweis vielleicht, den die Dame ihm zukommen ließ, da sie sicher sein durfte, der Soldat werde den unüberbrückbaren Abstand zwischen ihnen beiden respektieren und die Gelegenheit nicht mißbrauchen. Mühevoll rief er sich noch einmal alles genau ins Gedächtnis, was zwischen der Witwe und ihm vorgefallen war, und er suchte in ihrem Verhalten irgend etwas zu entdecken, das auf ein größeres Entgegenkommen schließen ließ; seine eigenen Gesten kamen ihm dabei abwechselnd vor wie unerhebliche, zufällige Berührungen und dann wieder wie entschiedene Intimitäten, die jeden Rückweg abschnitten.

Seine Hand ergab sich offenbar dieser zweiten Deutung seiner Erinnerungen, denn ehe er sich der Unwiderruflichkeit dieser Handlung klargeworden war, hatten die Finger den Paß schon überschritten. Und die Dame? Sie schlief. Den Kopf mit dem großartigen Hut in die Ecke zurückgelegt, hielt sie ihre Augen geschlossen. Mußte Tomagra diesen echten oder vorgetäuschten Schlaf achten? Oder war er die Botschaft einer Komplizin, wie schon manches zuvor, und man mußte sich erkenntlich zeigen? Der Punkt, an den er inzwischen gelangt war, duldete kein Zaudern; es blieb ihm nichts übrig, als weiter vorzudringen.

Die Hand des Rekruten Tomagra war klein und kurz, ihre harten Stellen waren so gut mit Fleisch und Muskeln verwachsen, daß nach außen alles weich und gleichmäßig wirkte; die Knochen spürte man nicht, und die Bewegungen gingen, angenehm und geschmeidig, eher von den Nerven aus als von den Gliedern der Finger. Diese kleine Hand kannte regelmäßige, unverbindliche und winzige Bewegungen, um die Vollständigkeit des Kontaktes lebendig und glühend zu erhalten. Doch als schließlich ein erster Schauer durch die Erschlaffung der Schlafenden rann, wie wenn ferne Meeresströmungen auf geheimen Wegen tief unter der Wasserfläche dahinlaufen, war der junge Soldat so überrascht, daß er, offenbar in der Annahme, die Witwe habe bis jetzt wirklich nichts bemerkt, erschrocken die Hand an sich riß.

Jetzt saß er wieder in sich zusammengesunken da, die Hände auf den eigenen Knien, wie in dem Augenblick, als sie das Abteil betreten hatte; er war sich dabei völlig klar darüber, wie absurd er sich benahm. Dann suchte er mit betontem Hackenscharren und einem kräftigen Dehnen in den Hüften wieder eine günstige Lage einzunehmen, doch selbst diese Vorsicht, mit der er es tat, war absurd; als ob es möglich wäre, die unendlich geduldige Arbeit wieder von vorne zu beginnen, als ob er nicht um die Tiefen wüßte, in die er inzwischen schon längst vorgedrungen war. War er in der Tat so weit vorgedrungen? Narrte ihn nicht nur ein Traum?

Ein Tunnel fiel über sie her. Immer dichter wurde das Dunkel, und zuerst mit schüchternen Gesten, als handele es sich tatsächlich um erste Annäherungen und als staune er über die ungeheure Vertraulichkeit, die sich zwischen jener Frau und ihm gebildet hatte, hob er eine wie ein Wasserhuhn zitternde Hand und streckte sie nach ihrer Brust aus, ihrer großen, dem eigenen Gewicht sich hingebenden Brust; und schwer atmend bemühte er sich, ihr mit seiner herumtastenden Hand zu erklären, in welch elendem und zugleich unerträglich glücklichem Zustand er sich befand und wie notwendig es für ihn sei, daß sie, wenn auch sonst nichts anderes aus ihrer Reserve heraustrete.

Und wirklich reagierte die Witwe, aber mit einer heftigen Bewegung, die sie abschirmte und ihn zurückstieß. Sie genügte völlig, um Tomagra in seine Ecke zu scheuchen, wo er heimlich die Hände rang. Doch vermutlich handelte es sich um falschen Alarm, ein Licht war durch eine Mauerlücke in den Tunnel gefallen und hatte die Witwe fürchten lassen, der Tunnel sei gleich zu Ende. Vielleicht ... oder aber er hatte ein Warnzeichen überfahren und sich eine schreckliche Inkorrektheit ihr gegenüber erlaubt, nachdem sie schon so großmütig gewesen war? Nein, nunmehr konnte nichts zwischen ihnen unerlaubt sein, ihre Handlungsweise war vielmehr ein Zeichen, daß alles wirklich war, daß sie mit ihm übereinstimmte und teilnahm. Tomagra näherte sich von neuem, gewiß, mit all den Überlegungen hatte er wieder Zeit verloren, der Tunnel würde nicht mehr lange dauern, es war unvorsichtig, sich vom plötzlichen Tageslicht überraschen zu lassen, schon fürchtete er, die Wand des Tunnels ergrauen und heller werden zu sehen, aber je länger er wartete, desto gefährlicher wurde jeder neue Versuch, und doch war dieser Tunnel sehr lang, von anderen Reisen erinnerte er sich daran. Bestimmt, wenn er die Gelegenheit sofort genutzt, hätte er viel Zeit vor sich gehabt. Jetzt war es schon besser, das Ende abzuwarten. Aber warum hörte der Tunnel denn überhaupt nicht mehr auf, vielleicht war dies die letzte Möglichkeit für ihn gewesen – da lösten sich auch schon die Schatten auf, da war es zu Ende.

Man hielt in einem der letzten Bahnhöfe der Provinzstrekke. Der Zug leerte sich; aus dem Abteil waren schon die meisten Reisenden verschwunden, jetzt holten die letzten ihr Gepäck aus dem Netz und gingen davon. So kam es, daß sie schließlich allein zurückblieben, der junge Soldat und die Witwe, dicht nebeneinander und doch getrennt, stumm, die Blicke ins Leere gerichtet. Tomagra hielt es noch für nötig zu denken: Jetzt, wo alle Plätze frei sind, wenn sie ihre Ruhe haben, wenn sie bequem sitzen will, wenn ich ihr lästig bin, sie kann ja ...

Irgend etwas hielt ihn noch zurück und erfüllte ihn mit

Besorgnis, vielleicht eine Gruppe von Rauchenden im Gang draußen oder ein Licht, das irgendwo aufflammte, da es Abend wurde. Ihm fiel ein, er könnte die Vorhänge an den Fenstern zum Gang zuziehen, wie jemand, der schlafen will; mit elefantenhaften Schritten ging er hin, begann mit langsamer minutiöser Sorgfalt die Vorhänge loszubinden, sie herunterzuziehen, wieder festzuknüpfen. Als er sich umwandte, sah er, daß sie sich hingelegt hatte. Als wollte sie schlafen; aber abgesehen davon, daß sie die Augen starr geöffnet hielt, war sie in ihrer ganzen würdigen Aufmachung hingesunken, und auf dem Kopf, den sie an die Armlehne der Sitzbank drückte, trug sie noch immer ihren Hut.

Tomagra stand jetzt über ihr. Um ihren simulierten Schlaf zu beschützen, wollte er auch das andere Fenster verdunkeln, und er beugte sich über sie, um den Vorhang zu lösen. Doch dies war nur eine eigene Art, ungeschickte Gesten über den reglosen Körper der Witwe hin auszuführen. Da hörte er auf, am Vorhangfetzen zu zerren, und begriff, daß er anderes zu tun hatte. Er mußte ihr zeigen, wie unaufschiebbar sein Verlangen war, und sei es nur, um ihr zu erklären, in welche schiefe Lage sie versehentlich geraten war; er wollte sagen: Sehen Sie es, Sie waren entgegenkommend zu mir, weil Sie wissen, daß wir armen und einsamen Soldaten ein wenig Zärtlichkeit brauchen, aber da haben Sie's, sehen Sie selbst, was ich für einer bin, wie ich Ihre Liebenswürdigkeit aufgenommen habe, bis zu welchem Grade eines ganz und gar unmöglichen Wunsches ich gelangt bin, bitte, da, sehen Sie selbst.

Und da es nunmehr offenbar war, daß nichts die Witwe in Erstaunen versetzen konnte, daß sie vielmehr alles und jedes schon vorgesehen zu haben schien, blieb dem Infanteristen keine andere Möglichkeit; er mußte tun, als gäbe es keinen Zweifel, bis endlich der Schauer seiner Tollheit auch das ergriff, was dieses Wahnes Gegenstand und Ziel war: sie.

Als Tomagra sich erhob und die Witwe unter ihm blieb mit ihrem klaren und ernsten Blick (sie hatte blaue Augen), den schleierbesetzten Hut immer noch auf dem Kopf, und der Zug nicht aufhörte, mit hohem Ton durch die Landschaft zu pfeifen, und draußen die unendlichen Weinfelder sich immer weiter aneinanderreihten und Regen mit Wucht gegen die Scheiben prasselte: Da empfand er noch einmal eine Regung der Furcht, daß er, der Rekrut Tomagra, so viel gewagt hatte.

Für heftige Fingerfreuden

CHIMO

Auf dem Fahrrad

Ich komme bei Mammouth raus mit zwei weißen Plastiktüten, meine Mutter hat mich einkaufen geschickt, es ist Dienstag und ich höre Lilas Stimme, die mich ruft: »Hallo!« Sie kommt auch gerade raus durch eine andere Tür, sie schließt das Schloß von ihrem Fahrrad auf, es ist ein Herrenfahrrad fällt mir auf, und sie sagt:

»Willst du nach Hause?«

Ich sage ja ich will nach Hause.

»Und wie?«

»Ich reite«, sage ich ganz ernst.

Sie weiß genau, ich gehe zu Fuß, weil ich nichts anderes habe.

»Wenn du trittst«, sagt sie und zeigt auf das Rad, »setz ich mich auf die Stange und wir fahren zusammen.«

»Und was ist mit den Tüten?«

»Eine tun wir auf den Gepäckträger, die anderen hängen wir an den Lenker. Schaffen wir schon. Na was ist?« Klar fände ich das gut. Die Häuser sind mehr als eineinhalb Kilometer weit weg, ich hab die Entfernung oft genug hinter mich gebracht bei Sonne und bei Regen. Und außerdem mache ich mir nichts vor, ich bin schon ganz schön scharf drauf, mit ihr zusammen zu sein.

Wir machen es mit den Mammouth-Tüten wie sie gesagt hat, eine auf jeder Seite an den Lenker für das Gleichgewicht, die dritte hinten gut festgezurrt. Ich setz mich mit dem Hintern auf den Sattel und hopp ein leichter Satz da sitzt sie schon quer auf der Stange und sagt los, fahr zu. Ich schiebe an, erst wackelt es schlimm, Lila schreit oh ich hab Angst ich hab Angst aber sie lacht sich halb tot. Ich trete rein was ich kann, fahr zu Chimo sagt sie noch mal, im Zickzack über den Parkplatz so sehr daß eine Alte kreischt daß wir spinnen, aber langsam komme ich in den Rhythmus und ab gehts über die Nationalstraße und dann in die Avenue Émile-Zola.

Sie krallt sich mit beiden Händen an den Lenker, ich habe ihr Haar direkt unter der Nase, habe es nie von so nahem gesehen, so fein, daß man es nicht sagen kann, wie Goldgräser in den Zaubermärchen, ich singe mir Wörter vor mit leiser Stimme, sie hat eine Goldwolke auf dem Kopf, ich atme und die Wolke löst sich auf und dann bildet sie sich wieder ein bißchen anders, ich sehe die Straße und die Autos über diesen traumhaften Schaum weg, und weiter unten manchmal wenn sie sich ein bißchen bewegt, oder in den Kurven, da sehe ich die Grübchen an ihren Schultern und den Ausschnitt von ihrem Kleid und darin zwei Eier dicht beieinander, sie zittern ein bißchen aber ohne kaputtzugehen, nichts da drin um sie zu halten, schön wie die Schönheit, so zart, daß mans mit bloßem Auge sieht, wenn ich ein Insekt zwischen diesen beiden Dingern wäre, würde ich sterben wollen.

Ob sie weiß was sie mir da zeigt, ja klar, natürlich weiß sie es. Ich kann nicht sagen, woher sie es weiß, ist eben typisch weiblich, aber sie weiß es, außerdem wollen die Mädchen oft was zeigen, vor allem wenn es häßlich ist, sie kommen an mit dem Rock bis hoch zum Arsch und mit Schnürstiefelchen und nachher sind sie überrascht, wenn sie im Keller vergewaltigt werden.

Manchmal reden die Gedanken miteinander und das ist komisch. Nach den Eiern denk ich an die Schenkel weiter unten, nach den Schenkeln an ihre Möse, und in dem Moment als wäre ich ein offenes Buch sagt sie zu mir:

»Weißt du noch, ich hab sie dir gezeigt!«

»Was?«

»Komm, du weißt genau was. Weißt du noch auf der Rutschbahn?«

»Hmmja.«

Sie dreht sich halb zu mir und ruft mir die Worte so durch die Luft über der Straße zu.

»Denkst du manchmal dran?«

»Ja, ich denke dran«, sage ich.

»Oft?«

»Kommt drauf an.«

»Einmal pro Tag oder öfter?«

»Ungefähr so einmal pro Tag.«

Diesmal legt sie den Kopf richtig in den Nacken, um mir direkt in die Augen zu sehen, er berührt meinen rechten Arm, ich seh sie fast kopfüber und sie meint:

»Willst du sie noch mal sehen? Sag schnell.«

»Oh …«, sag ich.

»Oh was?«

»Wenn du willst.«

»Ob ich will ist doch egal«, sagt sie. »Wenn ich es dir anbiete, dann will ich ja wohl. Aber du, willst du sie noch mal sehen?«

»Ja.«

»Wann?«

»Weiß nicht wann.«

»Jetzt gleich?«

Ich verstehe nicht, was sie meint, ob auf dem Rad oder was. Ich sage nichts.

Sie redet weiter mit ihrer Stimme, die von der Straße geschluckt wird.

Sie sagt zu mir:

»Jetzt sitzt sie direkt auf der dicken Stange.«

Ich wünsche mir daß sie aufhört und nicht weiterredet, weil ich bin ziemlich schüchtern das ist mir peinlich so mitten auf der Straße, ich habe Angst daß sie weiterspricht, also frage ich sie:

»Wem gehört das Rad?«

»Einem Kumpel«, sagt sie. »Der leiht es mir.«

»Was für ein Kumpel?« frage ich.

Aber sie hat es nicht gehört sieht jedenfalls so aus, sie redet weiter und dreht mir dabei die ganze Zeit den Kopf zu:

»Ich hab mich extra so hingesetzt, daß mein kleiner Kitzler direkt auf der Stange sitzt, jedes kleine Rumpeln tut mir so was von gut, stell dir das mal vor, als würde die Straße mich anfassen.« Dann zwei drei Wörter die ich nicht richtig höre, dann: »Männer können so was nicht verstehen, die Bewegungen der Natur, Frauen sind da anders die folgen dem Himmel, die Regel und all so was, wie kleine Planeten.«

Bei jedem Stoß macht sie hm mit geschlossenen Augen. Ich versuche über glatte Stellen zu fahren, sie geht mir auf die Nerven.

»Außerdem dieses dicke steife Ding unter mir na also wirklich.«

Ich halte mit Absicht den Mund.

Schließlich kenne ich sie ja gar nicht, das ist gerade das zweite Mal daß wir uns so allein sehen.

Und dann noch:

»Ich kann sie dir zeigen, weißt du. Brauchst nicht mal stehen zu bleiben. Glaubst du mir nicht?«

Ich antworte nicht.

»Fahr mal ein bißchen schneller«, sagt sie, »und dann hör auf zu treten dann wirst du schon sehen.«

Ich tue was sie sagt, beschleunige, in dieser Richtung geht die Avenue Émile-Zola etwas bergab, dann halte ich die Beine still. Da stellt sie sich mir auf der einen Seite auf den Fuß, mit einer Hand hält sie sich am Lenker fest wie eine Zirkusakrobatin, das Rad neigt sich aber und ich fange es auf, es rollt noch immer, sie drückt das Bein kräftig durch auf dem sie steht und mit der anderen Hand hebt sie sich den Rock hoch und sagt:

»Schau hin.«

Ich kann nicht anders als hinsehen, man müßte bescheuert sein um nein zu sagen und ich sehe sie, ich sehe sie gleich da drunter, wenn das jetzt eine Landschaft wäre, dann wäre es wie ein kleiner Sommerwald der sich unten an einem Hügel versteckt oder wie eine Hand voll blonder Blätter die in einem Bach abwärts sausen, ich weiß nicht genau, wie ich das ausdrücken soll, die einzigen Bäche die ich gesehen habe waren im Fernsehen, hier haben sie sie unter der Erde versteckt, etwas das man nicht sieht aber ahnt, dieser Pelz, dieses Gebüsch meine ich, ganz ruhig, nie würde man die breite rote Spalte weiter unten vermuten die einem ein bißchen Angst macht, die sie mir auf der Rutschbahn gezeigt hat, die ich ja auch schon bei anderen gesehen habe, schon drei vier Mal aber nie so hell. Von oben gesehen sind das nichts als unschuldige Haare, kein Grund zur Sorge, kein Abgrund, keine Gefahr, noch nicht. Da läßt sie das Kleid wieder runter und sagt:

»Hat dir das jetzt auch gefallen?«

»Ja«, sage ich, »nicht schlecht.«

»Aber auf der Rutschbahn hast du es besser gefunden?«

»Ist nicht dasselbe.«

»Ich kann dir noch was zeigen«, meint sie.

»Was?«

»Laß mich treten, dann wirst du's sehen. Ganz was anderes.«

Weil ich nicht verstehe sagt sie ich soll gut auf das Gleichgewicht achten, dann schwingt sie sich ganz leicht über den Rahmen, das rechte Bein auf die rechte Seite, hält sich immer gut am Lenker fest, ich lasse die Pedale los und sie fängt an reinzutreten, um das Fahrrad wieder in Schwung zu bringen, direkt da vor mir, sie macht alle Arbeit allein und schnauft ein bißchen und ich höre wie sie zwischen zwei Schnaufern zu mir sagt:

»Heb mein Kleid ein bißchen hoch und schau dir's an.«

Immer zögere ich ein bißchen wenn sie mir so was vorschlägt und ich weiß genau, ich tu es trotzdem, also hebe ich mit einer Hand vorsichtig das Kleid an, mit der anderen halte ich mich am Rand vom Sattel fest und ich sehe was ich noch nie gesehen habe, einen Mädchenhintern bei der Arbeit, die Schenkel stampfen ordentlich, die Möse in der Mitte wird zur einen Seite gezogen dann zur anderen aber fast zu ist sie trotzdem und geschützt, und gleich darüber den Stern von ihrem Hintern, der hat natürlich auch schwer zu arbeiten, so sehr daß er sogar einen kleinen Furz läßt, da muß Lila lachen trotz der Anstrengung und dann sagt sie zu mir:

»Lehn dich zurück, dann siehst du besser.«

Sie hat Recht ich weiß es vorher und wirklich, wenn ich den Oberkörper nach hinten biege und die Beine geradeaus strecke für das Gleichgewicht, dann sehe ich im Dunkeln unter dem Kleid alles was da radelt, Schenkel und alles, mit dieser Art geschlossenen Lippen die so ein bißchen hängen, dicker als man denken würde von vorn gesehen, da sind sie mittendrin, sie rahmen den Eingang zum Tempel der knallig himbeerrot ist.

»Geht's?« fragt sie mich, »hast du es gut gesehen?« Ich sage nichts, ich muß noch hinsehen. Ich habe das noch nie gesehen und vielleicht sehe ich es auch nie wieder. Das sage ich mir immer wenn was Besonderes passiert, das ist nicht oft. Und jetzt sehe ich das hier: die kleine Weltmaschine.

»Ich bin müde, tritt du weiter.«

Wir wechseln wieder, sie schwingt das Bein auf die linke Seite zurück, tschüß der Anblick, sie setzt sich zurück auf den Rahmen wie vorhin und verschnauft, sie hustet ein bißchen, sie macht oh und ah und dann sagt sie zu mir:

»Hast du es gemocht?«

»Hmmja«, sage ich.
»Ein bißchen. Sehr?«
»Sehr.«
»Weniger als auf der Rutsche oder mehr?«
»Mehr«, sage ich.
»Das habe ich noch nie mit jemand gemacht. Habe ich eben erfunden. Aber hat mir auch gefallen. Irgendwann mache ich das mal wieder.«
Da hat sie noch eine Idee und sie sagt:
»Willst du sie anfassen?«
Ich tu so als würde ich ein bißchen nachdenken, während ich schlapp weitertrete, über diesen neuen Vorschlag. Wir kommen jetzt in die Siedlung, Gras in Sicht, na ja, was so vom Gras übrig ist, wie ein grüner überall zerrissener Stoff. Wie ich da jetzt anfassen soll das kann ich mir nicht*
»Fahr einfach ein paar Runden wenn du es nicht eilig hast«, sagt sie zu mir mit dem Atem auf der Schulter, »und dann faßt du mich an, wenn du willst. Ich steh einfach ein bißchen auf das ist ganz leicht, das hab ich schon oft gemacht, auf dem Motorrad auch.«
Ich kreise um die Häuser, nur nicht um meines, damit wir meiner Mutter nicht begegnen oder den Jungs, ich sehe sie da hinten aber sie uns nicht glaube ich. Sie stellt sich also wieder wie vorher hin mit einem Fuß auf meinem und ich lasse wirklich mit der linken Hand los, unsere Nummer wird immer perfekter ich hoffe man sieht wenigstens die Figur gut, muß das mal Bouglione zeigen für die Silvestergalas, und ich krieche mit der Hand wie ein Tier auf der Jagd mitten rein ins gelbe lockige Gras, aber diesmal ohne hinzusehen und faß auch nur gerade rechts und links die Spitzen von den Haaren an, aber da sagt Lila ohne zu lachen, richtig ernst wirkt sie sogar:

* Im Manuskript unvollendet gebliebener Satz.

»Da bist du ja erst beim Pelz. Kannst ruhig weiter reingehen, wirklich.«

Ich gehe tiefer rein immer tiefer, das Gelände wirft Falten, spaltet sich, ich fühle die kleine Zunge in der Mitte, sie zittert überall wenn ich sie so berühre, jetzt weiß ich nicht mehr soll ich nach rechts oder nach links, ich zögere, tiefer rein sagt sie wieder ja da steck die Finger rein, steck ihn rein, ich fühle Fleisch das beiseite rutscht und sich öffnet, ich krümme meinen Finger ein bißchen und schiebe ihn rein und er geht rein als würde er das Loch selber graben, alles ist wie voll nasses Moos, naß und auch warm und Lila meint zu mir mit ihrer Stimme die rau ist als wäre sie traurig:

»Ja, ja so ist es gut, steck ihn schön tief rein, ganz bis zum Ende, zum Ende, ja reib ein bißchen, ja da du wichst mich du Schwein du Schwein.«

Ich tu genau was sie mir sagt, alle Fenster der Siedlung haben Augen auf uns denke ich, andererseits ein schöneres Gefühl habe ich noch nie gehabt, das sage ich mir jetzt hier in meinem eingerissenen Eßzimmer wie ich das schreibe. Du kannst dir die Birne zerbrechen damit die Wörter auch nur ein Prozent von dem bringen was du in so einem Moment gefühlt hast, Kopf und Hand vollkommen ohnmächtig, denn dazu gibt es da noch die Träume, alles was durch den Kopf geht, schnell und schnell, ihre Stimme die Haare die Art so hastig zu atmen, du denkst an Sachen, die du gar nicht mal kennst, das ist das Geheimnis, Bilder kommen dir hoch du weißt nicht woher aber es tut gut, es ist ein Glück das da vorbeikommt, du mußt es im Fluge fangen wie eine Fliege, genauso leicht nur schwieriger, es ist sofort vorbei und nachher zum Erinnern brauchst du Stunden und es tut weh. Beweis: In meinem Büro in der Ruine mache ich einen Entwurf nach dem anderen, ich streiche weg und fange wieder an und es wird einfach nicht besser.

Was ich leichter sagen kann die komische Seite an dem Ganzen, das ist daß das Fahrrad langsamer wurde weil ich ja nicht mehr trat, und daß Lila weil schließlich war sie im Kopf nicht völlig verrückt mir sagt paß auf wir fallen um. Sie nimmt den Fuß weg, setzt sich wieder auf den Rahmen, klar nehme ich da die Hand weg, ich trete vier fünfmal in die Pedale und ich sage zu ihr:

»Machen wir noch eine Runde?«

»Du kommst auf den Geschmack, was?«

»Und du?« frage ich sie.

»Mir tut der Hintern ein bißchen weh«, antwortet sie, »aber es geht.«

Ich lasse links los und will die Hand wieder da reinstekken wo es vorher so schön war, aber jetzt dreht sich Lila zu mir um, schaut noch aus diesen Augen wo ich nicht anders sagen kann als das sind Engelsaugen, Morgenaugen und Himmelsaugen, und sie fragt mich einfach so:

»Hast du einen Ständer?«

Als würde sie mich fragen: Regnet es, hast du Durst, willst du die Hälfte von dem Kaugummi?

Ganz natürlich, immer ist sie so, ganz einfach.

Ich zucke mal so ein bißchen mit den Schultern, Petit Maurice sagt immer bei Frauen und Polypen darfst du nie was gestehen, ich passe auf daß ich nicht direkt antworte, als würde die Frage, na und dann ihre Tante, eigentlich ist sie mir nicht so peinlich, daß ich nicht wüßte was ich sagen soll.*

Sie fragt mich noch mal anders:

»Kriegst du keinen Ständer?«

Und da glaube ich auch wieder besser ich antworte nicht.

* Passage mit sehr vielen Streichungen, Wort für Wort wiedergegeben.

Da läßt sie mit der linken Hand los, greift hinter sich, ihre ultrablauen Augen immer noch auf mir, und sie faßt mir gleich durch den Jeansstoff an den Schwanz, direkt dahin ohne erst zu suchen, mein Schwanz der steif ist wie die Sünde na ist doch klar, steif und unglücklich in seinem Gefängnis aus grobem Stoff, sie spürt die Beule und sagt zu mir:

»Hätte mich auch gewundert.«

Sie lächelt, so lächelt keiner nur sie.

Sie nimmt das Ende zwischen vier Finger wie wenn man was anfaßt um es loszuschrauben, und sie fängt an mich zu streicheln, wir machen noch eine Runde durch die Siedlung, man könnte glauben sie wollte ihn mir schleifen, ihn spitz zufeilen und dann plötzlich sagt sie zu mir:

»Dem muß es da drin doch schlecht gehen. Soll ich ihn rausholen?«

Stimmt, manchmal denke ich an meinen Schwanz und sage mir der ist verurteilt im Dunkeln zu leben und weit weg von der Sonne, lebenslänglich ohne Hoffnung, was hat er verbrochen fragt er sich und vielleicht war das noch anders am Beginn der Welt, daß die Schwänze und Mösen und Ärsche nackt rumlaufen konnten bei Sonne und bei Regen und auch bei Wind, vielleicht ist da ja das verlorene Gefühl das die aus dem Norden im Sommer bei uns suchen wenn sie FKK machen, hinter Zäunen leider wie alle, wie in Lagern daß man fast das Rote Kreuz hinschicken will.

»Willst du?« fragt sie schon wieder.

»Was?«

»Daß ich ihn raushole.«

»Geht hier nicht«, sage ich.

»Wetten?«

»Nein.«

»Steh mal ein bißchen auf, dann wirst du schon sehen.«

Ich widersetze mich im Namen von weiß nicht genau was,

bin eben so vom Temperament her keiner der sich aufspielt, keiner der das Maul aufreißt oder auf die Straße pinkelt, sogar wenn es dringend ist nicht.

»Das schaffst du nicht«, sage ich.

»Wirst schon sehen.«

»Meine Jeans sitzt zu eng.«

»Hast du Angst oder was ist?«

Das Argument zieht immer. Außerdem verspricht sie mir leise daß sie dicht an mich heranrückt, mich mit dem hochgehobenen Kleid verdeckt, keiner wird was sehen dabei ist es um Mittag rum.

Ich mache geradeaus auf Tempo, vor ihrem Haus wo sie wohnt lang und ich stelle mich hin wie sie gesagt hat. Geschickt und schnell zieht sie den Reißverschluß auf, ihre kleine weiße Hand schiebt sich rein wie fünf Aale, ich hab einen stehen daß es wehtut, wirklich nicht leicht die Unterhose wegzuziehen, es tut mir ein bißchen an den Dingern unten weh aber dann endlich ist es so weit ihre Hand faßt sanft zu, noch nie in meinem Leben, mein Schwanz der eben noch reingeklemmt war klappt blitzschnell auf, hallo frische Luft, klar hat er nur das gewollt daß man sich um ihn kümmert wie so ein Alien der aus dem Körper eines Mannes rausschießt, ich erkenne ihn nicht wieder das da gehört nicht zu mir, dieses Stück Fleisch das sich bewegt ein Drängen ein Leben ein Zerplatzen, das ist ein Ding das fordert.

Lila sagt zu mir:

»Siehst du was für Lust er hat.«

Dann fängt sie mit ihren fünf Fingern an ihn mir zu reiben und ich kann kaum glauben, wie, hin, her, sie schaut heimlich mal hin, und ihr Lächeln über die Schulter weg, sie macht einen Kreis mit ihren Fingern wie einen Ring aus Fleisch und wichst drauflos, einmal nimmt sie sogar die Hand weg und steckt sich die Finger in den Mund damit es nasser ist. Sie fragt mich ob es gut ist, ich bin nicht im Stande zu widersprechen, ich antworte nicht wie soll ich jetzt noch reden.

Im Vorbeifahren sehe ich den Malier aus dem Haus C den Großen mit seiner Sonnenbrille immer, er kommt auf Rollschuhen vorbei, fährt seine Katze spazieren wie jeden Tag eine Stunde, hat den rechten Arm gerade vor sich in einer Schlinge mit angewinkeltem Ellbogen, da liegt die Katze drauf, Augen zu in aller Ruhe. Sie sind schnell vorbei und merken nichts, der Malier sieht die Welt nur durch seine Katze und wenn er sie spazieren fährt redet er mit ihr und singt was für sie ganz leise und Bambara.

Sie schließt die Hand um mich fester und sagt:

»Ich würde dir ja gern einen blasen aber auf dem Fahrrad geht das nicht.«

Als wüßte sie worüber sie da spricht. Dann fügt sie mit ganz leiser Stimme hinzu:

»Du kannst gern abspritzen das ist nicht verboten. Ich mach daß du kommst, ja?«

Und dann ein bißchen später:

»Paß trotzdem auf daß wir nicht aus dem Gleichgewicht kommen.«

Sie wird langsam schneller, jetzt nur noch mit drei Fingern. Ein bißchen tiefer als wo der Magen sitzt fängt was zu ziehen an und bald danach geht es mir ab, hundert Meter hinter dem Campana klatscht es aus mir raus wie ein Taubenei auf eine Windschutzscheibe, ich leere meinen ganzen Genuß in ihre Hand aus die sie um meine Spitze geschlossen hat, sie hilft mir noch ein bißchen mein ganzer Körper geht weg, ich bin nirgends mehr Genuß und Glück ist dasselbe, ihre Stimme sagt ganz fern noch was von Gleichgewicht und Fahrrad, angeblich setzt das Herz dabei einen oder zwei Schläge aus wie wenn man niest, ich hab wohl öfter ausgesetzt sogar meine Augen haben sich geschlossen, ich spüre wie Lila noch ein bißchen an mir zieht um mich gut auszuleeren, dann schüttelt sie die Hand damit das Zeug runterfällt, sie schaut mich fröhlich an und lutscht den Rest von meiner Sahne ab der ihr noch an den Fingern klebt, schaut mich dabei immer durch ihre Haarsträhnen an, ich weiß nicht macht sie sich lustig, sie schleckt einen Finger nach dem anderen ab genießerisch dann fragt sie ob es mir gefallen hat und ich sage ja.

»Ich stecke ihn dir wieder rein«, sagt sie.

Und das tut sie, tätschelt ihn sogar bevor sie den Reißverschluß hochzieht mit den Fingerspitzen und er ist noch ganz steif und läßt sich kaum reinbiegen, und dann sagt Lila:

»Schau mal, wir sind vor deinem Haus. Du solltest absteigen.«

Ich hatte sogar vergessen daß wir auf der Erde sind und mein Atem ist ziemlich durcheinander. Vorsichtig bremse ich, sie steigt leichtfüßig ab, auch ich stelle mich hin, ich nehme meine Tüten und ich halte ihr das Rad hin. Mich nervt die Idee daß ich was zu ihr sagen sollte aber ich weiß nicht was, die Worte kommen mir immer erst nachher wenn ich alleine bin, erst mal kriege ich oft nichts raus, dazu die völlig neue Situation, das Gefühl blöd zu sein wie ein Toter. Lila immer ganz natürlich sie lächelt sogar und ist graziös, sie nimmt ihr Herrenfahrrad, setzt den linken Fuß auf das Pedal und stößt sich mit dem rechten vom Boden ab, das Rad rollt los, da schwingt sie auf einmal das rechte Bein hoch durch die Luft über den Sattel und na klar ich kriege noch einen blitzschnellen Blick, wer weiß ob Absicht oder keine, ihre nackte Möse, ihre schöne rosa blonde Spalte nur für einen kurzen Atemzug, ich bin geblendet, ein letztes Geheimnis dann klemmt sie sie direkt auf die Nase des Sattels, das Kleid fällt sofort runter und sie fängt an zu treten. Aber ihre Beine sind zu kurz für das Fahrrad oder der Sattel ist zu hoch, also stellt sie sich wieder hin und wiegt sich wie eine Tänzerin, wieder diese weißen Schuhe, sie ruft kurz ciao über die Schulter und weg ist sie.

Sie fährt weg und ich bleibe da mit meinen Tüten und etwas von mir drin hat sie in die Hand genommen und weggeworfen.

Für prickelnde Phantasien

HENRY MILLER

Wachträume

Was Du mir vorgeschlagen hast, ist so verwegen, daß ich mir nicht sicher bin, ob ich zu tun vermag, worum Du mich gebeten hast. Seit ich Dich kenne, hast Du meine Gedanken fortwährend in Anspruch genommen. In meiner Phantasie habe ich alles mögliche mit Dir angestellt. Ich hatte und habe aber auch den festen Vorsatz, Dich nicht vor den Kopf zu stoßen. Zugleich spüre ich durch Deine Briefe, daß ich es wagen darf, viel mehr zu tun und zu sagen, als ich tatsächlich tue. Dein Körper an sich ist eine Aufforderung, alles zu tun.

Die Szene, die mir vor Augen steht, wiederholt sich oft. Ich bin bei Dir zu Hause und betrachte Deine Bilder. Du gibst mir gleich etwas zu trinken. Der Drink steigt uns zu Kopf. Du trägst einen sehr dünnen, durchscheinenden Rock. Vom Nabel aufwärts hast Du gar nichts an. Deine Brüste sind herrlich. Du hast die Statur einer Tänzerin. (Irgend etwas von Degas.) Deine Beine sind kräftig und schön. Ganz plötzlich stürze ich mich auf Dich und hebe Deinen Rock hoch. Unter dem Rock bist Du vollkommen nackt. Deine kleine Möse mit dem üppigen schwarzen Haar läßt mich im Nu steif werden. Ich schiebe meine Hand zwischen Deine Schenkel und merke, daß Du schon feucht bist. Du scheinst sehr erregt, zu allem bereit. Das ist nicht verwunderlich. Ich kenne Dich seit Jahrhunderten; was ich damit sagen will, ist, wir kennen uns von früheren Inkarnationen her. Schon viele Male waren wir ein Liebespaar. Manchmal warst Du eine Prostituierte im Tempel – in Indien, in Ägypten und in anderen Ländern. Du bist immer ein Freudenmädchen, aber immer religiös. Deine Religion hieß immer »Sex« – genau wie bei den Tantra-Anhängern im heutigen Indien. Du unterweist die Jugendlichen, Männer wie Frauen. Für Dich geht es dabei um Kunst. Darum scheinst Du nun zur Expertin gereift zu sein. Ohne auch nur im mindesten rot zu werden, berührst Du Deine Möse mit der Rechten. Dann ... öffnest Du mit zwei Fingern jeder Hand den Spalt zwischen Deinen Beinen und zeigst mir die zarten Lippen, die wie Vögelchen zittern. Der Saft fließt reichlich; Deine Schenkel glänzen.

Ohne ein Wort zu sagen, langst Du mir in die Hose und umfaßt meine Flöte (oder den Hobel, wenn Dir das lieber ist). Deine Hände, die so stark sind und dabei doch so gefühlvoll, spielen damit, als wäre er ein Musikinstrument. Du bist geil und unwiderstehlich. Ich will gleich »spielen«, vor allem, als Du mir die Zunge in den Mund steckst. Und dann beginnt Dein Mund sacht meinen Schwanz zu lutschen. Es fällt mir schwer, aufrecht stehenzubleiben. Zum Glück ist die Couch auf Deiner Seite. Wir fallen zusammen darauf nieder, Mund auf Mund und Schwanz auf Möse. Ich bin noch nicht in Dich eingedrungen. Wie warm Du bist! Du küßt mich überallhin. Ich will Dich küssen. Du bist vollkommen bereit. Du drückst auf meinen Schwanz und schiebst ihn Dir zwischen die Beine. Sanft, ja langsam schlüpfe ich rein. Deine Vagina ist köstlich geformt. Sie ist eng und tief. Du hältst mich, wie man einen Finger halten würde. Natürlich kann ich mich nicht länger zurückhalten. Ich komme – und Du auch – wir beide gleichzeitig.

Wir bleiben eine Weile so, ineinander verschlungen wie zwei Schlangen. Ich will mich losmachen, aber Du läßt es nicht zu. Mit kräftigen Muskeln hältst Du mich fest. Nach einer Weile spüre ich Bewegung in Dir drin. Nach und nach beginne ich anzuschwellen. Jetzt hebst Du die Beine und legst sie mir über die Schultern. Du bist ganz und gar offen und feucht. Du kommst ohne Unterlaß. Dein Blick ist zur Decke hinaufgerichtet. Du bittest mich weiterzumachen, mehr zu tun. Du sagst (auf Englisch): »Fick mich, Henry, fick mich! Stoß ihn rein bis ans Heft. Ich bin so geil.« Es geschieht zum erstenmal, daß Du mir gegenüber solche Ausdrücke gebrauchst. Das macht mich ganz wild. »Gott gebe mir die Kraft, die Stärke«, sage ich im stillen, »und ich will Dich küssen ohne Ende.«

Vergiß nicht, daß ich Dir einen Wachtraum erzähle. Ich verstehe nicht, woher mir die Kraft kommt, Dir solange Lust zu verschaffen.

Du bist unersättlich. Du machst alle möglichen Bewegungen, manchmal auch Gesten, die völlig ekstatisch sind und obszön. Du bist außer Rand und Band. Du bist ganz und gar Sex und nichts anderes. Weil Du weißt, daß Du mich töten könntest, machst Du Dich los von mir, damit ich atmen kann. Aber Du hörst nicht auf zu schmusen, vor allem mit Deiner Zunge. Und Dein Körper fährt fort, über mir zu zucken und zu wogen. Du küßt mich wie eine Wahnsinnige.

Et puis quoi? Quelle position? C'est moi qui propose que nous faisons l'amour comme les chiens ...

*

Wie schon in ähnlichen, früheren Szenen spielt sich das, was hier geschieht, vor den Augen der Öffentlichkeit ab, wenn auch nicht absichtlich. Wie in dem erotischen japanischen Film, *Das Reich der Sinne,* ergreifst *Du* die Initiative.

Aus irgendeinem Grund sind wir in der Halle eines Grandhotels, als das Verlangen über Dich kommt. Du sagst: »Machen wir's gleich hier!« Spontan, einfach so. Ich scheine verblüfft, vielleicht weil ich mir eher bewußt bin, wo wir uns in Zeit und Raum befinden. Allerdings nicht zu sehr, da bei diesen intimen Begegnungen immer nur Du und ich auf der Welt sind – gleichgültig, wie viele Leute um uns herumwandern. Vermutlich ein Sinnbild unserer großen Leidenschaft füreinander – wir können die Welt aussperren.

Jedenfalls hast Du es im Nu geschafft, uns zu einer auffälligen und majestätisch wirkenden Couch mitten in der Halle zu manövrieren. Ehe ich auch nur den geringsten Einwand erheben kann, hast Du mir den Hosenschlitz aufgemacht und hältst meinen Penis in der Hand. Er ist voll erigiert – herrliches Gefühl. Ebenso geschwind hebst Du Deinen Rock, entblößt Dich vollständig, und wir stürzen auf die Couch nieder. Wie ich eben in Dich eindringen will, fällt mir ein, daß Du Dir erst vor kurzem diese Kupferspirale hast ziehen lassen. (Ich frage mich, ob Du weißt, was Du tust, oder ob Du, wie nach jenem sprichwörtlichen Glas Champagner, gar nicht anders kannst.)

So leicht und reibungslos dringe ich in Dich ein, daß es fast unwirklich ist. Ich versuche, Dein Gesicht zu sehen. Deinen Ausdruck zu erkennen. Aber genau wie wenn ich in meinem Bett liege und unser Foto ohne Brille betrachte, kann ich nur schwach die Konturen Deines Antlitzes ausmachen. Wie dem auch sei, ich bin auf Anhieb überzeugt, daß Du es so haben willst, daß Du Dir Deines Tuns bewußt bist. Und das steigert nur die Ekstase, die uns gepackt hat. Ich muß unwillkürlich an all die negativen Reaktionen denken, die Du an den Tag gelegt hast, und nun diese vollkommene, bedingungslose Hingabe. Du windest Dich wie ein Aal, flüsterst mir leise ins Ohr: »Mach's mir, Henry, mach's mir!« Und ich gebe mein Bestes, wobei mich Deine Bereitschaft mehr erstaunt als meine unerwartete Potenz. Deine Möse ist übrigens genauso, wie ich sie mir immer vorgestellt habe. Eine »entgegenkommende« Möse, wenn Du verstehst, was ich meine.

Mitten in unserem heimlichen Vergnügen spüre ich einen unsanften Ruck an der Schulter, und eine barsche Stimme ruft: »Was zum Teufel machen Sie denn da? Was glauben Sie wohl, wo Sie sind?« Und damit zerrt der Kerl mich hoch; mein Penis baumelt aus dem Hosenschlitz, und ein paar Tropfen Sperma fallen auf den Plüsch.

Dann wendet er sich an Dich. Du hast Deinen Rock runtergezogen. Aber Du siehst ganz geknickt aus. »Junge Dame«, fängt er an, »ich frage mich, ob Sie wissen, was Sie treiben oder wo Sie sich befinden …«

Du unterbrichst ihn mit den Worten: »Ich bitte tausendmal um Entschuldigung, Sir, aber ich habe völlig vergessen, wo ich war oder was ich tat.«

»So, einfach vergessen, wie?« sagt der Manager. »Was sind Sie denn eigentlich – etwa Schauspielerin?«

»Erraten!« antwortest Du. »Sehen Sie, ich habe die schlechte Angewohnheit, bisweilen meinen Text zu vergessen. Grade eben habe ich eine imaginäre Szene aus *Sturmhöhe* gespielt.«

Jetzt fangen die Neugierigen, die sich um uns versammelt haben, an zu kichern. Ein paar klatschen Beifall. Einer ruft: »Bravo!« Das scheint Dir die Fassung wiederzugeben. Du ergreifst mit beiden Händen meinen Arm und führst uns beide zur Tür. Leise flüsterst Du mir zu: »Diese verdammten Idioten! Die würden eine gute schauspielerische Leistung nicht mal erkennen, wenn man sie ihnen direkt vor die Nase setzte.« Du drückst mich ein wenig und fügst hinzu: »Komm Henry, laß uns irgendwohin gehen und in Ruhe was miteinander trinken. Du warst phantastisch, weißt du das?«

Für witzige Liebesgefechte

Weibliche Geistesblitze

Die zehn schönsten Sätze von Frauen über Frauen

Ein Mann kann höchstens vollständig sein, eine Frau aber vollkommen.

Eleonora Duse

Eine Frau ist wie ein Teebeutel. Du weißt nie, wie stark sie ist, bevor sie in heißes Wasser gerät.

Eleanor Roosevelt

Der Pullover einer Frau sitzt richtig, wenn die Männer nicht mehr atmen können.

Zsa Zsa Gabor

Eine gescheite Frau hat Millionen geborener Feinde – alle dummen Männer.

Marie von Ebner-Eschenbach

Eva ist die umgearbeitete, verbesserte und gekürzte Ausgabe von Adam.

Helen Vita

Ich bin lieber eine Frau als ein Mann. Frauen dürfen weinen, hübsche Kleider tragen, und sie werden als erste von einem sinkenden Schiff gerettet.

Gilda Radner

Die ideale Frau gibt es ebensowenig wie den idealen Mann, bloß ein bißchen öfter.

Vanessa Redgrave

Frauen sind wie Katzen: Beide kann man nur zwingen, das zu tun, was sie selber mögen.

Colette

Eine Frau tut, was der Mann will, wenn er verlangt, was sie wünscht.

Elizabeth Taylor

Die meisten Frauen setzen alles daran, einen Mann zu ändern, und wenn sie ihn geändert haben, mögen sie ihn nicht mehr.

Marlene Dietrich

*

Die zehn schärfsten Bosheiten über Männer

Was ist denn der Mann noch? Ein Accessoire der Frauenmode.

Patricia Wood

Die Männer sind zweifellos dümmer als die Frauen. Oder hat man jemals gehört, daß eine Frau einen Mann nur wegen seiner hübschen Beine geheiratet hat?

Micheline Presle

Der Mann ist ein notwendiges Übel, wobei die Betonung mehr auf Übel als auf notwendig liegt.

Yvette Collins

Männer sind zu allem fähig, aber zu nichts zu gebrauchen.

Irmgard Keun

Die Männer sind sexuelle Chauvinisten, die uns ins Wochenbett zwingen.

Maud Connolly

Männer sind zwar oft so jung, wie sie sich fühlen, aber niemals so bedeutend.

Simone de Beauvoir

Viele erfolgreiche Männer haben keinerlei sichtbare Qualifikationen außer der, keine Frau zu sein.

Virginia Woolf

Ein Mann? Das ist doch nur ein paar Zentimeter Fleisch mehr!

Kate Millett

Männer wollen immer nur ihr Ding reinstecken. Das ist alles, was sie wollen.

Marlene Dietrich

Manchmal denke ich, wenn es noch ein drittes Geschlecht gäbe, würde ich keinen Mann ein zweites Mal anschauen.

Amanda Vail

*

Die zehn geistreichsten Bonmots über das An- und Ausziehen

Man muß seinem sozialen Gewissen nicht dadurch Ausdruck verleihen, daß man wie eine Vogelscheuche herumläuft. Spitzenwäsche wird den Weltuntergang nicht beschleunigen.

Elizabeth Bibesco

Frauen ziehen sich an, um Männern zu gefallen und Frauen zu ärgern.

Colette

Für Frauen ziehe ich mich an, für Männer aus.

Angie Dickinson

Wenn man nicht weiß, was man zu einer Gesellschaft anziehen soll, kommt man am besten als erste. Dann haben die andern das Gefühl, falsch angezogen zu sein.

Dagmar Koller

Sie würden sich wundern, wie teuer es ist, so billig auszusehen.

Dolly Parton

Frauen ziehen sich überall auf der Welt gleich an: um andere Frauen zu ärgern.

Elsa Schiaparelli

Eine richtige Frau wirkt voll bekleidet auf einen Mann anziehender als ein nacktes Weib.

Romy Schneider

Die meisten Frauen ziehen sich an, als wären sie in ihrem früheren Leben eine Maus gewesen – oder als hofften sie, es im nächsten zu werden.

Edith Sitwell

Wenn du zu einem Manne gehst, leg deine Scham mit deinen Kleidern ab, und leg sie wieder an, gehst du hinaus.

Theano, griechische Priesterin

Es ist schwer einzusehen, warum Spitze so teuer ist, wo sie doch hauptsächlich aus Löchern besteht.

Mary Wilson Little

*

Die zehn frechsten Bemerkungen über Mädchen

Mädchen sind so komisch, daß man nie genau weiß, was sie wollen. Sie sagen ja, wenn sie nein meinen, und treiben einen Mann nur so zum Vergnügen in den Wahnsinn.

Louisa May Alcott

Es gibt keine guten Mädchen, die vom rechten Weg abkommen, nur schlechte Mädchen, die erwischt werden.

Mae West

Er umgibt sich immer mit hübschen Mädchen, aber das ist wohl so wie in einem Bonbonladen – nach einer Weile nimmt man die süßen Sachen nicht mehr wahr.

Barbara Taylor Bradford

Die guten Mädchen sind es, die Tagebuch schreiben; die bösen haben keine Zeit dazu.

Tallulah Bankhead

Gute Mädchen kommen in den Himmel, böse überall hin.

Ute Erhardt

Es gibt zweierlei Mädchen: die einen, die Pullover stricken, und die anderen, die sie ausfüllen.

Daliah Lavi

Junge Mädchen, das sind jene Geschöpfe, die oft ihren besten Freund verlieren, weil sie ihn heiraten.

Françoise Sagan

Einen Haufen kleiner Mädchen am Nachmittag bei der eigenen Tochter zu Besuch zu haben, ist ungefähr so wie die Atmosphäre in der Garderobe bei der Miss-World-Wahl.

Libby Purves

Wenn ein junges Mädchen Besuch von einem jungen Mann bekommt, dann stört die Mutter des Mädchens nicht der Lärm, sondern die Stille.

Vivian Cox

Ein Mädchen, das einen Jungen für sich interessieren will, muß ein Girlie sein, kein Mädchen.

Melanie Berchem

*

Die zehn einleuchtendsten Erkenntnisse über Schönheit

Im Tierreich sind die Männchen schöner als die Weibchen. Diesen Fehler hat Gott beim Menschen korrigiert.

Claudia Bini

Wenn zwei schöne Frauen nebeneinander sitzen, zieht es.

Marlene Dietrich

Es ist gut, daß Schönheit nur oberflächlich ist, sonst wäre ich durch und durch abscheulich.

Phyllis Diller

Das Schönste an männlichen Männern ist etwas Feminines. Das Schönste an weiblichen Frauen ist etwas Männliches.

Susan Sontag

Die Männer beteuern immer, sie lieben die innere Schönheit der Frau. Komischerweise gucken sie aber ganz woanders hin.

Marlene Dietrich

Jede Frau kann so schön sein wie vor zehn Jahren, nur dauert es ein bißchen länger.

Olga Tschechowa

Ich bin diesen Unsinn leid, daß Schönheit nur äußerer Schein ist. Ein schöner Schein reicht doch! Was wollen Sie? Einen anbetungswürdigen Pankreas?

Jean Kerr

Es gibt ein Alter, in dem eine Frau schön sein muß, um geliebt zu werden. Und dann kommt das Alter, in dem sie geliebt werden muß, um schön zu sein.

Françoise Sagan

Die Schönheit brauchen wir Frauen, damit die Männer uns lieben, die Dummheit, damit wir die Männer lieben.

Coco Chanel

Gesichter können lügen, Hintern nicht.

Yoko Ono

✳

Die zehn funkelndsten Sätze über das Verliebtsein

Der Mann kann der größte Charmeur sein, redegewandt, herzlich und voller kleiner Aufmerksamkeiten. Aber wenn er wirklich verliebt ist, wird er herumstehen und aussehen wie ein Schaf.

Agatha Christie

Um sich zu verlieben, muß man gerade anfällig dafür sein – wie bei einer Krankheit.

Nancy Mitford

Wenn Sie über zwei Jahre verliebt sein können, sind Sie abhängig.

Fran Lebowitz

Romantische Liebe ist eine Geisteskrankheit. Aber eine angenehme. Sie ist eine Droge. Sie verzerrt die Realität, und das ist das Wichtigste daran. Es wäre unmöglich, sich in jemanden zu verlieben, den man richtig kennengelernt hat.

Fran Lebowitz

Ich könnte ihm im Unterhemd um die ganze Welt folgen.

Maria Stuart

Liebe ist eine explodierende Zigarre, die wir bereitwillig rauchen.

Lynda Barry

Wenn man verliebt ist, ist jedes Wetter wunderbar.

Margaret Millar

Verliebe Frauen haben die Gabe, Worte zu hören, die gar nicht gesagt worden sind.

Isa Miranda

Nur eine verliebte Frau bringt es fertig, einen Mann zu durchschauen, ohne ihn anzublicken.

Kim Novak

Wenn der Mensch verliebt ist, zeigt er sich so, wie er immer sein sollte.

Simone de Beauvoir

✳

Die zehn reizendsten Aussagen über Liebhaber

Junge Liebhaber sind wie der Camembert: Wenn sie reif werden, laufen sie einem davon.

Françoise Rosay

Alle wirklich guten Liebhaber sind wortgewandt, und verbale Verführung ist der sicherste Weg zu echter Verführung.

Marya Mannes

Bei der Liebe haben heuchlerische Liebhaber mehr Erfolg als aufrichtige Verehrer.

Ninon de Lenclos

Wie grotesk und köstlich es ist, jemanden zu lieben, der jünger ist, als man selbst! Jede sollte das mal probieren.

Barbara Pym

Männer lieben intensiver mit zwanzig, aber sie lieben besser mit dreißig.

Katharina II. von Rußland

Kratz an 'nem Liebhaber und du findest einen Feind.

Dorothy Parker

Männer sollten ihre Augen vor der Heirat offen halten und danach immer mindestens eins zudrücken.

Madeleine de Scudéry

Ein Geliebter ist ein Mann, den man nicht heiratet, weil man ihn gern hat.

Vanessa Redgrave

Eine große Liebe läßt sich durch die Wirklichkeit des Geliebten nicht stören.

Hannah Arendt

Meinen konservativen Freundinnen, die mir meine jungen Geliebten vorhalten, sage ich: »Verpißt euch oder nehmt euch selber einen.«

Ursula Andress

*

Die zehn treffendsten Ansichten über Schönheitspflege

Etliche Frauen kaufen genauso viele Perücken und diverse Make-ups wie ich. Sie tragen nur nicht alles auf einmal.

Dolly Parton

Ich bin nie geliftet worden. Aber morgens lege ich gern ein bißchen Glamour auf.

Louise Nevelson

Es kommt mehr darauf an, was im Gesicht einer Frau ist, als auf das, was drauf ist.

Claudette Colbert

Ein gutes Make-up ist ein Flirt zwischen Chemie und Malerei.

Esther Mitchell

Make-up ist die Kunst, sich selber zu plakatieren.

Olga Tschechowa

Kosmetik ist die Kunst, die Geburtsurkunde zu dementieren.

Olga Tschechowa

Ist es wirklich nötig, daß sich Frauen in den täglichen Kampf um übermenschliche Schönheit stürzen, nur um diese dann den Liebkosungen eines unmenschlich häßlichen Partners darzubieten?

Germaine Greer

Sich des Lebens zu freuen, ist die beste Kosmetik für eine Frau.

Rosalind Russell

Die Frauen machen sich nur deshalb so hübsch, weil das Auge des Mannes besser entwickelt ist als sein Verstand.

Zsa Zsa Gabor

Es gibt keine häßlichen Frauen, es gibt nur gleichgültige.

Helena Rubinstein

*

Die zehn witzigsten Ansichten über Sex

Was ist Sex doch für eine primitive Angelegenheit. Wenn eine Frau nur auf Sex zielt, braucht sie sich nur einen Sack überzustülpen und drei Löcher hineinzuschneiden; man weiß schon wo.

Coco Chanel

Sex ist die Kunst, Erwartungen zu wecken, die gar nicht geschlafen haben.

Senta Berger

Ich weiß leider gar nichts über Sex, denn ich war ja immer verheiratet.

Zsa Zsa Gabor

Sex ist per definitionem etwas, das man mit jemand anderem als dem Ehemann hat.

Erica Jong

Das waren noch Zeiten, als die Luft rein war und der Sex schmutzig.

Conny König

Der einzige Grund, warum ich mit dem Joggen anfangen würde, ist, um mich mal wieder keuchen zu hören.

Erma Bombeck

Wenn ich gut bin, bin ich sehr gut, aber wenn ich schlecht bin, bin ich besser.

Mae West

Man kann Sex als alles mögliche bezeichnen, nur nicht als würdevolle Veranstaltung.

Helen Lawrenson

Irgendwas stimmt da doch nicht: Sex gehört zur Menschheit, seit sie existiert, und trotzdem leiden schätzungsweise neunzig Prozent der Menschen noch immer unter beträchtlichen Hemmungen auf diesem Gebiet.

Xaviera Hollander

Mein Schatz, Sex hört erst auf, wenn du im Grab liegst.

Lena Horne

*

Die zehn brillantesten Definitionen der Liebe

Liebe ist, lieber mit ihm als ohne ihn unglücklich zu sein.

Kim Grove

Die Liebe verändert die Menschen. Männer werden verrückt, Frauen werden normal.

Felicitas von Reznicek

Liebe ist, wenn deine Neurosen zu den Neurosen deines Partners passen.

Amelie Fried

An Rheumatismen und an wahre Liebe glaubt man erst, wenn man davon befallen ist.

Marie von Ebner-Eschenbach

Liebe ist, zusammen unter einer Decke zu stecken.

Kim Grove

Liebe ist etwas Komisches: Ein Mann beißt ein Mädchen in den Nacken, weil es schöne Beine hat.

Lilli Palmer

Liebe ist die Geschichte des Lebens einer Frau, aber die Episode im Leben eines Mannes.

Germaine de Staël

Liebe ist jener seltsame Zustand, den alle belächeln, bevor sie von ihm befallen sind.

Virna Lisi

Liebe ist ein Käfig mit Gitterstäben aus Glück.

Claudia Cardinale

Liebe auf den ersten Blick ist die Entschuldigung der Männer dafür, daß sie es eilig haben.

Elke Sommer

Für betörende Augenblicke

GUSTAVE FLAUBERT

November

Ich ging am Ufer des Flusses entlang. Immer habe ich das Wasser geliebt und die sanfte Bewegung, mit der die Wellen einander treiben. Es war ruhig, weiße Wasserlilien zitterten in der glucksenden Strömung. Die Wogen trieben langsam und entfalteten sich eine nach der anderen. In der Mitte ließen die Baumgruppen der Inseln ihr Grün ins Wasser hängen, die Ufer schienen zu lächeln. Man hörte nur die Stimmen der Wellen.

An dieser Stelle ragten ein paar hohe Bäume auf. Die Kühle der Wassernähe und des Schattens erquickte mich. Ich fühlte, wie ich lächelte. Ebenso wie die in uns wohnende Muse aufhorcht und die süßen Töne einsaugt, wenn sie die Harmonie vernimmt, so weitete sich in mir etwas, um die allgemeine Wonne hineinzutrinken. Während ich die Wolken betrachtete, die am Himmel hinzogen, und den Samtteppich des Rasens am Ufer, der unter den Sonnenstrahlen gelb geworden war; während ich auf das Rauschen des Wassers und das Erschauern der Baumwipfel hörte, die trotz der Windstille zitterten – fühlte ich, erregt und doch ruhig, in meiner Einsamkeit mich unter dem Andrang dieser liebenden Natur vor Wollust vergehen, und ich rief nach Liebe. Meine Lippen bebten und suchten, als hätten sie den Atem eines anderen Mundes gespürt; meine Hände wollten etwas betasten, meine Blicke suchten in der Furche jeder Woge, in den Umrissen der geblähten Wolken irgendeine Form; eine Lust, eine Offenbarung. Der Wunsch drang aus allen meinen Poren, mein Herz war weich und von verhaltener Harmonie erfüllt. Ich schüttelte mein Haar, es koste mein Gesicht. Mit Wonne sog ich seinen Duft ein. Ich streckte mich auf das Moos unter die Bäume. Ich wünschte mir noch tiefere Sehnsüchte. Ich hätte unter Rosen ersticken, unter Küssen vergehen mögen. Ich sehnte mich, die Blume zu sein, die der Wind schüttelt, das Ufer, das der Fluß netzt, die Erde, die von der Sonne befruchtet wird.

Es ging sich sanft über das Gras. Ich schritt weiter; jeder Schritt brachte neue Lust, und meine Fußsohle berührte mit Wonne den weichen Rasen. Die Wiesen in der Ferne wimmelten von Tieren, von Pferden und Füllen. Der Horizont hallte wider von Gewieher und Galoppieren, das Gelände hob und senkte sich in sanften, weiten Wellen, die von den Hügeln herabkamen, der Fluß beschrieb seine Schlangenlinie, verschwand hinter den Inseln und tauchte schließlich zwischen Gras und Schilf wieder auf. Das alles war schön, schien glücklich, ging seinem Gesetz, seinem natürlichen Lauf nach. Ich allein war krank und siechte dahin, von Sehnsucht verzehrt.

Ganz plötzlich raste ich davon, zur Stadt zurück. Ich kam über die Brücken. Ich ging durch die Straßen, über die Plätze. Die Frauen kamen an mir vorüber. Es waren ihrer viele; sie gingen schnell. Alle waren wunderbar schön. Niemals hatte ich ihnen so tief in die glänzenden Augen geschaut, noch so sehr ihren gazellenhaft leichten Gang bewundert. Herzoginnen lehnten sich auf ihren wappengeschmückten Wagenschlag und schienen mir zuzulächeln und mich zu Liebkosungen auf seidenen Kissen einzuladen. Über ihre Balkons beugten sich Damen, in Schals gehüllt, um mich zu sehen, und sie blickten mich bittend an: »Liebe uns! Liebe uns!« Aus ihrer aller Haltung, aus ihren Augen, sogar aus ihrer Regungslosigkeit sprach Liebe zu mir, das sah ich deutlich! Und dann traf man die Frauen überall, im Gedränge war man neben ihnen. Ich streifte sie, ich sog ihren Duft ein, die Luft war davon erfüllt. An ihrem Hals sah ich Schweißperlen zwischen den Schalenden, sah die Federn ihrer Hüte bei jedem Schritt nicken. Ihr Hacken hob den Rock beim Gehen vor mir. Wenn ich an einer vorüberging, zuckte ihre behandschuhte Hand. Weder diese noch jene wünschte ich mir, die eine nicht mehr als die andere, doch alle zusammen, doch jede, in der unendlichen Mannigfaltigkeit ihrer Formen und des entsprechenden Verlangens. Waren sie auch bekleidet, ich schmückte sie sogleich mit prächtiger Nacktheit, und so standen sie vor meinen Augen. Indem ich möglichst nahe an ihnen vorüberging, nahm ich, soviel ich konnte, wollüstige Vorstellungen mit, Düfte, liebeerregende Düfte, aufreizendes Rascheln und anziehende Formen.

Ich wußte wohl, wohin ich ging. Es war ein Haus in einer kleinen Straße, durch die ich oft gegangen, um mein Herz schlagen zu fühlen. Es hatte grüne Läden, man stieg drei Stufen empor. Ach, ich kannte das alles genau. Ich hatte es oft betrachtet, da ich häufig einen Umweg gemacht hatte, nur um die geschlossenen Fenster zu sehen. Schließlich kam ich nach einem Lauf, der mir eine Ewigkeit zu dauern schien, in die Straße. Ich glaubte zu ersticken. Niemand ging vorüber. Ich wagte mich weiter, weiter. Ich fühlte noch die Berührung der Tür, die ich mit der Schulter aufstieß. Sie gab nach. Ich hatte gefürchtet, sie drehte sich in ihren Angeln; sachte, ohne Geräusch.

Ich stieg die Treppen empor, auf der Treppe war es dunkel. Die Stiegen waren ausgetreten, sie schwankten unter meinen Tritten. Ich stieg immer höher. Man sah nichts; mir schwindelte. Ich hörte niemanden; mein Atem setzte aus. Endlich kam ich in ein Zimmer; es schien mir groß; das lag an seiner Dunkelheit. Die Fenster standen auf, doch große, gelbe, bis zur Erde reichende Vorhänge hielten das Tageslicht ab. Der Raum schwamm in blaßgoldigem Widerschein. Weiter hinten am rechten Fenster saß eine Frau. Sie mußte mich nicht gehört haben, denn sie wandte sich nicht um, als ich eintrat. Ich stand, ohne näher zu kommen, mit ihrem Anblick beschäftigt.

Sie trug ein weißes Kleid mit kurzen Ärmeln. Mit dem Ellenbogen stützte sie sich auf das Fensterbrett. Eine Hand lag am Munde; ihr Blick hing vage und unbestimmt draußen am Boden. Ihr schwarzes Haar lag glatt und geknotet an den Schläfen und glänzte wie die Schwinge eines Raben. Sie hielt den Kopf ein wenig vornüber geneigt. Im Nacken hatten sich ein paar Haare gelöst und kräuselten sich am Halse. Ihr großer gebogener Kamm war oben mit Korallen besetzt.

Sie stieß einen Schrei aus, als sie mich bemerkte, und sprang auf. Ich fühlte mich von dem glänzenden Blick ihrer Augen getroffen. Als ich, vom Gewicht dieser Blicke bedrückt, meine Stirn wieder zu heben vermochte, sah ich in ein Gesicht von wunderbarer Schönheit: eine gerade Linie lief, vom Scheitel beginnend, zwischen ihren großen geschweiften Augenbrauen hindurch auf ihre Adlernase, deren zitternde Flügel emporgezogen waren, wie man es auf antiken Kameen sieht, und teilte ihre sinnliche Lippe, die ein bläulicher Flaum beschattete. Dann kam der Hals, der volle, weiße, rundliche Hals. Durch ihr zartes Gewand sah man die Rundungen ihrer Brüste beim Atmen steigen und fallen. So stand sie mir gegenüber, in Sonnenlicht gehüllt, das durch den gelben Vorhang fiel und das weiße Kleid und den dunklen Kopf hob.

Schließlich fing sie an zu lächeln, fast mitleidig und sanft, und ich kam näher: Ich weiß nicht, womit sie ihr Haar parfümiert hatte, doch duftete es wunderbar, und mein Herz war weicher und hingebender als ein Pfirsich, der auf der Zunge zerschmilzt. Sie sagte zu mir:

»Was möchten Sie denn? Kommen Sie!«

Und sie setzte sich auf ein langes Sofa, das mit grauem Stoff überzogen war und an der Wand stand. Ich nahm an ihrer Seite Platz, sie faßte meine Hand; die ihrige war heiß. So verharrten wir lange schweigend, einer den andern anschauend.

Niemals hatte ich eine Frau aus solcher Nähe gesehen; ihre ganze Schönheit drang auf mich ein, ihr Arm berührte den meinigen, die Falten ihres Gewandes fielen über meine Knie, die Wärme ihrer Hüften setzte mich in Flammen. Ich fühlte bei dieser Berührung ihre wogenden Körperformen, ich betrachtete die Rundung ihrer Schulter und die blauen Adern ihrer Schläfen. Sie sagte:

»Nun?«

»Nun«, erwiderte ich vergnügt, den Zauber gewaltsam abschüttelnd, der mich einschläferte.

Doch weiter kam ich nicht, ich war ganz damit beschäftigt, sie mit Blicken zu verzehren. Schweigend legte sie einen Arm um mich und zog mich in stummer Umschlingung an sich. Da schlang ich meine beiden Arme um sie und preßte meinen Mund auf ihre Schulter. Ich trank wonnevoll den ersten Kuß der Liebe. Ich trank darin die lange Sehnsucht meiner Jugend und die verwirklichte Wollust aller meiner Träume, und dann warf ich den Kopf zurück, um ihr Gesicht besser zu sehen. Ihre Augen leuchteten, sie setzten mich in Flammen. Ihr Blick faßte mich fester als ihr Arm. Ich war in ihre Augen versunken, und unsere Finger verstrickten sich ineinander; die ihrigen waren lang und zart, sie spielten in meiner Hand mit lebhaften,. bebenden Bewegungen; mit geringer Anstrengung hätte ich sie zerbrechen können; ich drückte sie in dem Wunsche, sie besser zu fühlen.

Ich erinnere mich jetzt nicht mehr genau, was sie mir sagte und was ich ihr antwortete. Lange verharrte ich so, versunken, schwebend, gewiegt in dem Klopfen meines Herzens. Mit jeder Minute wuchs mein Taumel, in jedem Augenblick fluteten neue Ströme in meine Seele. Mein ganzer Leib erschauerte vor Ungeduld, vor Verlangen, vor Lust. Und doch war ich schwer gestimmt, eher düster als froh, ernst, in etwas Göttlichem und Höchstem vergehend. Sie drückte mit der

Hand meinen Kopf an ihr Herz, aber zart, als wenn sie gefürchtet hätte, ihn an ihrer Brust zu zerbrechen.

Mit einer Bewegung der Schulter schlüpfte sie aus dem Ärmel. Ihr Kleid ging auf; sie trug kein Korsett; ihr Hemd stand offen. Ein prächtiger Busen wurde sichtbar, an dem man in Liebe hätte vergehen mögen. In kindlicher, träumerischer Haltung saß sie auf meinen Knien. Ihr schönes Profil zeichnete sich in reinen Linien ab. Unter der Achsel bildete die Haut eine Falte von wundervollem Schwung, die wie das Lächeln der Schulter war. Ihr weißer Rücken war leicht gekrümmt, als sei sie müde, und ihr herabgesunkenes Kleid fiel in weiten Falten auf den Boden. Sie blickte hinauf zum Himmel und summte eine traurige, sehnsuchtsvolle Melodie durch die Zähne.

Ich faßte ihren Kamm und zog ihn heraus. Ihre Haare umflossen sie wie eine Woge, und die langen, schwarzen Strähnen fielen zitternd auf ihre Hüften. Ich fuhr mit der Hand zuerst darüber, dann hinein, darunter. Ich tauchte meine Arme hinein, ich badete mein Gesicht darin, ich wollte vergehen. Zuweilen belustigte ich mich damit, sie hinten zu teilen und nach vorn zu legen, so daß ihre Brüste davon verhüllt waren; dann wieder faßte ich sie wie ein Netz zusammen und zog daran, um ihren nach hinten geneigten Kopf und den zarten vorgestreckten Hals zu sehen. Sie ließ es geschehen wie eine Tote.

Plötzlich machte sie sich von mir frei, zog die Füße aus dem Kleid und sprang mit der Behendigkeit einer Katze auf das Bett. Die Matratze sank unter ihren Füßen ein, das Bett krachte, sie zog mit brüsker Bewegung die Vorhänge zurück und legte sich nieder. Sie streckte ihre Arme nach mir aus und umfaßte mich. Oh, selbst die Laken schienen noch warm von den Liebkosungen, die dort ausgetauscht waren.

Ihre sanfte feuchte Hand betastete meinen Leib. Sie gab mir Küsse auf das Gesicht, auf den Mund, auf die Augen.

Jede einzelne ihrer hervorstürzenden Liebkosungen nahm mir die Besinnung. Sie streckte sich auf dem Rücken aus und seufzte. Bald schloß sie die Augen halb und blickte mich mit wollüstiger Ironie an, dann wieder stützte sie sich auf den Arm, drehte sich herum, streckte die Füße empor und war voll bezaubernder Schäkereien, raffinierter und unverdorbener Bewegungen. Schließlich gab sie sich mir hin, sah empor und stieß einen tiefen Seufzer aus, der durch ihren ganzen Leib ging … Ihr warmes zitterndes Fleisch breitete sich erschauernd unter mir. Von Kopf zu Füßen fühlte ich mich von Wollust umfangen. Ich preßte meinen Mund auf den ihrigen. Unsere Finger waren ineinander verschlungen, im selben Beben zuckend, in einer Verstrickung verschränkt. Während ich den Duft ihres Haares und den Hauch ihrer Lippen einsog, fühlte ich mich vor Wonne vergehen. Einige Zeit verharrte ich noch gespannt, das Klopfen meines Herzens und das letzte Zittern meiner Nerven genießend; dann schien alles zu erlöschen und zu versinken.

Für sehnsüchtige Tage

HARUKI MURAKAMI

Das Geständnis

Es gab wenig Verkehr in Richtung Hakone. Bei Atsugi fuhr ich von der Autobahn ab und nahm die Schnellstraße nach Odawara. Ich hielt konstant eine Geschwindigkeit zwischen hundertdreißig und hundertvierzig Stundenkilometern. Stellenweise kamen Wände von Regen herunter, aber ich kannte jede Kurve und jeden Buckel entlang der Strecke. Seit wir auf die Autobahn gefahren waren, hatten Shimamoto und ich kaum ein Wort gewechselt. Ich spielte leise die Kassette mit einem Mozartquartett und hielt die Augen auf die Straße gerichtet. Shimamoto sah gedankenverloren aus dem Fenster. Von Zeit zu Zeit blickte sie zu mir herüber, und jedes Mal bekam ich eine trockene Kehle. Dann schluckte ich ein paar Mal und zwang mich zur Ruhe.

»Hajime«, sagte sie. Wir waren in der Nähe von Kouzu. »Du hörst wohl nicht viel Jazz, wenn du nicht in der Bar bist?«

»Nein. Vor allem klassische Musik.«

»Wie kommt das?«

»Vermutlich, weil ich Jazz als Teil meiner Arbeit empfinde. Wenn ich nicht im Club bin, höre ich mir gern etwas anderes an. Manchmal auch Rock, aber fast nie Jazz.«

»Und was für Musik hört deine Frau?«

»Meistens das, was ich gerade höre. Von sich aus legt sie so gut wie nie Platten auf. Ich bin mir nicht einmal sicher, ob sie weiß, wie der Plattenspieler funktioniert.«

Shimamoto griff nach dem Kassettenbehälter und holte ein paar MCs heraus. Auf einer waren die Kinderlieder, die meine Töchter und ich im Auto immer zusammen sangen. *Der Hündchen-Polizist*, *Tulip* – die japanische Entsprechung von *Barrey's Greatest Hits*. Wenn man das Gesicht sah, mit dem Shimamoto die Kassette und das Snoopy-Bild auf der Hülle betrachtete, hätte man meinen können, sie habe Überreste einer außerirdischen Zivilisation entdeckt.

Wieder wandte sie sich zu mir. »Hajime«, sagte sie nach einer Weile. »Wenn ich dich ansehe, wie du so fährst, möchte ich manchmal nach dem Lenkrad greifen und es herumreißen. Wir würden bestimmt sterben, nicht?«

»Sicher. Wir fahren hundertdreißig.«

»Würdest du lieber nicht mit mir zusammen sterben?« Ich lachte. »Ich kann mir angenehmere Todesarten vorstellen. Und außerdem haben wir uns die Platte noch nicht angehört. Dafür sind wir doch losgefahren, oder?«

»Keine Angst«, sagte sie. »Ich tue es schon nicht. Mir geht nur der Gedanke von Zeit zu Zeit durch den Kopf.«

Wir hatten erst Anfang Oktober, aber in Hakone waren die Nächte kalt. Als wir am Ferienhaus angekommen waren, machte ich Licht und schaltete den Gasofen im Wohnzimmer ein. Und ich holte eine Flasche Brandy und zwei Schwenker aus dem Regal. Wir setzten uns nebeneinander auf das Sofa, wie wir es vor so vielen Jahren immer getan hatten, und ich legte die Nat-King-Cole-Platte auf. Der rote Feuerschein des Ofens spiegelte sich in unseren Brandy-Gläsern. Shimamoto saß mit untergeschlagenen Beinen da. Einen Arm hatte sie auf die Rückenlehne des Sofas gelegt, der andere lag in ihrem Schoß. Genau wie in den alten Zeiten. Damals hatte sie wahrscheinlich ihr Bein verbergen wollen; dann war es ihr zur Gewohnheit geworden. Nat King Cole sang *South of the Border*. Vor wie vielen Jahren hatte ich dieses Lied zum letzten Mal gehört?

»Wenn ich als Junge dieses Stück hörte, habe ich mich immer gefragt, was ›südlich der Grenze‹ denn wohl läge«, sagte ich.

»Ich mich auch«, sagte sie. »Als ich älter wurde und den

englischen Text verstehen konnte, war ich enttäuscht. Es war einfach nur ein Lied über Mexiko. Ich hatte immer gedacht, südlich der Grenze müsse etwas ganz Herrliches liegen.«

»Was denn zum Beispiel?«

Shimamoto strich sich das Haar zurück und faßte es lokker im Nacken zusammen. »Ich bin mir nicht sicher. Etwas Schönes, Großes und Weiches.«

»Etwas Schönes, Großes und Weiches«, wiederholte ich. »War es eßbar?«

Sie lachte. Ihre weißen Zähne schimmerten auf. »Das bezweifle ich.«

»Etwas, was man anfassen kann?«

»Wahrscheinlich.«

»Womit wir wieder bei den *Wahrscheinlichs* wären.«

»In einer Welt voller *Wahrscheinlichs*«, sagte sie.

Ich streckte die Hand aus und legte sie auf ihre Finger, die auf der Rückenlehne lagen. Ich hatte ihren Körper so ewig lange nicht mehr berührt – seit dem Rückflug aus Ishikawa nicht mehr. Als meine Finger die ihren streiften, sah sie kurz zu mir auf, dann schlug sie die Augen wieder nieder.

»South of the border, west of the sun«, sagte sie.

»West of the sun?«

»Hast du schon mal von einer Krankheit namens Sibirische Hysterie gehört?«

»Nein.«

»Ich hab davon vor langer Zeit einmal irgendwo gelesen, auf der Mittelschule vielleicht. Ich kann mich beim besten Willen nicht mehr erinnern, in was für einem Buch. Jedenfalls, diese Krankheit befällt sibirische Bauern. Versuch dir das Folgende vorzustellen: Du bist ein Bauer und lebst ganz allein in der sibirischen Tundra. Tagein, tagaus pflügst du deine Felder. Ringsum nichts, so weit das Auge reicht. Im Norden der Horizont, im Osten der Horizont, im Süden, im Westen das Gleiche. Jeden Morgen, wenn die Sonne im

Osten aufsteigt, gehst du hinaus auf deine Felder und arbeitest. Wenn sie direkt über deinem Kopf steht, machst du Mittagspause. Wenn sie im Westen untergeht, gehst du nach Hause und legst dich schlafen.«

»Nicht gerade die Lebensweise eines Barbesitzers aus Aoyama.«

»Kaum.« Sie lächelte und neigte den Kopf ganz leicht zur Seite.

»Jedenfalls geht es so immer weiter, Jahr um Jahr.«

»Aber in Sibirien arbeiten sie im Winter nicht auf den Feldern.«

»Im Winter ruhen sie sich aus«, sagte sie. »Im Winter bleiben sie zu Hause und erledigen andere Arbeiten. Wenn der Frühling kommt, gehen sie wieder hinaus auf die Felder. Du bist so ein Bauer. Stell es dir vor.«

»Ich hab's«, sagte ich.

»Und dann, eines Tages, stirbt etwas in dir.«

»Wie meinst du das?«

Sie schüttelte den Kopf. »Ich weiß es nicht. Irgendetwas stirbt. Tagein, tagaus siehst du die Sonne im Osten aufgehen, über den Himmel ziehen, dann im Westen untergehen, und etwas zerbricht in dir und stirbt. Du wirfst den Pflug beiseite und gehst, ohne einen Gedanken im Kopf, in Richtung Westen. Auf ein Land zu, das westlich der Sonne liegt. Wie ein Besessener wanderst du immer weiter, Tag um Tag, ohne zu essen oder zu trinken, bis du irgendwann zusammenbrichst und stirbst. Das ist die sibirische Hysterie.«

Ich versuchte, mir einen sibirischen Bauern vorzustellen, der tot auf der Erde liegt.

»Aber was ist dort, westlich der Sonne?«, fragte ich.

Wieder schüttelte Shimamoto den Kopf. »Ich weiß es nicht. Vielleicht nichts. Oder vielleicht doch etwas. Jedenfalls etwas anderes als südlich der Grenze.«

Als Nat King Cole begann, *Pretend* zu singen, sang Shimamoto, wie sie es vor langer, langer Zeit immer getan hatte, leise mit.

Pretend you're happy when you're blue
It isn't very hard to do

»Shimamoto-san«, sagte ich, »nachdem du verschwunden warst, habe ich sehr lange über dich nachgedacht. Sechs Monate lang, jeden Tag, von früh bis spät. Ich habe versucht, damit aufzuhören, aber ich konnte es nicht. Und ich bin zum folgenden Schluß gelangt. Ich kann ohne dich nicht leben. Ich will dich nie wieder verlieren. Ich will nie wieder die Worte *eine Zeit lang* oder *wahrscheinlich* hören. Du wirst wieder sagen, wir können uns eine Zeit lang sehen, und dann wirst du verschwinden. Und keiner kann sagen, wann du wiederkommst. Es könnte auch sein, daß du nie mehr zurückkommst und daß ich dich bis zum Ende meines Lebens niemals wieder sehe. Und das könnte ich nicht ertragen. Ein solches Leben wäre sinnlos.«

Shimamoto sah mich schweigend an, noch immer mit einem leisen Lächeln. Mit einem stillen Lächeln, dem nichts etwas anhaben konnte, das mir nichts von dem verriet, was sich dahinter verbarg. Angesichts dieses Lächelns meinte ich, alle Empfindungen würden mir genommen. Für einen Moment verlor ich die Orientierung, jegliches Gefühl dafür, wer ich war und wo ich mich befand. Nach einer Weile jedoch fand ich die Worte wieder.

»Ich liebe dich«, sagte ich zu ihr. »Nichts kann je etwas daran ändern. Ein so besonderes Gefühl dürfte einem nie, nie genommen werden. Ich habe dich viele Male verloren. Aber ich hätte dich niemals gehen lassen dürfen. Diese letzten Monate haben mir das gezeigt. Ich liebe dich, und ich will nicht, daß du mich je verläßt.«

Als ich verstummte, schloß sie die Augen. Im Ofen brannte

das Feuer, und Nat King Cole sang weiter seine alten Songs. Ich sollte noch etwas sagen, dachte ich, aber mir fiel nichts weiter ein.

»Hajime«, sagte sie, »das ist jetzt sehr wichtig, hör also bitte genau zu. Wie ich dir schon gesagt habe, gibt es bei mir kein Dazwischen, keine Halbheiten. Du nimmst mich entweder ganz oder gar nicht. So läuft das bei mir. Wenn es dich nicht stört, wie bisher weiterzumachen, wüßte ich nicht, was uns daran hindern sollte. Ich weiß zwar nicht, wie lange wir so weitermachen könnten, aber ich würde alles dafür tun, was in meiner Macht steht. Wann immer ich dich besuchen kann, werde ich es tun. Aber wenn ich nicht kann, dann kann ich nicht. Ich kann nicht einfach jedes Mal zu dir kommen, wenn mir gerade danach ist. Vielleicht befriedigt dich dieses Arrangement nicht, aber wenn du nicht willst, daß ich wieder fortgehe, mußt du mich ganz nehmen. Alles an mir. Das ganze Gepäck, das ich mit mir herumschleppe, alles, was an mir haftet. Und ich werde dich ganz nehmen. Verstehst du das? *Verstehst du, was das bedeutet?*«

»Ja«, sagte ich.

»Und du willst immer noch mit mir zusammen sein?«

»Ich habe mich schon entschieden, Shimamoto-san«, sagte ich. »Ich habe darüber nachgedacht, während du verschwunden warst, und ich habe meine Entscheidung getroffen.«

»Aber du hast eine Frau und zwei Kinder, Hajime. Und du liebst sie. Du willst tun, was für sie richtig ist.«

»Natürlich liebe ich sie. Sehr sogar. Und ich will für sie sorgen. Aber etwas fehlt. Ich habe eine Familie, einen Beruf, und ich kann über beides nicht klagen. Man könnte mich als glücklich bezeichnen. Und doch weiß ich, seitdem ich dich wiedergetroffen habe, daß etwas fehlt. Die wichtige Frage ist, was fehlt. Etwas, was da sein müßte, ist nicht da. In mir und meinem Leben. Und deshalb ist ein Teil von mir ständig hungrig, ständig durstig. Weder meine Frau noch meine Kinder können diesen Mangel ausfüllen. Es gibt auf der ganzen Welt nur einen Menschen, der das kann. Du. Erst jetzt, da dieser Durst gestillt ist, begreife ich, wie leer ich war. Und wie sehr ich, so viele Jahre lang, gehungert und gedürstet habe. Ich kann nicht dorthin zurück.«

Shimamoto schlang die Arme um mich und legte den Kopf an meine Schulter. Ich spürte die Weichheit ihres Körpers. Er drängte sich an mich, warm, fordernd.

»Ich liebe dich auch, Hajime. Du bist der einzige Mensch, den ich je geliebt habe. Ich glaube nicht, daß dir bewußt ist, wie sehr ich dich liebe. Seit ich zwölf war, liebe ich dich. Wann immer mich jemand anders in den Armen hielt, dachte ich an dich. Und das ist der Grund, warum ich dich nie wiedersehen wollte. Wenn ich dich auch nur ein einziges Mal sähe, würde ich es nicht länger ertragen. Aber ich habe es nicht fertig gebracht, mich von dir fern zu halten. Zuerst dachte ich, ich würde mich nur vergewissern, daß du es wirklich bist, und gleich wieder gehen. Aber sobald ich dich gesehen hatte, mußte ich auch mit dir sprechen.« Sie ließ den Kopf an meiner Schulter. »Schon damals, als ich zwölf war, habe ich mir gewünscht, du würdest mich in die Arme nehmen. Das hast du nicht gewußt, oder?«

»Nein.«

»Seit ich zwölf war, habe ich mir gewünscht, dich nackt in den Armen zu halten. Das hast du vermutlich nicht geahnt.«

Ich drückte sie an mich und küßte sie. Sie schloß die Augen, ohne sich sonst zu bewegen. Unsere Zungen wanden sich umeinander, und ich spürte ihren Herzschlag nah unter ihren Brüsten, einen leidenschaftlichen, warmen Herzschlag. Ich schloß die Augen und dachte an das rote Blut, das durch ihre Adern floß. Ich streichelte ihr weiches Haar und sog seinen Duft ein. Ihre Hände wanderten über meinen Rükken. Die Schallplatte endete, und der Tonarm schwenkte zu seiner Ausgangsposition zurück. Wieder hüllte uns nur das Geräusch des Regens ein. Nach einer Weile öffnete sie die Augen. »Hajime«, flüsterte sie, »bist du dir ganz sicher, daß du das Richtige tust? Daß du meinetwegen alles abwerfen willst?«

Ich nickte. »Ja. Ich habe mich entschieden.«

»Aber wenn wir uns nie begegnet wären, hättest du in Frieden leben können. Ohne Zweifel, ohne Unzufriedenheit. Glaubst du nicht?«

»Mag sein. Aber wir *sind* uns begegnet und können das nicht ungeschehen machen«, sagte ich. »Genau wie du mir einmal gesagt hast: Bestimmte Dinge kann man nicht rückgängig machen. Man kann nur vorwärts gehen. Shimamoto-san, es ist mir gleich, wohin dieser Weg führt; ich weiß nur, daß ich ihn mit dir gehen will. Und wenn wir angekommen sind, noch einmal von vorn anfangen.«

»Hajime«, sagte sie, »würdest du dich ausziehen und mich deinen Körper anschauen lassen?«

»Du willst nur, daß ich mich ausziehe?«

»Ja. Zieh dich zuerst ganz aus. Ich will deinen Körper sehen. Oder magst du nicht?«

»Ich habe nichts dagegen. Wenn du's so willst«, sagte ich. Ich stellte mich vor den Ofen und zog mich aus. Ich streifte die Segeljacke ab, dann Polohemd, Bluejeans, Socken, T-Shirt, Unterhose. Shimamoto hieß mich auf dem Boden niederknien. Mein Penis war schon hart, was mich ein bißchen verlegen machte. Sie rückte ein Stückchen von mir ab, um das ganze Bild erfassen zu können. Sie hatte noch immer ihre Jacke an.

»Ein merkwürdiges Gefühl, als einziger nackt zu sein.« Ich lachte auf.

»Er ist sehr schön, Hajime«, sagte sie. Sie kam nah an mich heran, nahm meinen Penis liebevoll in die Hand und küßte mich auf die Lippen. Sie legte ihre Hände auf meine Brust, und dann leckte sie mir sehr lange die Brustwarzen und streichelte mein Schamhaar. Sie legte das Ohr an meinen Bauchnabel und nahm meine Hoden in den Mund. Sie bedeckte mich mit Küssen. Sogar meine Fußsohlen küßte sie. Es war, als gehe sie mit der Zeit um wie mit einem Schatz. Als streichle sie, liebkose sie, lecke sie die Zeit.

»Willst du dich nicht ausziehen?« fragte ich. »Später«, erwiderte sie. »Zuerst möchte ich deinen Körper betrachten können, ihn nach Herzenslust kosten und berühren. Wenn ich mich jetzt auszöge, würdest du mich doch berühren wollen, stimmt's? Selbst wenn ich es dir verbieten würde, du könntest dich nicht beherrschen.«

»Da hast du recht.«

»So will ich es aber nicht. Wir haben so lang gebraucht, um diesen Punkt zu erreichen, und ich möchte es schön langsam angehen lassen. Ich will dich ansehen, dich mit diesen Händen berühren, dich mit meiner Zunge lecken. Ich will alles ausprobieren ... aber langsam, sonst kann ich nicht zur nächsten Phase übergehen, Hajime. Auch wenn es dir ein bißchen verrückt vorkommt, was ich tue, stör dich bitte nicht daran, ja? Ich muß es tun. Sag nichts, laß es mich einfach tun.«

»Ich habe nichts dagegen. Tu, was immer du möchtest. Aber ein bißchen komisch fühle ich mich schon, wenn ich so angestarrt werde.«

»Aber du gehörst mir doch, nicht?«

»Ja.«

»Also gibt es keinen Grund, verlegen zu sein.«

»Wahrscheinlich hast du Recht«, sagte ich. »Ich muß mich nur daran gewöhnen.«

»Hab einfach noch ein bißchen Geduld. Ich habe so lange davon geträumt.«

»Davon, dir meinen Körper anzusehen? Mich überall zu berühren, während du noch völlig angezogen bist?«

»Ja«, antwortete sie. »Seit Ewigkeiten habe ich mir deinen Körper vorgestellt. Wie dein Penis aussehen mochte, wie hart er wohl werden würde, wie groß.«

»Warum denn?«

»Warum?« fragte sie ungläubig. »Ich habe dir doch gesagt, daß ich dich liebe. Was ist so merkwürdig daran, wenn man an den Körper des Mannes denkt, den man liebt? Hast du denn nicht an meinen Körper gedacht?«

»Doch«, sagte ich.

»Ich möchte wetten, du hast an meinen Körper gedacht, während du masturbiert hast.«

»Ja. Die ganze Schulzeit hindurch«, sagte ich. Dann korrigierte ich mich: »Na ja, ehrlich gesagt, auch noch vor kurzem.«

»Genau so war's bei mir. Ich habe an deinen Körper gedacht. Das tun Frauen auch, weißt du.«

Ich zog sie wieder an mich und küßte sie langsam. Ihre Zunge glitt träge in meinen Mund. »Ich liebe dich, Shimamoto-san«, sagte ich.

»Ich liebe dich, Hajüne«, sagte sie. »Ich liebe niemanden außer dir. Darf ich deinen Körper noch ein bißchen ansehen?«

»Nur zu«, erwiderte ich.

Sanft wölbte sie ihre Hand um meinen Penis und meine Hoden. »Er ist so schön«, sagte sie. »Ich würde ihn am liebsten aufessen.«

»Und was tue ich dann?«

»Aber ich will ihn wirklich aufessen«, sagte sie. Lange hielt sie meine Hoden in der offenen Hand. Und leckte und sog, sehr langsam, sehr behutsam, an meinem Penis. Sie sah mich an. »Darf ich es das erste Mal so tun, wie ich es möchte? Auf meine Art? Darf ich?«

»Ich habe nichts dagegen. Tu, was immer du möchtest«, sagte ich. »Außer mich aufessen, natürlich.«

»Ich geniere mich ein bißchen, also sag bitte nichts, okay?«

»Versprochen«, sagte ich.

Während ich auf dem Boden kniete, legte sie ihren linken Arm um meine Hüften. Mit der anderen Hand streifte sie Strümpfe und Höschen ab, ohne ihr Kleid auszuziehen. Dann nahm sie meinen Penis und meine Hoden in die rechte Hand und leckte sie ab. Ihre andere Hand glitt unter ihr Kleid. Während Shimamoto an meinem Penis sog, begann ihre andere Hand sich langsam zu bewegen. Ich sagte kein Wort. Das war offenbar ihre Art. Ich beobachtete die Bewegungen ihrer Lippen und ihrer Zunge, und das träge Auf und Ab ihrer Hand unter dem Rock. Plötzlich erinnerte ich mich wieder an die Shimamoto, die ich auf dem Parkplatz der Bowling-Halle gesehen hatte – erstarrt und weiß wie ein Laken. Deutlich erinnerte ich mich an das, was ich tief in ihren Augen gesehen hatte: einen dunklen Raum, hart gefroren wie ein unterirdischer Gletscher. Eine Stille, so tief, daß sie jegliches Geräusch verschluckte und nie wieder herausließ. Absolutes, vollkommenes Schweigen.

Es war das erste Mal gewesen, daß ich dem Tod von Angesicht zu Angesicht gegenüberstand, deswegen hatte ich noch keine klare Vorstellung davon, was der Tod wirklich ist. Doch da war er, unmittelbar vor meinen Augen, wenige Zentimeter von meinem Gesicht entfernt. Das also ist das Gesicht des Todes, hatte ich gedacht. Und der Tod hatte zu mir gesprochen und gesagt, auch meine Zeit werde eines Tages kommen. Zuletzt stürze jeder in diese unendlich einsamen Tiefen, diesen Ursprung aller Finsternis, dieses Schweigen ohne jeden Widerhall. Von erstickender, lähmender Angst ergriffen, hatte ich in den bodenlosen dunklen Abgrund gestarrt.

Diesen schwarzen, gefrorenen Tiefen ausgesetzt, hatte ich ihren Namen gerufen. *Shimamoto-san,* hatte ich immer wieder gerufen, aber meine Stimme war in dem unendlichen Nichts verhallt. Wie sehr ich auch schrie, nichts veränderte sich in den Tiefen ihrer Augen. Ihr Atmen blieb befremdlich, wie das Geräusch des Windes, der durch Mauerrisse peitscht. Die Gleichmäßigkeit ihrer Atemzüge sagte mir, daß sie sich noch diesseits der Grenze befand. Aber ihre Augen sagten mir, daß sie bereits dem Tod verfallen war.

Und während ich tief in ihre Augen blickte und ihren Namen rief, wurde auch mein Körper in diese Tiefen hinabgezogen. Als hätte ein Vakuum alle Luft um mich herum abgesaugt, zerrte mich jene andere Welt immer näher. Selbst jetzt spürte ich noch ihre Macht. Sie wollte mich.

Ich schloß fest die Augen. Und verscheuchte diese Erinnerungen.

Ich streckte die Hand aus und strich Shimamoto über das Haar. Ich berührte ihre Ohren, legte ihr meine Hand auf die Stirn. Ihr Körper war warm und weich. Sie saugte an meinem Penis, als würde sie versuchen, nichts weniger als das Leben aus mir herauszusaugen. Ihre Hand, weiterhin zwischen ihren Schenkeln in Bewegung, redete in einer geheimen Gebärdensprache. Kurz darauf kam ich in Shimamotos Mund; ihre Hand unter dem Rock hielt inne, und ihre Augen schlossen sich. Sie schluckte meinen Samen bis zum allerletzten Tropfen.

»Es tut mir leid«, sagte Shimamoto.

»Es braucht dir nichts leid zu tun«, sagte ich.

»Beim ersten Mal wollte ich es auf diese Weise tun«, sagte sie. »Es ist peinlich, aber irgendwie mußte ich es tun. Es ist wohl so etwas wie ein Übergangsritual für uns beide. Weißt du, wie ich das meine?«

Ich zog sie an mich und rieb meine Wange an ihrer. Ihre Wange war warm. Ich strich ihr Haar beiseite und küßte sie aufs Ohr. Und ich sah ihr in die Augen. Ich sah mein Gesicht darin gespiegelt. Tief in ihren Augen, in ihren stets bodenlosen Tiefen, gab es eine Quelle. Und, gerade noch zu erahnen, ein schwaches Licht. Das Licht des Lebens, dachte ich. Eines Tages wird es verlöschen, aber einstweilen ist es noch da. Sie lächelte mich an. Wie immer bildeten sich an ihren Augenwinkeln kleine Fältchen. Ich küßte diese feinen Linien.

Für verführerische Entdeckungen

EMMANUELLE ARSAN

Verlockungen

Da Emmanuelle in den Club geht, um zu schwimmen, und nicht, um sich Klatsch anzuhören, beschließt sie, ihre Besuche dort auf morgens zu verlegen. Zehnmal durchschwimmt sie geschmeidig die ganze Länge des Beckens, und sie kümmert sich ebensowenig darum, wieviel Zeit sie dafür braucht, wie um die Blicke der Männer, die sich um diese Stunde hier aufhalten. Durch das ständig wiederholte Anheben der Arme über ihren Kopf haben sich ihre Brüste aus ihrem trägerlosen Badeanzug geschoben, und wenn sie sich auf die Seite legt, hebt das darüber hinrieselnde Wasser ihre wölbenden Linien hervor und verleiht ihnen einen seidigen Glanz. Um die Brustspitzen hat sich eine feine, kreisförmige Brille gebildet, und so scheinen die Ränder des Warzenhofes ein Miniaturatoll zu bilden. Ohne dieses Detail, das zeigt, wie verletzlich sie sind, und zugleich ihren fruchtigen Geschmack erahnen läßt, schiene ihre Rundung vielleicht zu vollkommen, um noch erregen zu können, glichen sie zu sehr den Brüsten einer Statue.

Als Emmanuelle keuchend vor Anstrengung mit beiden Händen das verchromte Geländer der Leiter ergriff, sah sie, daß ihr der Weg verstellt war. Ariane de Saynes stand auf dem Rand des Beckens und beugte sich, aus vollem Halse lachend, zu ihr hinab.

»Durchgang gesperrt!« rief sie. »Ihren Ausweis, bitte!« Obwohl es Emmanuelle gern vermieden hätte, einer der »dummen Gänse« zu begegnen, machte sie gute Miene zum bösen Spiel und lächelte.

Ariane insistierte: »Während die ehrbaren Hausfrauen ihre Einkäufe machen, spielen wir hier also die Najade? Warum so ungesellig?«

»Nun, Sie sind doch auch hier«, wandte Emmanuelle ein und versuchte, aus dem Wasser zu steigen.

Ariane machte keine Anstalten, ihr den Weg freizugeben.

»Ah! Bei mir ist das was anderes«, sagte sie geheimnistuerisch. Aber Emmanuelle tat ihr nicht den Gefallen, neugierige Fragen zu stellen.

Die Gräfin betrachtete gelassen und ungeniert die Reize ihrer Gefangenen.

»Sie haben eine herrliche Figur!« rief sie bewundernd.

Sie sagte das mit ehrlicher Überzeugung, und Emmanuelle fand, daß sie ja eigentlich auch gar nicht so boshaft aussah, wie sie sie von ihrer ersten Begegnung in Erinnerung hatte. Vielleicht war sie ein bißchen verrückt, aber man mußte auch zugeben, daß sie anregend, *stimulierend* war. Emmanuelle brauchte sich keinen großen Zwang mehr anzutun, um liebenswürdig zu sein.

Endlich gab Ariane den Weg frei. Die Schwimmerin schwang sich auf den Beckenrand. Gelassen schob sie mit den Fingerspitzen ihre Brüste oder vielmehr die untere Hälfte ihrer Brüste in den Badeanzug zurück (die Spitzen blieben noch deutlich sichtbar) und setzte sich neben Ariane. Zwei große, nordisch aussehende junge Männer kamen auf sie zu und begannen eine Unterhaltung auf englisch. Die Gräfin antwortete gutgelaunt. Daß Emmanuelle kein Wort von dem Geplauder verstand, machte ihr wenig aus. Plötzlich wandte sich Ariane ihr zu und fragte: »Interessieren Sie die beiden?«

Emmanuelle verzog den Mund, und Ariane ließ die beiden Kavaliere abblitzen. Die beiden lachten, waren aber offenbar nicht gekränkt und keinesfalls gewillt, zu gehen. Emmanuelle fand sie unsagbar albern. Nach einer Weile erhob sich Ariane entschlossen und zog Emmanuelle mit sich.

»Die beiden sind langweilig«, erklärte sie. »Kommen Sie mit mir auf das Sprungbrett.«

Die beiden jungen Frauen kletterten auf den Acht-Meter-Turm und ließen sich bäuchlings nebeneinander auf der mit einer Sisalmatte bedeckten Plattform nieder. Ariane entledigte sich im Handumdrehen ihres Bikinioberteils und dann des Slips.

»Sie können sich hier ganz auspellen«, verkündete sie. »Von hier aus sieht man früh genug, wenn jemand kommt.« Emmanuelle hatte jedoch keine Lust, sich vor Ariane nackt auszuziehen. Wenig überzeugend erklärte sie, es sei ihr zu umständlich, den enganliegenden Badeanzug aus- und wieder anzuziehen, und außerdem sei ihr die Sonne zu stark ...

»Da haben Sie recht«, räumte Ariane ein. »Es ist besser, Sie gewöhnen sich erst langsam daran.«

Still lagen sie da und dösten in der Sonne. Emmanuelle fand die Gräfin gar nicht so übel. Sie mochte Menschen gern, mit denen sie zusammen sein konnte, ohne sprechen zu müssen. Aber dann war sie es selber, die das Schweigen nach einer Weile brach: »Mit was vertreibt man sich hier eigentlich die Zeit? Immer nur schwimmen, Cocktailparties und Diners, langweilt man sich da nicht zu Tode?«

Ariane pfiff durch die Zähne, als habe sie eine Ungeheuerlichkeit vernommen.

»Na, na! An Zeitvertreib fehlt es hier wirklich nicht. Von Kinos, Nachtlokalen und dem ganzen Amüsierbetrieb einmal abgesehen, kann man hier reiten, Golf, Tennis oder Squash spielen, auf dem Fluß Wasserski laufen oder auf den Kanälen romantisch dahinschaukeln. Man kann die Pagoden besichtigen. Immerhin sind sie sehenswert, und es gibt fast tausend davon: Besuchen Sie eine pro Tag, und Sie sind für drei Jahre beschäftigt. Schade, daß das Meer – ich meine das richtige Meer, wo man baden kann – so weit weg ist. Hundertfünfzig Kilometer. Aber die Reise lohnt sich. Die Strände sind herrlich, endlos lang und breit, von Kokospalmen gesäumt, menschenleer und übersät mit Muscheln. Nachts phosphoresziert das Wasser märchenhaft: Es wimmelt von Myriaden kleiner leuchtender Lebewesen. Die Korallen kitzeln einem die Fußsohlen, und die Haifische kommen und fressen einem aus der Hand.«

»Das würde ich ja gern mal sehen!« lachte Emmanuelle heraus.

»Sie singen einem sogar Serenaden, sage ich Ihnen, wenn man an diesen Gestaden in den Armen eines Liebhabers liegt. Tagsüber sonnt man sich auf dem Sand, der einen massiert, oder sucht den Schatten der Zuckerpalmen auf. Sie finden immer einen kleinen Jungen, der Ihnen für einen Tikal gern Luft zufächelt, während Ihr Kavalier sich Ihnen widmet. Und wenn man nachts am Strand liegt, dicht am Wasser, liebkosen die Wellen einem züngelnd den Rücken, und wenn ein verliebtes Gesicht einem den Blick auf die Sterne verdeckt, ach!, dann ist man glücklich, eine Frau zu sein!«

»Das scheint also doch noch immer der beliebteste Sport in diesem Land zu sein«, sagte Emmanuelle, aber fern aller moralischen Entrüstung.

Ariane musterte sie mit einem unergründlichen Lächeln. Eine ganze Weile schwieg sie. Dann sagte sie: »Sagen Sie mal, mein Schatz ...«

Sie unterbrach sich, als hemme sie plötzlich ein heimlicher Gedanke.

Emmanuelle drehte sich ihr lachend zu: »Ja? Was soll ich Ihnen denn sagen?«

Ariane überlegte schweigend und entschied dann, in welchem Ausmaß sie der Neuen vertrauen konnte. Der Unterton mondäner Ironie schwand aus ihrer Stimme. Sie schnitt eine lustige Grimasse.

»Ich bin sicher«, sagte sie, »Sie sind temperamentvoll. Sie sind nicht das Unschuldslamm, das Sie zu sein vorgeben. Gott sei Dank, übrigens. Um Ihnen die Wahrheit zu sagen, Sie haben mich vom ersten Augenblick an interessiert.«

Emmanuelle wußte nicht recht, was sie von dieser Erklärung halten sollte. Fast gegen ihren Willen blieb sie in der Defensive; eher etwas verärgert als geschmeichelt, denn sie mochte es nicht, wenn man ihre Aufrichtigkeit in Zweifel zog. Und was hatten diese Frauen eigentlich, daß sie sie alle für prüde hielten? Anfangs hatte sie darüber gelacht, aber allmählich ging es ihr auf die Nerven.

»Vielleicht wollen Sie nicht, daß es Ihnen hier gefällt?« fuhr Ariane fort, in einem Ton, der mehr sagte als alle Worte.

»Doch«, sagte Emmanuelle. Sie war sich darüber klar, daß sie sich auf ein gefährliches Terrain begab, aber noch mehr fürchtete sie, als tugendhaft verdächtigt zu werden.

Arianes anerkennendes Lächeln entschädigte sie nur halb. »Also, Sie süßer kleiner Fratz, kommen Sie abends einmal mit mir. Sie können Ihrem Mann ja sagen, Sie hätten ein Damenessen. Sie werden schon sehen, was für ein Betätigungsfeld ich für Sie habe. Fünfzig Lichtjahre in der Runde gibt es keine galanteren und munteren Kavaliere als Arianes Freunde. Geistvoll, jung, stramm, immer auf Eroberungen aus. Sie werden sich bestimmt nicht langweilen. Einverstanden?«

»Aber Sie kennen mich doch kaum«, sagte Emmanuelle, nach Ausflüchten suchend. »Sind Sie denn nicht ...«

Ariane zuckte die Achseln: »Ich kenne Sie gut genug! Ich brauche Sie nicht erst lange zu beobachten, um zu erkennen, daß Ihre Schönheit Frauen wie Männer betört. Und die Freunde, von denen ich sprach, verstehen sich auf Schönheit. Ich käme gar nicht auf die Idee, Sie mit ihnen bekannt zu machen, wenn ich nicht wüßte, wen ich vor mir habe. So stehen die Dinge.«

»Und ...« fragte Emmanuelle zögernd, »Ihr Mann?«

Ariane lachte hellauf. »Ein guter Ehemann weiß es zu schätzen, wenn seine Frau zufrieden ist«, sagte sie.

»Ich weiß nicht, ob Jean das auch so selbstverständlich findet.«

»Dann ziehen Sie ihn eben nicht ins Vertrauen«, sagte Ariane leichthin. Sie rückte dicht an Emmanuelle heran, legte spontan den Arm um ihre Taille und drückte sie an sich: »Schwören Sie mir, daß Sie mir die Wahrheit sagen?«

Emmanuelle blinzelte. Sie ließ sich nicht gerade gern auf so etwas ein. Die festen, warmen Brüste, die sich an ihre Schulter preßten, brachten sie ein wenig aus der Fassung.

»Sie werden mir nun nicht mehr weiszumachen versuchen, daß Sie diesen berauschenden Körper noch niemals einem anderen hingegeben haben als Ihrem Mann, nicht wahr? Gut; haben Sie es ihm etwa gebeichtet?« Emmanuelles Wangen brannten. Da wollte man schon wieder Geständnisse von ihr erpressen! Aber was nützte es, sich zu wehren? Und sollte man sie denn für naiver halten, als sie in Wirklichkeit war? Sie schüttelte auf Arianes Frage verneinend den Kopf. Und erhielt dafür einen vergnügten Kuß aufs Ohr. »Siehst du«, sagte Ariane triumphierend und musterte sie stolz. »Ich verspreche dir, daß du es nicht bereuen wirst, nach Bangkok gekommen zu sein!«

Der Ton, in dem sie das sagte, ließ erkennen, daß sie der Meinung war, Emmanuelle habe soeben einen Pakt unterzeichnet.

Emmanuelle versuchte sich den Konsequenzen, die ihr bedrohlich erschienen, zu entziehen: »Nein, bitte! Sie bringen mich in Verlegenheit.« Plötzlich kühner, versicherte sie: »Sie müssen nicht glauben, daß ich prüde wäre oder moralische Bedenken hätte. Absolut nicht. Aber ... lassen Sie mir wenigstens etwas Zeit, mich an den Gedanken zu gewöhnen.«

»Natürlich, alles hat Zeit«, sagte Ariane. »Halten Sie es wie mit dem Sonnen ...« Ihr schien plötzlich eine Eingebung zu kommen. Sie ließ ein flüchtiges Lächeln über ihre Lippen huschen und setzte sich auf.

»Komm«, befahl sie. »Wir gehen und lassen uns massieren.« Sie zog ihren Bikini wieder an und fügte mit leicht herablassendem Ton hinzu, als spräche sie mit einem Kind: »Keine Angst, mein Kleines, da gibt's nur Frauen.«

Emmanuelle ließ ihren Wagen im Club stehen und setzte sich zu Ariane in deren offenes Kabriolett. Eine halbe Stunde lang fuhren sie durch das Gewühl der Fahrrad-Rikschas und Motorrad-Taxis. Sie hielten vor einem neuen, einstökkigen Gebäude, das zwischen den Geschäften von Seidenhändlern, Restaurants und Reisebüros lag. Eine Inschrift in Buchstaben, die Emmanuelle nicht lesen konnte, zierte die Fassade. Sie stießen eine dicke Glastür auf und befanden sich im Empfangsraum eines Badehauses, wie man es ähnlich auch in Europa hätte finden können. Eine in einem blumigen Kimono gekleidete Japanerin empfing sie höflich, verbeugte sich mit auf der Brust gekreuzten Händen mehrmals vor ihnen, bevor sie sie durch Gänge, die von Dampf und dem Duft nach Eau de Cologne erfüllt waren, führte. Dann blieb sie vor einer Tür stehen und verbeugte sich erneut ganz tief.

»Du kannst hier hineingehen«, sagte Ariane, »alle Masseusen sind gleich gut. Ich nehme die Kabine nebenan. Wir treffen uns in einer Stunde wieder.«

Emmanuelle war nicht darauf gefaßt gewesen, von Ariane allein gelassen zu werden. Sie fühlte sich etwas hilflos. Die Tür, die die Japanerin halb geöffnet hatte, führte in ein kleines, sauberes Badezimmer mit sehr niedriger Decke, wo eine junge, schmächtige Asiatin im weißen Schwesternkittel zwischen einer Badewanne und einem Massagetisch stand. Sie hatte ein Vogelgesicht, das Erfahrung verriet. Auch sie machte eine Verbeugung, sagte ein paar Worte, ohne daß es ihr darauf anzukommen schien, ob sie verstanden wurde oder nicht, ging auf Emmanuelle zu und machte sich daran, ihr die Bluse aufzuknöpfen.

Als sie Emmanuelle entkleidet hatte, bedeutete sie ihr, in die mit bläulichem, duftendem heißem Wasser gefüllte Wanne zu steigen. Sie klopfte das Gesicht der Kundin mit einem feuchten Tuch und seifte ihr dann gründlich Schultern, Rükken, Brust und Unterleib ein. Emmanuelle überlief ein Beben, als der mit Schaum vollgesogene Schwamm zwischen ihren Beinen kreiste.

Nach dem Bad rieb die Siamesin sie mit einem großen, lauwarmen Badetuch trocken und forderte Emmanuelle auf, sich auf den gepolsterten Tisch zu legen. Zuerst klopfte sie ihren Körper mit kleinen, hastigen Schlägen mit der Handkante, zwickte dann ihre Muskeln, stemmte mit kräftigem Druck die Handflächen auf Waden und Kreuz, zog die Fußzehen in die Länge, knetete lange ihren Nacken und versetzte ihr kleine Klapse auf den Kopf. Emmanuelle, halb betäubt, fühlte sich dennoch entspannt und zufrieden.

Dann holte die Masseuse aus einem Schrank zwei Apparate von der Größe einer Zigarettenschachtel, die sie an ihren beiden Handrücken befestigte und die zu summen anfingen. Langsam bewegten sich ihre vibrierenden Handflächen nun über die Oberfläche von Emmanuelles nacktem Körper, drangen in jede sich ihnen bietende Höhlung oder Hautfalte ein, glitten mit unwiderstehlicher Sachkenntnis in die Halsmulde, unter die Achseln, zwischen die Brüste, in die Spalte zwischen den Hinterbacken. Dann suchten sie auf der Innenseite der Schenkel die sensibelsten Stellen. Emmanuelle, die bis in die Tiefe ihres Fleisches erzitterte, spreizte die Beine, hob ihren Schamhügel etwas an, und mit einer unnachahmlich anmutigen Bewegung, bei der sich ihre Schamlippen wie zu einem kindlichen Kuß öffneten, bot sie sich dar. Aber schon zogen sich die Hände wieder zurück, glitten am Oberkörper hinauf, kamen und gingen mit fachmännischer Routine, fuhren immer wieder über die gleichen Stellen wie ein Bügeleisen. Als Emmanuelle kaum hörbar zu stöhnen begann, stiegen die Hände bis zu den Brustwarzen hinauf und kreisten auf ihnen, wobei sie bald die Spitzen nur streiften, bald die Warzen zusammenpreßten und sich in die schwellende Fülle der Brüste senkten. Wellen der Erregung durchströmten Emmanuelle bis hinab zu den Lenden. Sie bäumte sich auf, brach in ein langanhaltendes Klagen aus. Die Hände bearbeiteten die empfindlichen Brustwarzen so lange, bis der Orgasmus schließlich abklang und Emmanuelle leblos und ermattet freigab.

Sie hatte die Augen geschlossen und fühlte ihr Herz in einem Rhythmus klopfen wie eine afrikanische Trommel, deren straff gespanntes Fell Kuß um Kuß zurückgab. »Wieso eigentlich Küsse?« dachte sie ein wenig ungehalten. »Mein ganzer Körper ist behandelt worden wie eine Vulva, nur nicht meine Vulva selbst! Wozu ist es dann gut, daß sie so schön geformt und so seidig sein soll? Was nützt es dann, daß sie anschwillt bis in die Tiefen? Warum berührt mich dieses Mädchen niemals weiter unten als bis zu meinem Schamhaar? Meine Schamlippen sind genauso groß und schön und gut für eine Zunge wie die Lippen meines Mundes, und trotzdem scheint der festgeschlossene Mund dieser Stummen nicht nach diesen Küssen zu verlangen! Nun gut, wenn sie die Gelegenheit nicht nutzt, werde ich es eben selbst machen. Vor ihren Augen! Ich werde ihr zeigen, was eine Frau erwartet, wenn sie die Augen schließt!«

Bevor sie ihre Absicht noch ausführen kann, wird sie abgelenkt von einer seltsamen Wahrnehmung, die ihr erst allmählich ins Bewußtsein dringt: Der Rhythmus ihres Herzens scheint von einer Art Echo jenseits einer der Trennwände beantwortet zu werden. Es ist kein Klopfen, eher so etwas wie eine Stimme, ein schweres Atmen, ein dumpfes Stöhnen oder Röcheln. Nicht von Ariane, sondern von einem Mann, einem Mann, der eben in diesem Augenblick aufschreit, so laut, daß man es sogar durch die schallisolierten Trennwände hören kann, mit denen die Insassen der einzelnen Kabinen vor unliebsamen Störungen geschützt werden sollen.

Emmanuelle spitzt die Ohren, ist sich jetzt aber nicht mehr sicher, ob es sich wirklich um ein Schreien handelt. Als kundige Autofahrerin erinnert es sie eher an das Hämmern einer Pleuelstange oder an einen schlecht geölten, quietschenden Kolben. Unsinn! ermahnt sie sich, da drüben wird ja wohl kaum gerade ein Motor heißlaufen; es wird wohl eher ein Mensch sein, der zu ersticken droht.

Ob da jemand erwürgt wird? Wer ist der Täter? Und das Opfer? Ob es ein Kunde dieses Salons ist? Oder ist es womöglich umgekehrt, daß der Kunde – oder die Kundin – gerade einen Masseur vergewaltigt? Ob es hier überhaupt Masseure gibt? Ariane hat doch behauptet, daß hier nur Frauen beschäftigt sind. Aber muß man alles glauben, was sie sagt?

Emmanuelle versuchte, die Siamesin nach diesen Dingen auszufragen, ohne besondere Hoffnung, daß das Mädchen, das sich unterdessen von den Brüsten zu den Schultern und von den Oberschenkeln zu den Knöcheln vorgearbeitet hatte, sie verstehen würde. Tatsächlich beantwortete die Masseuse die Fragen ihrer Kundin nur mit einem etwas einfältigen Lächeln, bis sie schließlich in der Landessprache etwas sagte, das wie eine Frage klang. Gleichzeitig glitten ihre schmalen langen Finger an Emmanuelle herunter, auf ihren Unterleib zu, während sie selbst sie mit hochgezogenen Augenbrauen ansah, als warte sie auf Erlaubnis. Beglückt und erleichtert stimmte Emmanuelle eilends zu und nickte mit dem Kopf. Die von dem Vibro-Massagegerät beschwerte Hand führte auf der Oberfläche und in den Falten ihres Schoßes mit peinlicher Genauigkeit die vielerprobten Bewegungen aus, genau wissend, was zu tun war, um das Höchstmaß an Lust zu schenken. Sie gönnte ihr, des Erfolgs sicher, nicht die kleinste Atempause, während sie die Wirkung der elektrischen Vibratoren mit der Virtuosität ihrer klopfenden und reibenden Hände unterstützte.

Obwohl Emmanuelle sich zu beherrschen suchte, konnte

sie nur kurze Zeit widerstehen. Diesmal überkam es sie mit solcher Heftigkeit, daß sich sogar im Gesicht der Masseuse ein leichtes Erschrecken spiegelte. Noch lange danach, als die Hände schon von ihr abgelassen hatten, wand sich Emmanuelle keuchend und krallte ihre Finger in die weiße Tischkante.

»Die Wände sind zwar schalldicht«, sagte Ariane, als sie sich am Ausgang wiedertrafen, »aber deine Stimme dringt trotzdem durch. Jetzt wirst du mir nicht mehr erzählen wollen, daß dir Mathematik lieber ist.«

Marie-Anne kam an vier aufeinanderfolgenden Nachmittagen zu Emmanuelle. Mit jedem Tag wurde ihr Verhör schärfer; sie verlangte und erfuhr auch genauere Einzelheiten darüber, was sich zwischen ihrer Freundin und deren Mann abspielte und alles über ihre ausschweifenden täglichen Wachträume.

»Wenn du dich all den Männern wirklich hingegeben hättest, die deine Gedanken beschäftigt haben«, bemerkte sie eines Tages, »wärst du eine vollkommene Frau.«

»Dann wäre ich tot«, erwiderte lachend Emmanuelle. »Wieso?«

»Glaubst du, man kann mit Männern genauso oft zusammensein, wie man sich selbst Lust verschafft?«

»Warum nicht?«

»Aber mit einem Mann zusammenzusein kostet doch Kräfte!«

»Strengt es dich denn nie an, wenn du dich selbst streichelst?«

»Nein.«

»Wie oft tust du es eigentlich?«

Emmanuelle lächelte verlegen: »Gestern sehr oft. Ich glaube, mindestens fünfzehnmal.«

»Es gibt Frauen, die tun es genauso oft mit Männern.«

Emmanuelle nickte. »Ich weiß«, sagte sie. Aber es klang, als hätte sie kein Verlangen danach.

»Weißt du«, erklärte sie, »mit den Männern ist es gar nicht immer so aufregend. Sie tun einem mit ihrer Härte manchmal sogar weh und wissen mitunter nicht einmal, wie sie es anstellen müssen, um uns die höchste Lust zu verschaffen ...«

So paradox es war, es gab nur eine Art von Geständnissen, zu denen sich Emmanuelle dem jungen Mädchen gegenüber nicht überwinden konnte. Sie spielte höchstens gelegentlich ungeschickt darauf an, ohne sich darüber im klaren zu sein, ob Marie-Anne überhaupt verstand. Sie wußte selbst keine Erklärung für ihre Schüchternheit und Zurückhaltung, wozu das Verhalten ihrer Besucherin doch keinerlei Anlaß zu geben schien. Sobald Marie-Anne da war, zog sie sich aus: und als Emmanuelle vorschlug, sie solle doch auch ihre Bluse ausziehen, hatte sie nicht einmal dagegen etwas einzuwenden gehabt, und von nun an verbrachten die beiden Mädchen ihre Rendezvous völlig nackt auf der von Laubwerk umrankten Terrasse. Die Erregung, die Emmanuelle in diesen Stunden empfand, führte jedoch nur dazu, daß sie sich selbst noch häufiger streichelte: denn weder traute sie sich, ihre Freundin zu berühren noch diese aufzufordern, sie zu berühren, und dabei sehnte sie sich so sehr danach, daß es ihr den Schlaf raubte. Seltsame Gefühle, keusche und dann wieder ganz schamlose, stritten in ihr. Schließlich fragte sie sich verwirrt und nicht gewillt, darüber nachzudenken, ob diese ihr ungewohnte Zurückhaltung nicht sogar eine höhere Form der Raffinesse war, die ihre Sinne unbewußt entwickelt hatten, und ob nicht vielleicht der Verzicht auf Marie-Annes Körper, zu dem sie sich gegen jeden Instinkt unsinnigerweise zwang, am Ende einen subtileren und perverseren Reiz besaß als eine körperliche Umarmung, so daß für Emmanuelle eine Situation, unter der sie eigentlich hätte leiden müssen – ein kleines Mädchen verfügte über sie nach Lust und Laune, ohne den Gelüsten ihrer Partnerin auch nur im geringsten entgegenzukommen –, zu einem unerwarteten Quell sinnlicher Lust wurde.

So wie ihr aus der versagten Befriedigung eines sinnlichen Begehrens, das ihr von jeher ganz natürlich erschienen war, eine bisher unbekannte Wollust erwuchs, offenbarte sich ihr durch das tiefe Schweigen ihrer kleinen Freundin über ihr eigenes sexuelles Erleben ein neues Element der Erotik. Als Emmanuelle merkte, wie gelassen sie es hinnahm, nichts – oder fast nichts – von Marie-Anne zu wissen, wurde ihr bewußt, daß ihr Geist und ihr Körper mehr Lustgewinn daraus zogen, einer andern den Anblick der Unzucht darzubieten, als wenn sie selbst die Zuschauerin gewesen wäre. Und wenn sie mit jedem Tag ungeduldiger auf ihre Freundin wartete, so weniger wegen der Erregung, die sie bei der Betrachtung ihrer Nacktheit oder als Augenzeugin ihrer lasziven Spiele empfand, als wegen der viel köstlicheren, weil obszöneren Erregung, die ihr zuteil wurde, wenn sie sich, unter den aufmerksamen Blicken Marie-Annes, in ihrem Liegestuhl selbst liebkoste. Auch wenn Marie-Anne schon gegangen war, blieb der Zauber ungebrochen: Emmanuelle sah die grünen Augen vor sich, die auf ihr Geschlecht starrten, und so blieb sie, in ihr Spiel mit sich selbst versunken, bis zum Abend liegen.

In der darauffolgenden Woche wurde Emmanuelle von Marie-Annes Mutter zum Tee eingeladen. In dem prätentiösen Salon fand sie ungefähr zehn Damen vor, die ihr alle gleich nichtssagend erschienen. Schon bedauerte sie, mit ihrer Vertrauten nicht allein sein zu können, die auf dem Teppich saß und sich ganz als die wohlerzogene Tochter des Hauses gab, als ihr Interesse durch die Ankunft einer sehr eleganten jungen Frau geweckt wurde, die in dieser Gesellschaft auf den ersten Blick ebenso deplaciert schien wie sie selbst.

Die Hereintretende erinnerte Emmanuelle an die Pariser Mannequins, die sie immer bewundert hatte. Sie war hochgewachsen wie diese. Ihre steinernen Züge zeigten den gleichen undefinierbaren Überdruß, die gleiche gespielte Distanziertheit gegenüber Vertraulichkeiten. Der »gleich einer Rose« halboffene Mund, die bernsteinfarbenen Augenbrauen, die sich über den großen Augen wölbten, die zärtlich geschwungenen Wimpern verliehen diesem Gesicht eine so unwahrscheinliche Arglosigkeit, daß es einer Herausforderung gleichkam. Mit einem gewissen Hochmut sagte sich Emmanuelle, daß sie hier vermutlich die einzige war, die dank ihrer »Erfahrung«, wie sie es nannte, zu begreifen vermochte, welche Bescheidenheit im Grunde einem so absoluten Streben nach Vollkommenheit innewohnte, wie verdienstvoll eine so anspruchsvolle Auffassung von der Pflicht zur Schönheit, wie bestrickend eine so große, unter dem gleichgültigen Perlmuttblick verborgene Leidenschaft war. Und sie erinnerte sich, auch auf den Masken ihrer Freundinnen, die »den stolzesten Denkmälern nachgebildet« waren, das gesehen zu haben, was Baudelaire mit der Verdammung »der Bewegung, welche die Linien verschiebt«, hatte sagen wollen. Die alabasterhaften Göttinnen sind Fleisch geworden, aber des Menschen Sehnsucht nach Statuen lebt fort – der Mensch glaubt nur an die unerreichbaren Paradiese und an die unbeseelten Götter, und so ist das angebetete Fleisch wieder Stein geworden.

Die Erregung, die sich Emmanuelles bei der Beschwörung dieser Bilder bemächtigte, hatte zwiefachen Ursprung: teil hatten an ihr sowohl die noch nahe Erinnerung an die aufregenden Schwärmereien ihrer Schulzeit als auch die Sinnestaumel später in den Anprobesalons. Sie dachte, daß sie sich selbst gern in ein Kunstwerk verwandeln würde und daß es gut wäre, wenn sie, die bei ihrer Ankunft in Bangkok noch ungeformter Ton war, hier ihre Form finden könnte (sie dachte dabei weniger an die Form eines Körpers – den ändern zu wollen sie keinen Anlaß sah – als an die Formen des Geistes). Und obgleich sie sich nicht konkret vorstellte, worin diese Vollendung bestehen sollte, wünschte sie sich doch, ihr Leben möge eines Tages etwas so Kostbares und Wohlgelungenes werden, wie es die raffinierte Frisur dieser bronzefarbenen Haare war, etwas so Triumphierendes wie diese perlmuttgrau schimmernden Augen, etwas das Urteil der Menge so Geringschätzendes wie dieses Kostüm, dessen Schnitt eine einzige Herausforderung der Linien des Körpers war und das am Hals nur um den Preis einer schwierigen Armbewegung geschlossen bleiben zu können schien, ein Kunstwerk, dessen einzige reizvolle Aufgabe darin gesehen werden mußte, die Niederlage der Elemente und das Scheitern der Konventionen an der selbstherrlichen Phantasie der weiblichen Launen durch eine fröstelnde Bewegung in diesem sengend heißen Klima zu bezeugen.

Bevor Marie-Annes Mutter Zeit gefunden hatte, die Neuangekommene vorzustellen, erhob sich Marie-Anne und zog Emmanuelle in eine Ecke des Salons, wo man sie nicht hören konnte.

»Ich habe einen Mann für dich«, sagte sie mit der befriedigten Miene dessen, der einen Auftrag erfüllt hat.

Emmanuelle lachte hellauf. »Das nenne ich aber eine Neuigkeit! Und du hast eine Art, sie zu verkünden! Was soll ich mir darunter vorstellen – ›ein Mann für mich‹?«

»Er ist Italiener und sehr schön. Ich kenne ihn seit langem, aber ich war mir bisher nicht sicher, ob er das ist, was du brauchst. Ich habe nachgedacht. Er ist genau das richtige für dich. Du mußt ihn so bald wie möglich kennenlernen.«

Die Dringlichkeit, mit der Marie-Anne das vorbrachte, belustigte Emmanuelle von neuem. Sie war sich keineswegs sicher, ob der Kandidat, wer immer er war, wirklich das war, was sie »brauchte«, aber sie wollte ihren kleinen Vormund nicht enttäuschen. Wenn sie schon keine Dankbarkeit für diesen Vorschlag empfand, so wollte sie doch wenigstens ihr Interesse bekunden: »Wie ist er denn, dein schöner Mann?« fragte sie.

»Ein florentinischer Marquis vom Scheitel bis zur Sohle. Bestimmt hast du noch nie einen so gut aussehenden Mann getroffen. Schmal, groß, Adlernase, schwarze, durchdringende und tiefgründige Augen, dunkler Teint, ein markantes Gesicht ...«

»Na, na!«

»Du brauchst mir ja nicht zu glauben, aber warte nur, bis du ihn gesehen hast, dann wirst du nicht mehr so dumm lachen. Er ist auch im Zeichen des Löwen geboren.«

»Wer denn sonst noch?«

»Ariane und ich.«

»Ah! Und ... «

»Aber er hat schwarzes, glänzendes Haar wie du. Mit leicht silbergrauen Schläfen, sehr schick.«

»Graues Haar! Aber dann ist er ja zu alt für mich!«

»Keineswegs. Er hat genau das richtige Alter für dich: Er ist doppelt so alt wie du, achtunddreißig. Deshalb sage ich dir ja, du mußt dich beeilen: Nächstes Jahr bist du zu alt. Außerdem ist er nächstes Jahr nicht mehr hier.«

»Was macht er denn in Bangkok?«

»Nichts. Er ist sehr intelligent. Er reist viel, er kennt das ganze Land. Er macht Ausgrabungen in den Ruinen, interessiert sich für das Alter der Buddhastatuen. Im Museum hat er sogar Sachen gefunden, die der gute Mann, der es leitet, noch nie gesehen hatte. Ich glaube, er schreibt ein Buch darüber. Aber, wie ich dir schon sagte, eigentlich tut er nichts.«

Unvermittelt unterbrach Emmanuelle Marie-Anne: »Sag mal, wer ist eigentlich diese tolle Person da?«

»Tolle Person?«

»Die, die gerade gekommen ist.«

»Gekommen, wo?«

»Hierher, Marie-Anne! Bist du von allen guten Geistern verlassen? Da, sieh doch, direkt vor dir ...«

»Ach, du meinst Bi.«

»Wie heißt sie?«

»Bi! Was findest du daran so ungewöhnlich?«

»Sie heißt wirklich Bi? Komischer Name!«

»Uh, das ist gar kein Name. Auf englisch bedeutet es Biene. Es schreibt sich mit einem b und zwei e. Ich schreibe es lieber mit einem b und einem i, das ist klarer.«

»Aber sie, wie schreibt sie es denn?«

»Ganz wie ich es verlange.«

»Hör mal, alles was recht ist, Marie-Anne!«

»Du kannst dir doch selbst denken, daß das nicht ihr richtiger Name ist. Ich habe ihn ihr gegeben, und wie sie richtig heißt, haben jetzt alle vergessen.«

»Aber ich würde es gern wissen.«

»Was hast du schon davon? Du würdest ihn ja doch nicht aussprechen können. Es ist einer dieser verrückten, skurrilen englischen Namen.«

»Aber ich kann sie doch nicht mit Bi anreden!«

»Du brauchst sie ja gar nicht anzureden.«

Emmanuelle sah Marie-Anne erstaunt an. Sie zögerte einen Augenblick und begnügte sich dann mit der Frage: »Ist sie Engländerin?«

»Nein, Amerikanerin. Aber sei ganz beruhigt, sie spricht Französisch wie du und ich. Sie hat nicht einmal einen Akzent, gar nichts Exotisches.«

»Du scheinst sie ja nicht besonders zu mögen.«

»Bi? Sie ist meine beste Freundin!«

»Sieh einer an! Warum hast du mir dann nie von ihr erzählt?«

»Ich kann dir doch nicht von allen Mädchen erzählen, die ich kenne.«

»Aber wenn du sie so sehr liebst, wundert es mich, daß du sie nie erwähnt hast.«

»Wie kommst du darauf, daß ich sie liebe? Sie ist meine Freundin, das ist alles. Damit ist nicht gesagt, daß ich sie liebe.«

»Marie-Anne! ... Ich verstehe überhaupt nichts mehr. Du erzählst mir nie etwas von dir. Und du willst auch nicht, daß ich deine Freundinnen kennenlerne. Bist du etwa eifersüchtig? Hast du Angst, ich könnte sie dir ausspannen?«

»Warum willst du unbedingt deine Zeit an eine Mädchenclique verschwenden?«

»Jetzt muß ich aber lachen! So kostbar ist meine Zeit ja nun wirklich nicht. Wenn man dich so hört, möchte man meinen, meine Tage seien gezählt!«

»Naja.«

Marie-Anne machte ein so ernstes Gesicht dabei, daß Emmanuelle wirklich etwas aus der Fassung geriet. Protestierend sagte sie: »Ich fühle mich allerdings noch nicht gerade dem Greisenalter nahe.«

»Ach, weißt du, das kommt schnell.«

»Und diese Bi, diese Bee – ich finde übrigens die englische Schreibweise hübscher, das bedeutet wenigstens was –, steht sie nach den Maßstäben, die du anlegst, auch schon mit einem Fuß im Grab?«

»Sie ist zweiundzwanzig Jahre und acht Monate alt.«

»Ist sie verheiratet?«

»Nicht einmal das.«

»Dann ist sie ja wirklich eine alte Jungfer. Was wird sie sich da wohl alles von dir anhören müssen!«

Marie-Anne schwieg.

»Wenn ich recht verstehe, bist du nicht geneigt, sie mir vorzustellen?« begann Emmanuelle wieder.

»Statt so blöd daherzureden, brauchtest du ja nur mit mir zu kommen!«

Marie-Anne machte ein Zeichen, und Bee kam auf sie zu.

»Das ist Emmanuelle«, sagte Marie-Anne, so als stelle sie eine Missetäterin vor.

Aus der Nähe vermittelten die großen perlgrauen Augen den Eindruck von Intelligenz und Souveränität. Augenscheinlich wollte Bee weder andere beherrschen noch duldete sie es, daß andere sie beherrschten. Emmanuelle war sicher, daß sie Marie-Anne allerlei zu schaffen machte. Sie fühlte sich gerächt.

Sie wechselten ein paar belanglose Worte. Bees Stimme paßte zu ihren Augen. Sie drückte sich besonnen aus und zögerte nie. Eine innere Heiterkeit verlieh ihr Wärme. Emmanuelle fand, daß dem Gesicht und der Stimme nach diese junge Frau eine glückliche Natur besitzen mußte.

Sie hätte gern gewußt, womit Bee ihre Tage verbrachte. Anscheinend tat sie nichts weiter, als in der Stadt herumzubummeln. Ob sie allein in Bangkok lebe? Nein, sie sei vor einem Jahr hierhergekommen, um ihren Bruder zu besuchen; er sei Marineattaché bei der amerikanischen Botschaft. Anfangs habe sie nur einen Monat bleiben wollen, aber nun sei sie immer noch da. Es eilt ihr gar nicht, wieder abzureisen.

»Wenn ich von diesen verlängerten Ferien genug habe«, sagte sie, »dann werde ich heiraten und in die Vereinigten Staaten zurückkehren. Zum Arbeiten habe ich keine Lust; ich finde es einfach herrlich, nichts zu tun.«

»Sind Sie verlobt?« fragte Emmanuelle.

Bei dieser Frage sah sie Bee zum erstenmal lachen. Es war ein sehr offenes und sehr hübsches Lachen.

»Wissen Sie, in meinem Land verlobt man sich erst am Tag vor der Hochzeit, und zwei Tage vorher weiß man noch nicht, mit wem. Und da ich weder morgen noch übermorgen die Absicht habe, mich zurückzuziehen, wäre ich in großer

Verlegenheit, wenn ich Ihnen sagen sollte, wie meine Wahl ausfallen wird.«

»Aber sich verheiraten heißt doch nicht unbedingt, sich zurückzuziehen«, protestierte Emmanuelle.

Bee lächelte nachsichtig. Sie sagte nur: »Oh!« Es klang nach leichtem Zweifel. Dann fügte sie hinzu: »Es ist ja nichts Schlimmes, wenn man sich zurückzieht.«

Emmanuelle war versucht zu fragen: wovon? Aber sie wollte nicht indiskret sein. Und jetzt erkundigte sich Bee: »Sind Sie glücklich, daß Sie so jung geheiratet haben?«

»Oh!« sagte Emmanuelle. »Ich bin überzeugt, es war das Beste, was ich bisher in meinem Leben getan habe.«

Wieder lächelte Bee. Emmanuelle war erstaunt über die Güte, die sie ausstrahlte. Die emailleglatte Schönheit des Gesichts (das völlig ungeschminkt wirkte – aber Emmanuelle wußte, welche Sorgfalt, welche Geduld und wie viele Stunden sachkundiger Handhabung von Pinseln und Cremes es bedurft hatte, um mit solcher Vollkommenheit Natur vorzutäuschen) und alles, was durch ein Übermaß an Perfektion an ihr fast störend wirkte, war vergessen, sobald bei ihr die Heiterkeit durchbrach wie Sonne durch ein Buntglasfenster. Dann fühlte man sich nicht mehr versucht, zu sagen: Wie schön ist diese Frau!, sondern: Wie sympathisch sieht sie aus! Emmanuelle sagte sich jedoch lieber: Wie glücklich scheint sie zu sein! Da sie selber glücklich war, schien dieser Gedanke sie ihr näherzubringen. Das Unglück erschreckte sie derart, daß sie unfähig war, jemanden ernsthaft zu lieben, der seinen Kummer ausbreitete und sich beklagte. Manchmal schämte sie sich dieser Eigenschaft, obwohl sie nicht Ausdruck von Herzenskälte, sondern von einer scheuen, fast quälenden Liebe zur Schönheit war.

Während Marie-Anne mit den Damen plauderte, wich Emmanuelle keinen Schritt von Bees Seite. Sie sprachen zwar nichts Wichtiges, aber sie hatten beide offensichtliches

Vergnügen aneinander. Emmanuelle hatte gar nichts dagegen, daß ihre kleine Freundin sie vernachlässigte. Als Jean sie abholte, bedauerte sie es, schon aufbrechen zu müssen. Beim Abschied flüsterte ihr Marie-Anne zu: »Ich rufe dich an!« Emmanuelle dachte zu spät daran, daß sie vergessen hatte, sich Bees Telefonnummer geben zu lassen. Sie war so betroffen darüber, daß sie unfähig war, auf die Fragen ihres Mannes zu antworten. Unerklärlicherweise fürchtete sich Emmanuelle davor, Ariane wiederzusehen. Lieber verzichtete sie auf ihr morgendliches Schwimmen, als daß sie es riskieren wollte, mit ihr zusammenzutreffen. Sie hatte Jean nach seiner Meinung über die junge Gräfin gefragt, und er hatte geantwortet, daß sie seiner Ansicht nach eine sehr schöne Frau sei, daß er ihre ungestüme Leidenschaftlichkeit und ihre bezwingende Natürlichkeit schätze. Ob er mit ihr geschlafen habe, wollte Emmanuelle wissen. Nein, wenn sich jedoch eine Gelegenheit dazu ergeben hätte, so hätte er nichts lieber getan. Emmanuelle, die sonst eigentlich eher stolz darauf war, wenn ihr Mann bei anderen Frauen Erfolg hatte, empfand diesmal – aller Logik zuwider – eine bohrende Eifersucht; zwar bemühte sie sich, Jean nichts davon merken zu lassen, aber sie war den ganzen Tag über verstimmt.

Kurz nach diesem Gespräch ruft Ariane bei ihr an und sagt, der Regen in den letzten beiden Tagen habe sie schon ganz stumpfsinnig gemacht, aber eben sei ihr eine »geniale Idee« gekommen. Sie wolle Emmanuelle das Squash-Spiel beibringen. Was das sei? Nun, eine Art Tennis, die man eben gerade dann spielen könne, wenn es regne, weil sie nicht im Freien gespielt werde. Emmanuelle wäre bestimmt begeistert davon. Schläger und Bälle bringe sie selbst mit; Emmanuelle brauche nichts weiter zu tun, als sich Shorts und ein Paar Leinenschuhe anzuziehen und sich in einer halben Stunde mit ihr im Club zu treffen.

Die Gräfin hatte wieder eingehängt, ohne daß Emmanuelle Zeit gehabt hätte, sich eine Entschuldigung auszudenken. Dann aber sagte sie sich, daß dieser Sport, von dem sie bisher noch nichts gehört hatte, vielleicht doch ganz amüsant sei, und sie machte sich bereitwillig fertig.

Als sie sich im Club trafen, stellten die beiden Frauen fest, daß sie gleich angezogen waren: gelbe Baumwollpullover über schwarzen Shorts. Sie mußten beide lachen.

»Tragen Sie einen Büstenhalter?« erkundigte sich Ariane.

»Nie«, erklärte Emmanuelle. »Ich besitze gar keinen.«

»Bravo«, rief die andere begeistert aus, packte die verdutzte Emmanuelle mit beiden Händen um die Taille und hob sie ein paar Zentimenter hoch: daß Ariane so kräftig war, hätte sie nicht gedacht.

Diese verkündete: »Glauben Sie kein Wort von diesem ganzen Geschwätz, daß man von Tennis und Reiten Hängebrüste bekäme, wenn man sich nicht in diese Zaubertüten schnürt. Ganz im Gegenteil, der Sport kräftigt die Brüste, und je mehr man ihnen zumutet, um so fester werden sie. Sehen Sie mich an.«

Mitten auf der erhöhten Terrasse, wo andere Spieler an ihnen vorbeikamen, hob sie ihren Pullover hoch, so daß nicht nur Emmanuelle diese Diana-Brüste bewundern konnte.

Auf den ersten Blick kam ihr der Squash-Platz höchst simpel vor: ein Fußboden, vier Holzwände und ein Dach. Von der Galerie aus, von der sie ihn zuerst sah, glich er einer Grube. Über eine Leiter, die drehbar an der obersten Sprosse befestigt war und automatisch, durch Federn bewegt, an das Dach hochklappte, sobald sie nicht mehr belastet war, kletterten sie hinunter. Wollte man aus der Grube wieder hinaufsteigen, wurde sie mit einem Strick herabgezogen. Ariane erklärte ihr, bei diesem Spiel käme es darauf an, mit einem langstieligen Schläger geringen Durchmessers abwechselnd einen Ball aus Hartgummi gegen die Wand zu schlagen.

Unter Arianes Schmetterschlägen sauste der kleine schwarze Ball so schnell dahin, daß Emmanuelle von einer Wand zur anderen gehetzt wurde und schallend lachte, während ihr das aufgelöste Haar übers Gesicht wehte. Nach einer halben Stunde schlug sie die Bälle schon sehr gekonnt zurück, aber die Beine versagten ihr den Dienst, und sie bekam keine Luft mehr. Der Schweiß rann ihr am ganzen Körper herab. Ariane gab das Zeichen zur Pause und holte die Leiter wieder herunter. Einer Tasche, die sie an die Sprossen gebunden hatte, entnahm sie zwei Handtücher. Sie zog sich ihr Trikot aus und rieb sich kräftig ab, dann trat sie auf Emmanuelle zu und frottierte ihrer Freundin, die es keuchend geschehen ließ, Brust und Rücken. Emmanuelle hatte dabei den durchnäßten Pullover bis unter die Achseln hochgerollt; die Arme zu heben, um ihn auszuziehen, hatte sie jedoch keine Kraft mehr. Ariane stellte sie gegen die schräg stehende Leiter, an der Emmanuelle in ihrer Ausgelassenheit mit ausgebreiteten Armen und gespreizten Beinen lehnte, als ließe sie sich kreuzigen.

Ihre Partnerin rieb ihr behutsam die Brüste, und sie rieb auch dann noch, als sie längst trocken waren. Zu der Atemlosigkeit, der allgemeinen Erschöpfung und dem Durst, der in Emmanuelles Kehle brannte, kam jetzt ein Blutandrang, der eher ein Wohlgefühl vermittelte. Plötzlich ließ Ariane das Frottiertuch fallen, schob ihre Arme unter die ihrer Schülerin und schmiegte sich mit der ganzen Länge ihres Körpers an sie. Emmanuelle spürte Brustspitzen, die nach den ihren suchten (und als sie sie gefunden hatten, überließ sie sich der unwiderstehlichen Lust), und fühlte, wie sich ein drängender Schamhügel durch den Stoff der Shorts an sie preßte. Sie stand leicht nach hinten gelehnt da, und so wurden die wenigen Zentimeter, die sie kleiner war als Ariane, ausgeglichen, und ihre Münder fanden sich auf gleicher Höhe. Ariane küßte sie, wie sie noch nie geküßt worden war: abwechselnd wurden ihre Lippen, ihre Zunge, alle Höhlungen ihres Mundes, ihr Gaumen, ihre Zähne, jede kleinste Stelle erkundet. Der Kuß dauerte so lange, daß sie nie erfuhr, ob es Minuten oder Sekunden gewesen waren. Sie empfand den Durst nicht mehr, der eben noch ihre Kehle ausgetrocknet hatte. Sie machte leise Bewegungen, damit ihre Klitoris schwellen, hart werden und in der Festigkeit des anderen Schoßes Zuflucht suchen konnte. Als ihre Erregung so stark war, daß Emmanuelle nur noch eine einzige riesige Knospe kurz vor dem Bersten war, preßte sie, ohne daß es ihr bewußt wurde, einen von Arianes Schenkeln zwischen ihre Beine und begann mit einem geschmeidigen Kreisen ihres ganzen Beckens ihr Geschlecht daran zu reiben. Ariane ließ sie einige Zeit gewähren, da sie wußte, daß Emmanuelle bei der übermäßigen Anspannung ihrer Sinne dieses Ventils bedurfte. Dann ließen ihre Lippen von der jüngeren ab, und sie betrachtete sie mit jenem Lachen, das so oft von ihr zu hören war und das die Freude über einen gelungenen Streich zu verraten schien. Zwar machte dieser Blick Emmanuelle verlegen, aber er beruhigte sie auch, denn er verriet, wie unsentimental Arianes Umarmungen waren. Emmanuelle wollte gern noch einmal geküßt werden und sehnte sich noch immer nach Arianes Brüsten. Ariane aber packte sie plötzlich oberhalb der Taille wie schon vorher einmal und hob sie mit einem Schwung ihrer Lenden die Leiter hinauf. Emmanuelle klammerte sich mit den Fersen an einer Sprosse fest. Sie glaubte, Ariane wolle ihre Brüste küssen, aber sie kam mit ihrem Kopf nicht näher, und ihre spöttischen Augen blieben unverwandt auf die ihres Opfers gerichtet. Bevor Emmanuelle noch ahnte, was ihr geschehen sollte, war Arianes Hand schon durch ein Bein ihrer Shorts geschlüpft und hatte sich ihres feuchten Geschlechts bemächtigt.

Arianes Finger bewegten sich ebenso geschickt und geübt

wie ihre Zunge. Sie strichen erst leicht über die Klitoris, dann drangen zwei von ihnen eng aneinandergepreßt kraftvoll in die Tiefe des Schoßes ein, dehnten die Wände ihrer Scheide, massierten den festen Wulst der Gebärmutter und entfalteten eine bewundernswert kundige Aktivität. Emmanuelle ließ sich widerstandslos in den Orgasmus reißen, suchte mit aller Kraft ihre Lust so hoch wie möglich zu treiben, öffnete sich und drängte sich der Hand, die in ihrem Innern wühlte, entgegen. Sie hatte das Gefühl, als quelle ein Lavastrom aus ihr hervor und fließe heiß und schwer an Ariane herab. Als sie schließlich bewußtlos die Leiter hinunterglitt, fing ihre Freundin sie in ihren Armen auf und drückte sie an sich. Hätte Emmanuelle in diesem Augenblick Arianes Augen sehen können, es hätte sie vielleicht überrascht, daß darin keine Spur von Spott mehr zu entdecken war. Doch als Emmanuelle wieder zu sich kam, hatte ihre Partnerin schon wieder zu ihrem heiteren Gleichmut zurückgefunden. Sie hielt sie mit ausgestreckten Armen an den Schultern und fragte übermütig: »Stehst du noch fest genug auf den Beinen, um hinaufklettern zu können?«

Emmanuelle ergriff eine heftige Verwirrung, und sie senkte den Kopf wie ein schmollendes Kind. Die andere legte ihr die Hand unter das Kinn und hob es hoch.

»Du«, murmelte sie mit ernster, fast erstickter Stimme, so wie Emmanuelle es noch nie bei ihr erlebt hatte, »haben das andere Frauen auch schon mit dir getan?«

Äußerlich bewahrte Emmanuelle ihren Gleichmut, aber in Wirklichkeit hatte sich ihrer eine Bestürzung bemächtigt, die ihr unerklärlich war. Sie beschloß, sich taub zu stellen. Ariane insistierte gebieterisch und schmeichlerisch zugleich. »Antworte! Hast du es noch nie mit Frauen getan?«

Emmanuelle, ganz Würde und Ablehnung, hüllte sich in beharrliches Schweigen. Ariane kam näher, und ihre Lippen bewegten sich dicht an Emmanuelles Mund.

»Komm zu mir«, hauchte sie. »Möchtest du?«

Aber Emmanuelle schüttelte verneinend den Kopf.

Noch immer hielt Ariane das widerspenstige Kinn in ihrer Hand, sagte aber nichts mehr. Als sie schließlich zurücktrat, ließen ihr heiterer Blick und ihr lausbübisches Lächeln nicht erkennen, ob sie enttäuscht und Emmanuelle deshalb gram war.

»Klettere hinauf«, sagte sie, nachdem sie sie ein bißchen an der Nasenspitze gekitzelt hatte.

Emmanuelle wandte sich ab und kletterte die Sprossen hinauf. Ariane folgte ihr. Emmanuelle zog ihr immer noch durchnäßtes Trikot wieder bis zur Taille herunter.

»O Ariane, du hast deinen Pullover unten gelassen!« bemerkte sie, und sogleich bot sie an: »Soll ich ihn dir holen?«

(Erst nachträglich merkte sie, daß sie Ariane zum erstenmal geduzt hatte.)

Ariane aber winkte ab: »Laß nur! Ist nicht der Mühe wert, er ist sowieso hin.«

Sie warf ein Handtuch über ihre Schultern, ohne darauf zu achten, daß es auch ihre Brust bedeckte. Während sie beide zur Garage gingen, schwang sie mit der einen Hand den bunten Leinensack mit den Schlägern hin und her, mit der anderen hielt sie Emmanuelle bei der Hand. Vorbeigehende winkten ihnen zu, Ariane grüßte fröhlich zurück, wobei sich die Nacktheit ihrer Brüste noch deutlicher zeigte. Emmanuelle hatte plötzlich den Eindruck, als starre alle Welt sie beide an; Scham und Bestürzung überkamen sie. Rasch wollte sie sich von Ariane trennen, wieder einmal entschlossen, sie nie wiederzusehen.

Auf dem Parkplatz ließ Ariane die Hand ihrer Begleiterin los und wandte sich ihr zu, während sie zugleich die Enden ihres Handtuchs vorn zusammenknotete. Der fragende und abwartende Ausdruck, mit dem sie Emmanuelle ansah, war so vielsagend, daß es keiner Worte bedurfte. Wieder senkte Emmanuelle den Kopf, ihre Verlegenheit, die Verwirrung ihrer Gedanken war nicht geheuchelt. Ariane beugte sich nur vor und küßte ihre Freundin leicht auf die Wange.

»Bis bald, mein Lämmchen«, sagte sie ungezwungen.

Sie sprang ins Auto und winkte Emmanuelle, als sie losfuhr, noch einmal zu.

Emmanuelle bedauerte, daß sie nichts unternommen hatte, sie zurückzuhalten. Sie hätte ihre Brüste gern noch einmal gesehen. Vor allem hätte sie gern wieder gespürt, wie sie sich an sie preßten. Plötzlich sehnte sie sich danach, nackt zu sein, und Ariane sollte nackt sein und auf ihr liegen, beide ganz nackt, nackter, als sie je gewesen waren. Sie sehnte sich danach, Arianes Brüste an ihren Brüsten, ihr Geschlecht an ihrem Geschlecht zu fühlen. Und sie sehnte sich danach, von Frauenhänden liebkost zu werden, von Frauenbeinen, Frauenlippen, einem Frauenleib ... Wenn Ariane jetzt zurückgekehrt wäre, wie hätte sich Emmanuelle ihr hingegeben!

Am gleichen Tag kam Christopher an. Er sah viel besser aus als auf den Fotos und hatte den Gang und das offene Lächeln eines angelsächsischen Rugby-Spielers; seine straff nach hinten gekämmten blonden Haare schienen mit einem ständigen Sturm zu kämpfen. Emmanuelle hatte sofort Vertrauen zu ihm wie zu jemandem, den sie schon lange kannte. Während sie ihrem Gast den Garten zeigte, hakte sie sich bei ihrem Mann und bei Christopher ein. Gleich zu Anfang stritt sie mit Jean darum, wem von ihnen der Neuankömmling Gesellschaft leisten sollte. »Du wirst Christopher doch nicht etwa die ganze Zeit für dich mit Beschlag belegen! Ich will ihn auf die *khlongs* mitnehmen, ihm den Markt der Diebe zeigen ...«

»Hören Sie, ich bin hier aber nicht nur auf Urlaub«, wehrte Christopher lächelnd ab.

Es bereitete ihm Vergnügen, Jean wiederzusehen und festzustellen, daß er so glücklich verheiratet war. Unverhohlen zeigte er die Bewunderung, die er für Emmanuelle empfand: »Jean, dieser Gauner, hat wirklich mehr als Glück!« rief er, während er einen hingerissenen Blick auf seine Gastgeberin warf. »Welche Tugend hat ihm das verschafft?«

»Keine, Gott sei Dank«, scherzte sie. »Ein tugendhafter Ehemann, wie entsetzlich!«

Sie blieben bis spät in die Nacht hinein auf, fröhlich und lärmend, und gingen erst zu Bett, als Emmanuelle der Schlaf übermannte in dem Sessel, in den sie sich gekuschelt hatte, unter der Bougainvillea, die sich über die Terrasse des Erdgeschosses spannte. Es regnete nicht. Die Frösche waren verstummt. Die Sterne glänzten hell wie in der trockenen Jahreszeit. Mitte August gibt es in Thailand häufig solche trügerischen Atempausen.

Emmanuelle pflegt nackt zu schlafen. Aber wenn sie mit Jean auf dem breiten Balkon ihres Schlafzimmers frühstückt, zieht sie sich eines der kurzen Nachthemden über, von denen sie sich vor ihrer Abreise aus Paris eine große Anzahl gekauft hatte (besonders weil sie gern anprobieren ging). Heute morgen trägt sie ein durchsichtiges und plissiertes von der Farbe ihrer Haut. Der Saum reicht nicht weiter hinunter als bis zu den Leisten. An der Taille wird es durch drei Knöpfe geschlossen. Der leiseste Windhauch lüftet es sanft. Plötzlich fängt Emmanuelle an zu lachen.

»Ach, ich habe ja ganz vergessen, daß wir einen Gast haben. Ich glaube, es ist besser, ich ziehe mir etwas über.«

Sie steht schon auf, aber Jean protestiert. »Kommt nicht in Frage«, entschied er. »So siehst du viel besser aus.«

Im Grunde hat sie gar nichts dagegen, sich in diesem Aufzug zu zeigen; sie ist seit langem daran gewöhnt, daß alle möglichen Leute sie nackt sehen. Es ist ihr von ihrer Kindheit her vertraut. Die Vorstellung, sich der Eltern wegen einen Morgenrock überziehen zu müssen, wäre diesen ebenso albern vorgekommen wie ihr selbst. Daß sie sich nach ihrer Hochzeit eine Anzahl Nachthemden gekauft hatte, war aus Koketterie und nicht aus Schamhaftigkeit geschehen.

Christopher ist dabei allerdings nicht so wohl zumute wie seinen Gastgebern. Er sitzt Emmanuelle gegenüber und kann seinen Blick nicht von ihren Brüsten lösen, die die Sonne durch den plissierten Stoff hindurch belebt: blutvoll drängen sich die Spitzen nach vorn – zwei blaßrosa Tupfen unter dem Gewebe.

Als sie aufsteht, um ihm Zwieback, Früchte, Honig zu reichen, schlägt die morgendliche Brise den leichten Stoff bis zum Nabel auseinander, und das Astrachandreieck nähert sich ihm, kommt seinem Gesicht so nahe, daß er seinen Maiglöckchenduft atmet. Er wagt kaum, die Tasse an die Lippen zu heben, da er fürchtet, daß seine Hände zittern könnten. Panik überkommt ihn: Was soll ich tun, wenn ich aufstehen muß?

Zu seiner Erleichterung geht Emmanuelle wieder in ihr Schlafzimmer zurück, bevor die Männer ihr Frühstück beendet haben. So bleibt Christopher Zeit, sich wieder in die Gewalt zu bekommen.

Erst zum Abendessen wollten Jean und Christopher wieder zurück sein. Emmanuelle hatte keine Lust, den ganzen Tag allein zu Hause zu verbringen. Sie nahm den Wagen und fuhr in die Stadt. Eine Stunde lang fuhr sie ziellos herum, verirrte sich, hielt zuweilen an, um ein Geschäft zu betreten, oder starrte abwesend und von Grauen geschüttelt einen Leprakranken an, der auf dem Bürgersteig saß und sich rückwärts bewegte, wobei er sich auf seine zerfressenen Handgelenke stützte und die Stümpfe seiner Schenkel über den schmutzigen Boden schleifte. Emmanuelle war von diesem Anblick so erschüttert, daß es ihr nicht gelingen wollte, den Motor wieder anzulassen. Sie saß wie gelähmt da, hatte vergessen, wohin sie fahren wollte, vergessen, welche Bewegungen sie mit ihren unversehrten Füßen, ihren gesunden und zarten Händen ausführen mußte ... Gleichzeitig schämte sie sich ihrer plötzlichen Verwirrung.

»Wenn mir dieser Mann angst macht«, fuhr es ihr durch den Sinn, »dann heißt das, daß ich ihn ablehne und daß ich mich genauso grausam aufführe wie meine Landsleute in früheren Zeiten, wenn sie die Leprakranken verbannten, sie behandelten, als ob sie schon tot wären, und ihnen befahlen, sich in entehrender Weise als Kranke zu kennzeichnen. Diese Siamesen sind da weniger ungerecht; sie behandeln einen Kranken nicht wie einen Verbrecher. Sie ergreifen nicht die Flucht oder zeigen mit dem Finger auf ihn. Sie machen kein Aufhebens davon, wenn sie ihm auf der Straße begegnen. Sie geben ihm zu essen und zu trinken und lassen ihn weiterziehen, wohin es ihm beliebt und wo immer er den kurzen Rest seiner Tage zu verbringen gedenkt.«

Aber diese Selbstvorwürfe halfen nichts. In diesem Augenblick tauchte ganz in ihrer Nähe, aus einem chinesischen Laden heraustretend, eine Silhouette auf.

Sie stieß einen spitzen Schrei aus, der wie ein Hilferuf klang: »Bee!«

Die junge Frau wandte sich um und trat mit einer Geste freudiger Überraschung an den Wagen heran.

»Ich habe Sie gesucht«, sagte Emmanuelle.

Im gleichen Augenblick erkannte sie, daß sie die Wahrheit gesagt hatte.

»Nun, dann haben Sie ja Glück gehabt, daß Sie mich gefunden haben«, scherzte Bee. »Denn in diese Gegend komme ich nicht sehr häufig.«

Natürlich, sie glaubt mir nicht, dachte Emmanuelle betrübt. »Möchten Sie mit mir zusammen zu Mittag essen?«

schlug sie so inständig bittend vor, daß Bee einen Augenblick lang nicht wußte, was sie antworten sollte.

Doch Emmanuelle fuhr fort: »Ich habe eine Idee! Kommen Sie mit zu mir. Es ist reichlich zu essen da. Und Sie kennen mein Haus noch nicht.«

»Möchten Sie nicht lieber mal hiesige Spezialitäten kennenlernen?« fragte Bee. »Ganz in der Nähe ist ein sehr pittoreskes kleines siamesisches Restaurant. Ich lade Sie ein.«

»Nein«, antwortete Emmanuelle beharrlich. »Ein anderes Mal. Jetzt möchte ich Sie mit zu mir nach Hause nehmen.«

»Wenn Sie meinen!«

Bee öffnete die Wagentür und setzte sich neben sie. Emmanuelle blühte auf. Sie hatte plötzlich das Gefühl, als habe sie wieder zu sich selbst gefunden; sie wußte nun, was sie wollte, war stolz, daß sie liebte, und konnte sich weder verstellen noch warten. Es fehlte wenig, und sie hätte ihre Freude laut hinausgeschrien, während sie alle Vorsicht außer acht lassend ihren Wagen durch das Ameisengetümmel der Stadt lenkte. Ohne jeden Grund lachte sie hin und wieder. Sie strahlte geradezu. Worte formten sich in ihrem Kopf zu einer hoffnungsfrohen Melodie. O meine terra firma! O meine Schöne mit dem geflügelten Namen! O du meine Schöne, meine sanfte Schöne! O du Land mit dem geflügelten Namen! O meine Schöne, meine sanfte Schöne! O mir verheißene Bucht mit dem geflügelten Namen, meine Schöne, o meine sanfte Schöne! Du Schöne, meine terra firma, meine Bucht, meine Flügel!

Mit der Geste einer Schiffbrüchigen streckte sie zärtlich die Arme aus, schüttelte ihre schweren Haare, küßte schluchzend vor Glück das schöne, liebreiche Gestade. Endlich, endlich! Oh, so lieblich war das Gestade, an das die Welle sie trug, sie, im feuchtschimmernden Haar, so gastlich ihrem dürstenden Leib, ihren nackten Beinen, ihrem hingegebenen Körper. In der Verzauberung der Augustnacht war alles vergessen, was sie gelernt und wieder verlernt hatte, seit sie von der einen in die andere Welt verschlagen worden war. Ihre Lippen leuchteten in immer währender Morgenröte.

Bee betrachtete sie voller Bewunderung, aber auch ein wenig befremdet.

Das elegante und modern eingerichtete Haus gefiel der Besucherin. Sie lobte die Blumenarrangements, Emmanuelle hatte die Kunst des Ikebana in Paris gelernt; die Keramik; die Schalen aus durchsichtigem Stein, die mit Korallen und Seemuscheln verziert waren; das große, schmiedeeiserne Mobile, das sich mitten im Zimmer sperrig und herausfordernd erhob und mit seinem ganzen seltsamen metallenen Laub klirrte.

Sie aßen rasch zu Mittag. Emmanuelle hatte die Sprache verloren. Ihr jubilierender Blick ließ nicht ab von Bee.

Dann besichtigten sie trotz der sengenden Sonne den Garten. Emmanuelle hatte die Hand ihrer Freundin ergriffen, und sie gingen zwischen den Beeten mit den gepflanzten Ablegern und Setzlingen entlang. Sie wies darauf hin, wie schön der Garten erst sein würde, wenn das alles zu Sträuchern erblüht war.

Emmanuelle brach eine langstielige Rose und reichte sie Bee, die die rote Blütenkrone mit ihren Fingern umfaßte und an ihre Wange hielt. Emmanuelle kam mit ihren Lippen näher und drückte einen Kuß auf die Rose.

Der Gang durch den Garten hatte sie erhitzt. Sie kehrten ins Haus zurück.

»Wollen wir uns nicht rasch duschen?« schlug Emmanuelle vor. Bee fand das eine gute Idee.

Oben im Schlafzimmer riß sich Emmanuelle die Kleider so hastig vom Leibe, als stünden sie in Flammen. Erst als Emmanuelle ihr letztes Kleidungsstück abgelegt hatte, begann auch Bee, sich zu entkleiden.

Sie hatte nur gesagt: »Was haben Sie für einen schönen

Körper!« Und dann hatte sie langsam ihren Kragen geöffnet. Als sie ihre Hemdbluse, die sie genau wie Emmanuelle auf dem bloßen Körper trug, halb aufgeknöpft hatte, konnte Emmanuelle einen Ausruf des Staunens nicht unterdrücken: Bees Brust glich der eines Knaben.

»Sie sehen ja, wie flach ich bin«, sagte das Mädchen.

Sie schien sich dessen aber überhaupt nicht zu schämen, vielmehr genoß sie Emmanuelles Überraschung, die sich die rosigen Spitzen, die so klein und blaß waren, daß es aussah, als seien sie noch nicht voll entwickelt, genau betrachtete.

»Finden Sie sie häßlich?« erkundigte sich Bee, ohne diese Frage ernst zu meinen.

»O nein! Ganz im Gegenteil, sie sind wunderschön!« rief Emmanuelle in so inbrünstigem Ton, daß die andere gerührt lächelte. »Dabei hätten Sie alles Recht, kritisch zu sein, bei den herrlich schönen Brüsten, die Sie haben«, bemerkte Bee. »Ein starker Gegensatz zwischen uns beiden, nicht wahr?«

Emmanuelle erwiderte mit dem Fanatismus einer Konvertierten: »Was ist schon Besonderes an großen Brüsten? Die Illustrierten sind voll davon. Aber bei Ihnen ist es so ganz anders als bei den anderen Frauen, und das ist hübsch!« Ihre Stimme verdunkelte sich ein wenig: »Sie müssen wissen, noch nie habe ich etwas gesehen, das mich so erregt hat. Und das sage ich in vollem Ernst.«

»Ich gebe zu, auch ich habe Freude an ihnen«, sagte Bee, die ihren Rock auf den Boden gleiten ließ. »Sicher wäre es mir nicht recht, wenn ich eine zu kleine Brust hätte, aber überhaupt keine Brust, das hat Esprit, finden Sie nicht auch?« (Plötzlich schien sie gesprächiger zu werden. So lange hatte Emmanuelle sie noch nicht reden hören.) »Ich habe sogar lange gefürchtet, meine Brüste könnten zu wachsen anfangen. Dann wäre ich mir vorgekommen, als verlöre ich meine Persönlichkeit. Und ich habe damals jeden Abend gebetet: ›Mein Gott, mach, daß ich niemals richtige Brüste bekomme!‹ Ich bin offenbar so brav gewesen, daß der liebe Gott mich erhört hat!«

»Welch ein Glück!« rief Emmanuelle. »Wie schrecklich, wenn Ihre Brüste größer geworden wären. Ich mag sie so, wie sie jetzt sind!«

Auch Bees Beine fand sie bewundernswürdig, sie waren so lang und ihre Linien so vollendet, daß sie fast unwirklich schienen, so als entstammten sie den Modellzeichnungen eines Modeschöpfers. Zu diesem Eindruck von Eleganz und Rasse trugen auch die schmalen Hüften bei und die biegsame Schlankheit der Taille.

Was aber Emmanuelle am meisten auffiel, als Bee ihr Höschen ausgezogen hatte, war der ungewöhnlich stark vorgewölbte, glattrasierte Venusberg. Noch nie hatte sie gesehen, daß er sich derartig von der flachen Ebene des Bauches abhob und vor Geschlechtlichkeit förmlich zu bersten schien. Sie meinte, nie etwas Edleres und zugleich Aufregenderes gesehen zu haben. Durch das Fehlen der Haare lag der hoch hinauf reichende Einschnitt des Geschlechts, das sich tief und scharf umrissen furchte, bloß und war dem Blick ganz offen preisgegeben. Der Kontrast zwischen dieser einladenden Weiblichkeit und der ephebenhaften Gestalt, verbunden mit der gleichmäßigen Bräunung von Bees Körper (es drängte sich der Gedanke auf, daß er der Sonne ganz ausgesetzt gewesen war und andere sich an dieser hermaphroditischen Nacktheit hatten erfreuen können) wirkten wie eine Herausforderung. Und die glatte und gespaltene Schwellung von Bees Schoß war ihrer unnahbaren Anmut zum Trotz von solcher Sinnlichkeit, warf sich mit einer derart einladenden Bewegung nach vorn, daß es Emmanuelle war, als wühle eine Hand in ihrem eigenen Schoß. Sie wußte plötzlich, daß Bee ihr auf der Stelle gehören, daß sich ihr diese Furche, diese Spalte der Wollust öffnen müsse … diese Spalte, bei deren Anblick sie erbebte. Dieser Rosenmund von unvergleichlicher Schönheit! Diese schönste Stelle an dem herrlichsten Körper, der je erschaffen worden war! Dieses Meisterwerk, vom Leben selbst geformt. Nichts, nirgendwo auf Erden, war es mehr wert, geliebt zu werden! ... Sie öffnete den Mund, um Bee zu sagen, wonach sie verlangte, aber im gleichen Augenblick drehte sich die junge Frau nach dem Badezimmer um: »Und wie steht's mit dem Duschen?« fragte sie.

Jetzt schien Emmanuelle jede List überflüssig. Um Bee daran zu hindern, weiterzugehen, befahl sie: »Kommen Sie aufs Bett.«

Die Besucherin, die mit zögernder Miene an der Tür stehengeblieben war, entschied sich zu lachen.

»Ich möchte mich aber frisch machen und nicht schlafen«, sagte sie.

Emmanuelle fragte sich, ob Bee wirklich glaubte, daß sie sie zur Siesta hatte auffordern wollen, oder ob sie nur so unschuldig tat. Ihr Blick traf sich mit dem ihrer nackten Freundin, und sie war verzweifelt, in ihm nicht die Andeutung eines Versprechens entdecken zu können.

Sie ging auf Bee zu und öffnete die Tür. »Dann tun wir es eben unter der Dusche«, sagte sie entschlossen.

Für verlockende Reize

GIACOMO CASANOVA

Nannetta und Martina

Die Mädchen legten schnell drei Gedecke auf, brachten unter Gelächter Brot, Parmesankäse und Wasser, und dann machten wir uns an die Arbeit. Der Cypernwein, an den sie nicht gewöhnt waren, stieg ihnen zu Kopfe, und sie gerieten in eine köstliche Heiterkeit. Wenn ich sie ansah, nahm es mich selbst wunder, daß ich sie früher nicht nach Verdienst gewürdigt hatte.

Unser kleines Abendessen war entzückend, ich saß zwischen den beiden, nahm ihre Hände, führte sie an meine Lippen, fragte, ob sie meine wahren Freundinnen seien und ob sie die unwürdige Art, wie mich Angela behandelte, billigten. Beide antworteten, sie hätten über mein Mißgeschick Tränen vergossen.

»Erlauben Sie also, daß ich für Sie die Zärtlichkeit eines Bruders habe, und erwidern Sie, als ob Sie meine Schwestern wären, meine Gefühle. Geben wir uns in aller Herzensunschuld einen Beweis davon und schwören wir uns ewige Treue.«

Der erste Kuß, den ich ihnen gab, kam nicht aus Verliebtheit noch aus dem Begehren, sie zu verführen, und wie mir die beiden einige Tage später versicherten, erwiderten sie meine Küsse nur, um mich zu überzeugen, daß sie meine ehrbaren geschwisterlichen Gefühle teilten. Aber bald wurden diese unschuldigen Küsse feurig und entzündeten in uns einen Brand, über den wir uns selbst verwunderten. Wir hielten auch bald inne und sahen uns mit ernstem Erstaunen an. Dann standen beide Mädchen ohne Ziererei auf und ließen mich mit meinen Gedanken allein.

Es war erstaunlich, daß diese Küsse in mir ein Feuer entzündet hatten, das nun in meinen Adern wild kreiste und mich in diese beiden reizenden Geschöpfe plötzlich sterblich verliebt machte. Sie waren beide hübscher als Angela, und dazu war Nannetta ihr an Geist und Martina an Sanftmut und Ungezwungenheit unendlich überlegen. Ich wunderte mich selbst, daß ich diese Vorzüge nicht früher erkannt hatte; aber da diese Fräulein adlig und sehr ehrsam waren, so durfte der Zufall, der sie in meine Hände gegeben hatte, ihnen nicht zum Verhängnis werden. Ich war nicht so eingebildet zu glauben, daß sie mich liebten, aber ich konnte doch annehmen, daß meine Küsse ebenso auf sie wirkten wie die ihrigen auf mich. Aus diesen Gedanken ergab sich für mich eines deutlich: hätte ich Listen und Künste angewandt, deren Wirkung sie nicht ermessen konnten, es wäre mir leicht gewesen, ihnen im Laufe einer langen, gemeinsamen Nacht Zugeständnisse, die für sie entscheidende Folgen haben konnten, abzugewinnen. Dieser Gedanke war mir entsetzlich, und ich legte mir selbst das strenge Gesetz auf, sie zu schonen, wobei ich nicht daran zweifelte, daß ich die Kraft finden würde, dies Gebot auch zu befolgen.

Sobald sie wieder erschienen, sah ich auf ihren Zügen den Ausdruck der Sicherheit und Zufriedenheit, und so setzte auch ich eine harmlose Miene auf und nahm mir vor, mich nicht mehr dem Feuer ihrer Küsse auszusetzen.

Eine Stunde lang sprachen wir von Angela, ich erklärte ihnen, daß ich beschlossen hätte, sie nicht mehr zu sehen, da ich überzeugt sei, daß sie mich nicht liebte. »Sie liebt Sie«, sagte mir die naive Martina, »ich weiß es sicher, aber wenn Sie nicht daran denken, sie zu heiraten, so tun Sie gut, ganz mit ihr zu brechen. Sie ist entschlossen, Ihnen, so lange Sie nur ihr Liebhaber sein wollen, nicht einmal einen einzigen Kuß zu gewähren. Sie müssen sich also entscheiden, entweder verlassen Sie sie, oder machen Sie sich darauf gefaßt, sie in keiner Weise gefällig zu finden.«

»Sie sind ja weise wie ein Engel. Aber woher wissen Sie es so sicher, daß sie mich liebt?«

»Ich weiß es. Da wir nun einmal Geschwister-Freundschaft geschlossen haben, so kann ich Ihnen auch sagen, woher ich es weiß. Wenn Angela bei uns schläft, küßt sie mich zärtlich und nennt mich ihren lieben Abbate.« Bei diesen Worten mußte Nannetta lauf auflachen und legte der Schwester die Hand auf den Mund. Mich aber brachte die neue Äußerung in solche Aufregung, daß ich mich nur mit Mühe beherrschen konnte.

Martina sagte zu Nannetta, ein Mann, der so klug wie ich sei, müßte doch wissen, wie es die jungen Mädchen, die zusammen schlafen, treiben.

»Ei gewiß«, beeilte ich mich zu beteuern, »wer wüßte nicht von diesen Spielereien. Ich kann nicht annehmen, liebe Nannetta, daß Sie das freundschaftliche Bekenntnis Ihrer Schwester indiskret finden.«

»Gesagt ist gesagt. Aber von solchen Dingen soll man nicht sprechen. Wenn Angela es wüßte! ...«

»Sie wäre verzweifelt, aber Martina werde ich mein Leben lang für diesen Freundschaftsbeweis dankbar sein. Und außerdem, jetzt ist es ja doch mit Angela zu Ende, ich will nichts mehr von ihr wissen und nicht mehr mit ihr sprechen. Sie ist falsch und will nur mein Unglück.« – »Aber wenn sie Sie liebt, verlangt sie doch mit Recht, daß Sie sie heiraten.«

»Allerdings, aber dabei denkt sie nur an sich selbst, sie weiß doch, daß ich leide. Wenn sie mich um meinetwillen liebte, würde sie sich anders benehmen. Einstweilen versorgte sie ihre Phantasie mit den nötigen Mitteln, um ihre Gelüste mit unserer reizenden Martina zu befriedigen, die ihr zuliebe den Gatten spielt.« Bei diesen Worten mußte Nannetta noch mehr lachen, aber ich bewahrte meinen Ernst und fuhr fort, zu ihrer Schwester in demselben Tone zu reden und sie für ihre Aufrichtigkeit zu loben. Schließlich meinte ich, dann müßte Angela von rechtswegen doch auch der Martina als Gatte dienen.

»Nein«, erwiderte Martina lachend, »Gatte ist Angela nur der Nannetta«, und Nannetta mußte dies zugeben. »Aber«, fragte ich weiter, »wie nennt dann Nannetta im seligen Augenblick ihren Gatten?«

»Das weiß niemand.«

»Sie lieben also jemanden, Nannetta?«

»Allerdings, aber niemand wird mein Geheimnis erfahren.«

Diese Zurückhaltung brachte mich darauf, daß ich selbst bei diesem Geheimnis im Spiele sein könnte und daß Nannetta die Nebenbuhlerin Angelas wäre. Bei einer so reizvollen Unterhaltung verlor ich nach und nach die Lust, die Nacht mit diesen entzückenden, für die Liebe geschaffenen Mädchen untätig zu verbringen. »Wie glücklich ich bin«, sagte ich zu ihnen, »daß ich für Sie beide nur Freundesgefühle hege, sonst würde es mir recht schwerfallen, die Nacht mit Ihnen zu verbringen, ohne in Versuchung zu geraten, Ihnen Beweise meiner Zärtlichkeit zu geben und von Ihnen zu empfangen. Denn Sie sind eine wie die andere hinreißend hübsch und dazu geschaffen, einem Manne, dem Sie erlauben würden, Sie gründlich kennenzulernen, den Kopf zu verdrehen.«

So sprach ich noch ein Weilchen weiter und stellte mich dabei schläfrig. Das bemerkte Nannetta zuerst und sagte:

»Machen Sie keine Umstände, legen Sie sich zu Bett, wir gehen ins andere Zimmer und schlafen auf dem Kanapee.«

»Es wäre recht erbärmlich von mir, wenn ich das zuließe«, sagte ich. »Wir wollen weiterplaudern, dabei wird mir die Müdigkeit schon vergehen. Es tut mir nur für Sie leid. Legen Sie sich hier zu Bett, und ich, meine reizenden Freundinnen, werde in das andere Zimmer gehen. Wenn Sie Furcht vor mir haben, so schließen Sie sich ein, aber es wäre unrecht von Ihnen, denn ich liebe Sie nur wie ein Bruder liebt.«

»Das werden wir auf keinen Fall tun«, sagte Nannetta. »Aber geben Sie nach und schlafen Sie hier.«

»Angezogen kann ich nicht schlafen.«

»So ziehen Sie sich aus, wir schauen nicht hin.«

»Davor fürchte ich mich nicht, aber ich könnte niemals einschlafen, wenn ich wüßte, daß Sie um meinetwillen wach blieben.«

»Wir legen uns auch schlafen«, sagte Martina, »aber wir ziehen uns nicht aus.«

»Das wäre ein Mißtrauen, das meine Redlichkeit beleidigt. Sie halten mich doch für einen ehrenhaften Menschen, Nannetta?«

»Aber gewiß.«

»Nun gut, aber Sie müssen mir das auch beweisen. Legen Sie sich also beide entkleidet neben mich, und vertrauen Sie auf mein Ehrenwort, das ich Ihnen gebe: Ich werde Sie nicht berühren. Außerdem sind Sie zwei gegen einen, was können Sie da befürchten? Sie können doch jederzeit aus dem Bett steigen, wenn ich mich nicht mehr artig benehmen sollte. Kurz, wenn Sie mir nicht dies Vertrauen schenken wollen, wenigstens, sobald Sie sehen, daß ich eingeschlafen bin, so lege ich mich erst gar nicht hin.«

Ich hörte auf zu sprechen und tat, als ob der Schlaf mich übermannte. Die beiden flüsterten einen Augenblick miteinander, dann sagte Martina zu mir, ich sollte mich nur ins Bett legen, sie würden mir folgen, sobald sie sähen, daß ich eingeschlafen sei. Nannetta gab die gleiche Zusage, ich kehrte ihnen also den Rücken, zog mich aus, wünschte ihnen gute Nacht und legte mich ins Bett. Kaum lag ich zu Bett, so tat ich, als ob ich schliefe, bald aber schlief ich wirklich ein und wachte erst wieder auf, als sie sich zu mir legten. Ich drehte mich auf die andere Seite, als ob ich weiterschlafen wollte, dann verhielt ich mich ganz ruhig, bis ich annehmen konnte, daß sie eingeschlafen wären. Und wenn sie es selbst nicht waren, so konnten sie sich leicht so stellen. Sie hatten mir den Rücken zugekehrt, und das Licht war ausgelöscht. Nun fing ich auf gut Glück an und richtete meine ersten Huldigungen an die, die rechts von mir lag, ohne zu wissen, ob es Nannetta oder Martina war. Ich fand sie zusammengekauert und in das letzte Kleidungsstück eingehüllt, das sie anbehalten hatte. Ganz behutsam und mit Schonung ihrer Schamhaftigkeit brachte ich sie nach und nach dahin, daß sie sich besiegt erklären und einsehen mußte, daß es das beste für sie sei, sich weiter schlafend zu stellen und mich gewähren zu lassen. Bald war auch die Natur in ihr im Einklang mit meinen Bemühungen, und ich kam zum Ziele, und meine Anstrengungen wurden vom vollen Erfolg gekrönt und ließen mir keine Zweifel darüber, daß ich die Erstlinge gepflückt hatte, auf die wir aus Vorurteil so viel Wert zu legen pflegen. Entzückt, einen Genuß ausgekostet zu haben, den ich zum erstenmal so vollständig genoß, verlasse ich sanft meine Schöne, um der anderen einen neuen Tribut meiner Leidenschaft darzubringen. Ich finde sie unbeweglich auf dem Rücken liegend, und sie scheint tief und ruhig zu schlafen. Vorsichtig näherte ich mich, als ob ich fürchten müßte, sie aufzuwecken, und fing damit an, ihren Sinnen zu schmeicheln, indem ich mich überzeugte, daß sie noch ebensolche Novize war wie ihre Schwester. Sobald ich an ihrer unwillkürlichen Bewegung merkte, daß die Liebe die Opfergabe annehme, machte ich mir zur Pflicht, das Opfer darzubringen. Nun gab sie plötzlich dem Drang ihres Gefühls nach, und als wäre sie ihrer angenommenen Verstellung überdrüssig, schloß sie mich im Augenblick der Krise fest in ihre Arme, überhäufte mich mit Küssen, erwiderte Ekstase mit Ekstase, und die Liebe verschmolz unsere Seelen in gemeinsamer Wollust.

Daran glaubte ich Nannetta zu erkennen und sagte es ihr.

»Ja, ich bin es«, gab sie zu, »und ich erkläre mich wie auch meine Schwester für glücklich, wenn Sie ehrenhaft und beständig sind.«

»Bis zu meinem Tode, Ihr Engel, und da alles, was wir getan haben, das Werk der Liebe ist, so soll zwischen uns von Angela nicht mehr die Rede sein.«

Dann bat ich sie, aufzustehen und die Kerzen anzuzünden. Alsbald erhob sich Martina voll Zuvorkommenheit und ließ Nannetta und mich beisammen. Als ich nun Nannetta, belebt vom Feuer der Liebe, in meinen Armen sah, während Martina mit einer Kerze in der Hand neben uns stand und ihre Blicke uns der Undankbarkeit zu beschuldigen schienen, daß wir sie mit keinem Worte aufgefordert hatten, sie, die sich doch zuerst meinen Zärtlichkeiten hingegeben und dadurch ihre Schwester zur Nachahmung ermutigt hatte – da fühlte ich mein ganzes Glück.

»Wir wollen aufstehen, liebe Freundinnen«, sagte ich, »und uns ewige Freundschaft schwören.«

Nun erhoben wir uns und machten einander Abwaschungen, bei denen die Mädchen viel lachen mußten und die unsere Liebesglut erneuerten. Im Kostüm des Goldenen Zeitalters aßen wir, was von unserer Abendmahlzeit übriggeblieben war.

Nachdem wir uns noch tausend Dinge gesagt hatten, die sich nur im trunkenen Tone der Liebe wiedergeben ließen, legten wir uns nochmals hin, und dann verging die köstlichste der Nächte unter gegenseitigen Bezeugungen unserer Leidenschaft. Nannetta erhielt den letzten Beweis meiner Zärtlichkeit, denn da Signora Orio schon zur Messe gegangen war, mußte ich meinen Aufbruch beschleunigen. Dabei versicherte ich beide, daß sie in meinem Herzen jedes Gefühl für Angela ausgelöscht hätten.

Zu Hause legte ich mich gleich nieder und schlief bis zum Mittagessen den süßesten Schlaf.

Für kulinarische Gelüste

DIANDRA STONE

Die Prüfung

Das Zucken ihrer Mundwinkel machte ihn fast verrückt. Sie lächelte nicht, nein, keinesfalls, sie wirkte nachdenklich, entrückt. Bernsteinen gleich schimmerten ihre leicht mandelförmigen Augen. Das dunkle Haar fiel wie ein Schleier aus schwarzem Samt über ihre Schultern. Sie trug ein honigfarbenes Seidenkleid, das jede Wendung, jede Biegung, jede Rundung ihres entzückenden Körpers nachzeichnete. Sogar der Abdruck feiner, sich kräuselnder Härchen im Schoß ließ sich erahnen. Sie trug keine Unterwäsche. Harte, rötliche Knospen drückten sich durch den zarten Stoff. Das pfirsichfarbene Fleisch der herrlich ebenmäßig geformten Früchte quoll appetitlich unter den dünnen Riemen und dem gespannten Stoff des Kleides hervor. Fest, weich, straff und elastisch, zum Reinbeißen schön. Entspannt lehnte er sich im Stuhl zurück.

Sie schaute zur Theke. Ein kleiner Wink genügte, um den Kellner herbeieilen zu lassen, der nur darauf gewartet zu haben schien, daß sich ihre Lippen leicht bewegten. Er schwebte fast zu ihr hin. Es war laut im Lokal, aber nicht laut genug, als daß er sich zu ihr hätte hinunterbeugen müssen. Er tat es trotzdem und sein Blick rutschte dabei tief in ihr Dekolleté. Als er sich wieder aufrichtete, zeichnete sich ganz deutlich eine kleine Beule in seiner schwarzen Hose ab. Schützend hielt er sich die Speisekarte vor und machte sich davon.

Eduard lächelte. Er lächelte der Frau zu. Sie nahm sein Lächeln auf und reagierte mit einem sanften Erröten. Abrupt entzog sie sich schließlich seinem Blick und starrte auf ihre schmalen, langen Hände. Sie bewegte sich nervös auf dem unbequemen Bistrostuhl. Ihr Kleid verrutschte. Bis über das

Knie. Heiß war es in dem Lokal. Glühende Sommerhitze. Ein Flimmern über dem Asphalt vor den offenen Türen und Fenstern des Bistros.

Einen Moment später lag sein Blick wieder auf ihr. Fast wäre es ihm entgangen, aber nun sah er es. Sie hatte ihre Schenkel geöffnet und fächerte sich mit dem Rock Kühlung zu. Der Kellner hinter der Theke schaltete die Ventilatoren auf Hochtouren. Ein Windzug erfaßte ihren Rock, ließ ihn in die Höhe flattern. Ihre Schenkel, ihre wundervollen, glatten, glänzenden Schenkel, in deren Mitte das betaute Tal, der Wald aus Haaren, benetzt mit dem süßen Honig seiner Träume. Schnell zog sie den Rock wieder über die Knie und legte die Beine übereinander. Feurige Hitze, die den Saft in ihrem Inneren zum Kochen bringen würde und aus ihr hinausströmen ließe. Auf dem feinen honigfarbenen Kleid hatte sich ein erster dunkler Fleck gebildet. Sie nahm das Glas Wasser, das vor ihr stand, und besprenkelte ihr Gesicht, den Ansatz ihrer Brüste, die glatten Beine. Die Wassertropfen vertuschten die sichtbare feuchte in ihrem Schoß. Doch die Hitze war zu groß. Bald stellte sie ihre Beine wieder nebeneinander und spreizte sie langsam, von Minute zu Minute ein wenig mehr. Der kühle Wind der Ventilatoren streichelte sie. Er sah es an der Art, wie ihr Mund zuckte. Sie genoß diese subtile Liebkosung.

Endlich, die Bestellung kam. Gazpacho. Samtige, eisgekühlte, rote Suppe aus Tomaten und Paprika. Umständlich stellte der Kellner den Teller auf ihrem Tisch ab. Sein Blick war dieser Welt entrückt. Der Stachel in seiner Hose spitzte leicht empor. Er berührte ihr Knie. Sie zuckte zurück. Entsetzt, aber nicht entsetzt genug für eine tugendhafte Frau. Es lag etwas in ihren Augen. Ein Funkeln, ein Glitzern – wie bei einem dahinschmelzenden Eisberg.

Die Suppe schmeckte köstlich. Ihre roten, vollen Lippen umschlossen den Löffel und tranken ihn zärtlich aus. Ihre

Wangen brannten. Der Rock rutschte höher. Es schien, nein, unmöglich, er glaubte fast, er könne ihre Gedanken erahnen. Aber nein, es war zu ungehörig! Und doch ...

Seine Serviette segelte zu Boden. Er bückte sich danach. Rote, geschwollene Engelsflügel, saftig-feuchte Blütenblätter, in deren Mitte sich der Venushügel erhob. Ein pulsierender Vulkan, kurz vor dem Ausbruch, hitzespeiend und nach Kühlung lechzend.

Ihre Augen verfolgten sehnsüchtig, wie er sich wieder gerade auf einen Stuhl setzte. Sie bot ihm von ihrer Suppe an. *Unmöglich!* Nein, sie sah ihm direkt in die Augen. Der Unschuldsblick ließ keinen Zweifel zu. Fast eifersüchtig beobachtete der Kellner hinter der Theke, wie sich Eduard von seinem Platz an der offenen Tür erhob und sich zu ihr setzte.

Sofort umgab ihn eine Wolke ihres nach Zitrusfrüchten und Regen duftenden Parfüms. Sie lächelte. Grelles, blendendes Licht, reinste Glückseligkeit, floß durch seinen Körper. Sie ließ den Löffel in der Suppe kreisen. Die Gipfel ihrer wundervollen Berge berührten fast den Tellerrand. Keck verfolgten seine Augen den weichen Bogen. Zum Verkriechen schön. Weich und wohlig wie ein Kissen, auf das er sich nach einem ermüdenden Tag hätte betten wollen. Ein breiter, roter Vorhof, in dessen Mitte eine erhaben gerötete Venus den Himmel bedeutete. Ihr Haar fiel seidenweich. Die Ventilatoren wirbelten einzelne Strähnen auf, spielten mit dem Kontrast der Schatten auf ihrem vornehm blassen Gesicht. Ein Hauch von Rouge auf ihren Wangenknochen. Klassisch schön die Nase, gerade und sanft gerundet. Im Gesicht freche Sommersprossen. Unergründlich ihr Blick, die vollen Lippen, der verheißungsvoll geöffnete Mund. Sie nahm einen Löffel Suppe und führte ihn an ihre Lippen. Ihre Hand zitterte. Die Suppe schwappte über. Ein Tropfen landete im feuchten Spalt zwischen ihren Brüsten. *Köstlich!*

Herrlich unschuldig ihr Blick. Die winzige, rührende Geste, mit der sie ihren Rücken geradebog, um die Brüste herauszustrecken, seinen hungrigen Lippen entgegen. Er brauchte sich nur über sie zu beugen, um von der Hitze ihres Körpers verbrannt zu werden. Was tat er? Was tat er nur?

Sie hielt ihm den Löffel mit Suppe hin. Er öffnete den Mund, ließ zu, daß sie ihn fütterte. Herrliche Kühle breitete sich in seinem Mund aus. Feine Nadelspitzen auf der Zunge. Winzige Brausepulverexplosionen. Nicht unangenehm. Belebend. Das Aroma eines ganzen sonnigen Sommers erfüllte seinen Mund. Er konnte es nicht einfach hinunterschlucken. Es mußte auf seiner Zunge verdampfen, sich in winzige Teile auflösen, zerstäuben wie Sternensand. Er schloß die Augen, um sie sogleich wieder zu öffnen. Ein Traum, es konnte unmöglich wahr sein!

Doch da waren ihre bezaubernden Brüste, eine lag schwer auf seiner Hand. Ganz deutlich spürte er die harte Brustwarze durch den Stoff hindurch. Ein Träger ihres Kleides war über die Schulter gerutscht und ließ einen tiefen, unverhüllten Blick auf eine ihrer saftigen Früchte zu. Honigmelonen, obwohl die zarte Gänsehaut eher dem weichen Flaum einer Aprikose glich. Der Duftgarten aus Limone, Orange und Zitrone, gemischt mit dem Aroma frischer Tannenzweige machte ihn schwindelig. Vor seinen Augen der rote Fleck im feuchten Tal ihrer leicht bebenden Erhebungen. Schreckliche Höhenangst befiel ihn. Hilfe, er stürzte ab!

Und landete in der Tiefe ihrer federzarten Weichheit. Seine Zunge schnellte heraus wie das zweigeteilte Riechorgan einer Schlange. Gierig leckte er den roten Fleck Gazpacho aus dem salzigen Spalt und rieb dabei sein Ohr an ihrer Brust.

Fast grob schob sie ihn weg. Ihr Gesicht leuchtete, sie blitzte ihn an. Wut? Zornige Augen schossen Pfeile auf ihn, die sich tief in seine Lenden bohrten. Ihr Mund zuckte spöttisch, als der kleine Lümmel in seiner Hose sich aufrichtete und energisch gegen den dünnen Stoff pochte.

Sie lehnte sich zurück, schlug die Beine übereinander. Schweißtröpfchen glitzerten auf den glatten, langgestreckten Loipen ihrer Schenkel. Sein Atem ging stoßweise. Es fiel ihm schwer, gelassen zu wirken. Der Schweiß brach ihm aus, er schwamm beinahe in seinen unbequemen Kleidern. Verzweifelt klammerte er sich an das Glas Wasser, das er mit an den Tisch gebracht hatte, und leerte es in einem Zug. Bettelnd legte sich sein Blick auf ihre Lippen. Ihr fester, geschwungener Mund öffnete sich leicht. Schneeweiße, nahezu ebenmäßige Zähne, nur die beiden oberen Vorderzähne überschnitten sich. Reinste Perfektion, die durch den kleinen Schönheitsfehler noch unterstrichen wurde. Sein Blick glitt zu ihrem Schoß und blieb dort hängen, wo sich ihre Scham erahnen ließ. Ein leicht katzenartiger Geruch, gemischt mit Ananas, strömte in seine Nase. Ihre Lippen formten ein mädchenhaftes Lächeln. Ihre Augen glänzten, schauten verschämt und neugierig. Sie wußte, daß er sie mit seinem Blick anbetete. Ein Wort, eine winzige Geste und er würde sich ihr zu Füßen werfen. *Bitte, bitte … erhöre mich!*

Jede ihrer Bewegungen traf ihn wie ein Stromschlag. Die dunklen Haare auf seinen Armen und Beinen knisterten vor Spannung. Allein ihr Lächeln konnte seinem Körper ein Gewitter entlocken. Er war gefangen von ihrem aphrodisischen Duft, ihren rosigen Lippen, ihrer seidigen Haut, ihrem sündigen Unschuldsblick.

Anmutig, fast fließend war die Bewegung, als sie die Beine wieder nebeneinander auf den Boden stellte. Sie trug flache Sandalen. Die Nägel schwarz lackiert. Kleine, winzig kleine Füße, beinahe wie die eines Kindes. Ihre langen Fingernägel krallten sich in den Stoff des dünnen Kleides, schoben ihn langsam über die Knie, die Schenkel hoch, so weit, daß er vor Begierde fast nicht mehr sehen konnte. Ihre Nägel hinterließen helle Striemen auf der Haut. Gerne hätte er die flüchtigen Male weggeküßt, bevor es der Wind tat. Noch ehe er die dunklen Kräuselhaare erkennen konnte, hatte sie das Kleid züchtig zurechtgerückt. Doch die Bilder in seinem Kopf ließen ihn Höllenqualen leiden.

Sie griff nach dem Löffel, füllte ihn mit Gazpacho und führte ihn zum Mund. Ihre Lippen saugten die Suppe auf. Wieder ein Löffel voll. Sie fütterte ihn wie zuvor und sah amüsiert zu, wie er sich geschickt mit seiner Zungenspitze die Suppe einverleibte.

Sie spreizte die Beine. Ihre Hand glitt an der Seite des Kleides hinab und legte sich auf ihren Schoß. Dort blieb sie.

Sollte er sie bitten, mit ihm zu gehen? Sollte er überhaupt etwas sagen? – Herrje, sie war so jung und schön, so unerhört sexy. Er verzehrte sich nach ihrem heißen, glitschigen Leib! Er traute sich nicht, sich zu regen, fürchtete, allein der Laut seines Atems könne sie zurückweichen lassen. Ihre herrlichen Brüste hoben und senkten sich. Die Brustwarzen, hart wie Stein, kritzelten von innen kleine Striche auf das Kleid. Sein Mund wollte nach ihnen schnappen. Der Anblick machte ihn fast wahnsinnig vor Lust. Er schwamm in einem Meer aus Milliarden Ameisen, deren kleine Beinchen jeden einzelnen Sinnesnerv seiner Haut massierten. Reizstrom aus Düften, ihrem Lächeln und der Hand auf ihrem Schoß.

Langsam beugte sie sich über den Tisch und bot ihm einen Löffel Gazpacho an, wie um ihn zu trösten. Seine trokkenen Lippen lechzten nach ihrem Mund. *Meine Göttin, ich stehe im Garten Eden voller verbotener Früchte und verhungere ohne dich!* – Sonnenreflexe auf ihren Mandelaugen, als sie sich näherbeugte und ihr Geruch ihm jede Aussicht auf Rettung nahm. Ihre Lippen, feinste Blütenblätter, duftend zart und samtig, hauchten die Ahnung eines Kusses auf seinen spröden Mund. Er spürte die kleine warme Zungenspitze, die nach Tropfen der köstlichen Suppe suchte. Jede Berührung ein Schock. Kitzelnde Energiefäden von den Lippen bis hinunter in seine Lenden. Entzücken, als ihre Hand auf seinem Schenkel flatterte und den Weg hinauf zu seinem brennenden Geschlecht fand. Ihre Zunge zauberte kleine Lichtbögen auf sein Gesicht. Ihr Atem perlend wie Champagner. Er wollte von ihr trinken, sie in sich aufsaugen, ein Teil von ihr sein!

Verwegen ließ er seine Hand auf ihr Knie sinken. Er erwartete jeden Augenblick, von ihr zurückgewiesen zu werden. Aber nein, ihre Zungenspitze kitzelte seinen Mundwinkel, bat um Einlaß. Er spitzte die Lippen, saugte ihre Zungenspitze ein. Ihre Zungen, muskulöse, biegsame Leiber, kämpften miteinander, balgten, tanzten, kosteten vom Speichel des anderen. Dies hier war kein Kuß, sondern die Speisung Hungernder. Seine Hand bewegte sich unter ihrem Kleid langsam den Schenkel hinauf. Sie stöhnte in seinen Mund, als seine Fingerspitzen den Weg durch das sich kräuselnde Haar fanden und sich ihrer feuchten Höhle näherten. Der Venushügel, bebend und zuckend unter der sanften Berührung seiner Hand. Glitschig, das rote Tal, ihr süßer Mund. Sein Finger rutschte tief, tief in sie hinein. Ihr Aufstöhnen. Ein leichter Biß auf seiner Zunge. Sie zog sich aus seinem Mund zurück, widmete sich der Suppe, ganz so, als hätte sein Finger nicht den Weg in jene geheime Höhle gefunden.

Der Löffel sank in die Suppe. Ihre Augen funkelten. Diamantenblitze trafen direkt in sein Herz. Was sollte er nur tun? – Die Hand zurückziehen?

Sie preßte die Schenkel zusammen, gegen seine Hand. Sie schloß ihn in sich ein und fütterte ihn mit der kühlen Suppe. Sein Finger ruhte in ihr, in der feuchten Bruthitze ihres Körpers. Keine Bewegung möglich. Er spürte, wie ihr Unterleib seinen Finger umschloß. Er öffnete den Mund, sie lockerte die Muskeln um den Finger, er saugte am Löffel, sie zog ihre Vagina zusammen und ließ die Spannung Muskel für Muskel an seinem Finger entlangkriechen. Wie eine gierige Schlange, die ihr Beutetier verspeist.

Der Kellner hinter der Theke beobachtete ihr seltsames Spiel gespannt. Längst hatte er Eduards Hand zwischen ihren Beinen entdeckt. Längst war seine eigene Hand unter die Theke gerutscht.

Eduard erlebte die Szene wie in Trance. Schauer der Lust durchfuhren ihren Körper. Ihre Muskeln schnappten zu und ließen los. Feuchtigkeit überschwemmte seine Hand und lief ihre Schenkel hinab. Mal machte sie sich so eng, als wolle sie seinen Finger zermalmen, mal war sie so weit, als gelte ihre Einladung gleich mehreren Besuchern. Schließlich berührte sie ihn, und ihre Hand drückte sich gegen die prächtige Beule. Der Schatten ihres Körpers verbarg das Spiel ihrer Finger vor neugierigen Zuschauern. Sie öffnete den Reißverschluß seiner Hose und berührte feuchte Baumwolle. Der rote Kopf seiner Eichel lugte frech unter dem Bund des weißen Slips hervor. Sie packte ihn, befreite ihn aus diesem Gefängnis und holte ihn vorsichtig aus der Hose heraus.

»Nicht hier!«, flüsterte er heiser. Es war das erste Mal, daß einer von ihnen etwas sagte. Sie schaute ihn mit einem kalten Lächeln an. Die Muskeln in ihrem Inneren massierten seinen Finger nun so stark, daß er glaubte, sie würde vor Lust laut aufschreien und er müßte vor Hitze vergehen. Aber weit gefehlt! – Sie fuhr mit der Zunge über ihre Lippen, nahm einen Löffel Gazpacho und ließ die Suppe langsam auf das sichtbare Zeichen seiner Leidenschaft tropfen. Entsetzt bemerkte er den Spiegel an der gegenüberliegenden Wand, sah sein gerötetes Gesicht und seine glänzenden Augen. Doch der Bistrotisch verbarg das Gesicht seiner Tischnachbarin, die sich nun hinabbeugte, um von der Suppe auf seinem Glied zu kosten. Delikat, das heiße Erschaudern bei jeder feuchten

Berührung an seiner pochenden Eichel. Er sehnte sich nach ihrer Zunge, ihrem festen Griff, der die Erregung zur Detonation bringen würde. Doch dann wurde er sich bewußt, wie irrsinnig sein Verlangen war – zu spät.

Ihre Muskeln umschlossen fest seinen Finger. Sturzbäche einer duftenden Essenz flossen an ihm hinab, benetzten ihre Schenkel und seine Hand. Endlich ließ sie ihn frei, doch nun war es ihre Zunge, die ihn mit federleichten Zärtlichkeiten quälte. Ein Stöhnen entwich seinen Lippen. Er bemühte sich, unbeteiligt in die Ferne zu starren. Ihr zuzusehen wäre unerträglich gewesen. Der Kellner und er sahen sich an. Noch immer befand sich dessen eine Hand unter der Theke. Mein Gott, er wußte Bescheid, alle wußten Bescheid …! *Na und?*

Sein Körper loderte vor Entzücken. Erste Wogen reinsten Liebesschmerzes durchfluteten seinen Körper, ließen seine Bauchmuskeln vibrieren. Sie ließ nicht locker, sie forderte es geradezu heraus. Er konnte nicht mehr. Die Explosion schleuderte jeden Fetzen seines Verstandes aus ihm hinaus. Langsam richtete sie sich auf. Schweißtropfen funkelten auf ihrer Haut. Er erhaschte einen Blick auf ihren feuchten Busen, den er so gerne mit seinen Händen geknetet hätte, während er seine Hose in Ordnung brachte.

Erst saß sie da mit verträumtem Blick, dann zog sie den Träger ihres Seidenkleids zurecht und erhob sich abrupt. »Ich fand diese Unterhaltung sehr anregend«, verabschiedete sie sich mit dunkler, geheimnisvoller Stimme. Eine Frau wie aus dem Götterhimmel. Sie stand auf und ging in Richtung Theke. Ihr appetitlicher Hintern zeichnete sich unter dem dünnen Stoff ihres Kleides ab.

Sie zückte ihr Portemonnaie und bezahlte. Der Kellner hätte sie beinahe eingeladen, doch ihr Blick war vernichtend. Ein Hauch ihres Parfüms hing noch immer in der Luft, als sie schon lange aus dem Bistro verschwunden war. Was für ein Nachmittag!

Frisch geduscht, umgekleidet und von den Anstrengungen des Nachmittags erholt, traf Eduard am Abend im Waldpark ein. Sein Herz pochte erwartungsfroh, als er die vielen Menschen auf der Wiese liegen sah. Der heiße Sommertag lud zum kühlen Bad im See ein. Halbentblößte Leiber, duftende Haut, nackte Brüste, einander umarmende Pärchen und lesende Menschen, wohin man auch sah. Seine Erregung wuchs, als er sich fragte, was sie sich wohl diesmal für ein Spiel ausgedacht hatte.

Er trug eine Badehose unter den Shorts, ein T-Shirt aus Wildseide, bequeme Sandalen und hatte einen Picknickkorb in der Hand. Anne saß auf dem Bootssteg, die Arme um die Knie geschlungen, und blickte auf das silbrig glänzende Wasser. Sie sah hinreißend aus mit ihren hochgesteckten Haaren und ihrem weißen Badeanzug. Jeder einzelne Wirbel ihres Rückens zeichnete sich ab. Zerbrechlich wirkte sie, zart wie Schmetterlingsflügel. Atemberaubend schön.

Eduard suchte sich einen Platz unter einer Platane, von wo aus er Anne gut beobachten konnte und sie beide später gut zu sehen wären. Er breitete die Decke auf der Wiese aus, entkleidete sich bis auf die Badehose und legte sich auf den Bauch. Das Buch in seiner Hand diente nur als Vorwand. In Wahrheit ruhte sein Blick auf ihr.

Verträumt starrte sie ins Wasser. Die abendlichen Sonnenstrahlen zeichneten eigenartige, wäßrige Strukturen auf ihre Haut. Mit ihr gab es keine Zeit. Es gab nur das Jetzt, immerzu, immerwährend. Eifersüchtig beobachtete er, wie jemand sie ansprach. Auf ihrem Gesicht der Anflug eines Lächelns, als sie antwortete. Sein Magen zog sich zusammen und Begehren stieg in ihm auf.

Sie stand auf. Nein, das war es nicht: Sie entfaltete sich wie eine Lilienknospe, die lange auf diesen großen Augenblick gewartet hatte. Ihre harten Brustwarzen drückten sich deutlich durch den dünnen, weißen Stoff, als sie sich erhob und streckte. Eine majestätische Rückenlinie, ihr Hintern wie von Künstlerhand geformt. Der Mann starrte in den Ausschnitt ihres Badeanzugs und versuchte, ein Gespräch zu führen. *Lächerlich!* Allein die Nähe ihres Körpers, der Hauch ihres Parfüms, ihr süßer Atem, ließ seinen besten Freund anschwellen. Die Wölbung in seinem knappen Männerstring zu überspielen war unmöglich, seine Hand viel zu klein. Eduard hörte Anne auflachen, hell mit einem fast grausamen Unterton. Sie streckte sich, auf ihrem Körper tanzten Lichtreflexe. So stand sie da und er konnte nichts weiter als staunen, daß ihm mit ihr ein solches Glück widerfahren war.

Auf Zehenspitzen wirkte sie wie eine Primaballerina, drahtig und zugleich voller Anmut und Grazie. Sie sprang und beschrieb eine vollendete Bewegung, bevor sie kopfüber in das kühle Naß eintauchte. Er schloß kurz die Augen, stellte sich ihren im Wasser dahingleitenden, wendigen Delphinkörper vor. Eduard wußte, was der Mann auf dem Bootssteg bei diesem Anblick empfinden mußte. Tiefste Bewunderung für ein unerreichbares Ideal. Eine Meerjungfrau hätte nicht mehr Bewunderung hervorzurufen vermocht. Schließlich tauchte ihr Kopf auf. Wassertropfen glitzerten auf ihren Wangen. Ganz kühl ihr Blick, wie immer, ganz kühl. Langsam schwamm sie auf das Ufer zu. Scheinbar losgelöst von allem Irdischen, als sie aus dem Wasser stieg. Der weiße Badeanzug klebte auf ihrer Haut. Der Stoff war so dünn, daß sich alles darunter abzeichnete, der karmesinrote Vorhof ihrer Brustwarzen, das mit dunklen Haaren bedeckte Delta ihrer Scham und die herrlichen Rundungen ihrer Kehrseite.

Langsam ging sie über die Wiese. Dutzende von Augenpaaren verfolgten atemlos jeden ihrer Schritte. Annes Mundwinkel zuckten. Es machte Eduard wahnsinnig, sie so zu sehen. Die vielen Blicke, die sie liebkosten, die vielen Hände, die sie in Phantasien entkleideten und über ihren kühlen Körper tasteten. Die vielen Zungen, die ihr das Salz von der

Haut leckten, deren Finger sich in ihr Fleisch krallten, die sie anstarrten und besitzen wollten. Anne genoß jeden einzelnen Blick, der über ihre Haut strich und Schauer reinster Lust in ihrem Körper auslöste. Gänsehaut bildete sich auf ihren Armen. Kein Wunder, denn sie stand unter Strom.

Als sie vor ihm stehenblieb, fielen Wassertropfen von ihr herab. Er drehte sich auf den Rücken und fing die Tropfen mit der Zunge auf. Himmlisch, diese Frau von dort unten zu sehen! Die langen Beine, der schwarze Pelz, zwischen dem sich die rosigen Blätter entfaltet hatten, die kleine Vertiefung des Bauchnabels und dann die üppige Landschaft ihres Körpers. Nichts an ihr konnte obszön oder anstößig wirken. Sie zog ihren Badeanzug zurecht. Dabei verrutschte er und verschaffte Eduard einen unerhörten Blick auf ihren Venushügel. Sie liebte es, sich zur Schau zu stellen. Sie mochte verrückte Orte, und sie war süchtig nach Sex in der Öffentlichkeit. Das zu akzeptieren, war anfangs nicht leicht für ihn gewesen, doch nun bereitete es Eduard mehr und mehr Spaß.

Die krausen Härchen schauten unter dem Badeanzug hervor, am liebsten hätte er sie kraulen wollen. Anne beugte sich zu ihm hinunter. Er schloß die Augen, spitzte die Lippen und fühlte schon ihren heißen Kuß auf seinem Mund – doch weit gefehlt. Sie öffnete den Picknickkorb und nahm eine Rispe Weintrauben heraus. Ihr Busen schwebte über ihm, als sie ihn mit den Trauben neckte. Er schnappte nach ihnen, biß hinein und ließ den zuckersüßen Saft in seinen Mund strömen, während seine Augen sich an den kleinen Erdbeerspitzen der anderen Früchte festsaugten. Gerne hätte er Anne gepackt und zu sich hinuntergezogen, doch sie wollte ihn und die Augen, die an ihrem Körper klebten, noch ein wenig reizen. Ihr provokant nach vorn gebeugter Rücken und dessen Verlängerung waren stramm gespannt. Das Taschenbuch auf seinem Schoß, unter dem er seine Erregung versteckt hatte, führte eigenartige Bewegungen aus. Seine Lippen glänzten vom Saft der Trauben, die er von der Rispe gezupft hatte. Sein bettelnder Blick flehte, daß sie ihn doch endlich von der Qual erlöse, die sie ihm und all den anderen bereitete. Schließlich hatte sie Mitleid mit ihm. Sie kniete sich neben seinen Kopf, lächelnd, und beugte sich über ihn. Ihre Brustwarze streifte seine Nase. Sie neckte ihn damit wie zuvor mit den Trauben. Gehorsam schnappte er danach. Schon stand sein Körper in Flammen. Nie zuvor hatte er diese Art von Ekstase erlebt! Lächelnd schob sie den Träger des Badeanzugs von ihrer Schulter. Es war hier nicht ungewöhnlich, Frauen oben ohne zu sehen, doch bei Anne kam es einer skandalösen Sensation gleich. Ihr prachtvoller Busen bot sich ihm dar. Er wollte ihn küssen. Es war fatal, zum Sterben schön. Ein kleiner Tod, ihr Lachen, mit dem sie ihn um den Verstand brachte.

»Ich will dich!« flüsterte er heiser, auch wenn das gegen die Abmachung war. Ihre Augen funkelten ihn spöttisch und boshaft an. Sie legte ihren Finger auf seinen Mund, gebot ihm zu schweigen. Sofort nahm er den Finger zwischen die Lippen, saugte daran, liebkoste ihn mit der Zungenspitze. Er streichelte ihre langen Beine. Neidische Blicke, von ihrem Anblick entflammt. Anne lächelte. Es bereitete ihr größtes Vergnügen, ihn mit ihrer Sinnlichkeit zu foltern. Schließlich zog sie eine Banane aus dem Picknickkorb, schälte sie, als entkleide sie sein bestes Stück, und nahm sie in den Mund. Allein dieser Anblick ließ sein Herz rasen. Sie biß zart in die Banane und saugte daran, bis jeder Mann sich wünschte, diese Frucht zu sein. Schließlich ließ sie ihn davon kosten. Sie fütterte ihn, das tat sie gern, sie beschenkte ihn mit Wohltaten. Ein Leben ohne Anne war wie ein Sommer, in dem nie die Sonne schien, ein Frühling ohne Blumen. Ohne sie konnte er, wollte er nicht mehr sein.

»Habe ich bestanden?«, keuchte er. Sein Zustand ließ normales Atmen nicht mehr zu. Wieder sah er das Zucken ihrer Mundwinkel. Diese kleine Geste, die sein Herz mit Glückseligkeit überflutete. Das Paradies aller Empfindungen. Mit süßer Grausamkeit schüttelte sie den Kopf. »Noch eine Prüfung.« – Ihre Stimme glich einem Regenschauer, der kalt und hart auf ihn niederprasselte. Egal, er wollte nichts anderes mehr, als sich ihr völlig zu ergeben.

»Willst du mich wirklich heiraten? Überlege es dir gut!« flüsterte sie, als sie nach dem Glas Honig im Picknickkorb griff und es aufschraubte. »Ohne diese Blicke kann ich nicht leben. Ich bin süchtig danach …«

»Ich bin süchtig nach dir! Ich will dich! Für immer und ewig …«, stöhnte er. Ihre Hände verteilten den Honig auf seinem Körper. Anne zeichnete seine Lippen mit Honig nach. Er lechzte nach diesen Berührungen, leckte den Honig wie ein hungriger Bär. Ihre Brüste wippten leicht, als sie die Lippen auf seinen Bauch senkte, ihn mit ihrem warmen Atem erzittern ließ. Ihre kleine Raubkatzenzunge wuselte über seinen Körper. Er streichelte ihr feuchtes Haar. Sehnsüchtig wünschte er ihre Berührungen herbei. Der sanfte Hauch ihrer Lippen. Ihre Finger, die sich den Weg zu seinen Lenden ermogelten. So würde es immer sein, hatte sie gesagt. Sie könne sich an keinen Mann binden, der nicht bereit sei, ihre Wünsche zu akzeptieren. Wenn er sie wirklich heiraten wolle, dann wäre dies seine Prüfung. Herrgott, was für ein Genuß, was für ein vergnügliches Attentat auf seine Sinne!

Sie berührte ihn unter dem vermeintlich schützenden Taschenbuch und alle wußten, ahnten, was passierte, gierten nach weiteren Einblicken. Die Welt hatte sich versammelt, um ihr Liebesspiel zu bekunden!

Ihre Zunge fand seine Lippen. Sie berührten sich. Tausend Volt pure Energie. Er saugte an ihrer Zunge, schmatzend, gierig … Enttäuschtes Stöhnen, als sich ihre Hand sanft von ihm löste. Schmerzhaft dieser Verlust und erregend zugleich.

»Laß uns hinter die Büsche gehen …«, sagte sie mit dunkler Stimme. Die letzte Prüfung …

Umständlich setzte er sich auf. Sein klebriger Oberkörper glänzte im Abendrot. Als er aufstand, hielt er sich den Picknickkorb vor den Bauch, damit niemand sehen konnte, wie erregt er war. Anne schaute ihn liebevoll an, während sie die Decke zusammenrollte. Ihr Busen hüpfte ausgelassen wie ein spielendes Kind. Hinter der Platane zog sich eine dichte Hecke entlang, durch die ein schmaler Weg in eine kleine Blätterhöhle führte. Dort hinein verschwanden sie und alle sahen es, wußten was dort passieren würde. Sie knieten sich voreinander hin. Annes Augen glänzten. Sie nahm sein Gesicht in die Hände, und er konnte nun endlich ihren wundervollen Busen berühren. Allein die Blicke des einen ließen den Körper des anderen erzittern. Sie zog ihn an sich und küßte ihn mit Inbrunst. Ihre Hände befreiten ihn von der lästigen Badehose. Sie wollte ihn in sich spüren.

»Wir haben nicht viel Zeit … was glaubst du?« flüsterte sie. Ihre Hände krallten sich in seinen Körper, streichelten ihn überall.

»Nein, viel Zeit haben wir nicht …«, murmelte er. Er war viel zu beschäftigt, ihren Badeanzug so zu verschieben, daß er ihre Höhle liebkosen konnte. Sie hielten inne, umarmten sich für einen Moment, schöpften Atem in atemloser Spannung.

»Worauf wartest du?« wollte sie wissen.

»Auf eine Antwort.«

»Eine Antwort?«

»Wirst du meinen Antrag annehmen, habe ich die Prüfung bestanden?«, flüsterte er heiser vor Lust.

»Mir fehlen die Worte …«, stöhnte Anne. »Ich werde dir die Antwort zeigen.«

Langsam ließ sie sich auf den Rücken sinken. Sie spreizte die Beine und lud ihn ein. Er glitt in sie und seufzend schlang sie ihre Beine um seine Taille. Ganz eng wurde es in ihr. Eng und warm und kuschelig für seinen schmerzenden Freund, der sich in sie bohrte. Ihre Körper ineinander verschlungen, bewegten sie sich gemeinsam, bis sie eins waren, für einen unendlich schönen Augenblick.

Stimmen drangen in ihr Liebesnest. Gesprächsfetzen, Lachen, Geräusche, die er wie in Trance wahrnahm. Um sie herum hatte sich eine eigenartige Luftblase gebildet, die sie und ihre Wonnen umschloß. Unvorstellbar, Anne in einem Bett, einem abgeschiedenen Schlafzimmer fern von anderen Menschen zu lieben! Sie war eine Madonna, die von allen angebetet werden sollte! Doch er, er durfte mehr, als sie nur anbeten. Er durfte sie lieben …

Für erregende Liebkosungen

ANAIS NIN

Ein Malermodell

Meine Mutter hatte, was junge Mädchen betraf, europäische Vorstellungen. Ich war sechzehn. Noch nie war ich allein mit einem jungen Mann ausgegangen, hatte nie etwas anderes als literarische Romane gelesen und war freiwillig nicht so wie die anderen Mädchen meines Alters. Ich war, was man als »behütet« bezeichnen würde, ganz ähnlich wie so manche Chinesinnen unterrichtet in der Kunst, das Beste aus den abgelegten Kleidern zu machen, die mir eine reiche Cousine schickte, im Singen und Tanzen, im Schreiben mit eleganter Hand, im Lesen der anspruchsvollsten Bücher, in intelligenter Konversation, im Arrangieren meiner Haare zu schönen Frisuren, im Pflegen meiner Hände, damit sie zart und weiß blieben, im Benutzen ausschließlich des feinsten Englisch, das ich nach meiner Ankunft aus Frankreich gelernt hatte, in größter Höflichkeit gegenüber anderen Menschen.

Dies war es, was von meiner europäischen Erziehung übrigblieb. Aber in einer anderen Hinsicht glich ich durchaus den Orientalen: lange Perioden sanftmütigen Verhaltens wurden gefolgt von fast gewalttätigen Ausbrüchen, von Launen und Rebellion oder raschen Entschlüssen und spontanem Handeln.

Unvermittelt beschloß ich, arbeiten zu gehen – ohne jemanden um Rat zu fragen oder um Zustimmung zu bitten. Ich wußte, daß meine Mutter dagegen sein würde.

Ich war kaum einmal allein nach New York gefahren. Jetzt wanderte ich durch die Straßen, um mich auf alle möglichen Annoncen zu melden. Meine Fertigkeiten waren nicht sehr praktischer Natur. Ich verstand mich auf Sprachen, aber nicht aufs Maschineschreiben. Ich hatte spanischen Tanz gelernt, nicht aber die neuen Modetänze. Wo ich mich auch vorstellte, niemals flößte ich Vertrauen ein. Ich wirkte jünger, als ich war, und außerdem übersensibel, überzart. Ich sah aus, als sei ich ganz und gar unbelastbar, aber das war nur äußerlich.

Nach einer Woche hatte ich nichts erreicht außer dem Gefühl, niemandem von Nutzen zu sein. Daraufhin suchte ich eine Freundin der Familie auf, die mich ins Herz geschlossen hatte. Sie mißbilligte die Art, wie meine Mutter mich behütete. Sie freute sich, mich wiederzusehen, staunte über meinen Entschluß und war bereit, mir zu helfen. Und während ich launig von mir selbst berichtete, meine Vorzüge aufzählte, sagte ich unter anderem, ein Maler habe uns in der vorletzten Woche besucht und behauptet, ich besäße ein exotisches Gesicht. Meine Freundin sprang auf. »Ich hab's!« rief sie. »Ich weiß, was du tun kannst. Es stimmt, du hast wirklich ein außergewöhnliches Gesicht. Also, ich kenne da einen Kunstclub, wo sich die Maler ihre Modelle holen. Dort werde ich dich einführen. Der Club ist eine Art Schutzorganisation für die Mädchen, die dadurch nicht mehr von Atelier zu Atelier ziehen müssen. Die Künstler sind im Club registriert, sind dort bekannt, und wenn sie ein Modell benötigen, rufen sie an.«

Als wir im Club in der Fifty-seventh Street eintrafen, gab es dort viel Betrieb und eine Menge Leute. Wie sich herausstellte, wurden gerade die Vorbereitungen für die alljährliche Show getroffen. Jedes Jahr einmal wurden sämtliche Modelle in die Kostüme gesteckt, die ihnen am besten standen, und den Künstlern vorgestellt. Ich wurde gegen einen kleinen Obolus registriert und sofort zu zwei älteren Damen nach oben geschickt, die mich ins Kostümzimmer führten. Eine von ihnen wählte ein Kostüm aus dem achtzehnten Jahrhundert für mich. Die andere befestigte meine Haare über den Ohren. Sie zeigte mir, wie ich meine Wimpern tuschen mußte. In den Spiegeln sah ich mich völlig verändert.

Die Probe lief weiter. Ich mußte hinuntergehen und im ganzen Raum umherschreiten. Das fiel mir nicht schwer. Es war wie ein Maskenball.

Am Tag der Show waren alle sehr nervös. Von diesem Auftritt hing weitgehend der Erfolg der Modelle ab. Mit zitternder Hand färbte ich mir die Wimpern. Man drückte mir eine Rose in die Hand, und ich kam mir ein bißchen albern vor. Draußen wurde ich von Applaus begrüßt. Nachdem alle Mädchen langsam durch den Raum geschritten waren, unterhielten sich die Maler mit uns, notierten sich unsere Namen, verabredeten Sitzungen. Mein Terminkalender war so voll wie eine Tanzkarte.

Am Montag um neun sollte ich mich im Atelier eines bekannten Malers einfinden; um eins im Atelier eines Illustrators; um vier im Atelier eines Miniaturmalers und so weiter. Es gab auch Malerinnen. Die erhoben Einwand dagegen, daß wir Make-up verwendeten. Sie behaupteten, wenn sie ein geschminktes Modell engagierten und es sich auf ihre Anweisung dann vor dem Posieren abschminkte, sehe es völlig anders aus. Aus diesem Grund posierten wir nicht so gern für Frauen.

Zu Hause schlug meine Erklärung, ich sei Malermodell geworden, wie eine Bombe ein. Aber es war nun mal geschehen. Ich konnte fünfundzwanzig Dollar die Woche verdienen. Meine Mutter weinte ein wenig, war im Grunde aber zufrieden.

An jenem Abend plauderten wir noch im Dunkeln. Ihr Zimmer lag neben dem meinen, und die Verbindungstür stand offen. Meine Mutter machte sich Sorgen über die Frage, was ich über das Geschlechtsleben wußte (oder nicht wußte).

Die Summe meiner Kenntnisse war folgende: daß ich mich, unten am Strand im Sand liegend, schon oft von Stephen hatte küssen lassen. Er hatte sich auf mich gelegt, und ich hatte gespürt, wie sich etwas Dickes, Hartes an mich preßte, aber das war auch alles, und als ich nach Hause kam, hatte ich zu meiner größten Verwunderung entdeckt, daß ich zwischen den Beinen feucht war. Meiner Mutter gegenüber hatte ich nichts davon erwähnt. Persönlich hatte ich den Eindruck, daß ich ein sehr sinnliches Mädchen, daß dieses Feuchtwerden zwischen den Beinen beim Küssen der Beweis für gefährliche zukünftige Neigungen sei. Ich kam mir tatsächlich vor wie eine Hure.

Meine Mutter erkundigte sich: »Weißt du, was geschieht, wenn ein Mann eine Frau nimmt?«

»Nein«, antwortete ich, »aber ich würde zunächst mal gern wissen, wie ein Mann eine Frau nimmt.«

»Nun ja, weißt du, der kleine Penis, den du an deinem Bruder gesehen hast, als du ihn baden durftest – der wird ganz groß und hart, und der Mann schiebt ihn in die Frau hinein.«

Das fand ich abscheulich. »Es muß aber ziemlich schwierig sein, ihn hineinzubekommen«, meinte ich.

»Nein, denn zuvor wird die Frau feucht, deshalb gleitet er leicht hinein.«

Jetzt verstand ich das Rätsel meines Feuchtwerdens. Wenn dem so ist, dachte ich mir, werde ich niemals vergewaltigt werden können, denn um feucht zu werden, muß man den Mann mögen.

Wenige Monate zuvor war ich im Wald stürmisch von einem kräftigen Russen geküßt worden, der mich von einem Tanzabend heimbrachte, und hatte zu Hause angstvoll verkündet, ich sei schwanger.

Jetzt fiel mir wieder ein, daß wir eines Abends, als wir zu mehreren von einem Tanzabend gekommen und die Schnellstraße entlanggefahren waren, gehört hatten, daß irgendwo ein paar Mädchen schrien. John, mein Begleiter, hielt den Wagen an. Aus dem Gebüsch kamen zwei Mädchen auf uns zugelaufen, zerzaust, mit zerrissenen Kleidern und verstörtem Blick. Wir ließen sie einsteigen. Sie plapperten hysterisch, sie seien von einem Motorradfahrer mitgenommen und dann überfallen worden. Eine von ihnen jammerte immer wieder: »Wenn er mich entjungfert hat, bring ich mich um!«

Bei einem Gasthaus hielt John an und führte die Mädchen zur Damentoilette. Sofort gingen sie beide zusammen hinein. Die eine sagte: »Es hat nicht geblutet. Wahrscheinlich hat er mich doch nicht entjungfert.« Die andere weinte.

Wir brachten sie heim. Die eine bedankte sich bei mir. »Ich hoffe nur, daß dir nie so etwas passiert«, sagte sie.

Während meine Mutter sprach, fragte ich mich, ob sie wohl auch so etwas befürchtete und mich darauf vorbereiten wollte.

Ich kann nicht behaupten, daß mir nicht unbehaglich zumute war, als der Montag kam. Ich glaubte, wenn dieser Maler attraktiv wäre, würde ich mich in größerer Gefahr befinden, als wenn er es nicht wäre, denn wenn ich ihn mochte, würde ich womöglich feucht zwischen den Beinen werden.

Der erste war ungefähr fünfzig, kahl, mit einem ziemlich europäischen Gesicht und einem Bärtchen. Er hatte ein wunderschönes Atelier.

Er stellte einen Paravent vor mich hin, damit ich mich umziehen konnte. Ich warf meine Kleider oben drüber. Als ich mein letztes Wäschestück über den Rahmen des Paravents warf, sah ich darüber das lächelnde Gesicht des Malers erscheinen. Aber er machte das so komisch und lustig wie eine Szene aus einem Theaterstück, daß ich nichts sagte, sondern mich kostümierte und die verlangte Pose einnahm. Alle halbe Stunde durfte ich mich ausruhen und eine Zigarette rauchen. Der Maler legte eine Schallplatte auf. »Möchtest du tanzen?« fragte er mich.

Wir tanzten auf dem blankpolierten Fußboden, drehten uns inmitten der Gemälde schöner Frauen. Als der Tanz zu

Ende war, küßte er mich auf den Hals. »So zierlich«, sagte er bewundernd. »Posierst du auch nackt?«

»Nein.«

»Schade.«

Ich fand, die Situation sei gar nicht so schwierig zu meistern. Es wurde wieder Zeit zum Posieren. Die drei Stunden vergingen schnell. Während er arbeitete, redete er. Er habe sein erstes Modell geheiratet, erzählte er mir; sie sei unerträglich eifersüchtig; immer wieder komme sie in sein Atelier und mache ihm eine Szene; sie wolle nicht dulden, daß er einen Akt male. Er habe sich ein anderes Atelier gemietet, von dem sie nichts wisse. Er arbeite sehr häufig dort. Und gebe auch Partys. Ob ich einmal am Samstagabend hinkommen wolle?

Als ich ging, küßte er mich leicht auf den Hals. Augenzwinkernd sagte er: »Du wirst mich im Club doch nicht verraten, wie?«

Zum Lunch kehrte ich in den Club zurück, weil ich dort mein Gesicht herrichten und mich ein wenig frisch machen konnte. Außerdem gab es dort billige Mahlzeiten. Die anderen Mädchen waren auch da. Wir gerieten ins Erzählen. Als ich die Einladung für den Samstagabend erwähnte, lachten sie und nickten einander zu. Ich konnte sie nicht zum Sprechen bringen. Eines der Mädchen hatte den Rock gehoben und untersuchte ein Muttermal hoch oben an ihrem Oberschenkel. Sie versuchte es mit einem kleinen, medizinischen Stift wegzuätzen. Und ich sah, daß sie kein Höschen trug, sondern nur ein schwarzes Kunstseidenkleid, das ihr am Körper klebte. Zwischendurch klingelte ab und zu das Telefon, und dann mußte eines der Mädchen zur Arbeit gehen.

Der nächste war ein junger Illustrator. Er trug sein Hemd am Hals oben offen. Als ich hereinkam, rührte er sich nicht vom Fleck, sondern rief mir nur zu: »Ich möchte viel Rücken und Schultern sehen. Da, leg dir den Schal um oder sonstwas.« Dann gab er mir einen kleinen, altmodischen Sonnenschirm und weiße Handschuhe. Den Schal steckte er fast bis zur Taille herunter fest. Das Bild war für den Umschlag einer Zeitschrift gedacht.

Der über meine Brüste drapierte Schal saß gefährlich lose. Als ich den Kopf so drehte, wie er es wünschte – eine Art einladende Bewegung –, rutschte er weg und entblößte meine Brüste. Er wollte nicht, daß ich mich bewegte. »Ich wünschte, ich könnte dich so malen«, sagte er.

Er lächelte, während er mit dem Kohlestift arbeitete. Als er sich herüberbeugte, um Maß zu nehmen, berührte er mit dem Stift meine Brustspitzen und hinterließ einen kleinen, schwarzen Tupfen. »Bleib so«, verlangte er, als er bemerkte, daß ich mich bewegen wollte.

Ich blieb so.

Dann sagte er: »Ihr Mädchen tut manchmal, als wärt ihr die einzigen, die einen Busen oder Hintern haben. Aber ich sehe so viele davon, daß sie mich nicht mehr interessieren, das versichere ich dir. Da ist mir meine Frau angezogen jederzeit lieber. Je mehr Kleider sie anhat, desto besser. Ich mache das Licht aus. Weil ich zu genau weiß, wie Frauen aussehen. Ich habe sie zu Millionen gezeichnet.«

Durch die leichte Berührung mit dem Stift waren meine Brustspitzen hart geworden. Das ärgerte mich, weil ich überhaupt kein Vergnügen dabei empfunden hatte. Warum waren meine Brüste nur so empfindlich? Und hatte er es bemerkt?

Er fuhr fort, zu zeichnen und die Skizze zu kolorieren. Als er innehielt, um einen Whisky zu trinken, bot er mir auch einen an. Er tauchte den Finger in den Whisky und berührte damit eine meiner Brustwarzen. Da ich nicht posierte, wich ich ärgerlich zurück. Er sah mich lächelnd an. »Ist das nicht ein schönes Gefühl?« fragte er. »Es wärmt.«

Das stimmte: Die Spitzen waren hart und rot geworden.

»Du hast hübsche Brustwarzen. Du brauchst sie nicht mit dem Lippenstift zu färben, oder? Sie sind von Natur aus rosig. Die meisten anderen sind lederbraun.«

Ich bedeckte mich.

Das war alles für diesen Tag. Er bat mich, am folgenden Tag um die gleiche Zeit wiederzukommen.

Am Dienstag dauerte es länger, bis er sich an die Arbeit machte. Er redete. Die Füße hatte er auf den Zeichentisch gelegt. Er bot mir eine Zigarette an. Ich steckte meinen Schal fest. Er sah mir zu. »Zeig mal deine Beine«, sagte er. »Vielleicht zeichne ich nächstesmal Beine.«

Ich hob den Rock bis über die Knie.

»Laß deinen Rock oben und setz dich«, befahl er. Er zeichnete meine Beine. Alles war still.

Dann stand er auf, warf den Stift auf den Tisch, beugte sich über mich, bog den Kopf nach hinten und küßte mich voll auf den Mund. Ich stieß ihn heftig von mir. Darüber mußte er lächeln. Rasch fuhr er mir mit der Hand unter den Rock, betastete meine Schenkel dort, wo die Strümpfe aufhörten, und war, ehe ich eine Abwehrbewegung machen konnte, schon wieder an seinem Platz.

Ich nahm die vorgeschriebene Pose ein und schwieg, denn ich hatte gerade eine Entdeckung gemacht: daß mir der Kuß und das Streicheln meiner nackten Schenkel Vergnügen bereitet hatte, obwohl ich den Mann nicht liebte. Gewehrt hatte ich mich nur aus Gewohnheit, in Wirklichkeit hatte ich Vergnügen empfunden.

Das Posieren ließ mir Zeit, aus dem Gefühl des Vergnügens zu erwachen und mich auf meine Verteidigung zu besinnen. Aber meine Abwehr war überzeugend gewesen, denn er verhielt sich für den Rest des Vormittags ruhig.

Vom ersten Moment an hatte ich geahnt, daß der Feind, gegen den ich mich wirklich wehren mußte, meine eigene Empfänglichkeit für Liebkosungen war. Außerdem wurde ich von großer Neugier über so viele Dinge geplagt! Und war gleichzeitig fest davon überzeugt, daß ich mich nur einem Mann schenken würde, den ich liebte.

Ich liebte Stephen. Am liebsten wäre ich zu ihm gegangen und hätte zu ihm gesagt: »Nimm mich! Nimm mich!« Unvermittelt erinnerte ich mich an einen anderen Zwischenfall ein Jahr zuvor, als eine meiner Tanten mich zum *Mardi Gras* nach New Orleans mitgenommen hatte. Freunde von ihr hatten uns in ihrem Auto mitfahren lassen. Bei uns befanden sich noch zwei weitere junge Mädchen. Eine Gruppe junger Männer nutzte das Durcheinander, den Lärm, die Aufregung und den Frohsinn aus, sprangen zu uns ins Automobil, rissen uns die Masken herunter und küßten uns, während meine Tante lautes Geschrei anstimmte. Dann verschwanden sie in der Menge. Ich war ganz benommen und wünschte, der junge Mann, der mich gepackt und auf den Mund geküßt hatte, wäre noch da. Der Kuß hatte mich ganz schwach und erregt gemacht.

Wieder im Club, fragte ich mich, wie die anderen Modelle empfanden. Es gab zwar viel Gerede von Gegenwehr, aber ich fragte mich, ob das alles so ernst gemeint war.

Eines der hübschesten Modelle, ein Mädchen, dessen Gesicht gar nicht besonders schön war, das aber einen herrlichen Körper besaß, sagte gerade:

»Ich weiß nicht, was ihr anderen vom Nacktposieren haltet, aber ich liebe es. Schon als kleines Mädchen zog ich mich gern aus. Es gefiel mir, wenn die Leute mich anstarrten. Auf Partys legte ich, sobald die Leute ein bißchen betrunken waren, die Kleider ab. Ich zeigte gern meinen Körper. Jetzt kann ich es jedesmal kaum erwarten, bis ich mich ausziehen darf. Ich genieße es, wenn man mich betrachtet. Es macht mir Vergnügen. Wenn Männer mich ansehen, laufen mir köstliche Schauer über den Rücken. Und wenn ich in der Kunstschule vor einer ganzen Malklasse posiere, wenn ich die vielen Blicke sehe, die auf mir ruhen, verschafft mir das ein so großes Vergnügen, daß es mir ist, als … na ja, als würde ich von einem Mann geliebt. Ich fühle mich schön, ich fühle mich, wie Frauen sich manchmal wohl fühlen, wenn sie sich für einen Liebhaber ausziehen. Ich genieße meinen eigenen Körper. Ich posiere gern mit meinen Brüsten in den Händen. Manchmal liebkose ich sie auch. Früher war ich mal beim Tingeltangel. Das war wunderbar! Ich genoß es genauso, wie die Männer das Zusehen genossen. Der Seidenstoff des Kleides ließ mich richtig erschauern – und dann entblößte ich meine Brüste, zeigte mich. Das erregte mich unsagbar. Wenn ich von den Männern berührt wurde, erregte mich das nicht halb so sehr; das war jedesmal eine Enttäuschung. Aber ich kenne Mädchen, die anders empfinden.«

»Ich fühle mich gedemütigt«, bekannte ein rothaariges Modell. »Ich habe immer das Gefühl, daß mir mein Körper nicht mehr gehört, daß er durch das Angestarrtwerden keinen Wert mehr besitzt.«

»Ich empfinde überhaupt nichts«, erklärte eine andere. »Ich finde es ganz und gar unpersönlich. Wenn Männer malen oder zeichnen, sehen sie in uns keine menschlichen Wesen mehr. Ein Maler sagte mir einmal, der Körper eines posierenden Modells sei ein Objekt, erotisch angeregt fühle er sich nur, wenn das Modell den Kimono ablege. In Paris ziehen sich die Modelle, wie man sagt, vor den Augen der Klasse aus, und das ist erregend.«

»Wenn es wirklich so unpersönlich wäre«, warf ein anderes Mädchen ein, »würden sie uns hinterher nicht zu ihren Partys einladen.«

»Oder ihre Modelle heiraten«, ergänzte ich, weil ich an die beiden Maler aus meinem Kundenkreis dachte, die ihr Lieblingsmodell geheiratet hatten.

Eines Tages mußte ich auch für einen Buchillustrator posieren. Bei meiner Ankunft fand ich bereits zwei weitere Personen vor, ein Mädchen und einen Mann. Wir sollten zusammen Szenen darstellen, Liebesszenen für eine Liebesgeschichte. Der Mann war ungefähr vierzig, mit einem sehr reifen, sehr dekadenten Gesicht. Er sagte uns, welche Stellungen wir einnehmen sollten. Mir wies er eine Kußpose zu. Wir mußten unsere Pose halten, während der Illustrator fotografierte. Ich war nervös. Ich mochte den Mann nicht. Das andere Mädchen spielte die eifersüchtige Ehefrau, die die beiden überrascht. Wir mußten die Szene oft wiederholen. Jedesmal, wenn der Mann den Kuß andeutete, zuckte ich innerlich zurück, und das spürte er. Er war beleidigt. Seine Augen blickten spöttisch. Ich agierte schlecht. Der Illustrator schrie mich an, als drehten wir einen Film. »Mehr Leidenschaft! Du mußt mehr Leidenschaft zeigen!« Ich versuchte mich daran zu erinnern, wie der Russe mich auf dem Heimweg vom Tanzabend geküßt hatte, und das machte mich etwas gelöster. Der Mann wiederholte den Kuß. Und jetzt hatte ich das Gefühl, daß er mich enger an sich drückte als notwendig; und seine Zunge brauchte er bestimmt auch nicht so zwischen meine Lippen zu schieben. Er tat es so schnell, daß ich keine Zeit zum Ausweichen hatte. Der Illustrator nahm sich die nächste Szene vor.

Der Mann sagte: »Ich stehe jetzt seit zehn Jahren Modell. Ich weiß nicht, warum die immer nur junge Mädchen wollen. Junge Mädchen haben keine Erfahrung, keinen Ausdruck. In Europa interessiert sich niemand für junge Mädchen in eurem Alter, also unter zwanzig. Die sind in der Schule oder bleiben zu Hause. Interessant werden sie erst nach der Heirat.«

Während er sprach, dachte ich an Stephen. Ich dachte daran, wie wir am Strand gewesen waren, im heißen Sand gelegen hatten. Ich wußte, daß Stephen mich liebte. Ich wollte, daß er mich nahm. Ich wünschte mir jetzt, sehr schnell zur Frau gemacht zu werden. Jungfrau zu sein, mich ständig wehren zu müssen, gefiel mir nicht. Ich hatte das Gefühl, jedermann müsse mir ansehen, daß ich noch Jungfrau war, und sei daher um so eifriger bemüht, mich zu erobern.

An jenem Abend ging ich mit Stephen aus. Irgendwie mußte ich es ihm beibringen. Mußte ihm erklären, daß ich Gefahr lief, vergewaltigt zu werden, daß also lieber er es tun sollte. Nein, dann würde er sich Sorgen machen. Wie konnte ich es ihm nur beibringen!

Ich hatte eine Neuigkeit für ihn: Ich war jetzt das Starmodell. Ich hatte mehr Engagements als alle anderen im Club, ich war begehrter als die anderen, weil ich Ausländerin war und ein außergewöhnliches Gesicht besaß. Oft mußte ich auch am Abend posieren. Das alles berichtete ich Stephen. Er war sehr stolz auf mich.

»Du stehst gern Modell, nicht wahr?« fragte er mich.

»Sehr gern. Ich bin gern mit Malern zusammen, sehe mir ihre Arbeiten an … Ob gut oder schlecht, ich liebe die Atmosphäre, die Geschichten, die ich zu hören bekomme. Es ist stets anders, niemals dasselbe. Es ist das reinste Abenteuer …«

»Machen sie … Gehen sie mit ihren Modellen auch ins Bett?« fragte Stephen.

»Nur, wenn die Mädchen es selber auch wollen.«

»Aber sie versuchen es doch, wie?«

Ich merkte, daß er sich Sorgen machte. Wir gingen durch dunkle Felder vom Bahnhof zum Haus meiner Eltern. Ich wandte mich zu ihm und bot ihm meinen Mund. Er küßte mich. Ich sagte: »Nimm mich, Stephen! Nimm mich! Nimm mich!«

Er war wie vor den Kopf geschlagen. Ich warf mich in die Geborgenheit seiner Arme, ich wollte genommen werden, damit ich es hinter mir hatte, ich wollte zur Frau gemacht werden. Aber er verhielt sich vor Schreck ganz still. »Ich will dich heiraten«, sagte er, »aber das geht jetzt noch nicht.«

»Heiraten interessiert mich nicht.«

Doch jetzt wurde ich mir seines Erstaunens bewußt, und das brachte mich zum Schweigen. Ich war zutiefst enttäuscht von seiner konventionellen Einstellung. Der Augenblick verstrich. Er glaubte, es sei ein flüchtiger Anfall blinder Leidenschaft gewesen, ich hätte lediglich den Kopf verloren. Er war sogar stolz darauf, mich vor meiner eigenen Impulsivität bewahrt zu haben. Ich ging nach Hause und weinte.

Ein Illustrator fragte mich, ob ich wohl am Sonntag posieren könne, er müsse eiligst ein Plakat anfertigen. Als ich kam, war er bereits bei der Arbeit. Es war Vormittag, das Haus schien menschenleer. Sein Atelier lag im zwölften Stock. Er hatte das Plakat zur Hälfte fertig. Ich zog mich rasch aus und warf das Abendkleid über, das er mir gegeben hatte. Er schien mich überhaupt nicht zu beachten. Eine ganze Zeitlang arbeiteten wir friedlich. Ich wurde müde. Er merkte das und machte eine Pause. Ich schlenderte im Atelier umher und betrachtete seine anderen Bilder. Zumeist waren es Porträts von Schauspielerinnen. Ich fragte ihn, wer sie wären. Er antwortete mit Geschichten von ihren sexuellen Neigungen:

»Die da, die verlangt Romantik. Sonst kommt man nicht an sie heran. Sie machte es den Männern schwer. Sie ist Europäerin, daher liebt sie es, ausführlich umworben zu werden. Ich selbst gab dabei vorzeitig auf, es war zu anstrengend. Aber sie war sehr schön, und es ist etwas Wunderbares, mit einer solchen Frau ins Bett zu gehen. Sie hatte wunderschöne Augen und eine entrückte Art, fast wie ein Hindu-Mystiker. Da überlegt man sich dann, wie sie wohl im Bett ist.

Aber ich habe noch andere sexuelle Heilige erlebt. Es ist hinreißend, die Veränderung zu erleben, die mit ihnen vorgeht. Die klaren Augen, die so durchsichtig sind, der Körper, der so schöne, harmonische Posen einnimmt, die zarten

Hände … wie sie sich verändern, wenn das Verlangen Besitz von ihnen ergreift! Diese sexuellen Heiligen! Wunderbar sind sie, denn es ist jedesmal eine so große Überraschung, eine so große Veränderung. Du, zum Beispiel, mit deinem Gehabe, als hätte noch nie jemand dich berührt – ich sehe es förmlich vor mir, wie du beißt und kratzt … Ich bin sogar sicher, daß deine Stimme sich verändert; erlebt habe ich so etwas schon öfter. Es gibt Frauenstimmen, die klingen wie poetische, unirdische Echos. Und dann verändern sie sich. Die Augen verändern sich. Ich glaube, all diese Sagen über Menschen, die sich bei Nacht in Tiere verwandeln – die Geschichte vom Werwolf, zum Beispiel –, sind von Männern erfunden worden, die sahen, wie Frauen sich aus idealisierten, anbetungswürdigen Wesen in wilde Tiere verwandelten, und sie für besessen hielten. Aber ich weiß, daß es etwas weit Simpleres ist. Du bist noch Jungfrau, nicht wahr?«

»Nein, ich bin verheiratet«, entgegnete ich.

»Verheiratet oder nicht, du bist noch Jungfrau. Das spüre ich. Mich kann man nicht täuschen. Wenn du verheiratet bist, hat dich dein Mann noch nicht zur Frau gemacht. Findest du das nicht schade? Findest du nicht, daß du nur Zeit verschwendest, daß das richtige Leben erst mit der Sinnenfreude beginnt, mit der Verwandlung zur Frau?«

Dies entsprach so vollkommen meinen Gefühlen, meinem Wunsch, Erfahrungen zu sammeln, daß ich verstummte. Ich wollte es einem Fremden gegenüber nicht eingestehen. Ich war mir klar darüber, daß ich mit dem Illustrator ganz allein in einem leeren Ateliergebäude war. Ich war traurig darüber, daß Stephen meine Sehnsucht, zur Frau zu werden, nicht verstand. Ich war nicht ängstlich, sondern schicksalsergeben, wünschte mir nur jemanden, in den ich mich verlieben konnte.

»Ich weiß, was du denkst«, sagte der Illustrator, »aber für mich hätte es keine Bedeutung, es sei denn, die Frau würde mich begehren. Ich könnte niemals mit einer Frau schlafen, die mich nicht begehrt. Als ich dich zum erstenmal sah, dachte ich, wie schön es doch wäre, dich zu wecken. Du hast etwas an dir, das darauf schließen läßt, daß du zahlreiche Liebesaffären haben wirst. Und da wäre ich gern der erste. Aber nur, wenn du es willst.«

Ich lächelte. »Genau dasselbe habe ich auch gerade gedacht. Es geht nur, wenn ich es will, und jetzt will ich es nicht.«

»Du darfst diesem ersten Mal nicht so große Bedeutung beimessen. Ich glaube, die Vorstellung, daß der erste Mann, der eine Frau nimmt, absolute Macht über sie besitzt, wurde von den Leuten erfunden, die ihre Töchter für die Ehe bewahren wollten. Ich halte das für Aberglauben, der die Frauen vor der Promiskuität bewahren sollte. In Wirklichkeit trifft es nicht zu. Wenn es einem Mann gelingt, in der Frau Liebe zu wecken, sie in Erregung zu versetzen, wird sie sich zu ihm hingezogen fühlen. Aber um das zu erreichen, genügt es nicht, ihr die Jungfräulichkeit zu nehmen. Das kann jeder Mann, ohne die Frau richtig zu erregen. Wußtest du, daß viele Spanier ihre Frauen nur so nehmen und ihnen viele Kinder machen, ohne sie sexuell jemals richtig zu wecken, nur damit sie sich auf ihre Treue verlassen können? Das Vergnügen hebt sich der Spanier für seine Mätresse auf. Ja, wenn er sieht, daß seine Frau die Sinnenfreude genießt, verdächtigt er sie sofort, treulos oder sogar eine Hure zu sein.«

Die Worte des Illustrators verfolgten mich tagelang. Dann jedoch stand ich vor einem neuen Problem. Der Sommer war gekommen, und die Maler zogen aufs Land, ans Meer, an ferne Orte in alle Himmelsrichtungen. Ich hatte nicht genug Geld, ihnen zu folgen, und war auch nicht sicher, wie viele Engagements ich bekommen würde. Eines Vormittags stand ich Modell für einen Illustrator namens Ronald. Nach der Arbeit setzte er das Grammophon in Gang und bat mich, mit ihm zu tanzen. Beim Tanzen sagte er: »Hättest du Lust, eine Zeitlang mit aufs Land zu kommen? Das würde dir guttun, du würdest genug Arbeit finden, und ich zahle dir die Reise. Es gibt nur sehr wenige gute Modelle dort. Ich bin sicher, daß du viel zu tun haben wirst.«

Also fuhr ich.

In einem Farmhaus nahm ich mir ein kleines Zimmer. Dann ging ich zu Ronald, der ein Stück weiter die Straße entlang in einer Hütte wohnte, in die er ein großes Fenster hatte einbauen lassen. Zur Begrüßung blies er mir Zigarettenrauch in den Mund. Ich hustete.

»Ach«, sagte er, »du kannst ja nicht mal inhalieren!«

»Das interessiert mich nicht.« Ich stand auf. »Welche Pose soll ich einnehmen?«

»Ach was!« wehrte er lachend ab. »Hier draußen arbeiten wir nicht so fleißig. Du mußt lernen, dich ein bißchen zu amüsieren. Also, jetzt nimmst du mir den Rauch aus dem Mund, und dann inhalierst du ihn ...«

»Ich will aber nicht inhalieren.«

Er lachte abermals. Er versuchte mich zu küssen. Ich entzog mich ihm.

»Oho!« sagte er. »Du willst mir also nicht den Aufenthalt hier verschönern. Du weißt doch, daß ich für die Reise bezahlt habe, und ich fühle mich hier sehr einsam. Wo ist dein Koffer?«

»Ich habe ein Zimmer in der Nähe.«

»Aber ich hatte dich eingeladen, hier zu wohnen«, protestierte er.

»Ich dachte, ich sollte Ihnen Modell stehen.«

»Ich brauche jetzt etwas anderes als ein Modell.«

Ich wollte gehen. »Weißt du«, sagte er, »es gibt hier eine stillschweigende Übereinkunft im Hinblick auf Modelle, die sich nicht amüsieren wollen. Wenn du dich so verhältst, wird dir niemand Arbeit geben.«

Ich glaubte ihm nicht. Am nächsten Vormittag begann ich an die Türen aller Künstler zu klopfen, die ich ausfindig machen konnte. Aber Ronald war mir zuvorgekommen. Daher wurde ich sehr kühl empfangen, wie ein Mensch, der einem anderen einen üblen Streich gespielt hat. Ich hatte weder Geld genug, um nach Hause zu fahren, noch Geld, um mein Zimmer zu bezahlen. Ich kannte niemanden. Die Gegend war wunderschön, bergig, aber ich konnte sie nicht genießen.

Am folgenden Tag, auf einem langen Spaziergang, stieß ich an einem Fluß auf eine Blockhütte. Draußen, im Freien, sah ich einen Mann sitzen und malen. Ich sprach ihn an. Ich erzählte ihm meine Geschichte. Er kannte Ronald nicht, wurde aber sehr zornig auf ihn. Er wollte versuchen, mir zu helfen, erklärte er. Ich erwiderte, ich wollte nur gerade genug verdienen, um nach New York zurückkehren zu können.

Und so begann ich für ihn zu posieren. Sein Name war Reynolds. Er war ungefähr vierzig, mit schwarzem Haar, sehr sanften, schwarzen Augen und einem strahlenden Lächeln – ein Eremit. Nie ging er ins Dorf – höchstens, um Lebensmittel einzukaufen –, er besuchte weder die Restaurants noch die Bars. Sein Gang war leicht, seine Geste gelöst. Er war zur See gefahren, als Matrose auf Trampfrachten, um fremde Länder kennenzulernen. Er war immer ruhelos.

Er malte, was er auf seinen Reisen gesehen hatte, aus dem Gedächtnis. Jetzt saß er unter einem Baum, hob nie den Blick, sondern malte ein Stück wilden, südamerikanischen Dschungel.

Einmal, erzählte mir Reynolds, als er mit seinen Freunden im Dschungel war, hatten sie eine so starke Raubtierwitterung wahrgenommen, daß sie alle dachten, gleich würde irgendwo ein Panther auftauchen, doch aus dem Gebüsch war mit unglaublicher Geschwindigkeit eine Frau hervorgesprungen, eine nackte Wilde, die sie mit verschreckten Tieraugen anstarrte, davonlief – wobei sie diesen kräftigen Tiergeruch ausströmte –, sich in den Fluß warf und davonschwamm, ehe die Männer wieder zu Atem gekommen waren.

Ein Freund von Reynolds hatte eine solche Frau eingefangen. Nachdem er ihr die rote Farbe abgewaschen hatte, mit der sie bedeckt war, war sie sehr schön. Wurde sie gut behandelt, gab sie sich sanft, ließ sich von Holzperlen und Schmuckgegenständen beschwichtigen.

Ihr durchdringender Geruch stieß Reynolds ab, bis ihm sein Freund einmal vorschlug, eine Nacht mit ihr zu verbringen. Dabei, stellte er fest, war ihr schwarzes Haar so fest und stach so sehr wie ein Männerbart. Der Raubtiergeruch vermittelte ihm das Gefühl, neben einem Panther zu liegen. Und sie war soviel stärker als er, daß er sich nach einer Weile beinahe wie eine Frau verhielt, während sie diejenige war, die ihn nach ihren Launen dirigierte. Sie war unermüdlich und schwer in Erregung zu bringen. Sie konnte mühelos Liebkosungen hinnehmen, die ihn erschöpften, und so schlief er in ihren Armen ein.

Dann spürte er, wie sie ihn bestieg und ein wenig Flüssigkeit auf seinen Penis träufelte, etwas, das zuerst brannte und ihn dann in furiose Erregung versetzte. Er hatte Angst. Sein Penis schien mit Feuer gefüllt zu sein oder mit scharfem Paprika. Er rieb sich an ihr – eher, um das Brennen zu lindern, als aus Begierde.

Er war wütend. Sie lachte leise. Dann nahm er sie voll Raserei, getrieben von der Furcht, daß das, was sie ihm angetan, ihn zum letztenmal erregt hatte, daß es eine Art Zauber war, der das Maximum an Kraft aus ihm herausholen sollte, bis er starb.

Lachend legte sie sich zurück; ihre weißen Zähne blitzten, ihr Raubtiergeruch übte auf ihn jetzt die erotische Wirkung des Moschusduftes aus. Sie bewegte sich so heftig, daß er vermeinte, sie werde ihm den Penis ausreißen. Doch jetzt verlangte es ihn, sie zu unterjochen. Gleichzeitig liebkoste er sie.

Das überraschte sie. Noch nie schien jemand so etwas mit ihr gemacht zu haben. Als er nach zwei Orgasmen müde war, sie zu nehmen, fuhr er fort, ihre Klitoris zu reizen, und sie genoß es, bat um mehr, öffnete die Beine weit. Dann drehte sie sich auf einmal um, kniete sich aufs Bett und schob ihm ihr Hinterteil in einem unglaublichen Winkel entgegen. Sie erwartete, daß er sie abermals nahm, aber er fuhr nur fort, sie zu liebkosen. Von da an war es nur seine Hand, die sie begehrte. Sie rieb sich daran wie eine riesige Raubkatze. Wenn sie ihm tagsüber begegnete, rieb sie verstohlen ihr Geschlechtsteil an seiner Hand.

Reynolds sagte, seit jener Nacht kämen ihm die weißen Frauen schwächlich vor. Er lachte, als er die Geschichte erzählte.

Sein Bild hatte ihn daran erinnert, wie die Wilde sich im Gebüsch versteckt und wie eine Tigerin gewartet hatte, bis sie dann aufsprang und vor den Männern mit den Gewehren davonlief. Er hatte sie hineingemalt, mit ihren schweren, spitzen Brüsten, mit ihren schönen, langen Beinen und mit ihrer schmalen Taille.

Ich wußte nicht, wie ich für ihn posieren sollte. Aber er hatte ein anderes Bild im Sinn. »Ganz einfach«, sagte er. »Ich möchte, daß du einschläfst. Aber du mußt dich in weiße Laken wickeln. Einmal habe ich in Marokko etwas gesehen, das ich schon immer malen wollte. Eine Frau war inmitten ihrer Seidengarnrollen eingeschlafen und hielt ihren Seidenwebrahmen mit den hennagefärbten Füßen. Du hast wunderschöne Augen, aber sie müssen geschlossen sein.«

Er ging in die Hütte und holte Laken heraus, die er wie ein Talar um mich drapierte. Er setzte mich an eine Holzkiste, rückte mir Körper und Hände zurecht, wie er es sich vorstellte, und begann sofort zu zeichnen. Es war sehr heiß. Die Laken machten mich warm, und die Pose war so träge, daß ich tatsächlich einschlief – wie lange, weiß ich nicht. Ich fühlte mich schlaff und unwirklich. Und dann spürte ich eine sanfte Hand zwischen den Beinen, eine sehr sanfte Hand, die mich so zart streichelte, daß ich wach werden mußte, um mich zu vergewissern, ob ich tatsächlich berührt worden war. Reynolds stand über mich gebeugt, aber mit einem Ausdruck so glückstrahlender Zärtlichkeit, daß ich mich nicht rührte.

»Nur einmal streicheln«, sagte er. »Nur einmal streicheln.« Ich rührte mich nicht. Ich hatte noch nie so etwas gefühlt wie diese Hand, die sanft, so sanft die Haut zwischen meinen Beinen streichelte, ohne mein Geschlecht zu berühren. Er berührte lediglich die Spitzen meiner Schamhaare. Dann glitt seine Hand hinab in das Tal rings um mein Geschlecht. Ich wurde ganz schlaff und weich. Er beugte sich herüber und legte seinen Mund auf den meinen, berührte ganz leicht meine Lippen, bis mein Mund reagierte; erst dann berührte er meine Zungenspitze mit der seinen. Seine Hand bewegte sich, forschte, aber so sanft, daß es fast quälend für mich war. Ich war feucht, und ich wußte, wenn er sich ein wenig weiterbewegte, mußte er das spüren. Die Schlaffheit breitete sich in meinem ganzen Körper aus. Jedesmal, wenn er mit seiner Zunge die meine berührte, hatte ich das Gefühl, als stecke eine andere kleine Zunge in mir, die herauszuckte und ebenfalls berührt werden wollte. Seine Hand bewegte sich nur um mein Geschlecht herum und dann über mein Hinterteil, und es war, als magnetisierte er das Blut, bis es der Bewegung seiner Hände folgte. Ganz sacht berührte sein Finger die Knospe, dann glitt er zwischen die pulsierenden Lippen. Er spürte die Feuchtigkeit. Er betastete sie erfreut, küßte mich, lag jetzt auf mir, und ich rührte mich nicht. Die Wärme, der Geruch der Pflanzen ringsum, sein

Mund auf dem meinen – das alles wirkte auf mich wie eine Droge.

»Nur einmal streicheln«, wiederholte er leise, und sein Finger spielte mit meiner Klitoris, bis sie anschwoll und hart wurde. Dann hatte ich das Gefühl, als platze ein Samengefäß in mir – eine Freude, die mich unter seinen Fingern aufkeuchen ließ. Ich küßte ihn dankbar. Er lächelte. »Möchtest du mich streicheln?« fragte er.

Ich nickte, aber ich wußte nicht, was er von mir wollte. Er öffnete seine Hose, und ich sah seinen Penis. Ich nahm ihn in beide Hände. »Fester anfassen«, verlangte er. Dann merkte er, daß ich nicht weiter wußte, wie. Er nahm meine Hand in die seine und führte mich. Der weiße Schaum ergoß sich über meine Hand. Er bedeckte sich. Er küßte mich mit dem gleichen dankbaren Kuß, den ich ihm gegeben, nachdem ich mein Vergnügen gehabt hatte.

»Wußtest du, daß ein Hindu seine Frau zehn Tage lang vorbereitet, bis er sie endlich nimmt?« sagte er. »Zehn Tage lang streicheln und küssen die beiden einander nur.«

Der Gedanke an Ronalds Verhalten ärgerte ihn immer wieder – der Gedanke an die Art, wie er mich in aller Augen beleidigt hatte. »Sei nicht böse«, bat ich ihn. »Ich bin froh, daß er es getan hat, denn sonst wäre ich nie hierher gekommen.«

»Ich habe dich sofort geliebt, als ich dich mit deinem Akzent sprechen hörte. Ich kam mir vor, als sei ich wieder auf Reisen. Dein Gesicht ist so anders, dein Gang, deine Art … Du erinnerst mich an das Mädchen, das ich in Fez malen wollte. Ich habe sie nur einmal gesehen – schlafend. Aber ich habe immer davon geträumt, sie zu wecken, wie ich dich geweckt habe.«

»Und ich habe immer davon geträumt, mit einer solchen Liebkosung geweckt zu werden«, entgegnete ich.

»Wärest du wach gewesen, ich hätte es nicht gewagt.«

»Du, der Abenteurer, der mit einer Wilden zusammengelebt hat?«

»Ich habe gar nicht richtig mit ihr zusammengelebt. Das war mein Freund. Aber er redete immer davon, deswegen erzähle ich es stets so, als wäre es mir passiert. In Wirklichkeit bin ich Frauen gegenüber schüchtern. Ich kann Männer niederschlagen, mich prügeln, mich betrinken, aber Frauen schüchtern mich ein, sogar Huren. Sie lachen mich aus. Aber dies ist genauso geschehen, wie ich es immer geplant hatte.«

»Nur werde ich in zehn Tagen wieder in New York sein«, sagte ich lachend.

»In zehn Tagen werde ich dich nach Hause fahren, wenn's unbedingt sein muß. Bis dahin bleibst du meine Gefangene.«

Zehn Tage lang arbeiteten wir draußen im Freien, lagen wir in der Sonne. Die Sonne wärmte meinen Körper, während Reynolds wartete, bis ich die Augen schloß. Manchmal tat ich, als wünschte ich mir, er täte mehr. Ich dachte, wenn ich die Augen zumachte, würde er mich nehmen. Es gefiel mir, wie er auf mich zukam, lautlos wie ein Jäger, und sich an meine Seite legte. Dann berührte er mich ganz leicht, als wolle er mich nicht wecken – bis ich feucht wurde. Seine Finger wurden drängender. Wir preßten die Lippen aufeinander, liebkosten uns mit den Zungen. Ich lernte, seinen Penis in den Mund zu nehmen. Das erregte ihn ungeheuer. Er vergaß all seine Sanftheit und stieß mir seinen Penis in den Mund, bis ich zu ersticken glaubte. Einmal biß ich ihn, tat ihm weh, aber es machte ihm nichts aus. Ich schluckte den weißen Schaum. Als er mich küßte, waren unsere Gesichter davon bedeckt. Der herrliche Geruch des Sex haftete an meinen Fingern. Ich mochte mir nicht die Hände waschen.

Ich spürte, daß ein magnetischer Strom uns verband, zugleich aber, daß wir darüber hinaus nichts gemeinsam hatten. Reynolds hatte versprochen, mich nach New York zurückzubringen. Er konnte nicht länger auf dem Land bleiben. Und ich mußte mir Arbeit suchen.

Auf der Heimfahrt hielt Reynolds den Wagen an, und wir legten uns im Wald auf eine Decke, um auszuruhen. Wir liebkosten uns. »Bist du glücklich?« fragte er.

»Ja.«

»Könntest du glücklich bleiben, so, wie alles jetzt ist? Wie es mit uns steht?«

»Warum, Reynolds? Was ist los?«

»Hör zu, ich liebe dich. Das weißt du. Aber ich kann dich nicht nehmen. Das habe ich einmal bei einem jungen Mädchen getan; sie wurde schwanger und ließ eine Abtreibung machen. Sie ist verblutet. Seitdem habe ich keine Frau mehr nehmen können. Ich habe Angst. Wenn dir das gleiche passieren sollte, würde ich mich umbringen.«

An derlei Dinge hatte ich nie gedacht. Ich schwieg. Wir küßten uns lange. Zum erstenmal küßte er mich zwischen den Beinen, statt mich zu liebkosen, küßte mich, bis ich den Orgasmus verspürte. Wir waren glücklich. »Diese kleine Wunde, die die Frauen haben … Sie flößt mir Angst ein«, sagte er.

In New York war es heiß, und die Künstler waren noch alle fort. Ich stand ohne Arbeit da. Deswegen begann ich, in Modegeschäften Kleider vorzuführen. Diese Art Arbeit war leicht zu bekommen, doch wenn man von mir verlangte, ich solle abends mit den Einkäufern ausgehen, weigerte ich mich und verlor die Stelle. Schließlich landete ich bei einer großen Firma in der Nähe der Thirty-fourth Street, die sechs Mannequins beschäftigte. Das Gebäude war furchteinflößend und grau. Es gab lange Reihen von Kleidern und ein paar Bänke, auf denen wir sitzen konnten. Wir warteten im Unterrock, immer bereit, uns möglichst schnell umzuziehen. Wenn unsere Nummer aufgerufen wurde, halfen wir uns gegenseitig beim Ankleiden.

Die drei Männer, die die Kleiderentwürfe verkauften, versuchten oft, uns anzufassen, zu kneifen. Abwechselnd blieben wir während der Mittagspause dort. Meine größte Angst war, mit dem Mann allein gelassen zu werden, der sich am hartnäckigsten erwies.

Einmal, als Stephen anrief und fragte, ob wir uns am Abend treffen könnten, trat der Mann hinter mich, schob die Hand in meinen Unterrock und betastete meine Brüste. Da ich nicht wußte, was ich sonst tun sollte, trat ich ihn kräftig, während ich den Telefonhörer hielt und versuchte, die Unterhaltung mit Stephen weiterzuführen. Er ließ sich nicht entmutigen, sondern versuchte, meinen Popo zu betasten. Ich trat ihn noch einmal.

Stephen fragte: »Wie? Was hast du gesagt?«

Ich beendete das Gespräch und drehte mich zu dem Mann um. Er war fort.

Die Einkäufer bewunderten unsere körperlichen Attribute nicht minder als die Kleider. Der Verkaufsleiter war sehr stolz auf mich und sagte oft, die Hand auf meinem Kopf: »Sie ist eigentlich Malermodell.«

Das bewirkte, daß ich mich nach dem Modellstehen zurücksehnte. Ich wollte nicht, daß Reynolds oder Stephen mich hier in einem häßlichen Bürogebäude fanden, wo ich vor häßlichen Verkäufern und Einkäufern Kleider vorführen mußte.

Schließlich wurde ich aufgefordert, im Atelier eines südamerikanischen Malers Modell zu stehen. Er hatte ein feminines Gesicht, bleich, mit riesigen schwarzen Augen, langes schwarzes Haar, und seine Gesten waren schlaff und weibisch. Sein Atelier war wunderschön: luxuriöse Teppiche, große Gemälde von nackten Frauen, seidene Vorhänge; außerdem brannte Räucherwerk. Er erklärte, ich müsse eine sehr schwierige Pose einnehmen. Als er mich fragte, ob ich schon einmal geritten sei, antwortete ich, ja, als kleines Mädchen.

»Wunderbar!« sagte er. »Genau, was ich suche. Also, hier habe ich einen Apparat konstruiert, der mir genau den Effekt verschafft, den ich benötige.«

Es war eine Pferdeattrappe ohne Kopf, nur Körper und Beine mit dem Sattel.

»Leg zuerst die Kleider ab, dann werde ich's dir zeigen«, sagte er. »Ich habe Schwierigkeiten mit diesem Teil der Pose. Die Frau wirft den Oberkörper zurück, weil das Pferd mit ihr durchgeht – so.« Er setzte sich auf die Pferdeattrappe und zeigte es mir.

Inzwischen hatte ich die Scheu beim Nacktposieren verloren. Ich zog mich aus, setzte mich auf das Pferd und lehnte mich weit zurück, die Arme emporgeworfen, die Beine um die Flanken des Pferdes geklammert, um nicht zu fallen. Der Maler war einverstanden. Er trat zurück und betrachtete mich. »Die Pose ist schwierig, daher erwarte ich nicht, daß du sie sehr lange hältst. Sag mir Bescheid, wenn du müde wirst.«

Er studierte mich von allen Seiten. Dann kam er zu mir und erklärte: »Als ich die Skizze anfertigte, war dieser Körperteil hier, zwischen den Beinen, deutlich zu sehen.« Er berührte mich ganz leicht, als gehöre das zu seiner Arbeit. Ich zog den Bauch ein wenig ein und schob die Hüften vor. »Jetzt ist es großartig«, lobte er. »Bleib so.«

Er begann zu zeichnen. Während ich dasaß, fiel mir auf, daß der Sattel eine ganz besondere Eigenheit hatte. Die meisten Sättel sind so geformt, daß sie den Konturen des Gesäßes folgen, und wölben sich dann zum Sattelknauf, an dem sich das Geschlecht der Reiterinnen zuweilen reibt. Ich hatte beides, die Vor- und die Nachteile dieser Stütze dort, oft genug selber erlebt. Einmal löste sich mein Strumpfband vom Strumpf und begann in der Reithose umherzutanzen. Meine Begleiter galoppierten, und ich wollte nicht zurückbleiben, also ritt ich weiter. Das Strumpfband rutschte schließlich zwischen mein Geschlecht und den Sattel und tat mir weh. Mit zusammengebissenen Zähnen ritt ich weiter. Der Schmerz war seltsamerweise mit einem Gefühl untermischt, das ich nicht definieren konnte. Ich war damals ein sehr junges Mädchen und wußte noch gar nichts über den Sex. Ich dachte, das Geschlecht einer Frau befinde sich innerhalb ihres Körpers, und hatte keine Ahnung von der Klitoris.

Nach dem Ritt hatte ich Schmerzen. Das erwähnte ich einem Mädchen gegenüber, das ich gut kannte, und wir begaben uns beide ins Bad. Sie half mir aus der Reithose, aus dem kleinen Strumpfhaltergürtel und fragte dann: »Bist du verletzt? Das ist eine sehr empfindliche Stelle. Wenn du da verletzt bist, kannst du vielleicht niemals mehr Lust empfinden.«

Ich ließ sie nachsehen. Die Stelle war rot und ein wenig geschwollen, aber es tat nicht sehr weh. Am meisten beunruhigte mich das, was sie gesagt hatte: daß mich diese Verletzung großer Freuden berauben könnte, großer, mir noch unbekannter Freuden. Sie bestand darauf, die Stelle mit feuchter Watte zu betupfen, streichelte mich und küßte mich schließlich, damit »alles gut« wurde.

Ich wurde mir dieses Körperteils sehr bewußt. Vor allem, wenn wir lange in großer Hitze ritten, empfand ich eine so starke Wärme, eine so starke Regung zwischen den Beinen, daß ich mir nur noch wünschte, absitzen und mich wieder von meiner Freundin pflegen lassen zu können. Immer wieder fragte sie mich: »Tut's weh?«

Daher antwortete ich einmal: »Ein bißchen.«

Wir saßen ab und gingen ins Bad, wo sie die wunde Stelle mit Watte und kühlem Wasser betupfte.

Und mich abermals befingerte. »Aber es sieht nicht mehr wund aus«, stellte sie fest. »Vielleicht wirst du doch noch Lust empfinden können.«

»Ich weiß nicht«, entgegnete ich. »Glaubst du, es ist alles ... gefühllos geworden ... von den Schmerzen?« Meine Freundin beugte sich sehr behutsam über mich und berührte mich. »Tut das weh?«

Ich lehnte mich zurück. »Nein«, antwortete ich. »Ich fühle gar nichts.«

»Fühlst du das hier?« erkundigte sie sich besorgt und drückte mit den Fingern auf den Lippen herum.

»Nein«, antwortete ich, ohne den Blick von ihr zu lassen.

»Und das?« Jetzt fuhr sie mit den Fingern in winzigen Kreisen rings um die Spitze der Klitoris.

»Ich fühle überhaupt nichts.«

Immer eifriger prüfte sie, ob ich mein Gefühl völlig verloren hatte, steigerte ihre Liebkosungen und rieb meine Klitoris mit der einen Hand, während sie mit der anderen die Spitze vibrieren ließ. Sie keuchte, beobachtete mich genau und sagte schließlich: »Schön, schön, hier kannst du noch fühlen ...«

An diese Begebenheit mußte ich denken, als ich auf der Pferdeattrappe saß und bemerkte, daß der Sattelknauf besonders stark ausgebildet war. Damit der Maler sehen konnte, was er malte, rutschte ich ein wenig nach vorn, und als ich das tat, rieb sich mein Geschlecht an dem Lederbuckel. Der Maler beobachtete mich aufmerksam.

»Gefällt dir mein Pferd?« fragte er. »Weißt du, daß ich es in Bewegung setzen kann?«

»Wirklich?«

Er kam herüber, setzte die Attrappe in Bewegung, und

tatsächlich, sie war so konstruiert, daß sie sich genauso bewegte wie ein Pferd.

»Das gefällt mir«, sagte ich. »Es erinnert mich an damals, wie ich als kleines Mädchen ausgeritten bin.« Er hatte aufgehört zu malen und beobachtete mich nur noch. Die Bewegung des Pferdes preßte mein Geschlecht noch fester gegen den Sattel und verursachte mir großen Genuß. Da ich glaubte, er werde es bemerken, verlangte ich: »Anhalten!« Aber er lächelte nur und hielt es nicht an. »Gefällt es dir nicht?« fragte er. Es gefiel mir. Mit jeder Bewegung wurde das Leder an meine Klitoris gepreßt, und ich glaubte einen Orgasmus nicht länger zurückhalten zu können. Ich bat ihn, das Pferd endlich anzuhalten. Mein Gesicht war gerötet.

Der Maler betrachtete mich genau, studierte jede Regung der Lust, die ich nicht unterdrücken konnte und die sich jetzt so sehr steigerte, daß ich mich ganz den Bewegungen des Pferdes hingab, die Reibung am Leder genoß, bis ich den Orgasmus einsetzen fühlte und vor seinen Augen kam.

Erst da wußte ich, daß er genau das erwartet, daß er das alles nur getan hatte, um zu sehen, wie ich es genoß. Er wußte, wann er die Maschine anhalten mußte. »Du kannst dich jetzt ausruhen«, sagte er.

Bald darauf posierte ich für eine Illustratorin, Lena, die ich auf einer Festlichkeit kennengelernt hatte. Sie liebte Gesellschaft. Schauspieler und Schauspielerinnen kamen sie besuchen, auch Schriftsteller. Sie malte Titelseiten für Zeitschriften. Ihre Tür stand immer offen. Die Gäste brachten etwas zu trinken mit. Die Gespräche waren scharf, grausam. Mir schien, daß alle ihre Freunde Karikaturisten waren. Jedermanns Schwächen wurden bloßgestellt. Oder sie stellten sich selber bloß. Ein schöner junger Mann, mit großer Eleganz gekleidet, machte kein Geheimnis aus seinem Beruf. Er saß in großen Hotels herum, wartete auf alte Damen, die allein waren, und führte sie zum Tanz. Sehr oft luden sie ihn auf ihr Zimmer ein.

Lena zog ein schiefes Gesicht. »Wie kannst du das nur tun?« fragte sie ihn. »So alte Frauen, wie kannst du da bloß eine Erektion bekommen? Wenn ich eine solche Frau auf meinem Bett liegen sähe, würde ich davonlaufen.«

Der junge Mann lächelte. »Da gibt es viele Möglichkeiten. Ich kann die Augen schließen und mir vorstellen, es wäre keine alte Frau, sondern eine junge, die mir gefällt, und wenn meine Augen geschlossen sind, denke ich daran, wie angenehm es sein wird, am nächsten Tag meine Miete zahlen oder einen neuen Anzug kaufen zu können, oder auch nur seidene Hemden. Dabei streichle ich dann immer das Geschlecht der Frau, ohne hinzusehen, weißt du, und bei geschlossenen Augen fühlen sie sich alle mehr oder weniger gleich an. Manchmal jedoch, wenn es mir schwerfällt, nehme ich Drogen. Ich weiß natürlich, daß meine Karriere auf diese Weise ungefähr fünf Jahre dauern wird, und daß ich anschließend nicht mal mehr für eine junge Frau von großem Nutzen sein werde. Aber bis dahin bin ich zweifellos froh, wenn ich nie wieder eine Frau ansehen muß.

Ich beneide meinen argentinischen Freund, meinen Wohnungsgenossen. Ein gutaussehender, aristokratischer Mann, absolut saft- und kraftlos. Frauen würden ihn wahrscheinlich lieben. Wenn ich unsere Wohnung verlasse, weißt du, was er dann tut? Er erhebt sich vom Bett, holt ein kleines, elektrisches Bügeleisen sowie ein Bügelbrett heraus, nimmt seine Hose und bügelt sie. Während des Bügelns stellt er sich vor, daß er untadelig gekleidet ein Haus verläßt, die Fifth Avenue entlangspaziert, irgendwo eine schöne Frau entdeckt, viele Häuserblocks weit dem Duft ihres Parfüms folgt und ihr in dichtbesetzte Fahrstühle nachgeht, wo er sie beinahe berührt. Die Frau trägt immer einen Schleier und einen Pelz um den Hals. Ihr Kleid betont ihre Figur.

Nachdem er ihr so durch die Geschäfte gefolgt ist, spricht er sie schließlich an. Sie sieht, wie sein hübsches Gesicht sie anlächelt, und bemerkt, wie chevaleresk er sich verhält. Die beiden gehen gemeinsam weiter, nehmen irgendwo den Tee und begeben sich dann in ihr Hotel. Sie fordert ihn auf, mit hinaufzukommen. Im Zimmer ziehen sie die Rouleaus herunter, legen sich hin und lieben sich im Dunkeln.

Während mein Freund sorgfältig, gewissenhaft seine Hose bügelt, stellt er sich vor, was er mit dieser Frau macht – und das erregt ihn. Er weiß genau, wie er sie packen würde. Er liebt es, seinen Penis von hinten einzuführen, die Beine der Frau anzuheben und sie ein klein wenig umzudrehen, damit er sehen kann, wie er sich heraus- und hineinbewegt. Er liebt es, wenn die Frau gleichzeitig die Wurzel seines Penis drückt; ihre Finger üben stärkeren Druck aus als die Öffnung ihres Geschlechts, und das erregt ihn. Außerdem berührt sie seine Hoden, wenn er sich bewegt, und er berührt ihre Klitoris, weil ihr das doppelten Genuß verschafft. Er bringt sie so weit, daß sie keucht, von Kopf bis Fuß zittert und um mehr bettelt.

Während er sich all das vorstellt und dabei halb nackt seine Hose bügelt, bekommt mein Freund eine Erektion. Mehr will er nicht. Er räumt Hose, Bügeleisen und Bügelbrett weg, geht wieder zu Bett, streckt sich lang aus, raucht und denkt über diese Szene nach, bis jede Einzelheit perfekt gestaltet ist und oben an seinem Penis, den er massiert, während er daliegt, raucht und davon träumt, wie er anderen Frauen folgt, ein Tropfen Sperma erscheint.

Ich beneide ihn, weil er allein durch den Gedanken an all das so erregt wird. Er fragt mich aus. Er will wissen, wie meine Frauen gebaut sind, wie sie sich verhalten …«

Lena lachte. »Es ist heiß«, sagte sie. »Ich werde meine Korsage ausziehen.« Und sie verschwand im Nebenraum. Als sie zurückkam, wirkte ihr Körper frei und entspannt. Sie setzte sich, schlug ihre bloßen Beine übereinander. Ihre

Bluse stand halb offen. Einer ihrer Freunde saß so, daß er ihre Brüste sehen konnte.

Ein anderer, ein gutaussehender Mann, stand in meiner Nähe, während ich posierte, und flüsterte Komplimente. »Ich liebe Sie, weil Sie mich an Europa erinnern, vor allem an Paris«, sagte er. »Ich weiß nicht, was Paris an sich hat, aber es liegt dort eine gewisse Sinnlichkeit in der Luft. Die ist ansteckend. Es ist eine so menschliche Stadt. Vielleicht kommt das daher, daß sich überall die Pärchen küssen, auf der Straße, an den Cafétischen, im Kino, in den Parks. Sie umarmen einander ungeniert. Sie bleiben mitten auf dem Trottoir, in den Metro-Eingängen stehen und tauschen lange Küsse. Vielleicht kommt es daher oder von der weichen Luft. Ich weiß es nicht. Im Dunkeln stehen in jedem Hauseingang abends ein Mann und eine Frau, die fast miteinander verschmelzen. Die Huren sehen dich einen Moment an ... Sie berühren dich.

Eines Tages stand ich auf der Plattform eines Busses und blickte müßig zu den Häusern empor. Ich sah ein offenes Fenster, hinter dem ein Mann und eine Frau auf einem Bett lagen. Die Frau saß auf dem Mann.

Um fünf Uhr nachmittags wird es unerträglich. Liebe und Begehren liegen in der Luft. Alle Welt ist auf der Straße. Die Cafés sind überfüllt. Im Kino gibt es kleine Logen, die vollkommen dunkel und durch Vorhänge abgeteilt sind, so daß man sich während der Vorstellung auf dem Fußboden lieben kann, ohne gesehen zu werden. Es ist alles so frei, so leicht. Es gibt keine Polizisten. Eine Bekannte von mir, die von einem Mann verfolgt und belästigt wurde, beschwerte sich bei dem Polizisten an der Ecke. Er lachte nur und antwortete: ›Es wird Ihnen eines Tages noch unangenehmer sein, wenn kein Mann Sie mehr belästigen will, oder? Sie sollten dankbar sein, statt sich zu ärgern.‹ Und er weigerte sich, ihr zu helfen.«

Dann fragte mein Bewunderer mit gesenkter Stimme: »Würden Sie heute mit mir essen und anschließend ins Theater gehen?«

Er wurde mein erster richtiger Liebhaber. Reynolds und Stephen hatte ich bald vergessen. Sie kamen mir nun wie Kinder vor.

Für Nächte voller Geheimnisse

D. H. LAWRENCE

Lady Chatterley

Clifford«, sagte sie – aber das war, als sie schon den Schlüssel zur Hütte hatte –, »möchtest du wirklich, daß ich irgendwann ein Kind hätte?«

Er sah sie an, verstohlene Angst in den vorgewölbten, blassen Augen.

»Es würde mir nichts ausmachen, wenn es zwischen uns nichts änderte«, erwiderte er.

»Was nicht änderte?« fragte sie.

»Dich und mich; unsere Liebe zueinander. Wenn es daran rührte, dann würde ich entschieden dagegen sein. Immerhin könnte ich ja eines Tages auch ein eigenes Kind haben!«

Sie sah ihn verblüfft an.

»Ich meine, irgendwann, eines Tages, könnte ich doch wieder in der Lage dazu sein.«

Sie starrte ihn noch immer in höchstem Erstaunen an, und ihm wurde es unbehaglich.

»Du willst also nicht, daß ich ein Kind habe?« fragte sie.

»Ich sage dir doch«, entgegnete er schnell, wie ein in die Enge getriebener Hund, »ich bin ganz dafür, vorausgesetzt, es ändert nichts an deiner Liebe zu mir. Wenn es an der etwas ändert, dann bin ich strikt dagegen.«

Connie konnte nur schweigen in kalter Furcht und Verachtung. Solches Gerede war wirklich das Brabbeln eines Schwachsinnigen. Er wußte nicht mehr, wovon er sprach.

»Oh, es würde an meinen Gefühlen für dich nichts ändern«, sagte sie mit einem gewissen Sarkasmus.

»Das meine ich!« rief er. »Das ist das Wesentliche. Wenn es so ist, dann habe ich nicht das geringste dagegen. Ich denke, es würde schrecklich nett sein, ein Kind im Haus herumlaufen zu haben und zu fühlen, daß man eine Zukunft für es aufbaut. Ich hätte dann etwas, für das ich trachten und sterben könnte, und ich wüßte, daß es dein Kind ist, nicht wahr, Liebling? Und es würde geradeso sein, als wäre es mein eigenes. In diesen Dingen kommt es nämlich nur auf dich an. Das weißt du doch, nicht wahr, Liebling? Ich zähle nicht, ich bin eine Null. Du bist das große ›Ich bin‹ in meinem Leben. Das weißt du doch, nicht wahr? Ich meine, soweit es mich betrifft. Ich meine, ich bin nur für dich da, sonst bin ich ein absolutes Nichts. Ich lebe für dich und für deine Zukunft. Für mich selbst bin ich nichts.«

Connie hörte sich alles mit wachsendem Jammer und Abscheu an. Das war eine der grauenhaften Halbwahrheiten, die das menschliche Dasein vergiften. Welcher Mann, der seine fünf Sinne beisammen hat, würde so etwas zu einer Frau sagen? Aber die Männer haben ihre Sinne nicht beisammen. Welcher Mann mit einem Funken Ehre würde einer Frau diese grauenhafte Bürde der Verantwortung aufladen und sie dann allein lassen in der Leere? [...]

Connie hatte zuweilen wirklich das Empfinden, sie müsse sterben. Ihr war, als würde sie zerschmettert von gespenstischen Lügen und von der überwältigenden Grausamkeit des Schwachsinns. Cliffords Geschäftstüchtigkeit schüchterte sie in gewisser Hinsicht ein, und seine Eröffnung, daß er sie im geheimen anbete, versetzte sie in panisches Entsetzen. Es gab nichts zwischen ihnen. Sie rührte ihn nicht einmal mehr an, und er berührte sie niemals mehr. Er nahm nicht einmal ihre Hand und hielt sie liebevoll. Nein, und weil sie völlig außer jeder Berührung waren, quält er sie mit dem Geständnis seiner Vergötterung. Das war die Grausamkeit äußerster Impotenz. Und ihr war, als müsse sie den Verstand verlieren oder sterben.

Sie floh, sooft sie nur konnte, in den Wald. Eines Nachmittags, als sie grübelnd am John's Well saß und dem kalten Sprudeln des Wassers zusah, kam der Heger auf sie zu.

»Ich habe Ihnen einen Schlüssel anfertigen lassen, Mylady!« sagte er, grüßte und reichte ihr den Schlüssel.

»Ich danke Ihnen vielmals!« sagte sie aufgeschreckt.

»Die Hütte ist nicht sehr sauber, wenn Ihnen das nichts ausmacht«, sagte er, »ich habe fortgeräumt, was ich konnte.«

»Aber ich habe Sie nicht behelligen wollen!« sagte sie.

»Oh, macht mir nichts aus. In ungefähr einer Woche setze ich die Hennen. – Aber sie werden schon keine Angst haben vor Ihnen. Ich muß dann morgens und abends nach ihnen sehen, aber ich werde Sie nicht mehr stören, als unbedingt sein muß.«

»Aber Sie stören mich gar nicht«, sagte sie bittend. »Ich möchte lieber gar nicht erst zur Hütte gehen, wenn ich im Weg bin.«

Er sah sie mit seinen durchdringenden blauen Augen an. Er schien freundlich, aber fern. Wenigstens war er bei Verstand und gesund, wenn er auch mager war und schlecht aussah. Ein Husten machte ihm zu schaffen. »Sie haben Husten«, sagte sie.

»Es ist nichts – eine Erkältung. Von der letzten Lungenentzündung habe ich einen Husten zurückbehalten, ist aber nicht wichtig.«

Er hielt sich fern von ihr und wollte nicht näher kommen.

Sie ging ziemlich oft zur Hütte, am Morgen oder am Nachmittag, doch er war nie da. Zweifellos ging er ihr absichtlich aus dem Weg. Er wollte sich seine Abgeschlossenheit bewahren.

Er hatte die Hütte aufgeräumt, den kleinen Tisch und den Stuhl vor die Feuerstelle gesetzt, einen niedrigen Stapel Späne und kleiner Scheite aufgeschichtet, die Werkzeuge und Fallen so weit als möglich beiseite geräumt – sich ausgelöscht. Draußen, am Rand der Lichtung, hatte er aus

Zweigen und Stroh ein niedriges, flaches Dach gebaut, einen Schutz für die Vögel, und darunter standen die fünf Brutkäfige. Und eines Tages, als sie dort hinkam, fand sie zwei braune Hennen wachsam und wütig in den Körben sitzen, auf Fasaneneiern, und sie plusterten sich stolz und waren tief eingesponnen in die Wärme des schweren weiblichen Blutes. Connie brach es fast das Herz. Sie selber war so verloren und ungenutzt, überhaupt kein weibliches Wesen, nur ein Spielball für den Schrecken.

Und dann waren bald alle fünf Käfige von Hennen besetzt, drei braunen, einer grauen und einer schwarzen. Alle waren sie gleich, alle plusterten sie sich breit auf den Eiern; in der weichen, nistenden Gewichtigkeit des weiblichen Triebes, der weiblichen Natur, spreizten sie ihr Gefieder. Und mit glitzernden Augen beobachteten sie Connie, als sie vor ihnen niederkauerte, und sie stießen kurze, scharfe, gluckende Laute aus vor Zorn und Aufregung, doch hauptsächlich aus weiblicher Ungehaltenheit, daß man ihnen nahe kam.

Connie fand Korn in der Futterkiste der Hütte. Sie streckte es den Hennen auf ihrer Hand hin. Sie wollten es nicht fressen. Nur eine Henne hackte mit bösem, kleinem Schnabel nach ihrer Hand, und Connie fürchtete sich ein bißchen. Aber sie sehnte sich danach, ihnen etwas zu geben, den brütenden Müttern, die weder fraßen noch tranken. Sie brachte Wasser in einer kleinen Büchse und war entzückt, als eine der Hennen davon trank. [...]

Sie kam jetzt jeden Tag zu den Hennen – sie waren das einzige in der Welt, das ihr Herz erwärmte. Cliffords Beteuerungen füllten sie mit Kälte von Kopf bis Fuß. Mrs. Boltons Stimme füllte sie mit Kälte und auch das Getön der Geschäftsleute, die zu Besuch kamen. Ein gelegentlicher Brief von Michaelis durchschauerte sie mit dem gleichen Frostgefühl. Ihr war, als müsse sie unweigerlich sterben, wenn es noch länger so ginge.

Doch es war Frühling, und die blauen Hyazinthen sprossen im Wald; die Blattknospen der Haselsträucher falteten sich auf wie ein grüner Sprühregen. Wie schrecklich war es, daß Frühling sein sollte und alles kalten Herzens war, kalten Herzens! Nur die Hennen, die sich so wunderbar auf den Eiern plusterten, waren warm mit ihren heißen, brütenden, weiblichen Leibern! Connie war es, als lebe sie die ganze Zeit am Rande einer Ohnmacht dahin.

Eines Abends, Gäste oder nicht, lief sie nach dem Tee davon. Es war spät, und sie floh durch den Park wie jemand, der Angst hat, zurückgerufen zu werden. Die Sonne ging rosenfarben unter, als sie an den Waldrand kam, aber sie eilte weiter, zwischen den Blumen dahin. Das Licht droben würde noch lange bleiben.

Erhitzt und nur halb bei Sinnen erreichte sie die Lichtung. Der Heger war da, in Hemdsärmeln, und verschloß gerade die Käfige zur Nacht, damit die kleinen Insassen sicher seien. Aber ein Trio trippelte noch auf winzigen Füßen unter dem Strohdach umher – muntere, graubräunliche kleine Wesen – und wollte nicht dem Gebot der ängstlichen Mutter, hereinzukommen, gehorchen.

»Ich mußte kommen und die Küken sehen!« sagte sie atemlos und streifte den Heger mit einem scheuen Blick, fast ohne ihn zu beachten. »Sind welche ausgekrochen?«

»Sechsunddreißig bis jetzt«, erwiderte er, »nicht schlecht.« Auch er hatte sonderbare Freude daran, die kleinen Dinger ausschlüpfen zu sehen.

Connie kauerte sich vor dem letzten Käfig nieder. Die drei Küken waren hineingelaufen. Aber ihre frechen Köpfchen lugten noch spitz unter dem gelben Gefieder hervor, zogen sich zurück, und dann äugte nur ein einziger kleiner Perlkopf unter dem schweren Mutterleib hervor.

»Ich würde sie so gern streicheln«, sagte sie und schob behutsam die Hand durch die Stäbe des Käfigs. Doch die

Mutterhenne hackte wütend nach ihrer Hand, und Connie fuhr ängstlich erschrocken zurück.

»Wie sie nach mir hackt! Sie haßt mich!« sagte sie verwundert. »Ich wollte ihnen doch nichts tun.«

Der Mann stand über sie gebeugt; er lachte und hockte sich neben sie, mit gespreizten Knien, und ruhig und vertrauenerweckend schob er die Hand langsam in den Käfig hinein. Die alte Henne pickte zwar nach ihm, aber nicht so wild. Und sacht, sacht, mit sicheren, sanften Fingern, tastete er zwischen die Federn des alten Vogels und zog in der geschlossenen Hand ein leise piepsendes Küken hervor.

»Da!« sagte er und hielt ihr seine Hand hin. Sie nahm das kleine gelbbräunliche Ding in ihre Hände, und da stand es auf seinen unsagbar kleinen, staksigen Beinen, und die Winzigkeit balancierenden Lebens pulste durch die fast schwerelosen Füße in Connies Händen hinüber. Doch es hob kühn seinen hübschen, klar geformten kleinen Kopf und sah wachsam umher und stieß ein kleines »Piep« aus.

»So süß! So ohne jede Angst!« sagte sie weich.

Der Heger hockte neben ihr, und auch er beobachtete amüsiert den kühnen kleinen Vogel in ihren Händen. Plötzlich sah er, wie eine Träne auf ihr Handgelenk niederfiel.

Und er stand auf, wandte sich ab und ging zum andern Käfig hinüber.

Denn jäh wurde er sich der alten Flamme bewußt – sie schoß und züngelte in seinen Lenden empor, die Flamme, von der er gehofft hatte, sie sei jetzt still für alle Zeit. Er wehrte sich, er wandte der Frau den Rücken. Doch die Flamme züngelte, züngelte abwärts, kreiste in seinen Knien.

Er kehrte sich ihr wieder zu und sah sie an. Sie kniete und streckte langsam, blind ihre Hände aus, damit das Küken wieder zur Mutter hineinschlüpfen könne. Und es war etwas so Stilles und Einsames um sie, daß sein Innerstes brannte vor Mitleid.

Ohne es zu wissen, ging er schnell zu ihr hin, kniete sich wieder neben sie und nahm ihr das Küken aus der Hand, weil sie Angst vor der Henne hatte, und setzte es in den Käfig zurück. Das Feuer tief in seinen Lenden flammte plötzlich heftiger.

Besorgt sah er sie an. Ihr Gesicht war abgewandt, und sie weinte blind in all der Qual der Verlorenheit ihrer Generation. Sein Herz schmolz plötzlich wie ein Tropfen im Feuer, und er streckte die Hand aus und legte sie auf ihr Knie.

»Sie dürfen nicht weinen«, sagte er weich.

Doch sie schlug die Hände vors Gesicht, und ihr war, als wäre wirklich ihr Herz gebrochen, und alles war jetzt gleichgültig.

Er legte ihr die Hand auf die Schulter, und sanft, zärtlich wanderte sie die Wölbung ihres Rückens hinab, mit blind streichelnder Bewegung, hinab bis zur Beuge ihrer kauernden Hüften. Und seine Hand strich weich, sanft über die geschwungene Linie, in blinder, instinktiver Liebkosung.

Sie hatte ihr winziges Taschentuch hervorgezogen und versuchte, blind vor Tränen, ihr Gesicht zu trocknen.

»Kommen Sie mit in die Hütte«, sagte er mit ruhiger, ausdrucksloser Stimme.

Und sanft schloß er die Hand um ihren Oberarm, zog sie hoch und führte sie langsam zur Hütte, ließ sie nicht los, bis sie drinnen waren. Dann schob er den Stuhl und den Tisch beiseite, nahm eine braune Militärdecke vom Werkzeugkasten und breitete sie langsam auf den Boden. Sie sah in sein Gesicht, während sie reglos dastand.

Sein Gesicht war bleich und ohne Ausdruck – wie das eines Menschen, der sich dem Schicksal ergibt.

»Legen Sie sich hin«, sagte er weich, und er schloß die Tür, so daß es dunkel war, ganz dunkel.

Mit seltsamem Gehorsam legte sie sich auf die Decke nieder. Und dann spürte sie, wie die sanfte, streichelnde, hilflos sehnsüchtige Hand ihren Körper berührte, nach ihrem Gesicht tastete. Weich streichelte die Hand ihr Gesicht, weich und unendlich lindernd und vertrauenerweckend, und dann spürte sie die sanfte Berührung eines Kusses auf ihrer Wange.

Sie lag ganz still, wie in einem Schlaf, einem Traum. Dann erschauerte sie: sie fühlte, wie seine Hand sanft, doch mit seltsam widerstrebender Unbeholfenheit über ihr Kleid tastete. Aber die Hand wußte, wie sie die Kleider lösen könne, wo immer sie wollte. Langsam, behutsam zog er die dünne seidene Hülle herab, ganz herab, und streifte sie ihr über die Füße. Und mit einem Schauer unvergleichlichen Genusses berührte er den warmen, weichen Leib und streifte ihren Nabel in einem hingehauchten Kuß. Und er mußte sogleich zu ihr kommen, eingehen in den Frieden auf Erden ihres weichen, stillen Leibes. Es war ein Augenblick reinen Friedens für ihn, dies Eindringen in den Leib einer Frau.

Sie lag so still, wie im Schlaf, die ganze Zeit wie im Schlaf. Tätig war nur er, der Orgasmus gehörte ihm, nur ihm; sie vermochte nicht länger für sich darum zu ringen. Selbst die fest sie umspannenden Arme, selbst die heftige Bewegung seines Leibes und seinen quellenden Samen in ihr empfand sie wie in einem Schlaf, aus dem sie nicht eher erwachte, als bis er geendet hatte und leise keuchend an ihrer Brust lag.

Dann fragte sie sich, fragte sich nur benommen: Warum? Warum war dies notwendig? Warum hatte es eine schwere Wolke von ihr genommen und ihr Frieden gegeben? War es Wirklichkeit? War es Wirklichkeit?

Ihr gequältes Hirn hatte noch keine Ruhe. War es Wirklichkeit? Und sie wußte, wenn sie sich dem Mann hingab, dann war es Wirklichkeit. Doch wenn sie sich zurückhielt, bei sich selbst blieb, dann war es nichts. Sie war alt; Millionen Jahre alt, so schien es ihr. Und endlich vermochte sie die Bürde ihrer selbst nicht länger zu tragen. Sie war da, um genommen zu werden. Da für den, der sie nahm.

Der Mann lag in geheimnisvollem Schweigen. Was empfand er? Was dachte er? Sie wußte es nicht. Er war ein Fremder für sie, sie kannte ihn nicht. Sie konnte nur warten, denn sie wagte nicht, seine geheimnisvolle Stille zu durchbrechen. Er lag da, die Arme um sie geschlungen, seinen Leib an dem ihren, mit seinem nassen Leib den ihren berührend, so eng. Und vollkommen fremd. Doch ganz friedvoll. Allein sein Schweigen war voll Friede.

Sie wußte das, als er sich schließlich von ihr aufhob und sich abwandte. Es war, als verlasse er sie. Er zog ihr im Dunkel das Kleid über die Knie und stand ein paar Augenblicke lang – anscheinend war er mit seinen eigenen Kleidern beschäftigt. Dann öffnete er ruhig die Tür und ging hinaus.

Sie sah einen schimmernden kleinen Mond über dem Abendrot hinter den Eichen stehen. Schnell erhob sie sich und machte sich zurecht; dann war alles in Ordnung. Sie ging zur Hüttentür.

Der tiefer liegende Teil des Waldes lag im Schatten, fast verdunkelt. Der Himmel oben aber war kristallen. Er gab kaum noch Licht. Der Mann kam durch die unten lagernden Schatten auf sie zu, sein Gesicht hob sich ihr wie ein bleicher Fleck entgegen.

»Wollen wir dann gehen?« sagte er. »Wohin?«

»Ich bringe Sie bis zum Tor.«

Er richtete alles auf seine Art ein. Er verriegelte die Hüttentür und kam ihr nach.

»Es tut Ihnen nicht leid, nicht wahr?« fragte er, als er neben ihr herging.

»Nein; nein! Ihnen?« entgegnete sie.

»Das? Nein!« Nach einer Weile setzte er hinzu: »Aber all das andere.«

»Welches andere?« fragte sie.

»Sir Clifford. Die andern. All die Komplikationen.«

»Wieso Komplikationen?« fragte sie enttäuscht.

»Es ist immer so. Für Sie ebenso wie für mich. Es gibt immer Komplikationen.« Beharrlich schritt er fort durch das Dunkel.

»Und bereuen Sie es?« fragte sie.

»In einer Weise«, erwiderte er und sah zum Himmel. »Ich dachte, ich hätte das alles hinter mir. Nun habe ich wieder angefangen.«

»Angefangen – was?«

»Das Leben.«

Für Stunden am Strand

❧

BENOÎTE GROULT

Salz auf unserer Haut

Im Lift wird Gauvain endlich ordinär. Das Gesicht bleibt ausdruckslos, aber den gewölbten Teil seiner Hose preßt er gegen Georges Hüfte. Sie streicht mit der Hand darüber, und wie aus Versehen eckt sie an der Stelle an, die vortritt. »Guten Tag«, sagt der Schwanz. »Schön, Ihnen zu begegnen«, antwortet die Hand. Ihre Körper konnten schon immer miteinander reden. Warum haben sie sich nicht gleich daran erinnert? Die beiden anderen Paare im Aufzug haben nichts bemerkt. Man schwebt seiner Zelle zu, begleitet von klebriger Musik, der Ekstase entgegen, die das Plakat an der Kabinenwand zwischen den Zeilen verheißt: »Dolce Farniente in der betörenden, duftgeschwängerten Luft einer tropischen Insel ... Das wilde, freie Leben, mit dem Komfort, den Sie sich wünschen.«

Beide lehnen sie sich an die Brüstung ihrer betörenden, duftgeschwängerten Terrasse und gesellen sich somit zu den zwölfhundert Paar wilden, freien Augen, die auf den endlich menschenleeren Strand hinunterblicken; nur ein paar Schwarze in orangefarbenen Uniformen sammeln die Plastikverpackungen, die leeren Bierflaschen und Sonnencremetuben ein. Jeder genießt seine Portion wildes, freies Glück.

George hat nicht gewußt, wie kommerzialisiert Urlaub sein kann, und sie ahnt, daß sie eine perverse Freude daraus schöpfen wird. Sie beginnt auch schon, die vulgären Reize des Gebotenen auszukosten, und zustatten kommt ihr dabei die Erinnerung an all die von Sydney organisierten Kulturreisen, in Bussen mit zweifelhaftem Komfort, jene Entdeckung des Berri mit der »Gesellschaft der Freunde von George Sand« oder die der Schätze von Brügge unter der Obhut von Mademoiselle Pannesson, die die vom Louvre veranstalteten Kulturausflüge begleitet, Abfahrt Place de la Concorde jeden Sonntagmorgen um sechs. Nichts wird ihr die Freude vermiesen, die sie in sich aufsteigen spürt, denn alles ist auf lächerliche Weise dazu angetan, sie zu fördern. Wo doch im wahren Leben alles so schwierig ist.

Kaum haben sie ihr Appartement betreten, da drückt Gauvain seine Lippen auf ihr Dekolleté. Sicherlich ist es die schwarze Spitze, die da funktioniert. Mit einem Finger gleitet er unter den Träger ihres Büstenhalters, eine tückische Manipulation, denn er kennt ihre Schwachstelle, aber sie hält sich zurück. Sich gleich auszuziehen hieße das Spiel verderben. Sie haben zehn Tage Zeit, um sich wie Tiere zu benehmen, und schließlich warten sie ja erst drei Jahre aufeinander! Heute abend, so hat George heimlich beschlossen, werden sie Belami und die Lilie im Tal spielen.

»Was darf ich Ihnen anbieten?« fragt sie. »Sich selbst ... als Knabbermischung.« *Nein,* schreit die Anstandsdame auf, *das darf nicht wahr sein. Eine Replik wie diese würde nicht einmal in einer billigen Boulevardkomödie durchgehen. – Deshalb liebe ich ihn aber,* sagt George. So *kann ich mit den andern nicht spielen. Also rutsch mir den Buckel runter, ja? – Und dieser Living-room hier,* insistiert die Anstandsdame, *hast du es nicht bemerkt? Eine Hollywood-Dekoration für drittklassige Filme. Verführungsszene. Es treten auf: ein Kuhhirte und eine Schloßherrin. – Hier könntest du wenigstens Cowboy sagen,* unterbricht sie George. *Wo ist da der Unterschied?* antwortet die Anstandsdame. *Die Szene ist sowieso schon abgedreht, wenn ich meinen Augen trauen soll: Dein Kuhhirte hat einen Ständer wie ein brünstiger Esel! Vielleicht sollte ich hier lieber wie ein Neger sagen, wie? In weniger als fünf Minuten bist du aufgespießt, meine Liebe.*

»Bei diesem Wetter setzt man keinen Busen vor die Bluse«, versucht sich George in Wortspielen, ungerührt von den sarkastischen Bemerkungen der Anstandsdame, während Lozerech mit der einen Hand ihr magnetisches Zentrum durch den dünnen Stoff hindurch berührt und mit der anderen bestrebt ist, ihren Büstenhalter zu öffnen.

»Warum trägst du überhaupt einen, bei deinem Busen?«

»Damit's länger dauert«, flüstert sie.

Sie hat den roten Lampion auf ihrer Terrasse ausgemacht und die Jeans dieses Typen da, den sie im Flugzeug kennengelernt hat, geöffnet. Er hat so schöne Schenkel, daß er nicht lächerlich wirkt mit seinen Hosen auf den Knöcheln. Seit er im Südatlantik arbeitet, ist sein Oberkörper braungebrannt. Ja, und diese Zonen mit Kinderhaut zwischen den Pelzflächen … Keine Rede kann mehr sein von irgendeiner Lilie in irgendeinem Tal, nur die Seeanemone bewegt sich noch mit der Welle. Zeig mir, wie du Liebe machst, schöner Fremder, ich habe dich schon so lange vergessen. *Jawohl, Anstandsdame, er wird es mir hineinstecken, dieses komische hellbraune Ding mit einem Helm vorne drauf, und stell dir vor, in dieser Minute gibt es für mich nichts Schöneres auf der Welt, als mich für diesen Mann zu öffnen, und wenn er tief in mir drin ist, mich über ihm zu schließen. Vögle mit mir in den Morgen, vögle mit mir in das Glück!*

Sie haben sich noch immer nicht geküßt, aber ihre Augen können sich nicht mehr vom Mund des anderen lösen. Auch ihre Hände können nicht mehr von der Haut des andern lassen, die sie so bedächtig streicheln, daß es fast schmerzhaft wird. Dann schleppen sie sich, ineinander verklammert, in das Schlafzimmer, wo George im Vorübergehen die ungesunde Klimaanlage abstellt. Zwei Bilder, die Negerinnen mit spitzen Brüsten vor Strohhütten und Ananassträuchern darstellen, hängen zu beiden Seiten des großen Bettes – die Benutzer sollen schließlich nicht vergessen, daß sie in den Tropen sind.

Gauvain schiebt George auf dieses Bett, aber noch hat er den Mut, sie nicht mit seinem Körper zu bedecken. Er setzt sich neben sie, als wäre sie ein Instrument, das er nun spielen will. Sie findet ihn schön, wenn er sich auf die Liebe vorbereitet, und wenn sein intensiver Blick sich mit einem Schmerz verschleiert, der ihr nahegeht. Sie wartet. Nicht mehr lange jetzt. Sie sind in jene Zone vorgedrungen, die nur ihnen gehört und wo sie ihren Lebensalltag endgültig hinter sich lassen. Er neigt sein Gesicht zu ihr, und ohne sie mit seinen Händen zu berühren, beginnt er ihre Lippen zu küssen. Erstes intimes Erkunden, noch sind es nur die Zungen. Dann tastet sich die eine Hand zum Busen vor, während die andere sich nach dem Grad der Erwartung bei George erkundigt, und dies so vorsichtig, daß es gewaltiger ist als Gewalt. Aber sie werden es nicht lange aushalten, nur mit den ineinander verschmolzenen Lippen und mit seinen Fingern an der Innenseite ihrer Schenkel, dort an der Stelle, wo sie Mund werden, und mit ihren Händen, die sein Glied umfassen. Als beide es nicht mehr ertragen können, legt er sich ganz auf sie, spreizt ihr die Beine auseinander mit den seinen, gleich wird das Schiff die Hafeneinfahrt passieren, und mit einem unendlich langsamen Stoß kommt er ans Ziel. »Ein Zentimeter in der Sekunde«, wird sie erklären, falls Ellen wieder alles genau wissen will, und ihre spöttische Anmerkung kann sie sich vorstellen: »Nicht einmal ein Viertel Knoten! Du mußt doch zugeben, daß das für einen Seemann nicht gerade ...«

Als sanft auflaufende Brandung kommt der Orgasmus, sie können ihn kaum unterscheiden, so intensiv ist alles drum herum. Und er dauert lange, vielleicht überkommt er sie zweimal, wer weiß es schon. Sie jedenfalls wissen es nicht, denn sie regen sich nicht, um sich so lange wie möglich auf dem schäumenden Kamm dahintragen zu lassen.

»Ich bin glücklich, diesmal habe ich warten können«, flüstert Gauvain, ehe sie ineinander einschlafen, während draußen ein kurzer, heftiger Regenschauer die Luft abkühlt.

Am folgenden Tag sind ihre Augen blauer und ihre Körper entspannter. Gauvains stetes Verlangen sorgt dafür, daß George zusehends schöner wird. Wie Alice im Wunderland ist sie auf die andere Seite des Lebens gelangt, dorthin, wo die von oben diktierten Gesetze keine Gültigkeit mehr haben. Für ihn fängt es von vorne an: Was er erlebt, ist die Verneinung all dessen, woran er glauben will, aber er gibt den Kampf dagegen auf. Noch bleiben ihnen neun Tage, um ihrer gegenseitigen Besessenheit zu frönen, und sie betrachten sich mit ungläubiger Dankbarkeit.

Wieder einmal fragt sich George, warum sie nicht zu weniger einfältigem Austausch übergehen. »Ach, ihr Armen, ihr seid ja gerade erst bei der Lektion eins des Vögelns angelangt!« würde Ellen sagen, wenn sie sie sähe. Wahrscheinlich leben sie nie lange genug zusammen. Jedesmal fangen sie von Null an mit der Liebe, und jedesmal, wenn sie sich an Verfeinerungen heranwagen könnten, ist die Frist vorbei. Mit Gauvain ist George eine heißhungrige Geliebte, die sich mit den elementarsten Liebkosungen zufriedengibt. Ihr gelüstet nach frischem Bauernbrot und starkem Wein. Zur Nouvelle cuisine wird sie später übergehen. War es denn das, was ihr Vater Nymphomanie nannte? Sie fand das Wort sehr schön, aber er sprach es nur mit einer Grimasse des Ekels aus. Sie besaß Nymphen, anatomisch gesprochen, aber nymphoman zeigte sich Gauvain. Und unschuldig, denn mit den Reizen der Intimität entdeckte er gleichzeitig auch die Furcht, das Perverse zu erfinden.

»Weißt du was, Karedig?« sagte er ihr eines Abends sehr zögernd. »Vielleicht werde ich dir jetzt merkwürdig vorkommen ... aber ich mag unseren Geruch nach der Liebe, seit du mir beigebracht hast, bei dir zu bleiben ...«

George unterdrückt ein Lächeln. Gerührt wie eine Vogelmutter, die ihrem Jungen das Fliegen beibringt, sieht sie ihn an. »Gut so, mein kleiner Kormoran, hab keine Angst, so soll es sein, mach nur weiter so ...«

Schon am zweiten Tag versuchen sie, dem von Coca-Cola- und Hot-dog-Verkäufern durchkämmten Strand zu entfliehen, wo ab der Mittagszeit die musikalische Geräuschkulisse von der Bar herüberweht, und sie machen sich auf die Suche nach einem jungfräulichen Stückchen Insel. Ganz weit weg, in Negrin, finden sie es. Dort kostet das Sandkorn nichts, keiner zwingt sie, einen Sonnenschirm oder einen Liegestuhl zu mieten, und unter den Mangrovenbäumen, die am Strand Schatten spenden, genießen sie in den Laubhütten die köstliche einheimische Lambris-Suppe, die man in sogenannten seriösen Lokalen nicht zu servieren geruht.

Am Abend kochen sie in ihrer Wohnung und gehen anschließend irgendwo im Freien tanzen; dabei erinnern sie sich an ihren ersten Tanz im Ty Chupenn Gwen, wo alles angefangen hat. Als sie nach Hause kommen, beschließen sie, nicht miteinander zu schlafen, weil sie es ja schon um fünf Uhr getan haben und es mitten in der Nacht noch einmal tun werden. Und natürlich tun sie es dann doch. Und das sind immer die schönsten Male. Die Eintönigkeit ihrer Reaktionen entzückt sie.

Am Morgen bleibt George im Bett, während Gauvain die Cornflakes und Eggs and Bacon zubereitet. Danach melden sie sich für ein paar Ausflüge an: The Typical Village oder die Wild River Tour, inmitten von gesprächsfreudigen Amerikanern, die your wife sagen, wenn sie mit Gauvain von George sprechen, was er hinreißend findet, Kanadiern, die sich schon am Morgen mit Bier besaufen, und kurzbehosten, kameraschwenkenden Deutschen, die nicht eine einzige Erklärung des Reisebegleiters verpassen wollen.

Sie machen eine seltsame Erfahrung: Sie haben so selten nur zusammengelebt, und doch fühlen sie sich so intim verbunden wie ein altes Paar. Zum Beispiel hat George mit keinem Mann das Thema ihrer Periode angeschnitten, hat keinem erzählt, daß sie in den Tagen davor und sogar während immer eine verstärkte Lust empfindet. Ihre Erziehung hat sie daran gewöhnt, solche Fragen zu verschweigen und auch alle erkennbaren Zeichen vor ihren männlichen Partnern zu verbergen. Liegt es nun daran, daß er George so bedingungslos liebt oder daß er dicht an der Natur lebt, jedenfalls scheint Gauvain nicht den geringsten Widerwillen zu empfinden gegenüber den Vorgängen in einem weiblichen Bauch. Er besteht darauf, alles von ihr zu erfahren, und sie spricht mit ihm, wie sie nie gehofft hätte, es jemals mit einem Mann tun zu können. Man kann viele Männer gekannt und geliebt haben, ohne jemals die Ufer dieser ruhigen Selbstverständlichkeit zu erreichen. Gauvain könnte sie, ja möchte sie ihr Blut zeigen, so sicher ist sie seiner Zärtlichkeit für jede Unebenheit, jedes Haar, jedes Gesichtsverziehen, jede Geste, jeden Fehler an ihr. Er ist einer der seltenen Männer für das »Nachher«, als bliebe noch immer genügend Begehren in ihm, um die Freude am Streicheln, am Küssen, am Flüstern nicht erlöschen zu lassen. Manchmal ist es fast nicht auszuhalten.

»Sag mir, Lozerech, diese Frage stelle ich mir oft: Glaubst du, daß wir uns ›deshalb‹« – George drückt mit ihrem Zeigefinger auf die gekrümmte Sardelle, die auf Gauvains Schenkel liegt – »diese ganzen Kombinationen ausdenken und kleine Berge versetzen, um uns zu treffen? Nur um unseren niedrigsten Instinkten zu gehorchen, den Bedürfnissen unserer Körper, unserer Haut sozusagen?«

»Ich glaube, es kommt von weiter her. Von etwas, was tiefer liegt.«

»Wie, wenn das Tiefste an uns nun gerade die Haut wäre? Wenigstens der Körper weiß, was er will. Er ist nicht anfällig fürs Räsonieren, er ist unerbittlich, der Körper. Der Gedanke gefällt dir wohl nicht? Dir wär's lieber, wenn ich von der Seele sprechen würde, wie?«

Gauvain fährt sich mit den Fingern durchs dichte Haar,

als wollte er Ordnung in seine Gedanken bringen. Jedesmal, wenn er denkt, fummelt er an seinen Haaren herum.

»Ich kann es einfach nicht hinnehmen, von etwas bestimmt zu werden, das ich nicht verstehe, das ist alles.«

»Und du behauptest, den Glauben zu verstehen? Oder die Liebe, wenn sie dich dazu bringt, verrückte Dinge zu tun?«

»Nein, das ist es ja, nichts verstehe ich. Wenn ich bei dir bin, geht es so einigermaßen, dann stelle ich mir keine Fragen mehr. Aber wenn ich alleine bin, geht es mir unentwegt durch den Kopf. Ich hab' ganz einfach das Gefühl, ich bin nicht mehr der Käpt'n an Bord, verstehst du!«

»Bei mir ist es ganz das Gegenteil: Ich habe den Eindruck, endlich eine der Weisheitslehren des Lebens zu verstehen. Diese Beziehung, die wir erleben, ist so stark wie eine mystische Kommunion. Es ist, als hätte die Natur ein Dekret erlassen und man würde es akzeptieren. Und das ist sehr selten, daß man auf sie hört, auf die Dekrete der Natur.«

Gauvain hört zu, er ist zugleich in seiner Überzeugung erschüttert und mißtrauisch. George ist im Begriff, ihn mit ihren schönen Reden einzuwickeln. Was wird davon übrigbleiben, wenn er sich nachts ruhelos in seiner Koje wälzen und keinen Schlaf finden wird, wenn er sich wieder einmal fragen wird, ob er ein Schwächling oder ein Schwein ist, vermutlich beides, weil es ihm nicht gelingen will, unter dieses Verhältnis einen Schlußstrich zu ziehen. Dieses Verhältnis, von dem er sich mit Bedauern eingesteht, daß es das Salz seines Lebens ist.

»George, wirst du unsere Geschichte eines Tages aufschreiben?« fragt Gauvain zu ihrer Verblüffung ein paar Tage später, während sie am künstlich blauen Swimmingpool des Clubs liegen und reden. Orangebraune Pepsi-Cola-Sonnenschirme spenden den nötigen Schatten. Aber diese Häßlichkeit muß man genießen und den Kelch bis zur Neige leeren.

Es ist eine gar köstliche Kunst, von Zeit zu Zeit das zu tun, was man verabscheut.

An jenem Abend sieht Gauvain wie ein schöner Amerikaner aus mit seinem rosaroten Polohemd – eine Farbe, die zu tragen ihm nicht im Traum eingefallen wäre – und der Seersucker-Hose, die sie ihm ebenfalls aufgeschwatzt hat; dazu das satte, wohlig entspannte Aussehen, das ausgiebige Liebe verleiht; schließlich seine so bretonische Art, ihren Namen am Ende mit einem harten Zischlaut auszusprechen, die sie ihm ganz und gar ausliefert.

»Sag, schreibst du sie eines Tages auf?«

»Was soll ich denn schreiben? Sie gehen ins Bett, sie stehen auf, sie gehen wieder ins Bett, sie vögeln und vögeln wieder, er beglückt sie, sie beglückt ihn, er macht Augen wie ein verliebter Stockfisch …«

»Für einen Seemann paßt das ja ganz gut.«

»Du hast alles, nur keine Fischaugen.«

»Die Thunfische haben sehr schöne Augen, weißt du, schwarz mit einem silbernen Rand. Im Wasser, meine ich natürlich. Du hast sie noch nie lebend gesehen, also kannst du's nicht wissen.«

»Mag sein, aber ich weiß, daß du ganz lüsterne Augen hast, nicht im Wasser, sondern in der Luft! Wenn du bei mir bist, möchte ich auf jeden Fall immer schreien: ›Ja … wann du willst, wo du willst, wie du willst …‹ Ich fürchte, man sieht es mir an. Ich bin überzeugt, daß man es mir ansieht.«

»Das mußt du eben auch aufschreiben. Manchmal kann ich gar nicht verstehen, wie du gerade mich weiterhin lieben kannst. Das muß man erklären, wie eine solche Geschichte passieren kann. Und du, du könntest das.«

»Eben nicht! Es gibt nichts Unmöglicheres zu erzählen als eine Liebesgeschichte. Und außerdem bin ich keine Romanschriftstellerin.«

»Du bist Historikerin, das ist das gleiche. Ich weiß nicht,

warum, aber ich habe Lust, es in einem Buch geschrieben zu finden, unser Abenteuer, um ganz sicher zu sein, daß es auch wahr ist, daß ich das erlebt habe! Vielleicht weil ich es nie geschafft habe, irgend jemand ein Sterbenswörtchen darüber zu verraten.«

»Es stimmt schon, daß es einen erleichtert, wenn man drüber sprechen kann. Ich rede mit Frédérique darüber. Und mit François, den du auch kennst. Und Sydney weiß auch, daß es dich gibt.«

»Wenn es meine Frau erfahren würde, gäbe es ganz schön Zoff«, sagt Gauvain plötzlich finster. »Ich stehe vollkommen neben mir, wenn ich bei dir bin. Jedesmal, wenn ich wieder in meine Sandalen schlüpfe, die du nicht leiden kannst, ist es, als ginge ich nach Hause! Wenn mir einmal jemand gesagt hätte, daß ich so leben kann, ich hätte ihm nicht geglaubt. Nein, ganz gewiß nicht!«

»Komm, wir bestellen noch einen Drink, ja?« George befürchtet, Gauvains Augen könnten sich mit Tränen füllen. Weinen ist für ihn absolut unzulässig, er wehrt sich dagegen mit aller Kraft.

»Inzwischen bin ich so weit, daß ich mir sage, ich tät' lieber krepieren, als dich nicht mehr sehen. Und sobald wir dann nicht mehr zusammen sind, denk' ich mir, ich spinne … das kann doch so nicht weitergehen.«

Schweigen. George fährt mit der Hand über Gauvains zu breite Handgelenke, die sie immer so anrühren. Die Berührung mit den Haaren dort ist wie ein winziger elektrischer Schlag.

»Ich hab' ein so wahnsinniges Verlangen nach dir, ob das denn nie aufhören wird?« sagt er fast leise.

Sie schweigen einen Augenblick und genießen die Abenddämmerung, ihre Freiheit, den Luxus, den sie sich leisten. Noch sind die Worte keine Dolche, da sie ja die Nacht vor sich haben, und mehrere Tage und mehrere Nächte dazu: ein ganzer Ozean von Zärtlichkeit, aus dem sie Leben schöpfen werden.

»Weißt du, welches die beste Möglichkeit wäre, damit es aufhört?« fragt George.

Naiv zieht Gauvain die linke Augenbraue hoch.

»Wenn wir zusammen leben würden, endgültig. Ich würde dir schnell auf die Nerven gehen, und du bekämst wahnsinnige Wutanfälle ...«

»Das sagst du immer«, antwortet Gauvain ärgerlich.

»Ich bin absolut sicher, daß ich dich mein ganzes Leben lang hätte lieben können. Sonst wär' ich dich schon lange losgeworden«, gesteht er, ohne zu lächeln. »Glücklich bin ich nie, weißt du. Mit Marie-Josée bin ich nicht ehrlich. Daran kann ich mich nicht gewöhnen. Aber ich kann nichts machen. Wenn dran zu denken wäre, tät' ich mich scheiden lassen.«

George lächelt zärtlich. Im Konjunktiv sagt er so oft »ich tät'«. Aber ist es der richtige Augenblick, ihm zu erklären, daß »ich würde« korrekter wäre? Sie kann ihn nicht unentwegt wie einen dummen Schüler behandeln, es gibt so viele Einzelheiten, die ihr mißfallen. Sie kann es nicht leiden, wenn er vom *Kaff*, vom *Zahnklempner*, von seinen *Moneten* spricht, oder wenn er *in die Falle* geht oder vom Meer als dem *großen Teich* redet. Aber was hast du denn? fragt er. Er versteht nicht, was sie daran stört. Das ist ja gerade das Drama der Gesellschaftsschichten, der Vorurteile, der Kultur: Man kann es nicht erklären.

»Im übrigen könntest du *mich* nicht mehr ertragen«, fährt Gauvain mit sehr sanfter Stimme fort. »Ich weiß, daß ich weit unter deinem Niveau bin – aber es ist komisch, das macht mir nix. Ich mag sogar, wenn du mich verbesserst. Schließlich ist es ja dein Beruf. Zum Beispiel hast du mir das Reisen beigebracht, du hast mir Sachen gezeigt, die ich nie bemerkt hätte, ich wär' gar nicht auf die Idee gekommen.

Unsereins nimmt sich nicht die Zeit dazu. Wir merken gar nicht, daß wir leben!«

»Das stimmt, Lozerech. Apropos leben ... Ich erinnere mich daran, daß wir seit mindestens fünf Stunden nicht mehr Knopf und Knopfloch gespielt haben. Du bist doch hoffentlich nicht krank?«

Gauvain lacht laut auf, zu laut, wie ein Mann, der mit Männern lebt. Das einzige Gegengift gegen die Gewißheit, daß sie nie zusammenleben werden, ist das Lachen. Und eine gewisse Dosis Vulgarität in der Sprache. Gauvain mag es, wenn George manchmal zu handfester Ausdrucksweise übergeht. Das macht sie menschlicher, näher. Zeitweise empfindet er sie als so fremd. »Du willst dir doch nicht etwa ... ein bißchen Zeit zum Leben nehmen?« Er schaut sie schräg von der Seite an, ihrer Antwort schon sicher.

»Du bist unmöglich!« sagte George. »Duuh greifst mich immer an, duuh, duuh, duuh ...«

»Machst du dich über mich lustig? Duuh, duuh, duuh! Wie sprichst *du* denn das aus? Ich dachte, ich hätte meinen Akzent verloren mit der Zeit.«

»Wie willst du ihn verlieren, du hörst dich ja nicht. Und dein Leben verbringst du mit Leuten, die den gleichen haben. Aber ich mag ihn ja, deinen Akzent. Wer weiß, welche Rolle er spielt bei dieser absolut schändlichen Anziehungskraft, die du auf mich ausübst?«

Sie fassen sich um die Taille, um das Schließfach Nr. 1718 aufzusuchen. Der Strand ist inzwischen menschenleer, und die Pelikane balgen sich quäkend und klappernd. Nachts glauben die Vögel, sie seien noch bei sich zu Hause, und vergessen Hilton, Holiday-Inn und sonstige Touristennester. Beim Gedanken an den Winter, mit dem sie es in wenigen Tagen wieder aufnehmen muß, hat George plötzlich Lust, noch einmal über den Sand zu laufen. In solchen Fällen setzt sich Gauvain auf die Mole. Dauerlauf oder Gymnastikübungen zu machen, käme ihm nie in den Sinn, und daß andere so was tun, findet er komisch. Sie läuft los über den nassen Sand, manchmal schlägt sie einen Haken und streift mit einem Fuß durch das Wasser, das schäumend den Strand hochzüngelt und sich wieder zurückzieht, als würde es von der hohen See eingesogen; dann kommt es wieder im geheimnisvollen Rhythmus der Wellen, der irgendwie Ähnlichkeit hat mit dem Rhythmus der Liebe – *Du denkst wirklich nur an das eine,* sagt die Anstandsdame. – *Überhaupt nicht. Du verstehst einfach nicht, daß es besondere Augenblicke gibt, in denen alles nur Liebe ist.*

Während sie läuft, leichtfüßig, vermischt sich George mit der Landschaft, sie nimmt sie mit Leib und Seele auf; sie genießt die leichten Bewegungen ihres Körpers, die vom Aufprall ihrer Fersen rhythmisch gegliederte Zeit; wie jedesmal, wenn sie läuft, hat sie den Eindruck, daß sie gerade geboren wird; als steige eine ferne und flüchtige Erinnerung an jene erste Spezies in ihr hoch, die dem Meer entstieg, um das merkwürdige trockene Element zu atmen, das man Luft nennt. Und die Liebeslust ist nur ein Teil dieser Verzückung.

Dieses Glücksgefühl würde sie gerne horten, für später. Aber mit der Liebe ist es wie mit der Sonne, man kann sie nicht im Sack davontragen. Ein jedes Mal ist einzig und erlischt wieder, wie diese Wellen, die in den Schoß des Ozeans zurückkehren.

Gauvain wartet an der Mole. Seine Beine baumeln über dem Wasser. Ein Meer ohne Schiffe langweilt ihn. Urlaub langweilt ihn. George ist sein Stundenplan, sein einziger Grund, hier zu sein.

»Du bist naß wie eine Sirene«, sagt er und nimmt sie in seine Arme. »Soll ich dir den Sand von den Füßen wischen? Ich habe das Handtuch.«

»Ja nicht! Ich liebe es, Sand an mir zu spüren. Das beweist mir, daß ich nicht in Paris bin, verstehst du …«

Ideen haben diese Pariserinnen! Gauvain preßt sie an sich. Nur in der Liebe gibt es nichts mehr an ihr, was ihm fremd ist.

Sie lieben sie, diese Stunde vor dem Schlafengehen. Gauvain legt sich als erster ins Bett, während George noch ein wenig herumwandert, sich für die Nacht vorbereitet, ein bißchen Creme auf einen kleinen Sonnenbrand aufträgt, nachsieht, ob sich in bestimmten Körperöffnungen Sand eingenistet hat.

»Wann hörst du endlich auf herumzuwandern?« ruft er dann bald.

Sie stürzt sich auf ihn, und es ist, als hätten sie auf einen Schalter gedrückt. Der Strom ist da, alle Lichter gehen an, alles knistert. Sie hatte von solchen Phänomenen gelesen, aber niemals an die Aufrichtigkeit der Autoren geglaubt. Doch die Tatsachen waren nicht zu leugnen. Sie hörte nur auf, um Gauvain nicht umzubringen, abgesehen davon, daß sie zuweilen ihre Schleimhäute schonen mußte.

Das Erstaunliche für sie war nach wie vor, daß Gauvain so stark auf ihren Körper reagierte, daß er sich leidenschaftlich für diese Scheibe Wassermelone interessierte, die er doch auswendig kannte, daß es ihn fast umwarf, wenn er ihren Venushügel oder ihre Lippen berührte, und daß er schier in Ohnmacht sank, wenn er endlich in das kleine Tal gelangte. Wie konnte dieser Mann beim Anblick ihrer Vagina in Verzückung geraten und sich nicht für Picasso interessieren? Fünftausend Kilometer zurücklegen, um sich auf sie zu legen, aber keinen Schritt tun, um Notre-Dame zu besichtigen? *Er mag eben lieber meine Vagina, das ist alles!* sagte sie zu ihrer Anstandsdame, um sie zu ärgern. *Ach, geliebt zu werden bis ins Innerste!* Die Anstandsdame spuckt verächtlich aus.

»Lozerech, mein Liebling, beschreib mir bitte, was du da drin findest. Sag mir, wie die andern sind und wodurch ich mich unterscheide.«

Er behauptet, sie beherberge einen Wundergarten zwischen den Beinen, einen Lunapark, ein Disneyland mit Achterbahnen, Wasserfällen und einer Frau mit zwei Unterleibern. Er sagt, er fahre immer neue Kurven aus, er finde neue Parkmöglichkeiten, sie besitze verschiebbare Wände, aufblasbare Teile, sie mache ihn verrückt, kurz, er sagt alles, was eine Frau nicht müde wird zu hören. Sie geht sogar so weit, Gauvains unaufhörliche Erektionen auf ihre Reize zurückzuführen, wo sie doch nur ein Zeichen seiner außerordentlichen sexuellen Qualitäten sind. Er wiederum rechnet dieses ganze bewegte Treiben George an, wo sie doch nur eine äußerst unpräzise Vorstellung dessen hat, was sich in ihrem Untergeschoß abspielt. Sie hat sich übrigens nicht die Mühe gemacht, die Ratschläge von Ellen Price zu befolgen, »um die Vagina besser zu beherrschen«. Ellen empfiehlt dringend Gymnastik: »Beginnen Sie morgens mit zwanzig oder dreißig Kontraktionen des Schambein-Steißbein-Muskels, oder machen Sie's im Sitzen, zum Beispiel beim Friseur, oder im Stehen an der Bushaltestelle. Sie werden es auf zweihundert oder dreihundert Kontraktionen am Tag bringen, ohne daß man Ihnen irgend etwas anmerkt. Um zu testen, ob Sie sich eine olympische Vagina antrainiert haben (da konnte sich George nicht zurückhalten, das mußte sie ausprobieren!), üben Sie jedesmal, wenn Sie Ihre Blase entleeren, den Urinstrahl mehrfach zu unterbrechen.«

Gauvain amüsiert sich. Daß man über solche Themen ernsthaft schreiben kann, verblüfft ihn und bestätigt ihn in der Annahme, daß alle Intellektuellen Spinner sind.

»Du brauchst das jedenfalls nicht«, sagte er mit liebenswerter Überzeugung. Es ist recht angenehm, daß er nichts weiß von den weiblichen »Maschen«.

Wenn jedoch sein Moralempfinden sich wieder meldet, ist er besorgt: »Ist es nicht anormal, daß ich immer mehr Lust an deiner Lust habe? Das wirkt auf mich fast genauso, wie wenn ich's selber wär'!«

»Wieso soll das anormal sein, wenn man einem anderen Menschen Lust bereiten will?«

Ihre Zähne stoßen aufeinander, während sie sich küssen.

»Du grobschlächtiges Wesen«, sagt Gauvain. »Wenn du so weitermachst, geht mir noch ein zweiter kaputt.«

»Gut, gut, dann hören wir eben auf. Ich habe sowieso einen Krampf im Schambein-Steißbein-Muskel, weil ich nicht genügend Gymnastik mache.«

Sie nimmt ein Buch; indessen gibt er einem jener kurzen, aber hartnäckigen Schlafanfälle nach, versinkt in einen fast wütenden Kinderschlaf. Einen Seemannsschlaf könnte man auch sagen, jeder Hauch kann ihn stören. Jedesmal, wenn ihn ein plötzliches Geräusch weckt, ist Lozerech innerhalb von einer Zehntelsekunde an Deck; er macht nicht nur ein Auge auf, er steht senkrecht im Bett, in Alarmbereitschaft: »Was ist los?« In solchen Augenblicken antwortet George mit der zärtlichen Geste, die sie eigentlich Loïc vorbehielt, wenn er aus einem Alptraum erwachte: »Schlaf, Liebling, es ist alles gut, nichts ist passiert.« Er hatte sich angewöhnt, ihr zu antworten: »Doch, es ist sehr wohl etwas passiert: Du bist da!«

Nachts, wenn die Abwehrmechanismen aussetzen, dann fängt er an, von sich zu reden. Sie hört ihm zu, und plötzlich wird er beredt, der kleine Junge ihrer Kindheit, der junge Liebhaber ihrer Jugend, der zu diesem tapferen, unbekannten Kapitän geworden ist in einer Welt, um die kein Historiker von der Sorbonne sich bisher gekümmert hat. Er erzählt ihr von den großen Augenblicken seines Lebens auf See, Augenblicken, die nur ein Seemann erfahren kann; auch von den lustigen Augenblicken. Im vergangenen Sommer ist seine Mannschaft für den Urlaub aus Afrika zurückgeflogen. Das war das erstemal, daß Seeleute auf diese Weise in die

Heimat zurückgebracht wurden, die meisten hatten noch nie ein Flugzeug bestiegen.

»Das hättest du sehen sollen in der Super-Constellation … totale Panik. Die hatten mehr Angst in dieser Maschine als beim schlimmsten Sturm auf ihrem Trawler! Und das Ergebnis: Bei der Ankunft waren sie voll wie die Strandhaubitzen, allesamt. Du hörst mir ja gar nicht mehr zu … Langweil' ich dich, hm?«

»Natürlich hör' ich dir zu. Voll wie die Strandhaubitzen, sagtest du gerade.«

»Ich weiß nicht, warum ich dir das alles erzähle … Dabei fällt mir ein, daß ich dir nie die Geschichte erzählt hab', wo …«

Während er redet, streichelt er sie vorsichtig, und auch sie flaniert auf den Wegen, die sie mag. Sie haben das Licht ausgemacht, um sich in Einklang zu fühlen. Sie sind auf Wache zusammen, an Deck eines Schiffes, das sich seine Route durch die finstere Nacht bahnt, Kurs Ende der Welt.

Für mitreißende Eroberungen

GUSTAV SCHILLING

Abenteuer

Ich war reisefertig. Balthasar war schon mit meinen Sachen voran, als mich die folgende kleine Begebenheit noch einige Tage aufhielt.

Ich ging in einem Garten spazieren und stellte ganz ernsthafte Betrachtungen an, als ich zufällig auf vier Damen stieß, deren eine meine ganze Aufmerksamkeit auf sich zog. Ihr Wuchs war prächtig, ihr Gang majestätisch, und unter dem Basthut strahlte ein entzückendes Gesicht hervor. Ich bog in einen Gang, so daß ich ihnen wahrscheinlich wieder begegnen müßte, um mich ihr vielleicht bemerkbar zu machen; aber mein Plan schlug fehl, und ich sah sie noch gerade aus dem Garten gehen.

Ich eilte ihnen nach, sie waren jedoch schon in einen Wagen gestiegen und rollten fort. Ich war verdrießlich darüber, daß mir meine Absicht nicht gelungen war, schlich nach dem andern Tor zu und wollte ins Hotel de B … gehen.

Da sah ich den Wagen mir entgegenkommen. Er hielt vor dem Hotel, und meine Dame stieg aus. Ich erkundigte mich und erfuhr, daß es die Gräfin C. aus Holland sei.

Sollte ich es wagen? fragte ich mich. Aber mein Entschluß war schnell gefaßt.

»Ich reise in einigen Tagen ab«, sagte ich zum Wirt, »meine Sachen sind schon fort, man sieht es gern, daß ich meine Wohnung räume; wollen Sie mir auf einige Tage ein Zimmer geben?«

»Sehr gern!« war die Antwort, und mein Bedienter mußte meinen Mantelsack bringen.

Es traf sich so glücklich, daß noch ein kleines Zimmer nicht weit von dem der Gräfin leer war.

Nun stellte ich Erwägungen an, wie ich mit ihr sprechen könnte. Und folgendes wurde beschlossen und ausgeführt:

Ich zog einen neuen, gut gewählten Reitanzug an und ging ins Kaffeehaus. Bis gegen 9 Uhr verweilte ich da, dann kehrte ich ins Hotel zurück, sprang singend die Treppe hinauf und öffnete, als ob ich fehlginge, der Gräfin Zimmer. Ich erschrak – – staunte! –

Die Gräfin lag auf dem Sofa und ihre Kammerfrau las ihr vor.

Ich lief hinzu und küßte ihre Hand.

»Tausend Verzeihung, gnädige Frau, meiner übereilten Unvorsichtigkeit! – Unachtsamkeit hat mich mein Zimmer verfehlen lassen, und ich bin so unglücklich, Sie auf eine außerordentlich unhöfliche Art zu unterbrechen!«

»Wer sind Sie, mein Herr?«

Ich stellte mich vor.

»Wollen Sie sich setzen?«

»Gnädige Frau, der Anstand – doch so vielen Reizen auch nur einen Augenblick nahe zu sein, kann allen Anstand vergessen machen!«

»Mir fällt das Deutsche schwer –«

»So befehlen Sie, gnädige Frau, und ich spreche französisch.«

Wir unterhielten uns wohl eine Stunde, wobei die Gräfin ihre Lage beibehielt, nur daß ich einmal mehr, einmal weniger ihre volle runde Wade zu sehen bekam. Die Kammerfrau entfernte sich.

Ich schwieg und betrachtete die schäumenden Milchhügel, die sich zu bemühen schienen, den leichten Flor abzustreifen.

»So erzählen Sie doch, Herr v. H.! – Sie wollen also reisen?«

Sie stand auf, ich ergriff ihre Hand.

»Gnädige Gräfin, – wie soll ich erzählen können, wo

doch die Betrachtung Ihrer Reize mir jeden Gedanken raubt!«

Sie lächelte, und ich bekam Mut, küßte ihre Hand, und als ich einen sanften Druck fühlte, schwebte schon mein Kuß auf ihren schönen Lippen.

»Sie sind –«

Ein zweiter Kuß hemmte das Sprechen.

»Nichts zu meinem Nachteil, gnädige Gräfin, wenn Sie mich nicht unglücklich machen wollen!«

»Sie sind sehr rasch –«

Sie richtete sich auf, und ich saß neben ihr und drückte sie mit voller Inbrunst an meine Brust.

»Verdammen Sie mich, gnädige Frau«, rief ich, »nur erlauben Sie mir diese Glückseligkeit!«

Meine Hastigkeit hatte das Halstuch weggeschoben, sie wollte es in Ordnung bringen, aber mein Gesicht ruhte schon auf den wollüstigen, schwanenweißen Hügeln, und meine Lippen überströmten sie mit Küssen.

»Sie sind verwegen!«

Damit riß sie sich los und wollte gerne zürnen, doch ihr Gesicht strafte sie Lügen.

Wir versöhnten uns; ich stand auf, wollte mich empfehlen und bat um die Erlaubnis, morgen meine Aufwartung machen zu dürfen.

Sie hielt, in meinem Blick forschend, meine Hand.

»Morgen –?«

Ich verstand das ›Morgen‹ und wiederholte meine Bitte, wobei ich mich zum Gehen wendete.

Sie stand auf und hielt noch immer meine Hand.

»Die gnädige Gräfin werden müde von der Reise sein.«

»Ich kam gestern schon an und habe nur kurze Stationen gemacht.«

»Ich kann nicht anders als verwegen sein, gnädige Gräfin –«

Mit diesen Worten umarmte ich sie aufs neue, sog an ihren Lippen und schnellte mit meiner Zunge vor.

»Ach, wenn ich Sie nicht zu verlassen brauchte! Mich Ihnen so nahe wissen und –«

Meine Gräfin wurde warm, ihr Gesicht glühte, ich sank mit ihr aufs Sofa, und meine Hand wühlte ungehindert in dem schwelgerischen Busen.

»Junger Mann, Sie verstehen es, eine Dame zu überraschen.«

»Oh, ich wäre so glücklich! –«

Und damit war meine Hand auf ihren bloßen Schenkeln.

»Wollen Sie, daß ich –«

»Daß Sie mich zum glücklichsten Sterblichen machen.«

Der leichte Widerstand hinderte mich nicht, bis an den Wollusthain zu gelangen, und Kuß um Kuß trat der lieben Gräfin beim Sprechen hemmend in den Weg.

Ich warf mich mit ihr aufs Sofa hin, sie wurde sichtbar schwächer, und mein Spielen am Venustempel machte sie ganz unruhig.

«Glücklich bin ich, aber –«

»Eine solche Dreistigkeit ist mir noch nicht vorgekommen!«

Kurz, wir wurden einig. Ich empfahl mich, nachdem ich die erfreuliche Nachricht erhalten hatte, daß ich die Tür zu ihrem Schlafzimmer offen finden sollte.

Als es elf Uhr geworden war, konnte ich unmöglich länger warten. Im bloßen Schlafrock schlich ich vor die bezeichnete Tür, eben schloß die Gräfin sie auf, und schon stand ich vor ihr und hatte sie in meine Arme geschlossen. Sie war bloß mit einem Hemd bekleidet und hatte bereits im Bett gelegen. Ich wollte ihr auch noch das abstreifen; sie weigerte sich aber, und so riß ich es ihr von oben bis unten auf.

Sie sah mich verwundert an. Im Nu stand ich ganz nackt vor ihr und drückte Busen an Busen. Seit der schönen Frau

Flamm hatte ich keinen schöneren weiblichen Körper gesehen. Hätten beide nebeneinander gestanden, so würde die Wahl unendlich schwer, ja überflüssig geworden sein, indem ich – beide genommen hätte.

Durch alle nur erdenklichen Spielereien suchte ich ihre Begierde zu erregen, und das gelang mir nur zu gut, so daß sie sich über mein Zögern beklagte.

Ich führte sie endlich aufs Bett, sie war ganz Begier und empfing mich mit der wärmsten Umarmung.

Ihre Wollustgrotte war so niedlich gebaut und lag so bequem, daß wir nicht die geringste Kunst nötig hatten, um meinem Amor das Eingehen angenehm zu machen. Sie schloß mich fest an ihre Brust, als der Eingang durch den Triumphbogen erfolgt war.

Ich lag unbeweglich, sie küßte mich unaufhörlich und hob sich bisweilen leicht unter mir.

»Sie verstehen es, mein Feuer zu erregen; – werden Sie auch dafür sorgen, daß es gelöscht wird?«

»Zweifeln Sie, schöne Gräfin?«

»Es wäre nicht das erstemal, daß ich zehrendem Feuer überlassen werde. Begierden erregen ist leichter, als sie befriedigen, wissen Sie das?« Ich umfaßte die schöne Frau, küßte ihre brennenden Lippen und begann langsam der Liebe süßes Spiel.

Ihr Gesicht war ganz Wollust, und ihre elastischen Hügel schienen auf der hochgewölbten Brust wie junge Lämmer zu hüpfen.

Ihre Lippen zitterten. Sie drückte mich fest an sich. Ich merkte, daß ihr Entscheidungspunkt nahe war und fing an zu galoppieren.

»Lieber, oh! oh! – Lieber!«

Sie verlor die Sprache, und ihr zitternder Atem verwandelte sich in ein leises Girren, wobei sich ihre Quelle öffnete.

»Nun, schöne Gräfin, wer behauptet den Kampfplatz?«

Sanftes Ansichdrücken und leises Stöhnen war die Antwort. Jetzt füllte ich ihren Becher mit Nektar der Liebe. Sie bekam Zuckungen und versank in wollüstiges Hinbrüten.

Über ihren ganzen Körper schien Vergnügen hingegossen; ihre lange Erholungspause bewies, in welchem Grade sie genossen hatte.

Mit zärtlichem Blick sah sie mich endlich an.

»Werden Sie nicht stolz, wenn ich Ihnen bekenne, daß mich noch nie wohltuendere Gefühle so ganz und gar erschüttert haben?«

»Nicht stolz, aber glücklich macht mich dieses Bekenntnis!«

Damit streckte ich mich wieder über ihren schönen Körper hin und führte meinen Liebesgott in die Grotte.

Ihre Küsse waren äußerst wollüstig.

Ich ließ sie ihre Beine anziehen, brachte meine Hände unter ihren Hintern und rieb an ihrer Spalte, um den Kampf aufs neue zu beginnen.

Anfangs lachte sie herzlich über das Fingerspiel, aber bald klagte sie über zu heftigen Reiz, geriet ganz außer sich, und als die Wollustschale nun endlich überfloß, fiel sie in Ohnmacht.

Sie bot einen herrlichen Anblick; jeder Zug ihres Gesichtes drückte hohes, unnennbares Vergnügen aus. Ich küßte die vollen Hügel, sog an den niedlichen Rosenknöspchen, rieb den samtigen Leib und spielte an dem Myrtenhaine.

Sie schlug die Augen auf. »Nun, meine schöne Gräfin?«

»Ach«, seufzte sie, »wie ist das möglich? Ist ein Mensch so unbeschreiblicher Glückseligkeit fähig?«

Sie schmiegte sich an mich.

»Warum mußte ich Sie kennenlernen, warum mußte ich erfahren, wieviel mir fehlt?«

Ich wollte mich in mein Zimmer begeben, aber sie wünschte, an meiner Seite zu schlafen.

Als wir erwachten, war es schon hoher Tag. Zärtliches Feuer leuchtete aus ihren Augen.

»Wann werden Sie abreisen?«

»Morgen, gnädige Gräfin.«

»Nein, das sollen Sie nicht. Ich muß wenigstens noch vier Tage hierbleiben, und Sie werden daher Ihre Abreise so lange hinausschieben; nicht wahr, Sie versprechen es mir?«

Dabei küßte sie mich so feurig und drückte mich so fest an ihre Brust, als ob sie meine Bejahung herauspressen wollte. Ich hatte schon gestern daran gedacht und war daher ziemlich mäßig gewesen, um unser Vergnügen zu verlängern.

»Ich würde gleich ja sagen, Gräfin, wenn ich es ebensogut verstünde, Feuer zu löschen, wie zu erregen.«

»Sind Sie so lobgierig? Ich bereue, Ihnen das gesagt zu haben, und bitte tausendmal um Verzeihung.«

Als Antwort darauf umarmte ich sie, schwang mich in den Sattel und begann ein wollüstiges Zungenspiel. Ihre Augen schmachteten.

Ich ließ sie ihre Beine über meinem Hintern kreuzen und führte meinen Amor durch das Siegestor.

»Wahrlich, Sie verstehen es, den Genuß der Liebe zu vervielfältigen! Aber nicht so hastig, lieber Freund, Sie dringen zu tief, es schmerzt!«

Nicht lange klagte sie darüber, bald gossen wir mit den wollüstigsten Empfindungen unseren Balsam aus.

Ich habe die paar Tage noch sehr vergnügt hingebracht. Meine Dame ließ mich fast nicht aus ihren Armen. Einmal fuhren wir in ihrem englischen Reisewagen spazieren. Sobald wir ins Freie kamen, nahm sie mich in ihre Arme, drückte an einer Feder und wir lagen ganz bequem nebeneinander.

Ich hob bald ihren Rock auf, streifte meine Beinkleider ab, und wir lagen in eins vereinigt.

Die Erschütterung des Wagens machte uns sonderbare

Empfindungen und verursachte den wollüstigsten Taumel, der sich denken läßt.

Am letzten Tag, als ich gegen Abend in ihr Zimmer trat, lag sie in tiefe Gedanken versunken im Fenster.

Ich schlich mich unbemerkt heran, ließ meinen Amor vortreten, hielt sie fest und war, ehe sie Zeit hatte, es zu verhindern, in ihrem Wollusttempel.

Nach einigen Bewegungen sagte sie:

»Nein, Lieber, das vergnügt mich nicht, kommen Sie aufs Sofa!«

Ich folgte ihr, und wir genossen großes Vergnügen.

In der letzten Nacht zeigte ich mich als ganzer Mann. Siebenmal leerten wir den Becher der Freude.

Für leichtsinnige Momente

ANNAROSA MERLO

Die Verführung

Ariane sah zu, wie Lou mit flinken und geübten Bewegungen den Kaffee aufsetzte. Eine blinkend saubere Kaffeemaschine. Lou machte keine Bewegung zuviel. Sie stellte zwei wunderschöne Tassen auf den Tisch. Ariane trank den Kaffee schwarz, Lou schäumte sich einen Cappuccino auf. Ariane saß ruhig da und wartete, bis ihre Freundin fertig war und sich dann am gegenüberliegenden Ende des Tisches niederließ. Während sie den Kaffee tranken, unterhielten sie sich, das heißt, eigentlich redete Lou fast ausschließlich allein, während Ariane dasaß und zuhörte.

Sie streifte ihren rechten Schuh ab und streckte ihn unter dem Tisch aus, bis ihr Fuß den Stuhl gegenüber erreicht hatte, dann schob sie ihr Bein ausgestreckt zwischen Lous Beine. Lou tat so, als merkte sie nichts und erzählte weiter. Ihre Beine waren vom Knie an nach innen gewinkelt, und mit den Fußsohlen stützte sie sich auf der Strebe ab, auf der Arianes Fuß ruhte. Während Lou redete, bewegte Ariane ihren Fuß näher an Lous rechten Fuß heran, bis er dessen Slipper berührte. Keiner von ihnen ließ sich etwas anmerken, als Arianes Fuß etwas höher kroch und ihr kleiner Zeh mit der Seite rhythmisch über Lous inneren Knöchel strich, rauf und runter und im Kreis strich der Zeh über den Knöchel. Ariane zündete sich eine Zigarette an und ließ ihren nackten Fußballen auf Lous beschuhtem Zeh liegen. Ihr Fuß ruhte ganz leicht, so daß der Druck ihrer arbeitenden Zehen durch das weiche Leder so sanft wie möglich war. Lou sprach angeregt über ihren Englisch-Lehrer, für den sie schwärmte, sie lehnte sich vor, und eine Locke ihres dunkelroten Haares fiel über ihre Stirn. Ariane warf einen flüchtigen Blick in den offenen Halsausschnitt von Lous Kleid und sah das dunkle

Tal zwischen ihren vollen Brüsten, wo sich ein paar Schweißtropfen gesammelt hatten. Sie setzte sich langsam wieder zurück und bewegte ihren Fuß von neuem zwischen Lous Beinen, sie streichelte leicht und beharrlich über ihre Fesseln, dann weiter höher über die Waden. Lous Stimme klang mehr und mehr lebhafter, und Ariane lehnte sich zurück, während Lou sich nach vorn beugte und der Ausschnitt ihres Kleides immer weiter auseinanderklaffte. Ariane bewunderte das tiefe Tal zwischen ihren Brüsten, dann beugte sie sich über den Tisch und schmiegte ihre Wange gegen Lous. Lou hörte auf zu reden, beide saßen still und rührten sich nicht, Wange an Wange, wie ein lebendes Bild, und ihre Atemzüge füllten den sonnendurchfluteten Raum.

Allmählich atmeten sie im gleichmäßigen Takt, der ihnen durch die aneinanderliegenden weichen Wangen übermittelt wurde. Lou wandte langsam den Kopf. Ihre Augen, weit aufgerissen, fanden die wartenden Augen Arianes. Ihre Lippen berührten sich, erst so sacht wie Wimpernschläge. Über den Kaffeetassen trafen sich ihre Münder, die halb geöffnet waren. Wieder eine längere Pause, Lippe an Lippe, Atemzug an Atemzug, dann fuhr Arianes Hand hinauf zu Lous Nacken und drückte die Lippen ihrer Freundin energisch auf den eigenen Mund. Wie ein Pfeil schoß Lous Zunge – begleitet von einem Stöhnen – tief in Arianes Mund. Ihre Hände umklammerten den Hals der Freundin. Ein langer Schauder erfaßte Lous Körper. Ihre Köpfe rückten enger zusammen, und sie lehnten sich beide vornüber den Tisch, verrenkten sich, um sich noch näher zu kommen, waren aber nicht in der Lage, voneinander zu lassen, um auf eine Seite des Tisches zu gelangen. Sie knieten jetzt beide halb auf den Stühlen und rieben ihre Brüste aneinander, ihre Finger bearbeiteten gegenseitig ihre Rücken, die Lippen saugten sich fest, die Zungen tanzten gierig.

Arianes Stuhl fiel polternd nach hinten, aber sie hielt sich an Lou fest, zog sich an ihr halb auf den Tisch. Sie raffte sich auf die Knie, warf die leeren Kaffeetassen und den Aschenbecher um, drehte und wand ihren Körper auf dem Tisch und zog Lou auf sich drauf, so daß sie beide ausgestreckt auf dem Tisch lagen. Bauch gegen Bauch, Brust gegen Brust, wälzten sie sich, während sie sich mit den Schenkeln gegenseitig an ihrem Geschlecht rieben. Ariane brach den Kuß ab, befreite ihren Kopf von Lous verlangendem Mund und keuchte heiser:

»Runter ... runter ... auf den Boden.«

Lou gehorchte und kletterte schnell herunter, ohne das schlankere, blonde Mädchen loszulassen, zog es mit sich, auf sie, als sie fiel und sich flach auf ihren Rücken zu Boden fallen ließ. Es war heiß in der Küche, doch der Terrakottaboden strahlte eine erfrischende Kühle aus. Lou vermied die Umarmung ihrer Freundin lange genug, um die Richtung ihres Körpers zu verändern: Arianes Kopf lag jetzt zwischen Lous Schenkeln, Lous Delta genau vor Arianes Gesicht, und während sie rückten und zogen, hoben sie sich gegenseitig ihre Kleider hoch und zogen den dünnen Stoff ihrer Höschen zur Seite – sie hatten keine Zeit, sich auszuziehen – und ihre Münder fanden die Mösen. Arianes luftiges schwarzes Spitzenhöschen, das sie erst am Vormittag im Wäscheschrank von Lous Mutter entdeckt und heimlich angezogen hatte – Patrizia hatte Dutzende von aufregenden Dessous –, gab mit einem Reißen nach, als Lou wild daran zog. Sie riß ihren Mund auf, sog einen Teil von Arianes Geschlecht in sich hinein, den Kitzler, die Schamlippen, sie nahm so viel in den Mund, wie sie konnte. Es war so animalisch, so wild und unbeherrscht, daß Ariane laut aufstöhnte. Mit ihren oberen Zähnen spielte Lou in Arianes lockigem dunklen Venusberg, während ihre Zunge tief in die bereits tropfnasse Vulva schoß. Egal wo, egal wie ... sie war unglaublich gut mit der Zunge.

Ariane hingegen ließ ihre Zunge hier und da leicht um

Lous große Schamlippen tupfen. Ihr anderer Arm lag um Lous Po und drückte ihren Körper enger an sie, daß die Brüste kräftig gegen ihren weichen Bauch preßten. Sie hielt das Höschen mit dem Zeigefinger fest und schob den Mittelfinger zwischen die rosigen Lippen, die Lous Innerstes bedeckten, spreizte die Labien, so daß die bemerkenswert große Klitoris hervorlugte, und dann, schnell und so leicht, daß sie sie kaum berührte, ließ sie ihre Zunge sanft über die feste rote Erhebung hin und her tanzen. Und doch war die Erregung wie ein Stromstoß, so stark, daß Lou augenblicklich abließ, Ariane weiter zu lutschen. Sie konnte sich nur noch darauf konzentrieren, was diese Zunge mit ihr trieb. Wie Flügelschläge jagten die Schauer über ihren Rücken, hoben sie höher und höher wie bei einem Flug über die Wolken. Tränen der Anspannung und der Lust traten in ihre Augen. Immer weiter nach oben zog dieses Gefühl, das sich verselbständigte, ihren ganzen Körper nach. Sie meinte zu schweben, und als es ihr in einem Schwall kam, bebte sie, und während der ganzen Zeit ihres Orgasmus lutschte sie wie verrückt an einem Finger in ihrem Mund.

Doch noch bevor die Welle sie wieder zurück auf die Erde brachte, war plötzlich lautes Knirschen auf dem Weg draußen zu hören.

»Oh, Himmel! Ein Auto in der Einfahrt!« Ariane fuhr hoch, während Lou kaum mitzubekommen schien, was die Freundin aufschrecken ließ. Dann setzte auch sie sich auf und blickte in Arianes vor Leidenschaft erhitztes Gesicht. Ihre Lippen waren geschwollen, die Kleider in Unordnung.

»Mama kann es nicht sein … es ist noch zu früh … oh, ich hab's vergessen … ich habe heute morgen unsere wöchentliche Bestellung an den Lieferanten durchgegeben …« Lou wurde rot. »Das muß der Bote sein.«

Und der war es auch. Ein großer, schwarzhaariger Junge kam mit einem Karton und zwei Tüten Lebensmitteln zur Küchentür. Er war ein Student, den Lou vage kannte. Lou ging zur Tür, um ihm die Sicht zu versperren, während Ariane den Jungen, der vielleicht achtzehn Jahre alt war, neugierig betrachtete.

»Sag ihm, er soll es hier hereinbringen, Lou.«

Lou warf rasch einen besorgten Blick über ihre Schulter auf Ariane, die gegen den Küchenschrank gelehnt stand, Schultern zurückgeworfen und Titten unter dem Kleid nach vorn gereckt. Sie sah so ... so bereit aus.

»Meinst du wirklich?«

»Ja, mach schon ...«

Zögernd öffnete Lou die Tür und ließ den Jungen herein. Arianes im Stich gelassene Muschel pochte unter dem sonnengelben Kleid, und sie fühlte die Säfte vom Schenkel zu den Knien laufen. Ihr Geruch schien das ganze Zimmer zu füllen. Er mußte es merken, der Junge, ein Surfing-Typ mit kräftigen Gliedmaßen, geschmeidigen Muskeln, reiner gebräunter Haut und wunderschönem schwarzen Haar, das er kurz trug und das naß war von der Hitze draußen. Bluejeans und T-Shirt, breite Schultern und schmale Taille, ein junger Gott. Mit gesenktem Kopf, um zu vermeiden, den beiden Mädchen ins Gesicht sehen zu müssen, bahnte er sich einen Weg bis zum Küchentisch, wo er den Karton und die Tüten mit den Lebensmitteln abstellte.

»Giorno«, sagte Ariane aus der Ecke des Zimmers.

Er sah auf und konnte seinen Blick nicht mehr von ihr wenden.

»Komm her«, befahl Ariane träge.

Er zögerte.

»Na, komm schon ...«

Mit steifen Schritten ging er durch die Küche und blieb vor Ariane stehen, die Hände trotzig in die Seiten gestützt. Sie streckte ihre Hände aus und legte ihre Arme um seinen Hals und drängte ihm ihren Körper auf, wobei sie mit der

Hüfte langsame, satte Bewegungen ausführte und ihren Unterleib gegen seinen rieb. Er stand wie angewurzelt. Hinter seinem Rücken wies Ariane Lou an, mitzumachen. Sie kam hinzu und trat hinter die beiden. Eine verräterische Bewegung machte sich an den Lenden des Jungen bemerkbar. Alles andere an ihm blieb unbeweglich, wie vom Blitz getroffen. Sein junger Schaft reagierte merklich auf diese unglaubliche plötzliche Anregung – die Phantasie des Boten war in überwältigender Fülle Wirklichkeit geworden, besser als jede Phantasie – und seine Hüften begannen Arianes beständig kreisende Bewegungen zu erwidern.

Lou langte von hinten mit ihren Händen durch und öffnete geschickt – als sei dies tägliche Routine – den Gürtel und den obersten Knopf seiner Hose. Ohne die stoßenden und reibenden Bewegungen von Ariane und dem Jungen zu unterbrechen, riß sie seine Hose herunter, so daß sein Schwanz, groß und jung und hart, hervorsprang. Ariane, die noch immer die Hände um seinen Hals hatte, spreizte ihre rotierenden Schenkel und begann, seinen Körper hinaufzuklettern. Zuerst ihr rechtes Bein. Lou packte es und hielt es mit einer Hand hoch. Dann ihr linkes Bein, so daß sie sich nur noch mit dem Rücken gegen die Wand Halt verschaffen konnte, ihre Waden in Lous Händen, ihre Brüste gegen den Brustkorb des Jungen, und Lou lehnte von hinten gegen den Jungen, daß er nach vorn gedrückt wurde und sein gespannt harter Schwanz gegen den tropfenden Mund von Arianes Fotze stieß. Das Höschen war zerfetzt, und er fand keinen Widerstand.

Es war das erste Mal, daß Ariane einem männlichen Geschlecht begegnete, aber sie wußte intuitiv, wie sie es anstellen mußte. Mit einem leichten Seufzer ließ sie sich auf dem Schwanz nieder, und die Hüften des Jungen ruckten krampfhaft, drei, vier Bewegungen nur, dann konnte er es nicht mehr länger zurückhalten: Seine heiße Ladung schoß tief in sie hinein, wobei seine zuckenden Hüften von Lous rotierenden Schenkeln an seinem Hintern unterstützt wurden, Lous Titten quetschten gegen seinen Rücken, Arianes gegen seine Brust.

Er schrie auf, als er kam – sein erster Laut, seit er das Haus betreten hatte –, und sein Schwanz blieb hart. Ariane, deren Beine immer noch gehalten wurden, bewegte sich, krümmend und windend, auf seiner steifen Lanze, ihre Arme fest um seinen Hals, während Lou von hinten zu ihrem eigenen Rhythmus fand. Ihr klopfendes Verlangen ließ sie das T-Shirt hochschieben und ihre Brüste hart an seinem schlanken Rücken reiben, von der Taille an aufwärts. Schneller und schneller bewegten sie sich, der Junge von ihnen beiden eingeschlossen, bis Arianes Beine in Lous Händen sich verkrampften und dann in den Zuckungen eines wahrhaft großen O wild um sich schlugen. Es kam Ariane, wie es ihr noch nie gekommen war, weder durch eigene Stimulation noch durch die Lous. Sie wandte ihren Kopf zur Seite, stöhnte: »Oh, Himmel, ist das gut ... o ja ...«

Als sich ihr Beben legte, ließ sie ihre Beine sinken, und Lou trat zurück, ließ den Jungen da stehen, während Arianes geschmeidiger Körper sich losmachte.

Der Junge stand derart unter Strom, daß das Blut gar nicht aus seinem Schaft weichen mochte. Es war ihm peinlich, das konnte man ihm ansehen. Lou – nicht eben behutsam – drückte seinen Körper herunter, bis er flach auf dem Boden lag, sein steifer Schwanz reckte sich ihr entgegen wie ein gebietender Finger. Sie zögerte keine Sekunde. Rasch stellte Lou sich über ihn und spreizte ihre Beine. Ohne sich die Mühe zu machen, das Höschen auszuziehen – sie riß es zur Seite und legte ihre Wunde bloß – setzte sie sich hart auf seinen Schaft. Mit einem satten Stöhnen ließ sie das volle Gewicht ihres Körpers auf ihn nieder, sie ritt ihn und drehte ihre Hüften in großen, langsamen Kreisen, aus denen sich allmählich eine pumpende Auf- und Abwärtsbewegung entwickelte, die seinen Schwanz rein und raus trieb, und mit jedem Stoß rieb er mit der gesamten harten Länge gegen ihre Klitoris. Ihr ganzes Empfinden konzentrierte sich auf diesen sensiblen Punkt. Ihre Augen waren fest geschlossen, ihre Hände zu Fäusten geballt. Der Junge lag steif da und atmete rasch, Lou fickte eine Statue, eine heiße, pulsierende Götterstatue mit einem riesigen jungen Schwanz. Ariane stand noch immer an der Wand gelehnt und sah unter halbgeschlossenen Lidern diesem Schauspiel zu, wie Lou den Jungen zu einem stöhnenden Höhepunkt ritt. Doch ob es ihm kam oder ihr oder beiden zusammen, konnte sie nicht erkennen. Mit einem Mal wurde der Rhythmus langsamer, Lou ließ sich auf den Jungen fallen, sie schien genug zu haben. Und nur ihr erschöpftes Grinsen verriet Ariane, daß sie zutiefst befriedigt war.

Auch der Junge war noch einmal gekommen, wie Ariane feststellte, als Lou sich von ihm löste. Nicht mehr so viel wie beim ersten Mal, aber immerhin soviel Sperma, daß sein ganzer Unterleib glänzte.

Ariane und Lou hoben ihn sanft hoch und setzten ihn auf einen der Stühle. Verlegen und hastig zog er seine Hose hoch, stopfte er das T-Shirt in den Gürtel, als sei ihm jeder Zentimeter Nacktheit jetzt besonders peinlich. Lou wußte, was sie zu tun hatten. Erst einmal brauchte der Junge was zu essen. Selbstgebackener Kuchen, Kaffee und Unterhaltung lösten allmählich seinen Schock. Das Problem schien zu sein, ihn gesprächig zu machen, ohne daß er sich zuviel einbildete. Sie redeten im Ton ganz normaler Unterhaltung mit ihm, als sei er zu Besuch bei seinen Cousinen, die ihm plappernd von ihren kleinen Alltagserlebnissen erzählten, und fanden heraus, wie er hieß – Alessandro – und daß er ein Mädchen hatte – Chiara –, das er vögelte. Aber das sei mit dem, was er gerade erlebt habe, nicht zu vergleichen.

»Sie liegt bloß so unter mir«, klagte er.

»Du Armer ...«, sagte Lou.

Er hatte nicht viel zu erzählen und war auch nicht weiter interessant. Zwei-, dreimal in der Woche arbeitete er nachmittags als Fahrer für das große Feinkostgeschäft an der Piazza. Er studierte Jura an der Universität von Florenz und würde später sicherlich viele schöne Klientinnen vögeln und in Scheidungsprozessen vertreten. Ariane und Lou waren träge wie zwei Löwinnen in der Sonne, sie hörten nur mit halbem Ohr zu. Nach einer halben Stunde verabschiedete sich Alessandro, er zwinkerte Lou zu, von der er wußte, daß sie hier wohnte, und von der er sich – das war offensichtlich – weitere Begegnungen erhoffte.

»Wow, so wenig Grips und so einen großen ...«, flüsterte Lou ihm hinterher.

»Ich hab's gesehen.«

»Nicht nur gesehen, würde ich sagen.«

Als er auf dem Weg über die Veranda zu seinem Lieferwagen war, kniete Ariane sich hin und plazierte einen langsamen, zärtlichen Kuß auf Lous Hintern, der sich unter dem dünnen Sommerkleid spannte. Sie roch immer aufregend, wenn sie gekommen war. Lou grinste verstohlen und langte hinter sich, um Arianes Wange zu streicheln.

Für lyrische Anwandlungen

❧

Erotische Gedichte

Küß mich tausend Mal

Küß mich tausend Mal
Und noch mal hundert mehr
Und nochmals hundert und tausend
Bis bei so vielen hunderttausend Küssen
Du und ich das Zählen vergessen.

Gaius Valerius Catullus

✳

Sommermittag

Sommer war es, des Tages Mitte vorüber, und wohlig
pflegt' ich, die Glieder gestreckt auf meinem Polster, der Ruh.
Halb war der Laden geschlossen, ein Spalt nur ein wenig geöffnet,
so wie im schattigen Wald schummert verhalten das Licht;
wie noch die Dämmerung scheint, wenn die Sonne zur Neige gegangen,
oder die Nacht schon enteilt, ehe der Tag voll erwacht.
Dieses Zwielicht, das haben die scheuen Mädchen so gerne,
da doch die schüchterne Scham dunkle Geborgenheit sucht.
Und sieh, es kommt Corinna, im weiten, lockren Gewande,
schimmernd vom Scheitel das Haar über den Nacken ihr fließt.
So überschritt wohl Semiramis einst ihres Schlafgemachs Schwelle,
so der Hetären Ruhm, Lais, von vielen geliebt.

Schon hab ihr Kleid ich erfaßt; wenn auch nur wenig deckt ihre Schönheit,
dennoch, sie kämpft um den Schutz, den ihr der Rest noch gewährt.
Doch da sie kämpfte, als wollt' sie in diesem Kampf gar nicht siegen,
wurde gar bald sie besiegt, fröhlich, durch eignen Verrat.
Wie sie nun vor mir stand, ganz hüllenlos, bot meinen Augen
nirgends ein Makel sich dar – fehlerlos war dieser Leib.
Was für Schultern schaut' ich, berührt' ich, welch herrliche Arme,
stramm eine handliche Brust lockte zu liebendem Druck.
Unter dem zierlichen Busen wie schlank und eben die Taille,
Hüften welch blendende Pracht, Schenkel wie jugendlich straff!
Was soll ich alles erzählen? nichts sah ich, was nicht bezaubernd,
und ihre nackte Gestalt drückt' ich dicht an mich entzückt.
Weiter? Doch das weiß ein jeder – wir lagen wonnig ermüdet
beide. O möge mir noch oft solch ein Mittag erblühn!

Ovid

*

Liebesbriefe

Alles, was du hast, bezaubert mich.
Faßt du dann den Becher so zierlich mit deinen drei Fingern an,
daß er in der Hand nur zu schweben scheint,
so muß ich an den offenen Kelch einer Blume denken.

Trinkst du gar daraus, so wird das, was du mir übrigläßt,
durch deinen Atem so warm,
daß ich Feuer zu trinken glaube,
und schmeckt lieblicher als Nektar.
Dann strömt es hinab, aber nicht Wein trinke ich,
sondern lauter Küsse.

Philostratos

*

Unter der Linde

Unter der Linde,
auf der Heide,
da unser beider Lager war,
da könnt ihr schön
gebrochen finden
die Blumen und das Gras.
Vor dem Wald in einem Tal –
tandaradei –
sang schön die Nachtigall.

Ich kam gegangen
zu der Aue:
da war mein Liebster schon gekommen.
Da ward ich empfangen –
Gnädige Jungfrau! –,
daß ich für immer glücklich bin.
Ob er mich küßte? Wohl tausendmal:
tandadadei –
seht, wie rot ist mir der Mund!

Da hat er gemacht
so prächtig

ein Bett von Blumen.
Da lacht noch mancher
herzlich,
kommt er jenen Pfad daher.
An den Rosen mag er wohl –
tandaradei –
merken, wo das Haupt mir lag.

Daß er bei mir lag –
wüßte es jemand
(das verhüte Gott!), so schämt' ich mich.
Wie er mit mir war,
niemals, niemand
erfahre das als er und ich
und ein kleines Vögelchen,
tandaradei –
das kann wohl verschwiegen sein.

Walther von der Vogelweide

✳

Auf ihre Brüste

Mein Kind, sei doch so blöde nicht,
Laß deinen Busen offen,
So sieht man, daß dir nichts gebricht,
Daß alles eingetroffen.
Sonst denket man gewiß von dir,
Du hättest nicht der Brüste Zier.

Ein Griff entweiht nicht deine Brust
Und macht ihr keine Flecken.
Was nützt ein Schatz, der unbewußt,
Den Sand und Steine decken?

Die Perle, die verborgen liegt,
Mit ihrem Glanze nicht vergnügt.
Was die Natur uns Menschen gibt,
Das darf man allen zeigen,
Am meisten diesem, der uns liebt,
Dem wir die Sinne beugen.
Was ist es, das zum Sklaven macht,
Wohl anders denn der Brüste Macht?

Was uns die Liebe heilig heißt,
Das lasse auch verehren,
Und wenn denn seine Pflicht erweist,
So mußt du den nicht stören,
Dem deine Brust der Altar ist,
Auf dem er deine Gottheit küßt.

Celander

✳

Um der Liebe willen

Du schämst dich
des Weichen, das du hast da unten,
und ich der aufgereckten, gnadenlosen Härte
meines Glieds:
zärtlich liebkoste ich
das zarte Unten;
und Gnadenlosigkeit hast du belohnt mit Gnade.

Nie haben zwei einander mehr entsprochen
und eines jeden Scham
erwidert zuerst mit Zärtlichkeit,
und nachher mit Begehren:
jetzt lieg ich schlaflos

und verweil auf deiner Scham,
begehre schamlos
dein Begehren.

Robert Skelton

*

Hast du die Lippen mir wund geküßt

Hast du die Lippen mir wund geküßt,
So küsse sie wieder heil,
Und wenn du bis Abend nicht fertig bist,
So hat es auch keine Eil.

Du hast ja noch die ganze Nacht,
Du Herzallerliebste mein!
Man kann in solch einer ganzen Nacht
Viel küssen und selig sein.

Heinrich Heine

*

Also schwärmen soll ich nimmer

Also schwärmen soll ich nimmer,
Schwärmen in die späte Nacht.
Wenn das Herz auch liebt wie immer,
Und der Mond noch freundlich lacht.

Denn das Schwert zerstört die Scheide,
Und das Herz verzehrt die Brust,
Und der Ruh‘ bedürfen beide,
Unsre Lieb‘ und unsre Lust.
Liebe liebt den Sternenschimmer,

Und zu schnell entflieht die Nacht,
Aber schwärmen werd‘ ich nimmer,
Wann der Mond am Himmel wacht.

Lord Byron

✳

Das neunte geheime Gedicht

Ich bete an dein Vlies
Es ist das vollkommene Dreieck
Der Göttlichkeit
Ich bin der Holzfäller des einzig jungfräulichen Waldes
O mein Eldorado
Ich bin der einzige Fisch in deinem wollüstigen Meere
Du meine schöne Sirene
Ich bin der Bergsteiger in deinen Schneegebirgen
O meine schneeweiße Alpe
Ich bin der göttliche Bogenschütze deines so schönen Mundes
O mein herzlieber Köcher
Ich bin der Treidler deiner nächtlichen Haare
O schönes Schiff auf dem Kanal meiner Küsse
Und die Lilien deiner Arme winken mich herbei
O mein Sommergehege
Die Früchte deiner Brust lassen reifen für mich ihre Süße
O mein duftender Obstgarten
Und ich richte dich auf o Madeleine
O meine Schönheit über die Welt
Als Fackel allen Lichtes

Guillaume Apollinaire

✳

Mein Herz ist wie ein singender Vogel

Mein Herz ist wie ein singender Vogel,
des Nest gebaut an rauschendes Wehr.
Mein Herz ist wie ein Apfelbaum
mit Ästen hangend von Früchten schwer.
Mein Herz ist wie eine schimmernde Muschel,
friedlich treibend durch stilles Meer.
Mein Herz ist nimmermehr beklommen,
denn mein Liebster ist gekommen.

Christina Rossetti

*

Hier im Wald

Hier im Wald mit dir zu liegen,
moosgebettet, windumatmet,
in das Flüstern, in das Rauschen
leise liebe Worte mischend,
öfter aber noch dem Schweigen
lange Küsse zugesellend,
unerschöpflich – unersättlich,
hingegebne, hingenommne,
ineinander aufgelöste,
zeitvergeßne, weltvergeßne.
Hier im Wald mit dir zu liegen,
moosgebettet, windumatmet …

Christian Morgenstern

*

Empfang

Aber komm mir nicht im langen Kleid!
komm gelaufen, daß die Funken stieben,
beide Arme offen und bereit!
Auf mein Schloß führt keine Galatreppe;
über Berge geht's, reiß ab die Schleppe,
nur mit kurzen Röcken kann man lieben!

Stell dich nicht erst vor den Spiegel groß!
Einsam ist die Nacht in meinem Walde,
und am schönsten bist du blaß und bloß,
nur beglänzt vom schwachen Licht der Sterne;
trotzig bellt ein Rehbock in der Ferne,
und ein Kuckuck lacht in meinem Walde.

Wie dein Ohr brennt! wie dein Mieder drückt!
rasch, reiß auf, du atmest mit Beschwerde;
o, wie hüpft dein Herzchen nun beglückt!
Komm, ich trage dich, du wildes Wunder:
wie dich Gott gemacht hat! weg den Plunder!
und dein Brautbett ist die ganze Erde.

Richard Dehmel

*

Ich will gern an dir verbrennen

Deine Augen schläfern meinen Willen ein wie der Same des Mohnes,
Deine Augäpfel sind durchsichtiger als Tau,
Doch ihre Pupillen sind dunkel wie mein Tod.
Dein Gang ist königlich,
Du bist gewohnt, durch den Himmel zu gehen.

Die Sonne könnte mich nicht tiefer stechen
Als der Stachel deiner Liebe.
Ich will gern an dir verbrennen.

Max Dauthendey

✳

Unter Sternen

O braune Nacht der süßesten Verführung,
Wie schwer die Herzen ineinander glühn,
Daraus die Blitze zaubrischer Berührung
Aufknisternd hell den Himmel übersprühn.

Ein silbern Sterngewölk fällt in die Tiefen.
Wie nackt und schön erstrahlt dein weißer Leib.
Wir horchen in den Stimmen, die uns riefen.
Geheimnisvoll vertauscht sich Mann und Weib.

Und an der Erde dunkle Brust gebettet,
Begreifen wir in innigem Vergehn,
Wie unsre Nacht sich wunderbar verkettet
Den Feuern, die ob allen Nächten stehn.

Eugen Roth

✳

Schelmereien

Ich lodere, rase und erschöpf mich wie verrückt
In diesem Traum von Fleisch, der mich entzückt
Und quält, begeistert und bedrückt,
Und mich mit seiner Lieblichkeit beglückt;

Der auf und nieder wogt an mir wie Meer.
Verschäumend an den Klippen meiner Brust
Mit einer Flut von weißer Lust;
Weißglühender Schwindel brennt mich leer;

In dem ich lebe und vergehe,
Und wieder lebe und verderbe,
Noch einmal atme, dennoch sterbe,
Und endlich wieder auferstehe.
Indessen überspielen meine Finger
Als närrisch lusterfüllte Liebesboten
Die kleinen ungestümen Dinger
Und kosen, schmeicheln, streicheln sie nach Noten.

Paul Verlaine

*

Heimlich zur Nacht

Ich habe dich erwählt
Unter allen Sternen.

Ich bin wach – eine lauschende Blume
Im summenden Laub.

Unsere Lippen wollen Honig bereiten,
Unsere schimmernden Nächte sind aufgeblüht.

An dem seligen Glanz deines Leibes
Zündet mein Herz seine Himmel an –

Alle meine Träume hängen an deinem Golde,
ich habe dich gewählt unter allen Sternen.

Else Lasker-Schüler

Noch mischt sich das Gold

Noch mischt sich das Gold unserer Augen,
Noch fällt ein scheuer Strahl
Auf die lächelnde Madonna
Im blauen Saal.

Noch öffnen sich unsere Arme
Beim Kommen und Gehen weit
Und unsere leuchtenden Herzen
Tragen wir über dem Kleid.

Und alle Liebesglocken
Hängen uns noch im Ohr.
Es fallen und steigen die Locken
Im Engelchor.

Und im tiefgrünen Raume,
Da tanzet unser Kind.
Es wieget sich auf den Zehen
Und hebet sein Röcklein lind.

Und über unserem Garten
Glänzet der Lilienschnee
Es spiegeln die weißen Flammen
Sich zart im blauen See.

Noch sind unsere Hände verschlungen
Noch schluchzen die Vögel leis.
Und mit den seligsten Tränen
Füllt sich der Zauberkreis.

Hugo Ball

*

Unterm Weichselbaum

Unterm Weichselbaum. Und deine weißen
Hände greifen tief ins Licht.
Deine weißen Hände möcht ich beißen,
Und du gibst sie nicht.

Wart, es kommt die Zeit, daß deine Glieder
Alle mein sind, und daß du
Mir von unten jubelst immer wieder:
Beiß doch, beiß doch zu.

Carl Sternheim

✶

Eros

Drei nächte geflochten aus deinem leib
sind wärmer als die abgenutzte
schlafdecke der einsamkeit
drei nächte aus deiner umarmung
drei nächte hell vom licht deiner brüste
das leben maß ich an der dauer
deiner kosung
deine drei nächte dauerte der
urlaub vom tod
verurteilt doch begnadigt
trank ich von deinen lippen

drei jahrhunderte wohnte ich
im palast deiner schenkel
mein im stillen hafen des traums
mein auf der morgenwelle des erwachens
schwammst du mit mir

von der raubsüchtigen erde
für drei nächte zogen wir ein
als leib in den himmel

Bobeslaw Taborski

*

Tastend

Meine Hände
öffnen die Vorhänge deines Seins
kleiden dich in eine andere Nacktheit
entblößen die Körper deines Körpers
Meine Hände
erfinden einen anderen Körper
auf deinem Körper

Octavio Paz

*

Blutorange

Der Reißverschluß ist über deine Hüften hingeglitten
das Glücksgewitter deines liebesdurst'gen Leibes
mit seiner schönen Schattenmitte
ist plötzlich ausgebrochen
Und als dein Kleid auf das gebohnerte Parkett
herabfiel hat es nicht mehr Lärm gemacht
wie wenn ein Stück Orangenschale auf den Teppich fällt
Doch unter unsern Füßen krachten
die kleinen Knöpfe aus Perlmutt wie Kerne
Blutorange
schöne Frucht
die Spitze deiner Brust

hat eine neue Linie des Glücks
ins Innre meiner Hand gezogen
Blutorange
schöne Frucht

Sonne der Nacht.

Jacques Prévert

Für lüsterne Rituale

PAULINE RÉAGE

Begegnung mit Stephen

Das Appartement, das O bewohnte, lag auf der Ile Saint-Louis, unter dem Giebelwerk eines alten Hauses, das nach Süden, über die Seine, blickte. Es waren große, niedrige Mansardenzimmer, die beiden Vorderzimmer hatten je einen Balkon, der in die Dachschräge eingebaut war. Eines war Os Schlafzimmer; das andere, wo eine vom Boden bis zur Decke reichende Bücherwand den Kamin rahmte, diente als Salon, als Arbeitsraum und wenn man wollte, konnte man hier auch schlafen: den beiden Fenstern gegenüber stand ein großes Sofa, und vor dem Kamin ein großer, antiker Tisch. Hier wurde auch zu Abend gegessen, wenn das winzige Speisezimmer, das mit dunkelgrünem Serge tapeziert war und auf den Hof ging, die Gäste nicht fassen konnte. Ein weiteres Zimmer, das ebenfalls auf den Hof ging, diente René als Schrank- und Ankleideraum. O teilte mit ihm das gelbe Badezimmer; die ebenfalls gelbe Küche war winzig klein. Eine Aufwartefrau kam jeden Tag. Die Böden der Zimmer auf der Hofseite waren mit roten Fliesen ausgelegt, mit diesen altmodischen sechseckigen Platten, die vom zweiten Stockwerk aufwärts die Stufen und Treppengänge der alten Pariser Häuser bedecken. Als O sie wiedersah, spürte sie einen Stich im Herzen: es waren die gleichen Fliesen, wie in den Korridoren von Roissy. Ihr Zimmer war klein, die rosa und schwarzen Chintzvorhänge waren zugezogen, das Feuer loderte hinter dem Kamingitter, das Bett war bereit, die Decke zurückgeschlagen.

»Ich habe dir ein Nylonnachthemd gekauft«, sagte René, »du hast noch keines.« Wirklich lag am Bettrand, auf der Seite, auf der O schlief, ein weißes, plissiertes Nylonhemd ausgebreitet, hauchzart wie die Gewänder der ägyptischen Statuen und beinah durchsichtig. Es wurde um die Taille, über einer Steppbordüre aus Gummifäden, mit einem schmalen Gürtel gehalten und der Nylonjersey war so leicht, daß die Wölbung der Brüste ihn rosig färbte. Alles, mit Ausnahme der Vorhänge und der gleichfarbigen Stoffbespannung zu Häupten des Bettes und der beiden kleinen Sessel, die mit demselben Chintz bezogen waren, alles in diesem Zimmer war weiß: die Wände, die Steppdecke auf dem Sprossenbett aus Mahagoni, und die Bärenfelle auf dem Boden. O saß jetzt in ihrem weißen Hemd vor dem Feuer und hörte ihrem Geliebten zu. Er hatte sich nicht gesetzt, er ging im Zimmer auf und ab. Plötzlich sagte er, daß sie vor allem die Knie öffnen und die Arme hängen lassen solle, wenn sie ihm zuhöre; denn sie hatte mit geschlossenen Knien dagesessen und hatte die Arme um die Knie geschlungen. Sie zog also ihr Hemd hoch und ließ sich auf Knie und Fersen nieder, wie die Karmeliterinnen oder die Japanerinnen, und wartete. Jetzt, wo ihre Knie gespreizt waren, spürte sie zwischen ihren halbgeöffneten Schenkeln das leichte, spitze Kratzen des weißen Fells; René war noch nicht zufrieden: sie hatte die Beine nicht weit genug geöffnet. Die Befehle »öffne« und »öffne die Beine«, von René ausgesprochen, besaßen eine so verwirrende Macht, daß sie sie niemals ohne eine Art geistigen Kniefalls hörte, frommer Unterwerfung, als hätte nicht er, sondern ein Gott sie gesprochen. Sie blieb also unbeweglich sitzen und ließ die Hände mit den Innenflächen nach oben zu beiden Seiten ihrer Knie ruhen, zwischen denen der Jersey ihres Hemdes, das sich um sie breitete, in die ursprünglichen Plisseefalten fiel. Was ihr Geliebter von ihr verlangte, war ganz einfach: daß sie ständig und auf der Stelle zugänglich sein solle. Es genügte ihm nicht, zu wissen, daß sie es war: sie mußte es ohne jedes Hindernis sein, und ihre ganze Haltung wie auch ihre Kleidung sollten für die Eingeweihten gewissermaßen Symbole dieser Zugänglichkeit sein. Das bedeutet, fuhr er fort, zweierlei. Erstens, was sie schon wußte und worauf man sie am Abend ihrer Ankunft im Schloß hingewiesen hatte: die Knie, die sie niemals überschlagen durfte, die Lippen, die immer halb offen bleiben mußten. Sie glaube wohl, das sei praktisch nichts (sie glaubte es tatsächlich), sie werde jedoch das Gegenteil feststellen, daß die Einhaltung dieser Disziplin ständige angespannte Aufmerksamkeit erfordere, die sie nicht nur in seiner Gegenwart und vielleicht in Gegenwart einiger anderen, die ihr Geheimnis kannten, an ihren wahren Zustand erinnern werde, sondern bei der gewöhnlichsten Beschäftigung und unter Menschen, die nichts ahnten. Was ihre Kleidung betreffe, so sei es ihre Sache, sie so zu wählen oder notfalls zu erfinden, daß ein Entkleidungsakt in Zukunft nicht mehr notwendig sei: morgen werde sie in ihren Schränken Musterung halten, unter ihren Kleidern, in den Schubladen unter ihrer Wäsche, und ihm ausnahmslos alles abliefern, was sie darin an Strumpfgürteln und Höschen finde; ebenso alle Büstenhalter, die so gearbeitet waren, wie der, dessen Träger er erst hatte abschneiden müssen, eh er ihn ihr ausziehen konnte; Unterkleider, die so weit heraufreichten, daß sie ihre Brüste bedeckten, Blusen und Kleider, die nicht vorn zu öffnen waren, alle Röcke, die so eng waren, daß man sie nicht mit einer einzigen Bewegung hochschlagen konnte. Sie solle sich andere Büstenhalter machen lassen, andere Blusen, andere Kleider. Dann würde sie ja von jetzt an mit nackten Brüsten unter ihrer Bluse oder ihrem Pullover zur Korsettschneiderin gehen? Ganz recht, sie werde mit nackten Brüsten gehen. Sollte es jemandem auffallen, so werde sie es nach Gutdünken erklären oder nicht erklären, ganz wie sie wolle, das gehe nur sie allein an. Mit den übrigen Anweisungen, die er ihr noch zu erteilen habe, wolle er noch ein paar Tage warten, und er wünsche, daß sie, wenn sie ihm zuhören werde, entsprechend gekleidet sei. In der kleinen Schublade ihres Schreibtisches werde sie soviel Geld finden, wie sie brauche. Als er zu Ende gesprochen hatte, flüsterte sie »ich liebe dich«, ohne die geringste Bewegung zu machen. Er legte frisches Holz aufs Feuer, zündete die Nachttischlampe aus rosa Opalin an. Er sagte, O solle sich zu Bett legen und auf ihn warten, er werde bei ihr schlafen. Als er zurückkam, streckte O die Hand aus, um die Lampe zu löschen. Sie lag halb auf der Seite: da rief ihr Geliebter leise ihren Namen, er packte sie am Schoß und zog sie an sich.

Am nächsten Tag, kurz nachdem O allein in dem grünen Eßzimmer zu Mittag gegessen hatte – René war zeitig weggegangen und würde erst am Abend zurückkommen, um sie zum Essen abzuholen –, klingelte das Telefon. Der Apparat stand im Schlafzimmer neben dem Bett, unter der Nachttischlampe. O setzte sich auf den Boden und nahm den Hörer ab. Es war René, der wissen wollte, ob die Aufwartefrau schon weg sei. Ja, sie sei gerade gegangen, nachdem sie das Essen serviert hatte, und werde erst morgen früh wiederkommen. »Hast du schon mit dem Aussortieren deiner Kleider angefangen?« sagte René. – Ich wollte gerade anfangen, antwortete sie, aber ich bin sehr spät aufgestanden, habe gebadet und bin erst um Mittag fertig geworden. – »Bist du angekleidet?« – Nein, ich habe mein Nachthemd und den Morgenrock an. – »Leg den Hörer weg, zieh den Morgenrock und das Nachthemd aus.« O gehorchte, so eifrig, daß der Hörer vom Bett rutschte, wo sie ihn hingelegt hatte, auf den weißen Teppich fiel und sie glaubte, die Verbindung sei unterbrochen. Nein, sie war nicht unterbrochen. »Bist du nackt?« hörte sie René wieder. Ja, sagte sie, von wo rufst du an? Er beantwortete ihre Frage nicht, sondern befahl ihr, so zu bleiben, wie sie war, bis er zurückkommen werde, und den Koffer mit den Kleidungsstücken zu packen, die sie nicht mehr tragen sollte. Dann legte er auf. Es war ein Uhr vorbei und das Wetter war schön. Ein Sonnenstrahl fiel auf das Nachthemd und den Morgenrock aus Cordsamt, blassgrün wie die Schalen frischer Mandeln, beide lagen noch auf dem Teppich, wie O sie hatte herabgleiten lassen. Sie hob sie auf und trug sie ins Badezimmer, hängte sie in einen Wandschrank. Als sie an einem Spiegel vorbeiging, der an einer Tür angebracht war und mit einem Wandspiegel und einer zweiten, ebenfalls mit Spiegelglas belegten Tür einen dreiteiligen Spiegel bildete, sah sie plötzlich ihr Bild: sie hatte nichts am Leib als ihre Lederpantöffelchen. Sie war allein, ihr eigener Zuschauer. Dennoch hatte sie sich noch niemals so völlig einem fremden Willen ausgeliefert, so völlig als Sklavin gefühlt, und war noch nie so glücklich darüber gewesen. Als sie sich bückte, um eine Schublade zu öffnen, sah sie ihre Brüste sich leicht bewegen. Es dauerte beinah zwei Stunden, bis sie alle Kleidungsstücke, die in den Koffer gepackt werden mußten, auf dem Bett ausgelegt hatte. Bei den Slips gab es keinen Zweifel, O schichtete sie zu einem Häufchen neben einer der Sprossen. Die Büstenhalter ebenfalls, es blieb nicht einer übrig: sie waren alle über dem Rücken gekreuzt und schlossen an der Seite. Aber sie sah schon, wie sie das gleiche Modell anfertigen lassen könnte, nur mit dem Verschluß vorn, genau unter der Furche zwischen den Brüsten. Auch die Strumpfgürtel machten keine Schwierigkeiten, aber sie zögerte, das Taillenmieder aus rosa Seidenbroché dazuzulegen, das am Rücken geschnürt wurde. Sie legte es beiseite, auf die Kommode. René würde entscheiden. Er würde auch wegen der Pullover entscheiden, die alle über den Kopf gezogen wurden und am Hals eng anlagen, also nicht zu öffnen waren. Aber man konnte sie von der Taille her hochziehen und so die Brüste frei machen. Sämtliche Unterkleider dagegen häuften sich auf dem Bett. In der Kommodenschublade blieb nur ein Halbrock aus schwarzem Faille mit Plisseesaum und kleinen Valencienne-Spitzen, der unter einen schwarzen, sehr leichten und fast durchsichtigen Wollrock mit Sonnenplissee gehörte. Sie würde neue Unterröcke brauchen, hellfarbig und kurz. Sie stellte fest, daß sie entweder ganz auf enge Kleider verzichten oder Mantelkleider wählen müßte, die von oben bis unten durchgeknöpft waren, mit einem Futter, das sich zugleich mit dem Kleid öffnete. Bei den Unterröcken und Kleidern war die Sache einfach, aber was würde die Wäschenäherin sagen, wenn sie ihre Bestellung aufgeben würde? Sie würde ihr erklären, daß sie ein loses Futter haben wolle, weil sie leicht friere. Es stimmte sogar, daß sie leicht fror, und sie fragte sich plötzlich, wie sie so mangelhaft geschützt im Winter die Kälte im Freien ertragen werde. Als sie schließlich fertig war und von ihrer Garderobe nur die Hemdkleider blieben, die alle vorn geknöpft wurden, der schwarze Plisseerock, die Mäntel natürlich, und das Kostüm, mit dem sie aus Roissy zurückgekommen war, machte sie Tee. In der Küche stellte sie den Thermostat der Heizung höher; die Aufwartefrau hatte den Holzkorb für das Feuer im Salon nicht gefüllt und O wußte, daß ihr Geliebter sie am Abend im Salon am Feuer vorfinden wollte. In einen großen Sessel gekauert, den Tee neben sich, erwartete sie also seine Rückkehr, aber dieses Mal wartete sie, wie er es befohlen hatte, nackt.

*

O hatte seit zwei Wochen eine vollständig neue Garderobe und hatte sich noch immer nicht daran gewöhnt, als sie eines Abends bei ihrer Heimkehr aus dem Studio eine Nachricht ihres Geliebten vorfand, der sie bat, um acht Uhr bereit zu sein, weil sie mit ihm und einem seiner Freunde essen solle. Ein Wagen werde sie abholen, der Chauffeur werde in die Wohnung kommen. Ein Zusatz bestimmte, sie solle ihre Pelzjacke mitnehmen, sich ganz in Schwarz kleiden (ganz war unterstrichen) und darauf achten, daß sie geschminkt und parfümiert sei. Es war sechs Uhr, ganz in Schwarz und zum Abendessen – und es war Mitte Dezember, es war kalt – das bedeutet schwarze Seidenstrümpfe, schwarze Handschuhe, und zu ihrem fächerförmig plissierten Rock entweder einen dicken Pullover mit Paillettenstickerei oder ihre Failleweste. Sie wählte die Failleweste. Sie war wattiert und mit großen Stichen abgesteppt, vom Hals bis zur Taille anliegend und mit Agraffen geschlossen, wie die Wämser der Männer im sechzehnten Jahrhundert, und die Brust war durch einen eingearbeiteten Büstenhalter deutlich abgezeichnet. Das Futter war aus dem gleichen Faille, und die kurzen Schöße endeten an der Hüfte. Der einzige Putz waren die großen, vergoldeten Agraffen, so auffallend wie die Schnallen an den Schneestiefeln der Kinder, die sich klickend über breiten, flachen Ösen öffneten und schlossen. O legte ihre Kleider zurecht, stellte die schwarzen Wildlederpumps mit der überhöhten Sohle und den Bleistiftabsätzen vor das Bett, und kam sich dann höchst wunderlich vor, als sie sich nach dem Bad, frei und allein in ihrem Badezimmer, sorgfältig schminkte und parfümierte. In der Schublade ihres Frisiertisches fand sie fetthaltiges Wangenrot – sie legte nie Rouge auf – mit dem sie den Hof ihrer Brüste tönte. Es war ein Rouge, das man kaum sah, wenn es aufgetragen wurde, das jedoch später nachdunkelte. Sie glaubte zuerst, sie habe zu viel genommen, wischte es mit Alkohol wieder ab – er ließ sich sehr schwer abwischen und begann von vorn: die Spitzen ihrer Brüste erblühten in tiefem Rosenrot. Vergebens versuchte sie, damit die Lippen zu schminken, die das Vlies ihres Schoßes verbarg, es haftete nicht. Schließlich fand sie unter den Lippenstiften, die sie in der gleichen Schublade verwahrte, einen dieser kussechten Stifte, die sie nicht gern benutzte, weil sie zu trocken waren und zu sehr hafteten. Für diesen Zweck war er geeignet. Sie richtete ihr Haar, ihr

Gesicht, danach parfümierte sie sich. René hatte ihr in einem Zerstäuber, der einen dichten Nebel versprühte, ein Parfüm geschenkt, dessen Namen sie nicht kannte. Es roch nach trokkenem Holz und Sumpfpflanzen, herb und ein bißchen wild. Der Nebel schmolz und rieselte auf ihre Haut, auf dem Flaum ihrer Achselhöhlen und ihres Schoßes, haftete in winzigen Tröpfchen. O parfümierte sich dreimal, ließ jedes Mal das Parfüm auf der Haut trocknen. Sie zog zuerst ihre Strümpfe und die hochhackigen Schuhe an, dann Unterrock und Rock, dann die Weste. Sie streifte die Handschuhe über, nahm ihre Tasche. In der Tasche waren ihre Puderdose, das Rouge, ein Kamm, der Schlüssel und zehn Francs. Schon behandschuht nahm sie den Pelz aus dem Schrank und schaute auf die Uhr neben dem Bett: es war ein Viertel vor acht Uhr. Sie setzte sich schräg auf die Bettkante und wartete, die Augen auf den Wecker gerichtet, regungslos auf das Anschlagen der Glocke. Als sie es endlich hörte und aufstand, begegnete sie im Spiegel des Frisiertisches, eh sie die Lampe löschte, ihrem Blick: er war furchtlos, sanft und gefügig.

Als sie die Tür des kleinen italienischen Restaurants aufstieß, vor dem der Wagen sie abgesetzt hatte, sah sie sogleich René an der Bar sitzen. Er lächelte ihr zärtlich zu, faßte ihre Hand, dann drehte er sich zu einem sportlichen, grauhaarigen Mann um und stellte ihr, in englischer Sprache, Sir Stephen H. vor. O wurde ein Hocker zwischen den beiden Männern angeboten und als sie sich setzen wollte, flüsterte René ihr zu, sie solle achtgeben, daß sie ihr Kleid nicht verknittere. Er half ihr, den Rock über den Hocker gleiten zu lassen und sie spürte das kalte Leder unter ihrer Haut und den metallgefaßten Rand direkt in der Höhlung ihrer Schenkel, weil sie sich zuerst nur halb hinzusetzen wagte, aus Furcht, sie könne sonst der Versuchung erliegen, die Beine zu kreuzen. Ihr Rock war um sie ausgebreitet. Ihr rechter Absatz war in eine Quersprosse des Hockers gehakt, die Spitze ihres linken Fußes berührte den Boden. Der Engländer, der sich wortlos vor ihr verbeugt hatte, ließ die Augen nicht mehr von ihr; sie sah, daß er ihre Knie musterte, ihre Hände und schließlich ihre Lippen – aber so ruhig und mit so genauer und gelassener Aufmerksamkeit, daß O sich abgeschätzt vorkam, begutachtet auf ihre Eignung als das Instrument, das sie, wie sie sehr wohl wußte, auch war, und wie von diesem Blick dazu gezwungen, sozusagen wider Willen, zog sie ihre Handschuhe aus: sie wußte, daß er sprechen würde, sobald ihre Hände nackt wären – weil ihre Hände eigenartig geformt waren, eher wie die Hände eines Knaben, nicht wie die einer Frau, und weil sie am linken Ringfinger den Eisenreif mit der dreiarmigen Goldspirale trug. Aber nein, er sagte nichts, er lächelte: er hatte den Ring gesehen. René trank einen Martini, Sir Stephen Whisky. Er trank langsam sein Glas aus, wartete, bis René mit seinem zweiten Martini fertig war und O mit dem Grapefruitsaft, den René für sie bestellt hatte, und erklärte dann, wenn O ihm die Freude machen wolle, sich René und ihm anzuschließen, so könnten alle drei zu Abend essen im Restaurant im Souterrain, das kleiner und ruhiger sei als der Saal, der sich im Erdgeschoß an die Bar anschloß. »Natürlich«, sagte O, die bereits Tasche und Handschuhe von der Theke nahm, wo sie beides abgelegt hatte. Sir Stephen half ihr vom Hocker, er hielt ihr seine rechte Hand hin, in die sie die ihre legte, und jetzt richtete er zum ersten Mal direkt das Wort an sie und bemerkte, ihre Hände müßten dafür geschaffen sein, Eisen zu tragen, so gut stehe ihr das Eisen. Aber da er es in Englisch sagte, erhielten die Worte einen leichten Doppelsinn und es war nicht ganz klar, ob er nur das Metall oder auch, und vor allem, Ketten meinte.

Im Restaurant im Souterrain, das ein gewöhnlicher Keller mit gekalkten Wänden war, aber frisch und freundlich, standen wirklich nur vier Tische. Nur an einem davon saßen

Gäste, die mit ihrer Mahlzeit schon fast zu Ende waren. An die Wände war in Freskomanier eine gastronomische und bebilderte Karte Italiens gemalt, die Farben glichen den Farben von Eissorten, Vanille, Himbeer, Pistazien; O dachte daran, daß sie sich zum Nachtisch Eis bestellen wollte, mit zerstoßenen gebrannten Mandeln und crème fraîche. Denn sie fühlte sich glücklich und leicht, Renés Knie berührte unter dem Tisch ihr Knie, und wenn er sprach, so wußte sie, daß er für sie sprach. Auch er betrachtete ihre Lippen. Sie bekam ihr Eis, aber keinen Kaffee. Sir Stephen lud O und René zum Mokka zu sich ein. Sie hatten alle drei sehr leicht gegessen und O hatte bemerkt, daß die beiden Männer absichtlich wenig tranken und ihr selbst noch weniger zu trinken gaben: eine halbe Flasche Chianti für drei Personen. Auch hatten sie schnell gegessen: es war kaum neun Uhr. »Ich habe den Chauffeur weggeschickt«, sagte Sir Stephen, »würden Sie bitte chauffieren, René. Es ist am einfachsten, wenn wir direkt zu mir fahren.« René setzte sich ans Steuer, O neben ihn, Sir Stephen neben O. Der Wagen war ein riesiger Buick, sie hatten auf dem Vordersitz bequem zu dritt Platz.

Es ging über die Alma-Brücke, den Cours de la Reine, der hell war, weil die Bäume kein Laub trugen, den Place de la Concorde, flimmernd und trocken unter dem düsteren Winterhimmel, der voll Schnee hing. O hörte ein leises Klicken und spürte die warme Luft an ihren Beinen entlangstreichen: Sir Stephen hatte die Heizung eingeschaltet. René folgte noch immer der Seine auf dem rechten Ufer, bog dann zum Pont Royal ein, um aufs linke Ufer zu kommen: zwischen den steinernen Zwingen wirkte das Wasser unbeweglich, selbst wie Stein, und ganz schwarz. O dachte an schwarze Hämatiten. Als sie fünfzehn Jahre alt war, trug ihre beste Freundin, die dreißig und in O verliebt war, einen Ring mit einem brillantengefaßten Hämatiten. O hatte sich ein Kollier aus diesen schwarzen Steinen und ohne Brillanten gewünscht, ein Kollier, das eng am Hals anlag, den Hals einschnürte. Aber hätte sie die Halsbänder, die man ihr jetzt schenkte – nein, man schenkte sie ihr nicht – eingetauscht für das Kollier aus Hämatiten, für die Hämatiten ihrer Träume? Sie sah das schäbige Zimmer wieder, hinter dem Carrefour Turbigo, wohin Marion sie geführt hatte, und wie sie selbst, nicht Marion, ihre beiden dicken Schulmädchenzöpfe löste, als Marion sie entkleidet und auf das Eisenbett gelegt hatte. Sie war schön, Marion, wenn man sie streichelte und es stimmt, daß Augen zu Sternen werden können; die ihren wurden zu blauen, zuckenden Sternen. René stoppte den Wagen. O kannte die kleine Straße nicht, es war eine der Verbindungsstraßen zwischen der Rue de l'Université und der Rue de Lille.

Sir Stephens Wohnung lag in einem Vorhof, im Flügel eines ehemaligen Palais, und die Zimmer waren in einer Flucht angelegt. Das Zimmer am Ende war auch das größte und gemütlichste, es war im englischen Stil eingerichtet, dunkle Mahagonimöbel und blasse Seiden, gelb und grau. »Sie brauchen sich nicht um das Feuer zu kümmern«, sagte Sir Stephen zu O, »aber dieses Sofa ist für Sie. Nehmen Sie bitte Platz, René wird den Kaffee machen, ich möchte Sie nur bitten, mir zuzuhören.« Das große damastbezogene Sofa stand rechtwinklig zum Kamin, mit der Vorderseite zu den Fenstern, die auf einen Garten blickten, mit dem Rücken zu den Fenstern, die auf der anderen Seite des Zimmers zum Hof gingen. O zog ihren Pelz aus und legte ihn auf die Rückenlehne des Sofas. Als sie sich umdrehte, sah sie ihren Geliebten und ihren Gastgeber im Stehen warten, daß sie Sir Stephens Aufforderung Folge leiste. Sie legte ihre Tasche zu dem Pelz, zog die Handschuhe aus. Wann würde sie endlich lernen, falls sie es überhaupt jemals lernen würde, beim Hinsetzen ihre Röcke mit einer so beiläufigen Geste zu raffen, daß es niemandem auffiele und daß sie selbst nicht an ihr Nacktsein, an ihr Ausgeliefertsein denken müßte? Jedenfalls nicht, solange René und dieser Fremde sie schweigend anstarrten, wie sie es jetzt taten. Schließlich fügte sie sich. Sir Stephen schürte das Feuer, René trat plötzlich hinter das Sofa, packte O beim Hals und am Haar, zog ihren Kopf auf die Lehne zurück und küßte sie nun auf den Mund, so lange und so tief, daß sie fast erstickte und fühlte, wie ihr Schoß brannte und schmolz. Er ließ sie nur los, um ihr zu sagen, daß er sie liebe und sie sogleich wieder zu pakken. Os Hände ruhten, lose nach hinten hängend, kraftlos, die Innenflächen nach oben, auf dem schwarzen Rock, der sich wie eine Blütenkrone um sie breitete; Sir Stephen war näher gekommen, und als René sie endlich losließ und sie die Augen wieder öffnete, begegnete sie dem grauen und steten Blick des Engländers. So verwirrt sie auch war, noch keuchend vor Glück, sah sie doch, daß er sie bewunderte, daß er sie begehrte. Wer hätte diesem feuchten und halb geöffneten Mund widerstehen können, diesen geschwellten Lippen, diesem weißen Hals, der auf den schwarzen Kragen ihrer Pagenweste zurückgebogen war, diesen groß und klar gewordenen Augen, die sich nicht abwandten? Doch Sir Stephen erlaubte sich nur eine einzige Geste: er strich zart mit dem Finger über ihre Brauen, dann über ihre Lippen. Dann setzte er sich ihr gegenüber auf die andere Seite des Kamins, und als auch René sich einen Sessel genommen hatte, sprach er. »Ich glaube«, sagte er, »René hat Ihnen nie von seiner Familie erzählt. Aber vielleicht wissen Sie, daß seine Mutter vor ihrer Ehe mit seinem Vater mit einem Engländer verheiratet war, der selbst einen Sohn aus erster Ehe hatte. Ich bin dieser Sohn, und sie hat mich erzogen, bis zu dem Tag, als sie meinen Vater verließ. Ich bin mit René also nicht verwandt, und doch sind wir in gewissem Sinne Brüder. Daß René Sie liebt, weiß ich. Ich hätte es gesehen, auch wenn er es mir nicht gesagt hätte, auch wenn er nicht die geringste Geste gemacht hätte: man braucht nur zu sehen, wie er Sie anschaut. Ich weiß auch, daß Sie in Roissy waren und ich vermute, daß Sie dorthin zurückkehren werden. Grundsätzlich gibt der Ring, den Sie tragen, mir, wie allen, die dieses Zeichen kennen, das Recht, über Sie zu verfügen. Aber es würde sich für Sie immer nur um eine vorübergehende Bindung handeln. Was wir von Ihnen erwarten, ist schwerwiegender. Ich sage wir, weil Sie sehen, daß René schweigt: er will, daß ich auch in seinem Namen zu Ihnen spreche. Wenn wir Brüder sind, so bin ich der ältere, ich bin zehn Jahre älter als er. Es besteht zudem zwischen uns eine so althergebrachte und so absolute Gemeinschaft, daß alles, was mir gehört, stets auch ihm gehört hat und alles, was ihm gehört, auch mir. Sind Sie einverstanden, ebenfalls dazuzugehören? Ich bitte Sie darum, und ich möchte Ihre Einwilligung haben, weil sie Sie fester bindet als Ihr Gehorsam, von dem ich weiß, daß er außer Frage steht. Eh Sie antworten, bedenken Sie, daß ich nichts anderes bin und nichts anderes sein kann, als das zweite Ich Ihres Geliebten: Sie werden auch in Zukunft nur einen Gebieter haben. Schrecklicher allerdings, als die Männer, denen sie in Roissy ausgeliefert waren, denn ich werde alle Tage da sein, und außerdem liebe ich feste Gewohnheiten und Riten »and besides, I am fond of habits and rites ...«

Sir Stephens gelassene Stimme klang in eine absolute Stille. Selbst die Flammen im Kamin brannten lautlos. O war auf das Sofa gespießt wie ein Schmetterling an einer Nadel, einer langen Nadel aus Worten und Blicken, die sie in der Mitte des Körpers durchbohrte und ihre nackten und bereiten Lenden an die laue Seide preßte. Sie wußte nicht, wo ihre Brüste waren, ihr Nacken, ihre Hände. Sie zweifelte jedoch nicht, daß die Gewohnheiten und Riten der Besitzergreifung, von denen man ihr gesprochen hatte, unter anderen Teilen ihres Körpers auch ihre langen, unter dem schwarzen Rock verborgenen und bereits halb geöffneten Schenkel zum Ziel haben würden. Die beiden Männer waren ihr zugewandt. René rauchte, hatte jedoch neben sich eine rauchverzehrende, schwarzbeschirmte Lampe angezündet, und die bereits durch das Holzfeuer gereinigte Luft roch nach der Frische der Nacht. »Werden Sie mir antworten oder wollen Sie erst noch mehr wissen?« fragte Sir Stephen. – »Wenn du einwilligst«, sagte René, »erkläre ich dir Sir Stephens Neigungen.« – »Forderungen«, korrigierte Sir Stephen. Das Schwerste, sagte sich O, war nicht, einzuwilligen, und sie wußte, daß keinem der beiden, sowenig wie ihr selbst, auch nur eine Sekunde der Gedanke kam, sie könne sich weigern. Hätte sie wenigstens die Augen schließen dürfen! Aber nein. Zwei Blicke, denen sie sich nicht entziehen konnte – gar nicht entziehen wollte – hielten den ihren fest. Sie führten O wieder hin zu dem, was sie glaubte, für lange Zeit, vielleicht für immer in Roissy gelassen zu haben. Denn seit ihrer Rückkehr hatte René sich auf die bloße Berührung ihres Körpers beschränkt und niemand hatte von dem Recht Gebrauch gemacht, das ihr Ring, Symbol der Hörigkeit, jedem einräumte, der sein Geheimnis kannte. Sie richtete sich auf, öffnete die obersten Schließen ihrer Tunika bis zum Ansatz der Brüste, als ob das, was sie zu sagen hatte, sie erstickte. Dann stand sie ganz auf. Ihre Knie und Hände zitterten. »Ich gehöre dir«, sagte sie schließlich zu René, »ich werde sein, was du willst, das ich sein soll.« »Nein«, sagte er, »uns; sprich mir nach: Ich gehöre euch, ich werde sein, was ihr wollt, daß ich sein soll.« Sir Stephens harte graue Augen ließen sie nicht los, sowenig wie Renés Augen, in denen sie sich verlor, während sie langsam die Sätze nachsprach, die er ihr vorsagte, und dabei das Ganze, wie bei einer Grammatikübung, in die erste Person übertrug. »Du erkennst mir und Sir Stephen das Recht zu …«, sagte René und O wiederholte so klar sie konnte: »Ich erkenne dir und Sir Stephen das Recht zu …« Das Recht, über ihren Körper zu verfügen, wo immer und wie immer sie wollten. Sie stammelte: »Ich füge mich allem, was ihr wollt.« Senkte den Blick auf ihre Hände, die in ihren Kniekehlen ruhten, gestand dann flüsternd: »Ich möchte wissen, ob ich gepeitscht werde …« In dem langen Schweigen, das darauf folgte, konnte sie ihre Frage zwanzigmal bereuen. Schließlich sagte Sir Stephens Stimme langsam: »Manchmal.« O hörte dann, wie ein Streichholz angerissen und Gläser aneinander gestoßen wurden: sicher goß einer der beiden Männer sich Whisky nach. Dann stand René auf, neigte sich zu ihr, nahm sie an den Schultern. »Antworte«, sagte er, »bist du einverstanden?« Endlich sagte sie ja. Er zog sie sanft in die Höhe, setzte sich auf das Sofa und ließ sie neben sich knien; vor das Sofa, auf das sie Oberkörper und Kopf legte, mit gebreiteten Armen und geschlossenen Augen. René preßte ihr mit einer Hand beide Armgelenke zusammen, während er mit der anderen ihren Rock hob, so hoch, daß sie spürte, wie die plissierte Gaze über ihre Wangen streifte. Er strich ihr über die Lenden und machte Sir Stephen auf die beiden Grübchen aufmerksam und auf die zarte Kerbe zwischen ihren Schenkeln. Dann preßte er ihr die gleiche Hand in Taillenhöhe in den Rücken, um die Lenden besser hervortreten zu lassen und befahl ihr, die Knie weiter zu öffnen. Sie gehorchte stumm. Die Art, wie René ihren Körper anpries, die Antworten Sir Stephens lösten in ihr ein so heftiges und unerwartetes Gefühl der Scham aus, daß der Wunsch, Sir Stephen zu gehören, erlosch und sie die Peitsche ersehnte wie eine Erlösung, den Schmerz und die Schreie wie eine Rechtfertigung. Aber Sir Stephens Hände öffneten ihren Leib, zwängten sich zwischen ihre Lenden, ließen ab, packten wieder zu, immer wieder, bis sie stöhnte, beschämt über ihr Stöhnen und vernichtet. »Ich überlasse dich Sir Stephen«, sagte René, »bleib, wie du bist, er wird dich wegschicken, wann es ihm paßt.« René und Sir Stephen waren weggegangen; sie wartete also allein und reglos, fühlte sich in ihrer Einsamkeit noch ausgesetzter und in der Erwartung noch dirnenhafter, als im Beisein der Männer. Die grau-gelbe Seide des Sofas war glatt unter ihrer Wange, durch das Nylon ihrer Strümpfe spürte sie den hochflorigen Teppich und an ihrem linken Schenkel die Wärme des Kaminfeuers, auf das Sir Stephen noch drei Scheite gelegt hatte, die prasselnd flackerten. Eine alte Wanduhr über einer Kommode tickte so leise, daß man sie nur hören konnte, wenn alles still war. Sir Stephen blieb lange aus und O wurde bei dem Gedanken, daß er in einer Minute, in zehn Minuten die Hände auf sie legen würde, die Kehle eng. Aber er kam nicht ganz so, wie sie erwartet hatte. Sie hörte, wie Sir Stephen die Tür wieder öffnete, durchs Zimmer ging. Er blieb einige Zeit mit dem Rücken zum Feuer stehen, sah O an und befahl ihr dann mit sehr leiser Stimme, aufzustehen und sich wieder zu setzen. Überrascht und fast betreten gehorchte sie. Er brachte ihr höflich ein Glas Whisky und eine Zigarette, die sie ebenfalls ablehnte. Sie sah jetzt, daß er einen Morgenrock trug, einen sehr streng geschnittenen Mantel aus grauem Wollstoff, vom gleichen Grau wie sein Haar. Seine Hände waren lang und knochig, die Nägel flach, kurz geschnitten, sehr weiß. Er fing Os Blick auf und sie errötete: diese harten und hartnäckigen Hände, die von ihrem Körper Besitz ergriffen hatten, fürchtete und ersehnte sie jetzt. Aber er kam nicht näher. »Ich möchte, daß Sie sich ganz ausziehen«, sagte er. »Aber zuerst legen Sie nur die Jacke ab, nicht aufstehen.« O löste die großen, vergoldeten Schließen, streifte das knappe Jäckchen von den Schultern und legte es ans andere Sofaende zu ihrem Pelz, ihren Handschuhen und ihrer Tasche. »Streicheln Sie die Spitzen Ihrer Brüste«, sagte Sir Stephen und fügte hinzu: »Sie müssen eine dunklere Schminke auflegen, die Ihre ist zu hell.« Verblüfft strich O mit den Fingerspitzen über ihre Brustwarzen, die hart wurden und sich aufrichteten, und wölbte dann ihre Hände darüber. »Ah nein«, sagte Sir Stephen. Sie zog die Hände zurück und ließ sich gegen die Rückenlehne des Sofas sinken: ihre Brüste waren schwer für den schmalen Oberkörper und spreizten sich sanft zu den Achseln hin. Ihr Nacken ruhte auf der Lehne, ihre Hände lagen rechts und links von ihr. Warum neigte Sir Stephen nicht den Mund über sie, streckte nicht die Hand nach den Spitzen aus, von denen er gewünscht hatte, daß sie sich aufrichteten und die O nun, so reglos sie auch verharrte, bei jedem Atemzug erzittern fühlte. Aber er war näher gekommen, saß schräg auf der Armlehne des Sofas, rührte sie jedoch nicht an. Er rauchte, und O hatte das Gefühl, daß er sie beleidigen wollte durch seine Verachtung, durch sein Schweigen, durch die Nonchalance seiner Haltung. Und doch hatte er sie vorhin begehrt, begehrte er sie jetzt noch, sie sah, wie er sich spannte unter dem weichen Stoff seines Morgenrocks. Warum nahm er sie nicht und wäre es auch nur, um sie zu verletzen? O haßte sich wegen ihres eigenen Begehrens und haßte Sir Stephen wegen seiner Selbstbeherrschung. Sie wollte, daß er sie liebte, das war die Wahrheit; daß er darauf brannte, ihre Lippen zu berühren und ihren Leib zu durchdringen. René hatte sie Sir Stephen übergeben, aber es war klar, daß er sie mit ihm teilen wollte, nicht um selbst mehr von ihr zu haben, sondern um mit Sir Stephen das zu teilen, was er heute am meisten liebte, so wie die beiden zweifellos in ihrer Jugend eine Reise geteilt hatten, ein Schiff, ein Pferd. Sie selbst war bei dieser Teilung weniger im Spiel, als Sir Stephen, jeder würde in ihr das Zeichen des anderen suchen, die Spur, die der andere zurückgelassen hatte. Ohne von der Lehne seines Sessels aufzustehen befahl Sir Stephen ihr, den Rock auszuziehen. Os feuchte Hände glitten an dem Verschluß ab und sie mußte mehrmals versuchen, nach ihrem Rock den Unterrock aus schwarzem Taft aufzuhaken. Als sie ganz nackt war – die hochhackigen Lacksandalen und die schwarzen, bis zum Knie heruntergerollten Nylonstrümpfe betonten noch die Schlankheit ihrer Beine und die Weiße ihrer Schenkel – griff Sir Stephen, der ebenfalls aufgestanden war, mit einer Hand in ihren Schoß und schob sie vor das Sofa. Er ließ sie mit dem Rücken zum Sofa hinknien und befahl ihr, die Schenkel leicht zu öffnen, die Schultern anzulehnen, nicht die Taille. Ihre Hände lagen um die Fußgelenke, ihr Schoß war halb geöffnet und über den noch immer drängenden Brüsten war ihr Hals nach hinten gebogen. Sie wagte nicht, Sir Stephen ins Gesicht zu schauen, bemerkte aber, wie seine Hände den Gürtel des Schlafrocks lösten. Er spreizte die Beine, so daß 0 zwischen ihnen kniete, ergriff ihren Nacken und drang in ihren Mund ein. Er suchte nicht die entlanggleitende Berührung ihrer Lippen, sondern stieß auf den Grund ihrer Kehle vor. O fühlte, wie dieser Knebel aus Fleisch, der sie erstickte und dessen langsame und stete Bewegung ihr Tränen in die Augen trieb, in ihr anschwoll und hart wurde. Um besser in sie eindringen zu können, hatte Sir Stephen sich schließlich so auf das Sofa gekniet, daß ihr Gesicht zwischen seinen Schenkeln war und seine Lenden manchmal Os Brüste berührten, die spürte, wie ihr unnützer und verschmähter Schoß sie verbrannte. Solange Sir Stephen auch in ihr blieb, er genoß seine Lust nicht bis zum Ende, sondern zog sich schweigend aus ihr zurück und stand auf, ohne den Morgenrock wieder zu schließen. »Sie sind lüstern, O«, sagte er zu ihr. »Sie lieben René, aber Sie sind lüstern. Ist René sich darüber klar, daß Sie allen Männern gehören wollen, die Sie begehren und daß René, wenn er Sie nach Roissy schickt oder anderen ausliefert, Ihnen nur Alibis für Ihre eigene Lüsternheit verschafft?« – Ich liebe René, erwiderte O. »Sie lieben René, aber sie wollen mir gehören, unter anderen«, fuhr Sir Stephen fort. Ja, sie wollte ihm gehören. Wie aber, wenn René, falls er es erführe, sich ändern würde? Sie konnte nichts anderes tun als schweigen, die Augen senken, allein ein Blick in Sir Stephens Augen wäre einem Geständnis gleichgekommen.

Mit quälender Hartnäckigkeit erschien vor ihr ein Bild, das ihr noch immer Schwindel und Ekel verursachte, das Bild der fünfzehnjährigen Marion, die im Lederfauteuil eines Hotelzimmers lag, ein Bein über der Stuhllehne und den Kopf halb über die andere Lehne hängend. Marion, die sich selbst reizte und dabei stöhnte. Sie hatte ihr erzählt, daß sie das einmal im Büro getan habe, als sie sich allein glaubte und daß der Chef unversehens hereingekommen war und sie überraschte. O erinnerte sich an dieses Büro, ein kahles Zimmer mit hellgrünen Wänden, das von Norden durch staubige Fenster das Tageslicht erhielt. Vor dem Schreibtisch stand ein Besuchersessel. »Bist du weggelaufen?« hatte O gefragt. – »Nein«, hatte Marion geantwortet, »er hat mich aufgefordert, es nochmals zu tun, zuvor hatte er die Tür abgeschlossen, mir befohlen, meinen Slip auszuziehen und den Sessel ans Fenster gerückt.« O war voller Bewunderung gewesen für das, was sie Marions Mut nannte, und voll Abscheu, und sie hatte energisch abgelehnt, sich vor Marion zu berühren und geschworen, daß sie das nie, niemals vor den Augen eines anderen tun würde. Marion hatte gelacht und gesagt: »Warte nur, bis dein Geliebter es von dir verlangt.« René hatte es nie von ihr verlangt. Hätte sie gehorcht? Bestimmt, aber mit welcher Angst, in Renés Augen den gleichen Abscheu erwachen zu sehen, den sie vor Marion empfunden hatte. Was absurd war. Und bei Sir Stephen war es noch absurder, denn was machte sie sich aus dem Abscheu Sir Stephens? Nein, sie konnte einfach nicht. Zum dritten Mal flüsterte sie: »Ich kann nicht.«

Für Abenteuer zu dritt

ZERUYA SHALEV

Ohne Slip

Worüber konnte ich mit ihm reden? Mir sagte man nach, ich sei charmant, fröhlich, anziehend, und alles, was ich wollte, war schlafen, schade, daß ich nicht bloß eine Tramperin war, die er mitgenommen hatte, dann wäre alles zwischen uns viel einfacher, viel offener und natürlicher gewesen. Vielleicht tun wir, als wäre ich eine Tramperin, schlug ich zögernd vor, und er war begeistert, hielt sogar das Auto an, um mich hinauszulassen und später wieder abzuholen. Wir müssen es wirklich glauben, sagte er, als ich ausstieg, ich sah ihn zurückfahren zu einer Tankstelle. Was macht es ihm aus, an mir vorbeizufahren, ohne anzuhalten, dachte ich, wie wenig ich ihm doch vertraue, es könnte mir passieren, daß ich wirklich eine Tramperin war, aber im Auto eines anderen.

Fast war ich überrascht, als er anhielt und mich sogar mit einem breiten Lächeln durch das Fenster anstrahlte. Ich machte die Tür auf, und er sagte, ich fahre nach Jaffo, wohin willst du?

Nach Jaffo, sagte ich, stieg in den brandigen, scharfen Geruch des Autos und betrachtete prüfend und mißtrauisch den Fahrer, schließlich konnte eine solche Fahrt die letzte sein, und er spürte meinen Blick und sagte, du brauchst keine Angst zu haben, ich werde dich nicht vergewaltigen.

Was machst du beruflich, fragte ich, vielleicht sagst du mir ja zufällig die Wahrheit, und er lachte, ich organisiere Reisen, das ist es, was ich tue. Ich betrachtete sein dunkles Profil, und auf einmal kam er mir wie ein Inder vor, mit dieser dunklen Haut, den silbernen Haaren und den hohen Wangenknochen, ein alter Inder mit viel Lebensweisheit, und ich stellte ihn mir mit einem Turban auf dem Kopf vor und lachte, was hatte ich mit ihm zu tun, und er warf mir einen verwirrten Blick zu und fragte, und du?

Ich heiße Avischag, sagte ich, ich komme aus einem Kibbuz im Negev. Solch eine Avischag war mit mir bei der Armee gewesen, sie hatte mit mir das Zimmer geteilt und war immer ganz problemlos eingeschlafen, während ich mich bis zum Morgen im Bett herumwälzte, meine Schlaflosigkeit verfluchte und sie beneidete und mir wünschte, an ihrer Stelle zu sein.

Avischag, sagte er, begeistert auf meine neue Identität eingehend, was hast du unter der Strumpfhose an? Einen Slip, sagte ich, was hast du denn gedacht? Genau das, sagte er enttäuscht, Avischag, ich war viele Jahre in Paris, und weißt du, was ich dort entdeckt habe? Keine Ahnung, sagte ich kühl, der neue Name schützte mich vor ihm.

Ich habe entdeckt, daß die Pariserinnen nichts unter der Strumpfhose tragen, und du kannst mir glauben, es lohnt sich für sie, zieh deinen Slip aus, Avischag, und du wirst sehen, daß du ihn nicht brauchst.

Und daß es sich für mich lohnt, kicherte ich, und er sagte in seinem üblichen hochmütigen Ton, du sollst es nicht für mich machen, sondern für dich, du wirst deinem Körper näher sein, das sage ich dir.

Ich war eigentlich gar nicht so darauf aus, meinem Körper näher zu sein, sondern seinem, und nicht direkt seinem Körper, sondern etwas anderem, mehr Innerlichem, das ich, weil ich keine Wahl hatte, Körper nannte, mit Bedauern nannte ich es Körper, lange Finger und glatte, dunkle Haut und klar geschnittene Lippen und Augen, die plötzlich lebendig geworden waren und abwechselnd von der breiten Straße auf meine Beine schauten, ohne seine Erwartung zu verbergen.

Also begann ich mich im Auto auszuziehen, erst die Schuhe, dann die Strumpfhose, wand mich, damit sie nicht zerriß, wie eine große Spinne mit vielen Beinen, von denen eines dem anderen im Weg ist, und zog das überflüssige Kleidungsstück aus, schlüpfte wieder in die Strumpfhose und wedelte mit dem Slip in seine Richtung, und er lächelte zufrieden, nahm ihn und steckte ihn ein wie ein Taschentuch, und mein Slip guckte aus seiner Hosentasche, auch als wir das Auto verließen und zu Fuß weitergingen. Ich erkundigte mich absichtlich nicht nach unserem Ziel, wenn schon Abenteuer, dann bis zum Schluß, und ich wußte, daß er auf meine Frage sauer reagieren würde, er wollte, daß ich ihm bedingungslos vertraute, deshalb sagte ich mir, heute gewöhnst du dich also an Vertrauen und an ein Dasein ohne Slip, als wäre das ein höheres Ziel, eine erhabenere Stufe der Weiblichkeit, oder besser des Mätressendaseins. Ich stellte mir vor, daß Leute mich nach meinem Beruf fragten, und ich sagte Mätresse, in einem Ton, der sie zum Erstaunen brachte.

Ich hatte gedacht, wir würden durch die Galerien ziehen oder das Meer betrachten, aber er bog rasch in eine schmale Gasse ein und stieg alte Treppen hinauf, mein Slip sah aus seiner Hosentasche, und klopfte an eine Tür, und nach ein paar Sekunden wurde sie aufgemacht, und ein verschlafen aussehender Mann stand in der Tür und strahlte vor Freude.

Arie, sagte er mit einer dünnen Stimme, wie wunderbar, dich zu sehen, ich habe fast nicht mehr geglaubt, daß du kommst, dann schaute er mich an, schien verwirrt zu sein, jedoch zufrieden, und Arie sagte, das ist Avischag, eine Kibbuznikit aus dem Süden, meine Tramperin.

Ich fühlte mich ganz wohl in meiner geliehenen Identität und dachte, was würde die wirkliche Avischag nun sagen, aber sie wäre gar nicht hier gelandet, wer nachts so gut schlief wie sie, gabelte keinen Mann wie diesen auf. Der Raum, den wir betraten, war nicht wirklich ein Loch, aber auch nicht direkt eine konventionelle Wohnung, es gab nur ein großes Zimmer mit einem Doppelbett in der Ecke und einem runden Kupfertisch und einen kleinen Kühlschrank, so was wie eine Studentenbude, aber der Hausherr sah eher aus wie ein Pensionär. Vermutlich merkte man mir meine Verwunderung an, denn Arie sagte plötzlich, das ist Schauls Liebesnest, und ich meinte zu sehen, wie er einen Blick auf das Bett warf, und Schaul lachte verlegen und wehrte ab, schüchtern wie eine Jungfrau, nein, wieso denn, hier ruhe ich mich aus, ganz allein, zwischen einem Prozeß und dem nächsten, und ich sah ihn mißtrauisch an, und dann dachte ich, vielleicht ist er Rechtsanwalt oder sogar Richter, was mir aber unwahrscheinlich vorkam, weil ihn so gar keine Pracht umgab, aber seine verschämte und bescheidene Anwesenheit beruhigte mich ziemlich. Seltsam, daß jeder dieser beiden Menschen hier als Mann bezeichnet wird, dachte ich, sie sehen aus, als gehörten sie zu verschiedenen Arten, wieso gibt es nur zwei Möglichkeiten für uns, Mann oder Frau, wie Tee oder Kaffee, wo doch die Wirklichkeit viel komplizierter ist, und ich freute mich, daß er nicht wie Arie war, und lächelte ihm dankbar zu. Er fragte, was trinken wir, und ich schwankte zwischen Tee und Kaffee, aber er ging ins Detail und nannte die Namen von Bier-, Whisky- und Brandysorten und empfahl einen hervorragenden Kognak, den er aus Ungarn mitgebracht hatte, er war erst vor einer Woche zurückgekommen und hatte ein paar Flaschen mitgebracht, und er war auch in Paris gewesen und hatte Käse gekauft, genau so sagte er es, als wäre ganz Europa eine Art riesiger Supermarkt, wo man mit seinem Wagen herumläuft und ihn vollädt, und schon lagen die Schätze Europas auf dem orientalischen Tisch, rund, niedrig und schmutzig, daneben die gepriesenen Flaschen, und wir setzten uns drum herum wie um ein Lagerfeuer, und Arie goß erst mir ein, dann sich, zerschnitt eine Wurst, schob mir mit einer vertrauten Bewegung ein Stück in den Mund, und die

Schärfe des Whiskys mischte sich mit der Schärfe der Wurst und gab mir ein Gefühl von Leben, richtigem Leben. Und dann fingen sie an, über Paris zu sprechen, und ich hörte nicht wirklich zu, an meinem Ohr flogen Namen von Restaurants vorbei, von Weinsorten, von Frauen, Straßen, ich war nur einmal drei Tage in Paris gewesen und hatte zu dem Gespräch nichts beizutragen, außer daß ich dort mit einer schrecklichen Migräne in einem Hotelbett gelegen hatte, vor allem erinnerte ich mich an das Blumenmuster der Tapeten und der rosafarbenen Tagesdecke, aber es war schön, ihrem ruhig dahinplätschernden Gespräch zuzuhören, sie waren offenbar alte Freunde, und ich fühlte mich wohl zwischen ihnen, vor allem genoß ich Schauls Anwesenheit, den ich als einen Schutz gegen Arie empfand, und mir kam es vor, als würde auch Arie mich jetzt, mit den Augen seines Freundes, anders sehen.

Von Zeit zu Zeit zündete Arie eine Zigarette für mich an oder schob mir ein Stück Wurst in den Mund oder goß mir Kognak nach, und ich aß und trank, ohne nachzudenken, genoß es, ein Baby zu sein, für das man die Entscheidungen trifft. Als ich aufstand, um zu pinkeln, war mir angenehm schwindlig, und auf der Kloschüssel fielen mir einen Moment lang die Augen zu, aber als ich sie öffnete, freute ich mich, dort zu sein, in dieser überraschend geräumigen Toilette, als wäre sie für Behinderte gemacht, und als ich wieder hinüberkam, sagte Schaul, wir haben uns Sorgen um dich gemacht, geht es dir gut, Avischag? Und ich dachte, was für einfache Lösungen es für komplizierte Probleme gibt, man kann sich einen neuen Namen zulegen und vorübergehend sogar ein anderer Mensch sein. Als ich an Aries Sessel vorbeiging, streichelte er mein Bein unter dem Kleid und tastete sich hoch, wie um sich zu versichern, daß mein Slip nicht aus seiner Tasche verschwunden und an seinen natürlichen Platz zurückgekehrt war, komm auf meinen Schoß, sagte er, und ich setzte mich auf seine Knie, und er fuhr fort, mich mit einer Hand unter dem Kleid zu streicheln und mit der anderen zu füttern, er schob mir seine Finger in den Mund, bis ich anfing, daran zu kauen, ich konnte kaum zwischen den Wurststücken und seinen Fingern unterscheiden, denn beide waren scharf und salzig, und zuletzt waren mir seine Finger lieber, denn ich brachte nichts mehr hinunter, ich war so satt, also hielt ich seine Hand, als wäre sie ein Sandwich, und kaute daran herum, und er unterhielt sich weiter mit Schaul, der jedoch nicht mehr so konzentriert war, die meiste Zeit beobachtete er mich und die Bewegungen meines Mundes, und schließlich stand er auf, stellte sich neben uns, und ich hörte seinen schweren Atem, und er berührte mein Gesicht, meine Nase und meine Augen, und begann, seine Finger ebenfalls in meinen Mund zu schieben, und Arie zog seine Hand heraus, um ihm Platz zu machen, und steckte sich einstweilen eine neue Zigarette an, und Schaul durchforschte meinen Mund wie ein Zahnarzt, seine Finger waren weich, und ich hatte das Gefühl, als könnten sie jeden Moment in meinem Mund schmelzen, und das war ein bißchen eklig, er merkte es offensichtlich und ging ein wenig enttäuscht zu seinem Platz zurück, und Arie lachte und sagte zu ihm oder zu uns beiden, es ist in Ordnung, es ist in Ordnung.

Und so war mein Mund auf einmal leer geworden, dabei hatte ich Lust, etwas mit ihm zu machen, deshalb legte ich meinen Kopf auf Aries Schulter und küßte seinen Hals, sein Ohr und einen Teil seiner Wange, wo der Geruch seines Aftershaves besonders scharf war, ich schaute ihm ins Ohr, es war das erste Mal, daß mir sein Ohr auffiel, das eigentlich ganz normal und durchschnittlich war, mir aber plötzlich ganz wunderbar erschien, klein im Vergleich zu seinem Gesicht, und etwas heller, fast rosafarben, und einen Moment lang meinte ich, tief innen ein kleines Hörgerät zu sehen, rosa und rund wie eine Kirsche, und ich schob einen Finger hinein, um es zu berühren, fand aber nichts, und die ganze Zeit sprach Arie mit seiner heiseren Stimme weiter, ohne schwer zu atmen und ohne Erregung, aber ich spürte in seinem Körper eine Art Anspannung, die vorher nicht da gewesen war.

So bist du also wirklich, dachte ich, immer hatte ich ihn erregt sehen wollen, immer hatte er Kälte und Fremdheit ausgestrahlt, wie eine Maschine, und jetzt war da etwas anderes, seine Hände betasteten mich weniger gelangweilt, waren gespannter und geschmeidiger. Plötzlich fing es an zu regnen, ein richtiger Guß, gefolgt von Donnern und Blitzen, und die kleine Wohnung sah auf einmal aus wie die Arche Noah, dämmrig und baufällig, und sie schwiegen, ließen den Donner sprechen, und Schaul blickte mich an, in seinen Augen stand eine Frage, vielleicht wollte er wissen, was eine junge Frau wie ich im Ohr eines pathetischen alten Mannes zu suchen hatte oder so ähnlich, und einen Moment lang hatte auch ich Zweifel, doch Arie, der meinen Rückzug offenbar spürte, begann, mir die Strumpfhose abzustreifen, dann stand er auf, stellte auch mich auf die Beine, die Strumpfhose spannte sich um meine Knie wie eine Fessel, und er sagte, komm ins Bett, im Bett wird es bequemer sein, und ich sagte, aber was ist mit Schaul, und Arie sagte, das stört Schaul nicht, stimmt's, Schaul? Er sprach laut und nachdrücklich, wie eine Kindergärtnerin, und Schaul sagte mit seiner dünnen, gehorsamen Stimme, nein, es ist in Ordnung, ich werde nur dasitzen und zuschauen, als würde er uns einen Gefallen tun, und Arie machte im Gehen seine Hose auf, und für einen Moment sahen wir aus wie zwei kleine Kinder, die zum Klo rennen, mit nackten Ärschen und heruntergelassenen Hosen, er legte sich auf den Rücken und wartete, bis ich ihm die Stiefel und Socken ausgezogen hatte und mich auf ihn setzte, es war deutlich, daß er das wollte, und ich bemühte mich, mit aufrechtem Rücken zu sitzen und mich anmutig zu bewegen, wie eine Schauspielerin, denn ich spürte die ganze Zeit Schauls Blicke auf mir, es war das erste Mal, daß ich Publikum hatte, und ich wußte, daß dies eine Verpflichtung war.

Von Sekunde zu Sekunde wurde ich ehrgeiziger, ich wollte mein Publikum mit meiner Darbietung überraschen, deshalb spannte ich meinen Rücken zu einer Brücke, bis meine Hände den Bettrand berührten, und eigentlich hätte ich beifälliges Klatschen erwartet, stattdessen hörte ich lautes Atmen und das Geräusch fallender Kleidungsstücke und bemerkte, daß die Gestalt auf dem Sessel immer weißer wurde, seine helle Haut wurde entblößt, als die Kleidungsstücke fielen, er leuchtete fast, doch plötzlich sah ich nichts mehr, denn Arie richtete sich auf und bedeckte mich vollständig, und jetzt war er es, der mit einer besonderen Darbietung Eindruck zu machen versuchte, sein Becken vollführte energische Bewegungen, und ich begann zu stöhnen, nicht nur vor Vergnügen, denn es begann mir wehzutun, und ich war auch ein bißchen überdrüssig, zugleich empfand ich aber eine Art Verpflichtung, den Ton zu liefern, damit die Sache kein Stummfilm blieb, und das feuerte ihn immer mehr an, und er sagte, das hast du gern, das hast du gern, wie ein Mantra, und ich hatte Lust, plötzlich nein zu sagen, und alles kaputtzumachen. Dann bewegte sich das Bett, als sei etwas Schweres daraufgefallen, und Arie zog sich mit einem Mal heraus, und ich spürte Schauls weiche Hände, die mich streichelten, und die ganze Zeit suchte ich Aries Körper und hielt ihn fest, ich wollte nicht mit Schaul allein bleiben und war nur bereit, ihn als eine Art Gesandten Aries zu empfangen, und ich fühlte, wie er in mich einzudringen versuchte, sein weißes, weiches Glied stocherte herum wie der Stock eines Blinden, und Arie hielt mich fest, als fürchte er, ich könnte fliehen, und sagte, in Ordnung, in Ordnung, du hast das gern, und seine Stimme war so klar und überzeugend, daß ich es schließlich selbst zu mir sagte, und Schaul sagte, du bist schön, du bist schön, und ich freute mich, daß Arie das hörte, und er versuchte wieder und wieder, in mich einzudringen, schaffte es aber nicht, vermutlich bedrückte ihn Aries demonstrative Männlichkeit, und als er aufgab, empfand ich Erleichterung, und es machte mir nichts aus, daß er mich streichelte und mich am ganzen Körper leckte, solange Arie mich nur fest im Arm hielt. Und dann brachten sie die Flasche zum Bett, und wir tranken, indem wir die Flasche von einem zum anderen reichten, wie beim Wahrheitsspiel, und das scharfe, süße Gefühl kam zu mir zurück, und ich dachte, vielleicht hat es sich trotzdem gelohnt, geboren zu werden, und Arie gab mir seinen Schwanz zurück, und ich lehnte mich an Schaul, und beide bewegten wir uns im Takt seiner starken Stöße, bis ich beide kommen hörte, fast gleichzeitig, als wären sie das vollkommene Paar, und ich fühlte am Rücken den Samen Schauls und vorn den Samen Aries und fühlte mich wie ein saftiger Knochen, den Hunde oder Katzen von allen Seiten ablecken, und mir fiel der Hund ein, der das Kätzchen zerfleischt hatte, und die geheimnisvolle Krankheit meines Vaters, die Verabredung mit dem Dekan, und ich fing an zu weinen, und die ganze Zeit hallte in meinem Kopf der Satz, vorbei ist vorbei, vorbei ist vorbei.

Sie achteten nicht auf mich, sie schliefen ein. Arie fiel in diesen gespannten Schlaf, den ich schon an ihm kannte, und Schaul in den schweren Schlaf nicht mehr junger und nicht mehr gesunder Leute, und ich ging zur Toilette, pinkelte und weinte, und dann stand ich auf und blickte in den Spiegel, und abgesehen von den roten Augen sah ich aus wie immer, das beruhigte mich ein bißchen, wenn ich aussah wie immer, war vermutlich nichts passiert, und ich stieg in die alte Dusche und duschte mit fast kaltem Wasser und sagte mir, es ist in Ordnung, es ist in Ordnung.

Als ich ins Zimmer kam, war Arie schon wieder angezogen und zeigte sein offizielles, distanziertes Gesicht, eine indische Autorität, und auch das beruhigte mich, denn jemand mit einem so autoritären Gesicht weiß, was er tut, und meine Angst löste sich auf, und er zündete sich eine Zigarette an und kochte Kaffee, und auch Schaul wachte auf, und wir setzten uns wieder um den Tisch, ich und Schaul nackt und Arie angezogen, und Arie fragte, ist dir nicht kalt, Ja'ara, und ich sagte, nein, und Schaul wunderte sich, wieso Ja'ara, ich dachte, sie heißt Avischag, und Arie kicherte und sagte, daß ich in Wirklichkeit Ja'ara hieß, und Schaul sagte, ein schöner Name, ich glaube, auch Kormans Tochter heißt Ja'ara, und Arie sagte, sie ist tatsächlich Kormans Tochter, ich hatte ganz vergessen, daß du ihn kennst, und Schaul sagte, was heißt da, kennen, wir haben zusammen studiert, alle drei, und Arie sagte, stimmt, ich hatte es vergessen, und ich schämte mich, daß ich nackt war, und begann, meine Kleider zusammenzusuchen, und besonders peinlich war es mir, mich zu bücken und ihnen meinen nackten Arsch zu zeigen, aber meine Kleidungsstücke lagen auf dem Boden, deshalb probierte ich eine alberne Kauerstellung und landete prompt auf dem Boden.

Ich hörte, wie sie über die alten Zeiten sprachen, über meinen Vater, wie sie von ihm abgeschrieben hatten und wie er mit den Professoren diskutiert hatte, während sie mit Mädchen ausgingen, und wie alle Professoren Angst vor ihm gehabt hatten und wie er alles stehen und liegen gelassen hatte wegen der Krankheit, und an der Stelle schwiegen sie plötzlich. Mir war übel, und der Kopf tat mir weh, deshalb legte ich mich aufs Bett, und Arie fragte im Spaß, willst du noch eine Runde? Ich hatte keine Lust zu antworten, vor allem weil Schaul es für mich tat, hör auf, laß sie ausruhen, und ich sah, daß die Frage, die ihm die ganze Zeit im Gesicht gestanden hatte, drängender wurde und daß ihm die

Vorstellung nicht angenehm war, fast Kormans Tochter gefickt zu haben und zugesehen zu haben, wie sie gefickt wurde, und die ganze Zeit hatte ich Angst, er könne es meinem Vater erzählen, er könne ihm einen anonymen Brief schicken und ihm mitteilen, daß seine Tochter mit alten Kerlen fickt, statt sich um ihre Dissertation zu kümmern, und ich versuchte, mich auf meine Arbeit zu konzentrieren, in Gedanken den Kreis der Themen durchzugehen und mir endlich eins auszuwählen, und plötzlich wurde ich ohnmächtig.

Als ich wieder zu mir kam, sah ich sie über mich gebeugt stehen, wie besorgte Eltern, Arie als Vater und Schaul als Mutter, sie tupften mir das Gesicht und den Hals mit einem nassen Handtuch ab. Ich hatte das Gefühl, aus einem langen süßen Schlaf zu erwachen, dem süßesten, den es gab, mein Kopf tat ein bißchen weh, aber es war eher die Erinnerung an einen großen Schmerz, ansonsten hatte ich das Gefühl einer plötzlichen, extremen Gesundung. Ich lächelte sie an und sah, wie sich ihre Gesichter entspannten, und Arie sagte, du warst ein paar Minuten lang ohnmächtig, aber mach dir keine Sorgen, und er brachte mir ein Glas Wasser, und Schaul fing an zu erzählen, wie ihm das einmal mitten in einem Prozeß passiert war, und erst da verstand ich, daß er wirklich Richter war, und das brachte mich zum Lachen, daß ich fast mit einem Richter geschlafen hätte, und ich sagte mir, dann ist es bestimmt in Ordnung, wenn ein Richter es erlaubt hat, und Arie schaute auf die Uhr und sagte, wir müssen los, Ja'ara, und an der Tür küßte Schaul mich auf die Wange, wie ein Onkel, und sagte, einen schönen Gruß an deinen Vater, und Arie nahm mich am Ellenbogen und führte mich zum Auto, ohne daß wir überhaupt das Meer gesehen hatten, und im Auto fragte ich, wo ist mein Slip, und er steckte die Hand in die Tasche und zog sie leer heraus und sagte, vermutlich ist er dort geblieben, und ich ärgerte mich, ich mag ihn besonders gern, es ist mein schönster, und Arie sagte, wegen einer Unterhose fahren wir jetzt nicht zurück, ein andermal, und ich wußte, daß es kein anderes Mal geben würde, und spürte einen Verlust ohne den Slip, als hätte ich mich heil und gesund auf den Weg gemacht und käme verletzt zurück, und dieser ganze Ausflug kam mir nun wie ein teuflischer Plan vor, nur ausgeheckt, um mir meinen schönen Slip zu stehlen.

Für eifersüchtige Regungen

HERMANN KESTEN

Gabriel und Giulia

Als Gabriel mitten in der Nacht aufwachte, stand der Mond vor dem offenen Fenster. Vom Boulevard drangen die Stimmen zweier Betrunkener herauf.

»J'te dis que j'suis Français.«

»Non, mon vieux, tu n'es pas Français.«

»Si j'suis pas Français qu'est-ce que j'suis?«

»Chut! Cocu qu' t'es.«

»Quand même j'sis Français.«

»Pas mèche, mon vieux, t'es cocu!«

»Qu'est-ce qui m'en ferait porter?«

»Moi, mon vieux! Et ta femme itou!«

»Bauvre femme!«

Gabriel drehte sich auf die andere Seite, um weiterzuschlafen. Aber da schwamm der Mond im Spiegel des Kleiderschranks wie in einem Meer von weißem, milchigem Licht.

Nun hörte Gabriel einen Atem neben sich. Er faßte hin und fühlte einen nackten Busen. Er schob die leichte Decke weg und sah im Mondlicht den Schoß, den Bauch, die Brüste und einen halbgeöffneten Mund. Er flüsterte: »Clelia!« und erschrak. Es war nicht Clelia.

Einen Augenblick fiel ihm der Name der nackten, schlafenden Frau neben ihm nicht ein, bis sie die Augen aufschlug. Giulia hatte wunderschöne Augen. Diese Römerin war nackt schöner als in ihren Kleidern. Die flüchtige Giulia war reizvoller als die Gattin des reichen Casella. Immerhin hatte sie darauf bestanden, statt in einem kleinen Hotel in einem großen Appartement des Hotel de Paris, zwischen Madeleine und Oper, abzusteigen. Gabriel hatte nachgegeben und dem Empfangschef bedeutet, er zahle für die Dame.

Die beiden Betrunkenen stritten schon wieder. Ihre hellen Stimmen klangen, als stünden sie im Zimmer.

»J'te dis qu'elle est moche, ta femme!«

»Jolie qu'elle est ma femme. Mignonne mais bien roulée!«

»Rien qu'elle a. Pas d'avantages, tu comprends?«

»D'accord, guère d'avantages, mais une jolie voix qu'elle a.«

»Sa voix, qu'tu dis? Sa voix? Bauvre homme!«

Giulia war von dem Gespräch der Betrunkenen oder dem Kuß Gabriels ganz wach geworden. Auch sie war vom schwimmenden Mondlicht wie geblendet. Einen Augenblick lang wußte sie nicht, sollte sie weinen oder lachen. Sie entschied sich zum Lachen. Ihr erster Liebhaber gefiel ihr, wie ihr noch nie etwas im Leben gefallen hatte. Aber sie hatte Angst vor ihm. Er hatte sich in Paris so jäh und stark verwandelt, als wäre er nicht mehr derselbe Mensch. War er derselbe? Ihre Bekanntschaft war so kurz, daß sie jetzt in der Nacht es bezweifelt hätte, wenn ihr nicht eben der nackte Gabriel als der wahre Gabriel erschienen wäre. Im Flugzeug von Rom nach Paris war sie schon halb selig, halb ängstlich, aber er noch unverändert gewesen. Sie hatte schon vor vielen Ängsten gezittert. Würde sie ihm im Bett gefallen? War ihr Busen nicht zu klein? Waren ihre Beine nicht zu dick? War sie nicht zu unerfahren in der Liebe für ihn? Würde er sie in Paris stehnlassen? Wie lange wollte er bei ihr bleiben? Wer war er?

»Wer bist du eigentlich, Gabriel?« fragte sie ihn, und er zuckte lächelnd mit den Schultern. Kam sie schon zur religiösen Frage, auf Gott, Weltanschauung und Partei?

Mitten im Entzücken, da er ihre Hand hielt und ihr in die Augen blickte und aus seinem Leben erzählte, bunte und oft gefährliche Geschichten, schon im Flugzeug fing sie an, sich Vorwürfe zu machen. Indes sie ihm zuhörte, sprach sie gleichzeitig, ohne die Lippen zu bewegen, mit sich selbst.

Und doch konnte sie nicht die Minute erwarten, da sie die Handschuhe ausziehen, die Schuhe abstreifen, den Rock fallen lassen würde.

Was hatte sie getan? Warf sie sich nicht einem wildfremden Abenteurer an den Hals? Liebte sie ihn? Er konnte sie nicht wahrhaft lieben, auch wenn sie ihm vielleicht ein wenig gefiel. Auf Geld ging er auch nicht aus. Vielleicht begehrte er sie. Und dann? Und darum ließ sie ihren Mann stehn? Liebte sie ihren Giacomo nicht mehr? Und Ettore? Aber die Kinder verlassen uns ohnehin. Hatte sie ihren einzigen Sohn nicht zu früh verlassen? Was wird Ettore von ihr denken? Er ist grundklug, aber doch ein Kind. Sechzehn Jahre, guter Gott!

Auch Gabriel hatte schon im Flugzeug zwiespältige Empfindungen. Er lächelte für Giulia und dachte an Clelia. Er sprach zu Giulia von seiner Liebe zu ihr und dachte, ich fahre mit der falschen Frau. Ich liebe Clelia, aber sie hat mich mit ihrem Mann betrogen. Zu schnell hat sie mich mit diesem dicken Rondano betrogen. Vielleicht wird sie sagen, sie habe es nur im äußersten Fall getan, nur um ein Menschenleben zu retten, das Leben ihres Gatten, des Vaters ihrer drei Töchter, eines Menschen, der sie liebt, eines Mannes, bei dem sie schon so oft gelegen. Ausreichende Gründe für eine gewöhnliche Situation. Aber die Liebe ist immer ein extremer Fall. Wahre Liebe ist ihrem Wesen nach extrem und macht alles extrem. Liebende leben in einer extremen Welt. Pfui, Clelia! Du hast mich nie geliebt. Du liebtest dich in mir, dein Vergnügen, deine Wollust, deinen Wahnsinn, deinen Witz, deine Welt. Nicht mich. Ich aber habe dich geliebt und beinahe mehr als mein Leben und meine Welt. Ich habe beinahe meine eigene Person in deinen Armen und in deinem Schoß aus freien Stücken aufgegeben. Geschwind hast du mich zugrunde gerichtet oder gerettet, ich weiß es noch nicht.

Und Giulia? So schnell hat sich noch nie eine vernünftige Frau mir an den Hals geworfen. Und Clelia? Clelia brauchte länger und rechnete nicht, und ich liebte sie, wie ich noch nie eine Frau im Leben geliebt habe. Einer bedingungslosen Liebe kann kein Mensch lange widerstehn. Aber wer liebt schon bedingungslos? Und wie oft liebt ein Mensch? Einmal vielleicht? Die meisten Menschen lieben nie.

Ist Giulia eine vernünftige Frau? Sie gefällt mir besser, als ich auf den ersten Blick vermuten konnte. Und wenn ich mich recht erinnere, gefiel sie mir gleich ungemein. Sie ist eine prachtvolle Frau. Schon Ettore gefiel mir. Ich darf nicht vergessen, Giulia zu fragen, ob sie vernünftig ist.

Giulia sagte zu Gabriel: »Ich bin noch nie in einem so guten Bett gelegen. Siehst du, der Mond biegt um die Ecke. Es wird dunkel und heller zugleich. Ich kenne keinen Menschen in Paris, nur dich. In einer Millionenstadt ist man viel mehr allein als in einem Dorf oder in der Wildnis. Ich habe mein früheres Leben in Rom gelassen, da liegt es wie die Ruinen der antiken Tempel von Rom; ich sehe Casella und Ettore, den reizenden Rondano und seine verrückte Frau und unsere Freunde und Trabanten samt diesem kindisch-lüsternen Maler Otokar Fisher wie Museumswächter in Rom herumgehen. Die zerstreuten Stücke meines Lebens sind in unserem Garten und Haus aufgestellt wie die zerfallenen und vereinzelten Statuen und Stücke eines Tempelfrieses. Meine Familie und Freunde in Rom bewachen und deuten diese toten Fragmente. Ich aber bin neu und heil entschwunden wie eine Göttin, von einer Wolke emporgetragen oder auf einem Stier wie Europa. Da finde ich mich auf einer Insel wieder, in den Armen Jupiters.«

Gabriel hatte das elektrische Licht angedreht. Zerstreut hörte er ihr zu und betrachtete sie mit brennendem Interesse. Mit einemmal fühlte er, daß er diese große, schlanke, nackte Person mit den strahlenden Augen, mit dem lieblichen Mund, den hundert Sommersprossen und mit flammendem rotem Haar inbrünstig liebte, wie er noch nie im Leben geliebt hatte.

Sie lagen atmend und schweigend nebeneinander, gleich groß und gleicherweise voneinander entzückt. Ihr keckes Näschen schien Wollust einzuatmen. Ihre freundlichen Hände faßten ihn behutsam an. Er spürte ihre zärtliche Berührung wie einen nie erlebten Schauer am ganzen Körper. Ihre klugen kühlen Augen schienen allein noch unberührt vom Feuer, in dem beide brannten. Ihre Augen schienen zuzusehn – zwei lustige und gescheite, zwei neugierige, kritische, gar spottlustige Zuschauer. Diese Augen regten Gabriel mehr als alles auf. Er wollte sie überwinden, ihre Kraft hinschwinden sehn, ihnen den Spott austreiben; dennoch rührte ihn diese ruhige, beobachtende Vernunft mitten im Taumel. Auch bei sich selber liebte er mehr als alles diese blickende, beobachtende Vernunft, die kritische Betrachtung des Lebens. Er glaubte zu erkennen, daß Giulia ihm verwandt und gleich sei, brüderlichen Geistes und schwesterlicher Seele.

Sie blickten einander in die Augen und faßten sich an, sie umarmten und verstrickten und vereinigten sich. Sie liebten sich und begannen beide zu lachen. Sie atmeten schneller und heftiger und begannen zu sprechen. Sie lachten und sprachen.

»Giulia! Wir werden herrliche Tage haben.«

»Herrliche Jahre, Gabriel!«

»Wir sind Zwillinge, Giulia. Aus einem Ei entsprungen, mit einem Schicksal begabt. Ich weiß, was du denkst, Giulia. Ich empfinde deine Empfindungen, fühle deine Gefühle. Wir sind Zwillinge des Glücks.«

»Wir werden uns nie trennen, Gabriel, bis zu unserem Tode nicht.«

»Wer so beisammen und eins war, den kann niemand

mehr ganz lösen, Giulia. Auch wenn wir voneinander entfernt wären, so wären wir beisammen.«

»Ich wußte nicht, was das ist: einen Mann haben, den man mehr liebt als sich selber.«

»Ich liebe dich, Giulia. Gibt es ein größeres Vergnügen für einen Menschen als ein Mensch?«

»Wie glücklich bin ich, eine Frau zu sein, da du mein Mann bist, Gabriel.«

»Wie glücklich bin ich, ein Mann zu sein, Giulia, da du meine Frau bist.«

Er löste sich von ihr, sprang aus dem Bett, hob sie heraus, faßte sie an der Hand und ging mit ihr nackt und barfuß durchs Zimmer wie durch einen Garten spazieren. Sie blieben vor den weißen Rosen stehn, die auf dem Tisch in zwei Vasen standen. Sie blieben vor den großen Spiegeln stehn und sahen sich an und gefielen sich. Sie lachten und schwatzten, gingen ins Badezimmer und bespritzten einander mit Wasser und trockneten einander ab. Sie küßten sich und lachten und gingen im Schlafzimmer wie auf einer Promenade spazieren und schwatzten.

»Ich bin eifersüchtig«, gestand Giulia plötzlich. »Auf Clelia besonders. Aber auch auf alle andern Mädchen, die dich lieben durften. Wie viele waren es? Hast du sie alle geliebt? Und mit großen Unterschieden? Wen liebtest du am meisten? Und liebst du mich? Liebst du mich jetzt noch? In diesem Augenblick?«

»Ich liebe dich in diesem Augenblick und ewig. Am meisten liebe ich deinen Gang, Giulia.«

»Werden wir viele Kinder zusammen haben? Ich will viele Kinder von dir! Ettore ist nicht übel! Aber wie herrlich werden erst deine Kinder sein. Und, Süßer, ich will dir nur sagen, daß ich dich liebe wie nichts auf Erden, daß ich von dir geträumt habe, seit ich dich zuerst gesehen habe, daß ich dir immer nahe sein möchte. Ich hatte Angst, das Flugzeug könnte abstürzen, bevor ich dich umarmte. Ich hätte es nicht ausgehalten, vorher zu sterben. Wenn es eine Hölle gibt, so hätte ich Millionen Jahre um diese verlorene Umarmung geklagt. Ohne dich kann ich keinen Tag mehr sein. Das Leben ist zu kurz, und ohne dich ist es einfach nichts. Gabriel, mein Liebster, wenn ich an deinen Körper dachte, war ich besessen. Wie ich ihn liebe! Ich konnte nichts anderes denken, als wie du dich anfühlen wirst. Meine Gedanken waren wie Pferde, alle galoppierten zu dir. Und nun gehörst du mir? Es ist wahr, ich gehöre dir, Liebster, ich gerate in Verwirrung. So hilf mir. Komm ins Bett.«

Sie gingen zu Bett. Aber auch im Bett war Giulia nicht zum Schweigen zu bringen. »Auch in deinen Armen, Gabriel, denke ich nur an dich. Sei nicht eifersüchtig. Auf wen, ich bitte dich! Auf den dummen Maler Otokar Fisher? Es ist wahr, er ist drollig. Ich habe ihn sogar gern. Er wollte mich immer haben. Wenn er mich sieht, drängt er mich in eine Ecke und versucht, mich zu küssen. Aber das ist nichts. Er läßt mich kalt. Natürlich ist er leidenschaftlich. Casella gibt ihm Geld, kauft seine Bilder, tut sie in einen Schrank und schaut sie nie mehr an. Otokar Fisher weiß es und will sich an ihm rächen, indem er ihn hörnt. Und natürlich gefalle ich ihm. Aber er hat mich nicht bekommen. Und warum nicht? Weil er mir nicht gefällt, nicht so gut gefällt. Und überhaupt hatte ich noch keinen Geliebten. Auf Casella bin ich sehr eifersüchtig. Bist du auf ihn eifersüchtig? Er wird Clelia heiraten.«

»Sie nimmt ihn nicht.«

»Natürlich nimmt sie ihn. Glaubst du, sie hat dich allein geliebt? Sie war bereit, jeden Mann außer Rondano zu lieben. Ettore sagte, sie sei glücklich gewesen, als sie erfuhr, ihr Mann habe sich umgebracht.«

»Aber nun lebt Rondano.«

»Das macht es schlimmer. Sie ging zu ihm gleich ins Bett,

nun haßt sie ihn dafür, besonders weil er damit geprahlt hat, der arme, dicke Rondano. Sie haßt ihn doppelt, weil du mit mir gegangen bist statt mit ihr. Sie wollte noch einmal mit Rondano zu Bett gehn, weil er ein Toter war, ein Wiederauferstandener, das mußte sie reizen, und um sich an dir zu rächen, weil Rondano wieder lebte, dir gab sie die Schuld, ohne zu wissen warum, und sie wollte dich strafen, weil du ihr widerstrebt und dich ihr entzogen hast; sie fühlte es. Aber nun kommt sie sich verschmäht vor, eine verlassene Frau, nun will sie getröstet werden. Sie muß sich beweisen, daß sie noch gefällt. Vergiß nicht, sie ist schon bald vierzig, da beginnt eine Frau leicht, an sich zu zweifeln, da will sie sich, wann immer es möglich ist, beweisen, wie attraktiv sie ist. Da kann sie keinen Avancen mehr widerstehn. Wer sie begehrt, bekommt sie.

Casella will sie haben. Er ist närrisch genug; denn was ist an ihr dran? Er wird sie haben, und sie wird die vier Kinder aufziehn in unserem Haus, Ettore und ihre drei Mädchen. Ich gönne ihr das Haus. Ich gönne ihr Casella, obwohl ich eifersüchtig seinetwegen bin, ich gebe es zu. Aber ich gönne ihr nicht Ettore. Bist du nicht sein Freund, Gabriel? Könnten wir ihn nicht entführen und zu uns nehmen? Er ist schon sechzehn Jahre alt und grundgescheit. Du bist doch nicht eifersüchtig auf Ettore? Wir werden selber Kinder haben, zwei oder drei. Wir werden unbeschreiblich glücklich sein. Du lächelst? Du blickst auf einmal finster. An wen denkst du? An Rondano? Auf ihn bist du nicht eifersüchtig. Er ist zu rund, Liebster. Nur Clelia konnte ihn lieben. Die gute Clelia.

Ich gebe zu, daß mir Rondano gefällt. Er wollte mich heiraten. Er nähme mich vom Fleck weg. Natürlich würde ich mich mit ihm amüsieren. Er ist der unterhaltendste Mensch in Rom und Florenz. Er ist blitzgescheit. Aber was soll eine Frau mit ihm anfangen? Ball spielen vielleicht? Er rollt wie ein Federball. Die Vorstellung, mit ihm zu Bett zu gehn, erschien mir immer lächerlich. Er ist so rund. Sicher ist er enorm kitzlig. Er war stets voll Respekt vor mir. Er ist nicht wie dieses fingerfertige handgreifliche Stehaufmännchen, dieser drollige Maler Fisher. Er ist viel komischer und doch würdig. Er hat nämlich Vernunft, wo Fisher nur Fingerspitzengefühl hat. Bitte, sei nicht eifersüchtig, Gabriel. O mein Gabriel, o Gabriel!«

Schließlich verging der glücklichen Giulia Reden und Hören und zuletzt sogar das Sehen. Stöhnend schloß sie die Augen.

Es war schon Morgen. Der Himmel loderte in allen farbigen Feuern der Frühe, giftgrün, eidottergelb, karmin und rosa und violett und durchsichtig glänzend-weiß, und schon ging die Sonne auf, und Giulia und Gabriel schliefen ein. Im Einschlafen dachte Gabriel, nie habe er eine Frau so geliebt wie Giulia. Er schlief schon lächelnd, da rüttelte sie ihn wach und fragte: »Liebst du mich auch jetzt, in diesem Augenblick?« Und Gabriel erwiderte schlaftrunken und voll von ertrunkenem Gelächter in den Mundwinkeln und Augenbrauen und Nasenlöchern: »Du bist meine erste wahre Geliebte« und schlief ein.

Als Giulia aufwachte, sah sie auf die Uhr. Es war elf Uhr dreißig. Die Sonne füllte mit ihrem Licht das Zimmer, ihre Strahlen schienen aus allen Spiegeln und Fenstern, unten surrten die Autos, Zeitungsverkäufer schrien, ein Kind rief: »Maman! Maman!«, und Giulia setzte sich auf. Sie fuhr sich mit den Händen durchs Haar, rief: »Gabriel! Mein Gabriel!«, sprang mit beiden Füßen aus dem Bett, lief ins Badezimmer und suchte ihn, lief in den Salon und fand einen Zettel auf dem Tisch. Sie wurde fast ohnmächtig und mußte sich setzen. Sie zerknüllte den Zettel in der Hand und war schweißbedeckt.

Schließlich hatte sie die Kraft, den Zettel auf den Tisch zu legen, glattzustreichen, ihn zu lesen. Sie las ihn und lachte, lief ins Badezimmer, sah sich im Spiegel an, fuhr sich mit dem Kamm durchs Haar, begann eine Arie zu singen, brach ab und las den Zettel zum zweitenmal.

»Liebste Giulia, meine Geliebte und Frau! Es ist zehn Uhr morgens. Du schläfst und siehst hübscher aus als je. Ich liebe Dich mehr als je. Ich möchte Dich wecken und mit Dir frühstücken. Aber schlafe nur; denn Du mußt heute nacht frisch und munter sein, mein Schatz, in meinen Armen.

Ich möchte bei Dir bleiben, aber meine Geschäfte rufen mich. Du lachst und glaubst es nicht. Dennoch habe ich viele Geschäfte, und sie rufen mich in der Tat. Jetzt brauche ich mehr Geld als je, für Dich, Giulia, für uns. Ich bin um acht Uhr abends in der Halle Deines Hotels.

Hundert Küsse. Dein Gabriel.

P. S. Ich habe Dir sogleich alle Küsse gegeben, die hundert Küsse. Hoffentlich habe ich mich nicht verzählt. Wieder Dein Gabriel. Ich könnte die ganze Welt umarmen, aber sei nicht eifersüchtig auf die Welt. Ich liebe nur Dich.

Immer noch Dein Gabriel.«

Giulia setzte sich auf einen Sessel und weinte. Schluchzend stammelte sie: »Ich bin glücklich, mein Gabriel. Ich bin so glücklich. Ich bin nur so bange nach dir. Warum hast du mich alleingelassen? Gabriel! Gabriel!«

Giulia lief ins Schlafzimmer. Sie rief: »Gabriel! Gabriel!« Sie lief ins Badezimmer und rief: »Gabriel! Gabriel!« Plötzlich war ihr alles klar. Nie mehr würde sie ihn wiedersehn, das war der Abschied. Das war das Ende. Das war der Tod.

Sie zog ihren Morgenrock an und ging zum Fenster, mit ihrem lustigen Gang, und blickte auf den Boulevard voller Bäume, Sonne, Menschen und Autos und rief: »Gabriel! Gabriel!«

Aber keiner blickte zu ihr auf. Keiner drehte sich nach ihr um. Da legte sie sich ins Bett und umarmte das Kissen, auf dem er gelegen, und küßte es, noch war sein Duft daran, und sie lachte und weinte und rief: »Gabriel! Gabriel!«

Für die Liebe wie im Traum

ALBERTO MORAVIA

Cecilia

Seit jenem Tag kam Cecilia zu mir: erst ein paarmal in der Woche, dann jeden zweiten Tag und schließlich, als wir uns schon einen Monat kannten, jeden Tag. Cecilias Besuche fanden immer zur gleichen Zeit statt und verliefen stets auf dieselbe Weise, so daß die Beschreibung eines Besuches auch für alle anderen gilt. Cecilia kündigte ihr Kommen durch einmaliges Klingeln an, so kurz, daß ich oft zweifelte, es wirklich gehört zu haben. Aber gerade diese Ungewißheit bestätigte mir, daß sie es war. Ich ging öffnen, Cecilia warf mir die Arme um den Hals, und wir küßten uns. An diesem Punkte muß ich sagen, daß Cecilia, so erfahren sie war, nicht zu küssen verstand. Der Kuß ist doch wohl ein sozusagen symbolischer Kontakt, in dem der Genuß letztlich mehr psychologischer als sinnlicher Art ist; und Psychologie war, wie man sehen wird, nicht gerade Cecilias starke Seite. Oder einfacher: Cecilia vermochte nicht, mich richtig zu küssen, weil unsere Beziehung nicht so war, daß sie in einem Kuß ihren Ausdruck finden konnte. Jedenfalls waren Cecilias Küsse träge, kühl und formlos wie die eines Kindes, das rasch im Wind gelaufen ist und nun eilends seinen Vater küßt. Anderseits enthüllte sich beim Küssen Cecilias Doppelnatur, die zugleich kindlich und frauenhaft war. Während sie mir nämlich ohne rechte Hingabe ihren Mund bot, der sich dem meinen nicht öffnete, fühlte ich zugleich, wie ihr Körper sich gegen den meinen wölbte und wie sie mir mit ihrem Leib einen spürbaren, trockenen Stoß versetzte, in dem sich die fordernde Natur ihrer Liebe kundgab. Dieser erste Kuß war nur ganz kurz, denn ich empfand dabei kein Vergnügen und brach ihn sogleich ab. Dann machte sich Cecilia aus meinen Armen frei, legte Handtasche und Handschuhe auf den

Tisch, trat ans Fenster, zog die Vorhänge zu und entkleidete sich – stets auf dieselbe Art und an derselben Stelle, nämlich zwischen dem Diwan und einem Sessel, auf den sie ihre Kleider legte.

Ich hatte Cecilia im Juli kennengelernt, als sie die sommerliche Kleidung trug, die ich schon beschrieben habe: die lockere Hemdbluse und den weiten, kurzen Tänzerinnenrock. Später, im Herbst, als es anfing, kühler zu werden, trug sie einen langen grünen Wollpullover über einem sehr engen schwarzen Rock, der ihr bis an die Knie reichte. Als erstes also streifte Cecilia den Pullover über den Kopf und verblieb einen Augenblick mit erhobenen Armen und unsichtbarem Gesicht. Dann zog sie, immer mit der gleichen energischen Bewegung, den Pullover völlig aus und legte ihn auf den Sessel. Sie war jetzt bis zur Taille nackt, denn trotz der Rauheit der Wolle trug sie nichts unter dem Pullover. Scheinbar ohne Eitelkeit, als stellte sie eine unbestreitbare Tatsache fest, erklärte sie, ihre Brust benötige keinerlei Halt. Ich vermutete allerdings, daß sie doch aus Eitelkeit handelte: Sie wollte mit ihrem prächtigen Busen prunken, ihn mir sozusagen hinknallen, sobald der Pullover abgestreift war. Das Sichtbarwerden ihres Busens minderte im übrigen nicht den Eindruck der Unreife, der von ihr ausging. Dieser volle und blühende Busen schien nun einmal nicht zu dem zarten Körper zu gehören; und dieser Eindruck war besonders stark, wenn Cecilia sich umwandte. Ich sah nur den mageren weißen Rücken eines halbwüchsigen Mädchens, und der Busen, der zwischen Arm und Rippen sichtbar wurde, schien irgendwie selbständig und aus einem wärmeren, dunkleren, reiferen Fleisch zu sein als der übrige Körper.

Wenn sie mit dem Pullover fertig war, wandte sich Cecilia ein wenig zur Seite, griff sich mit beiden Händen an den Rock und öffnete den Reißverschluß. Der Rock fiel, und sie trat ein paarmal drauf – genauso ungeduldig, wie sie sich den Pullover vom Kopf gerissen hatte. Dann nahm sie den Rock auf und legte ihn gleichfalls auf den Sessel. Sie trug jetzt nur noch die intimeren Kleidungsstücke am Leibe: den Strumpfbandgürtel über den Hüften, das Höschen über dem Bauch, die Strümpfe über den Beinen. All das war bereits völlig durcheinander, als hätte Cecilia beim Entkleiden diesen Dingen jegliche Funktion genommen: das Höschen schien zerdrückt und zusammengerollt, der Strumpfbandgürtel hing auf einer Seite herab, zwei von den vier Strumpfbändern hatten sich gelöst, von den Strümpfen war der eine noch hochgezogen, der andere baumelte unter dem Knie. Es war das eine frauenhafte Unordnung, die sonderbar mit der kindlichen Unschuld und Ausdruckslosigkeit des Gesichtes kontrastierte. In der Tat, Cecilia wirkte immer zwiespältig.

Diese Zwiespältigkeit offenbarte sich besonders auch in dem Kontrast zwischen dem oberen und dem unteren Teil ihres Körpers. Es gibt Unterschiede des Gewichts, die dem Blick sogleich erkennbar sind: Ein Gegenstand aus Blei zum Beispiel erscheint den beobachtenden Blicken schwerer als ein gleichgroßer aus leichterem Material. Von der Taille abwärts machte der Körper Cecilias den Eindruck, als sei er aus einem sehr dichten und schweren Material. Wie kräftig zum Beispiel der Ansatz der Beine, verglichen mit dem Ansatz an den Schultern! Wie sehr unterschied sich die zarte Magerkeit des Oberkörpers von den kraftvollen Hüften und der mächtigen Muskulatur der Schenkel! Cecilia war eine Halbwüchsige von der Taille aufwärts, eine Frau von der Taille abwärts, und man mußte bei ihrem Anblick an gewisse dekorative Ungeheuer denken, wie sie auf den antiken Fresken zu sehen sind: Sphinxe oder Harpyien, deren unentwikkelte Brüste sich grotesk über einem mächtigen Bauch und zwei mächtigen Beinen erheben.

Auch die Art, wie sich Cecilia während des Liebesaktes verhielt, spiegelte den Kontrast zwischen ihren zwei Naturen, der kindlichen und der frauenhaften, wider. Ich habe über ihre Art oftmals nachgedacht und bin zu dem Schluß gelangt, daß Cecilia zu keinem Gefühl und vielleicht nicht einmal zu wahrer Sinnlichkeit fähig war. Sie hatte nur Appetit auf das Geschlechtliche, ohne sich dessen aber voll bewußt zu sein. Infolgedessen ließ sie sich gänzlich passiv treiben. In meinen Armen wurde sie zum Kind, das gehorsam den Mund aufsperrt, wenn sich die Mutter mit dem Löffel nähert. Die poetische und rührende Kindlichkeit des blassen, runden Gesichts stand in beständigem Kontrast zu der Härte und Gier, mit der sie sich selber und mir zusetzte, damit ich zum Höhepunkt gelangte und sie das dann bis ins letzte auskosten konnte. Ihre Bewegungen nahmen in dem Maße, in dem Rhythmus und Intensität sich steigerten, an Häufigkeit zu und erinnerten dann an die Präzision eines einmal ausgelösten Mechanismus, den aufzuhalten weder in ihrer noch in meiner Macht lag: Diese anfangs trägen, kaum merkbaren Bewegungen schienen zuletzt wie die eines Kolbens, der sich unermüdlich mit automatischer Kraft bewegt. Ihr Gesicht aber blieb regungslos, entspannt, ruhig, bar jeder Leidenschaft, kindlicher denn je mit den gesenkten Lidern und dem halbgeöffneten kleinen Mund. Nicht viel mehr als eine leichte Rötung am Oberteil der Wangen ließ erkennen, daß Cecilia nicht schlief, sondern wach war und empfand, was mit ihr geschah.

Diese Art Ablösung von Cecilias Seele war besonders in den Augenblicken bemerkbar, in denen sie plötzlich und scheinbar grundlos aus ihrer mechanischen Passivität aufschreckte und meine Zärtlichkeiten erwiderte. Vielleicht kann man sagen: Die zeugende Liebe ist immer keusch; fast niemals aber sind es die Praktiken des Liebesspiels. Die Art nun, in der Cecilia physisch mit mir umging, war völlig keusch, eben weil sie so sonderbar automatisch und unbewußt war. Während einer Umarmung zum Beispiel setzte

Cecilia sich auf und beugte sich mit dem Mund zu mir herab, als wollte sie weinen; doch dieser plötzliche Impuls hatte etwas Schlafwandlerisches, als handelte Cecilia in einem Traum, also im Zustand völliger Unbewußtheit. Nachdem sie sich ausgetobt oder, besser gesagt, nachdem sie alle Möglichkeiten der Situation erschöpft hatte, warf sich Cecilia von neuem in meine Arme, die Augen geschlossen, den Mund halbgeöffnet, und wieder hatte ich den seltsamen Eindruck einer Schlafenden, die etwas Sinnloses getan hat und dann wieder in Schlummer versunken ist.

Nach dem Höhepunkt, der sie wie ein kleiner epileptischer Anfall erschütterte, dabei aber die apathische Regungslosigkeit ihres Gesichtes nicht veränderte, lag Cecilia erschöpft da – einen Arm um den Kopf geschlungen, den anderen vom Diwan herabhängend und das Gesicht zur Schulter gewandt. Einen Augenblick lang lächelte Cecilia mich an, und das war vielleicht der schönste Moment unserer Liebe. Aber auch dieses sanfte Lächeln, in dem die Süße der befriedigten Lust aufzufluten und zu ersterben schien, nahm ihr nicht ihre kindhafte Zweideutigkeit. Zwar lächelte Cecilia mich an, doch schien sie mich dabei nicht zu sehen. Es machte eher den Eindruck, als lächelte sie sich selber zu. Losgelöst, ja irgendwie einsam, stellte dieses Lächeln doch die äußerste Phase der Kommunikation, ja der beinahe völligen physischen Vereinigung dar. Gleich danach lagen wir als zwei ganz verschiedene Menschen auf dem Diwan, voneinander getrennt und genötigt, miteinander zu sprechen.

Für Wonnen in der Wanne

ORAZIO BAGNASCO

Das Haus der hundert Lampen

Die Freunde des jungen Herzogs waren in der neuen Zitadelle untergebracht, wo auch Sanseverio und seine Bogenschützen Quartier gefunden hatten. Doch der Graf von Caiazzo hatte nach den Drohungen gegen seine Person schon bald beschlossen, auf schnellstem Wege zu Pferd nach Tortona weiterzureisen und die Ermittlungen seinen ihm untergebenen Offizieren zu überlassen.

Die Rufolo-Zwillinge hatten mit ihrer schönen Gefährtin Melita im »Haus der hundert Lampen« Unterkunft gefunden, wo zahlreiche leichte Mädchen reiche Florentiner und Pisaner Kaufleute verwöhnten. Das Gebäude hatte einmal einer adligen Familie Pisas gehört, deren Geschlecht aber schon vor der Medici-Herrschaft erloschen war.

Das Bordell verfügte über zahlreiche Festsäle, die alle mit großen Wannen ausgestattet waren, in denen man auch bequem in Gesellschaft der charmanten Gastgeberinnen im warmen Wasser sitzend speisen konnte. Die Mädchen des Hauses waren geschickt und erfahren in allem, was Bäder und Bankette zu einem angenehmen Vergnügen machten.

In einem der Säle war die Wanne so breit, daß acht Pärchen, vier zu jeder Seite, bis zum Bauchnabel im Wasser sitzend darin Platz fanden. Dazwischen verlief der ganzen Länge nach, knapp über der Wasseroberfläche, ein schmaler Tisch, der mit einem Tischtuch aus besticktem Damastleinen und edlem Geschirr gedeckt war. Schälchen und Schüsselchen mit süßen Leckereien, kandierten Früchten und Pinienkerngebäck standen schon bereit, wenn die Gäste eintrafen.

Die Cavalieri und ihre Damen zogen sich aus und stiegen in die große Wanne, während ein kleines Orchester liebliche Tanzmelodien anstimmte.

Die Feste in den Wannen zogen sich über Stunden hin. Und das nicht nur, weil sie so angenehm und lustvoll waren, sondern auch, weil man dem warmen Wasser einen therapeutischen Wert zuschrieb, besonders wenn ihm Minze, Beifuß, Malve oder Sandelholz beigegeben wurden. Diese Mahlzeiten in der Wanne waren ursprünglich eine französische Mode, die burgundische Herbergsbesitzer nach Italien gebracht hatten, wo sie rasch an Beliebtheit zunahmen.

Melita hatte es so eingerichtet, daß im »Haus der hundert Lampen« auch Geraldo da Serravalle untergebracht war, der junge Page, mit dem sie auf der Karracke Bekanntschaft gemacht hatte und der ihr wie ein Hündchen überallhin folgte. Das Leben an Melitas Seite war für den sechzehnjährigen Jüngling wie ein Traum. Geraldo war, wie viele Heranwachsende in seinem Alter, groß und schlank und hatte eine sinnliche Nase, deren Ausmaße durch das schmale Gesicht besonders betont wurden, und ein von einer auffallenden Falte durchzogenes Kinn. Aus der hageren Blässe seines Gesichts stachen dunkle, wach und melancholisch blickende Augen und ein fleischiger Mund hervor. Auch seine leicht abstehenden Ohren betonten sein jünglinghaftes Aussehen. Er trug die Giornea der Pagen des Mailänder Hofes und über den schönen, sehr schlanken Beinen die für einen Höfling des Hauses Sforza typische »geteilte« Strumpfhose, weiß die rechte und kirschrot die linke Seite.

Das zärtliche Interesse, das diese gut zwanzig Jahre ältere Frau an ihm zeigte, schmeichelte seiner Eitelkeit und entfachte seine Sinne, obwohl sie sich darauf beschränkte, sein mageres Gesicht zu streicheln und ihm mit ihren schwarzen, durchdringenden Augen, die stets wie im Fieber wirkten, süß zuzulächeln. Auch wenn sie ihren unvermeidlichen Verehrern schöne Augen machte, ließ sie ihn nicht von ihrer Seite, streichelte ihm liebevoll übers Haar, während er mit schmachtenden Blicken ihr makelloses Gesicht bewunderte und schon zu leiden begann, wenn sie nur ein paar galante Worte an irgend jemanden richtete. Es hatte den Anschein, als wollte sie ihn langsam in die Kunst der höfischen Liebe einführen.

Am zweiten Tag ihres Aufenthalts in Pisa war Melita im »Haus der hundert Lampen« gerade in ein Gespräch mit einem Cavaliere vertieft, als sie plötzlich innehielt, sich zu Geraldo, der wie immer bei ihr war, umdrehte und an den Jüngling gewandt fragte: »Willst du heute mit mir zu Abend essen?«

Geraldo starrte sie verwirrt aus großen Augen an. Die Vorstellung, an der Seite dieser wunderbaren Frau an einem Mahl für Erwachsene teilzunehmen, erschreckte ihn. Und außerdem fühlte er sich mit dem Garnasch, den er gerade trug, nicht passend gekleidet. Er schluckte ein paarmal und antwortete dann: »Ja … sehr gerne … Dann gehe ich mich jetzt umziehen.«

»Nicht nötig, du wirst heute abend kein Wams brauchen, keinen Giubbone und auch sonst nichts. Wir treffen uns hier zur ersten Stunde des Abends«, sagte sie beiläufig und wandte sich wieder ihrem Verehrer zu.

Geraldo floh aus dem Raum, denn er wußte einfach nicht, wie er die Schamesröte, die sein Gesicht überzogen hatte, verbergen sollte. Der Kopf schwirrte ihm, und er fragte sich, was sie von ihm erwartete. Aber er war auch stolz, denn nun würde er zum erstenmal in seinem Leben mit Cavalieri und Damen an einer Tafel zusammensitzen und beim Eintritt in den Saal einer Frau den Arm reichen dürfen, die obendrein noch um so vieles reifer war als er. Was hätte er darum gegeben, wenn ihn jetzt seine Freunde hätten sehen können.

So begann er, rastlos durch das »Haus der hundert Lampen« und den sich anschließenden Garten zu streifen. Und immer, wenn ihm jemand begegnete, fragte er, ob es schon die erste Stunde des Abends sei. Die Zeit wollte einfach nicht vergehen. Warum hatte Melita bloß nicht gewollt, daß er sich umzog? In seinem Gepäck hatte er doch seine goldene Giornea, die man ihm für die Feierlichkeiten in Neapel mitgegeben hatte. Mit der hätte er jetzt sicher eine gute Figur gemacht. Mit dem kleinen, wie ein Zuckerbrot geformten Barett würde er hingegen neben den anderen Cavalieri, die er zum Abendessen treffen würde, nicht bestehen können. Wie beneidete er doch diese so überaus selbstsicheren Männer, die sich einen Spaß daraus machten, einen unerfahrenen Jüngling wie ihn auf den Arm zu nehmen. Schon jetzt dachte er mit Schrecken daran, daß ihn jemand, um ihn zu foppen, während des Mahls nach seinen Erfahrungen mit Frauen fragen könnte: Was sollte er da nur antworten?

Es wäre ihm schwergefallen zu gestehen, daß er noch nie mit einer Frau zusammen war, jedenfalls nicht so, wie sie es meinten. Sicher, er wußte, daß weibliche Wesen irgendwie anders als Männer waren, aber obwohl seine Freunde, die ja nicht älter als er selbst waren, so großspurig taten, als wüßten sie über alles Bescheid, hatten sie ihm nie irgend etwas erklären können. Kein Wunder, denn sie waren sicher auch nicht viel erfahrener als er selbst. Ja, einmal hatte er ein Mädchen geküßt, eine Magd von Cecila Gallerani. Das war in einem dunklen Flur im Kastell von Porta Giovia gewesen, aber sie war rasch davongelaufen. Dann hatte er schon die Reise nach Neapel antreten müssen, und damit war die Sache erledigt gewesen.

Natürlich war ihm klar, daß die Art und Weise, wie er sich selbst ab und an Erleichterung und Lust verschaffte, mit dem zu tun hatte, was er gerne einmal mit einer Frau getan hätte. Aber wie nur? Hoffentlich sprach man ihn beim Abendessen nicht auf dieses Thema an. Er würde sterben vor Scham. Melita sollte keinesfalls erfahren, daß er noch nicht einmal wußte, wie eine Frau aussah. Vielleicht wäre es besser gewesen, die Einladung abzulehnen. Aber wie hätte er der Signora etwas abschlagen können?

So nahm er sich vor, daß er bei peinlichen Fragen eine leichte Übelkeit vortäuschen und die Flucht ergreifen würde.

Die erwartete Stunde, die zunächst so unendlich fern schien, kam schließlich doch, und Geraldo betrat den Saal, in den Melita ihn bestellt hatte. Er war leer. So begann er, mit einer Mischung aus Hoffnung und Furcht im Herzen, zu warten: Hoffnung, daß sie ihn nicht vergessen habe, und Furcht, daß sie tatsächlich kommen würde. Wie sollte er sich nur mit all den brillanten Männern in ihrer Begleitung messen?

Er wartete lange, bis Melita endlich erschien, noch schöner, unerreichbarer und geheimnisvoller als je zuvor, mit der ihr eigenen Ausstrahlung einer verwöhnten Wildkatze, dem Sinnbild von Weiblichkeit. Geraldo spürte, wie sein Herz vor Aufregung zu zerspringen drohte. Um seine Fassung wiederzugewinnen, versuchte er, irgend etwas zu stammeln, doch seine Kehle war zu trocken, und er bekam keinen Ton heraus. Furchtbar lächerlich kam er sich vor, doch ihre Gesichtszüge entspannten sich zu einem gleichzeitig sanften und koketten Lächeln, als sie auf ihn zutrat und ihn auf die Wange küßte.

»Komm«, sagte sie, indem sie seine Hand nahm, »es ist alles bereit.«

Geraldos Beine zitterten, als er an ihrer Seite die Stufen zum oberen Stockwerk erklomm, wo er noch nie gewesen war. Er wußte nur, daß hier die Zimmer mit den Wannen waren. Oben angekommen, ging die Frau, die Hand des Jungen immer noch fest im Griff, auf eine Tür zu, öffnete sie und trat ein. Der Raum war leer.

Ein Kamin mit einem großen Feuer erwärmte das Zimmer, und nur der flackernde Schein der Flammen sowie die

Kerzen auf dem Tisch spendeten etwas Licht, ließen aber auch weite Flächen des Raumes im Halbschatten. Unter einem seidenen Baldachin erblickte Geraldo eine Badewanne, nicht sehr groß und mit einem Holzbrett darüber, auf dem eine Tischdecke und alles Notwendige für ein Mahl zu zweit angeordnet war. An der hinteren Wand befand sich ein großes Bett.

Schüchtern fragte Geraldo nach den anderen Gästen, doch Melita blickte ihn verwundert an und sagte lächelnd: »Von anderen Gästen war nie die Rede. Komm, hilf mir.«

Sie war zu dem Bett hinübergegangen und warf nun die großen Kissen auf den Fußboden vor dem Kamin. »Leg noch die Decke aus Fuchspelz darüber, und dann komm.«

Der Junge verstand nun überhaupt nichts mehr, spürte aber, daß ihm ein köstliches Erlebnis bevorstand. Melita streckte sich sanft auf dem Lager aus und winkte ihn zu sich. Er näherte sich ihr und legte sich neben sie, während sein Herz so heftig pochte wie noch nie in seinem Leben und sein Verstand von kühnen Vorahnungen verwirrt war.

Sie schmiegte sich an ihn und streichelte sanft über seine Stirn. Da schloß er die Augen und spürte, wie ihre Lippen seinen Mund und dann sein ganzes Gesicht streiften. Entspannt auf dem Fell liegend, begann sie ohne Hast, die unendliche Reihe der zweiundzwanzig kostbaren Perlenknöpfe, mit denen ihre Gamurra verschlossen war, aufzuknöpfen.

Nach einiger Zeit, die Geraldo unsagbar lang vorkam, hob sie den Blick, schaute ihm fest in die Augen und zog langsam die Schöße ihrer langen Gamurra auseinander, während sie ihn mit zärtlicher, ja mütterlicher Miene anlächelte.

»Siehst du, so sieht eine Frau aus! Das war es doch, was du schon so lange wissen wolltest.«

Der Junge starrte sie mit weit aufgerissenen Augen an. Niemals hätte er geglaubt, daß es etwas so Geheimnisvolles, Wunderschönes und gleichzeitig Erschreckendes geben könnte. Zwischen den weit geöffneten Schößen ihres Kleides erblickte er ihren Körper, die dunkle Haut, ihre Brüste mit den großen, fast schwarzen Brustwarzen, die von langen roten Seidenstrümpfen umhüllten Beine. Ihre Taille war mit einem schmalen Lederband umgürtet, von dem sechs silberne Kettchen die Hüften herab zu den Säumen der Strümpfe liefen. Und in der Mitte ein dichtes Dreieck aus schimmernden, schwarzen Löckchen. Fasziniert und erschrocken konnte Geraldo den Blick nicht davon abwenden. Er keuchte, blieb aber reglos mit großen Augen und offenem Mund liegen, bis sie ihn schließlich sanft an sich zog, so daß sein Kopf an ihrem Busen ruhen und sich sein keuchender Atem beruhigen konnte. Dann öffnete sie seine Braguette und betrachtete seine junge, sich aufrichtende Männlichkeit. Der Page schämte sich zutiefst für das, was da mit seinem Körper geschah, und fürchtete, daß die Signora verärgert sein könnte. Doch Melita streichelte ihn mit der Handfläche genau an der Stelle und brachte ihn dann langsam immer näher an ihren großen, dunklen Wald heran, bis Geraldo spürte, wie er nach und nach in eine tiefe unergründliche Grotte glitt. Eine neue Welt tat sich ihm auf, und ein tiefes Gefühl der Dankbarkeit überkam ihn. Sie hatte ihre Hände auf seine Hüften gelegt und lenkte und unterstützte seine zaghaften Bewegungen. Schon bald spürte er sein Herz überfließen, und plötzlich ergoß er sich in sie, wie eine Schleuse, deren Tore geöffnet werden. Melita drückte ihn fest an sich, und Geraldo wurde gewahr, daß er in ein neues Leben eingetreten war.

Indessen hatte Melita ihn nach und nach entkleidet und streichelte ihn jetzt am ganzen Körper, während er wieder mit dem Kopf an ihrem Busen ruhte. Dann zog sie ihn wieder an sich, und sie begannen erneut, immer wieder, bis den Jüngling die Kräfte verließen. Geraldo fühlte sich vollkommen leer, in den Lenden wie im Kopf.

Nach einem endlos langen Schweigen hörte der Page Melitas Stimme, die ihn aus seinem Traum weckte: »Nun können wir in die Wanne steigen und essen, mein Geliebter. «

Sie stiegen ins Bad, und bei der Berührung mit dem Wasser, das ein Ofen warm gehalten hatte, spürte Geraldo, wie seine Kräfte wiederkehrten. Melita klatschte in die Hände, und einige flinke Mägde erschienen und brachten Essen und Wein. Auch einige Musikanten betraten den Raum, die ihre Hocker mitgebracht hatten und nun zu spielen begannen.

Geraldo versuchte seine Verlegenheit zu verbergen und blickte nur hin und wieder verstohlen zu den Musikanten auf. Melita beobachtete ihn und lächelte über seine jugendliche Scham, ergriff unter dem Tisch seine Hand und murmelte: »Keine Sorge, sie sind blind.«

Nur einige Kerzen sowie der Lichtschein aus dem Kamin erhellten ihr Mahl. Man brachte ihnen eine Pastete aus gekochten Austern mit Essig und Honig, ein Tellerchen mit Rosen-*bianco-mangiare,* eine Hühnerpotage mit zerstoßenen Mandeln und eine im Backofen gegarte Lammkeule mit Zukker und Zimt. Dazu eine Karaffe mit Vignamaggio von einer schönen, leuchtendroten Farbe.

Geraldo erlebte dies alles wie im Traum; da saß er also, vollkommen entkleidet, in einer Wanne diesem hinreißenden, dunkelhäutigen Geschöpf gegenüber, das sich nicht im geringsten genierte, sich ihm nackt zu zeigen. Wie eine Göttin kam sie ihm vor. Er konnte gar nicht glauben, daß sie kurz zuvor noch sein gewesen war, und fürchtete den Moment, da er aus diesem Traum erwachen würde. Melita nahm den Kelch, in dem der Vignamaggio durch das Kerzenlicht rubinrot funkelte, hob ihn an ihre Lippen, schaute ihn mit einem halb ironischen, halb mütterlich-sanften Blick an und sagte: »Auf dich und auf alle Frauen, die in deinem Leben nach mir kommen werden.«

Geraldo wollte etwas erwidern, doch er war zu ergriffen,

um ein Wort herauszubringen, denn er verstand, daß dies ein besonderer Moment war. So hob er seinen Kelch und leerte ihn, was er noch nie getan hatte, in einem Zug.

Er wußte, er war zum Mann geworden.

Für schlüpfrige Spiele

ANNE-MARIE VILLEFRANCHE

Das Öl

Ihre selbstverständliche Art beruhigte ihn. Außerdem kam es ihm nicht in den Sinn, daß eine erwachsene Frau wie Madame Gaumont das geringste Interesse an seinem Körper haben könnte. Langsam drehte er sich auf den Rücken. Sein steifes Glied stand steil von seinem Körper ab, doch Marcelle schien es nicht zu beachten – sie lag bequem ausgestreckt neben ihm auf der Matratze, die Beine ein wenig gespreizt, die Hände unter dem Kopf verschränkt. Jean-Louis konnte sich nicht zurückhalten, auf ihre nackten Brüste und rosa Nippel zu schielen. Als er sah, daß sie die Augen fest geschlossen und ihren Kopf zurückgelegt hatte, um die Sonne auch unter ihr Kinn scheinen zu lassen, traute er sich, ihre Brüste unverhohlener zu betrachten.

»Spürst du, wie gut die Sonne deinem Körper tut?«, fragte sie wie beiläufig.

»O ja«, erwiderte er, »aber kann es nicht auch gefährlich sein? Ich habe am Strand manchmal Leute gesehen, die einen schrecklichen Sonnenbrand hatten.«

»Gott sei Dank, daß du mich daran erinnerst!«, rief Marcelle. »Ich hatte völlig vergessen, daß du gar nicht an die Sonne gewöhnt bist – ich hätte dich gleich zu Anfang mit Sonnenöl einreiben müssen.«

Sie sprang auf und ging zum Schrank hinüber. Mit verzweifelter Bewunderung betrachtete Jean-Louis ihren langen, schmalen Rücken, ihre schwingenden Hinterbacken und – als sie wieder zurückkam – ihre wippenden Brüste. Sie kniete neben ihm nieder, goß etwas duftendes Öl auf seine Haut und strich es sanft mit den Handflächen ein.

»Fast fertig«, sagte sie. »Gleich wirst du vollkommen geschützt sein.«

Diesmal konnte er sich nicht mehr beherrschen und stöhnte laut auf, als sie sein zitterndes Glied in die Hand nahm und fest massierte.

»Aber Madame Gaumont ...«, stammelte er mit puterrotem Gesicht.

»Halt still, und sei nicht so albern. An dieser empfindlichen Stelle holt man sich am ehesten einen Sonnenbrand. Und da ist er auch besonders unangenehm.«

Ihre Hand glitt an seinem steifen Pfahl auf und ab, um ihn gründlich einzuölen. Gebannt schaute er ihr zu, wie sie ein wenig Öl auf die Spitze seines Zepters goß, es herunterlaufen ließ und dann gleichmäßig verteilte.

»Wenn ich dich fertig eingeölt habe, möchte ich, daß du das Gleiche für mich tust und mich von oben bis unten einölst. Ob am Rücken oder an den Brüsten – das macht keinen Unterschied.«

»Ja, das macht keinen Unterschied«, wiederholte er keuchend. Sein steifes Glied zuckte bei der Vorstellung, die weichen Brüste zu massieren, die jetzt zum Greifen nah vor seinen Augen baumelten.

»Den Rücken, den Busen und die Beine ...«, sagte Marcelle mit bebender Stimme, während sie seinen Penis kräftig weiterbearbeitete. »Und besonders zwischen den Beinen, wo die Haut am empfindlichsten ist ... Auf die Haut zwischen den Beinen mußt du ganz besonders achtgeben ...«

»Das werde ich!« rief Jean-Louis laut, während seine Hüften sich wild nach oben stemmten und eine jungenhafte Fontäne in die Luft verspritzte.

»Ich hätte nicht gedacht, daß du so leicht die Kontrolle verlierst«, sagte sie etwas vorwurfsvoll. »Du mußt ein sehr sinnlicher Junge sein, wenn du so heftig auf einen so unbedeutenden Reiz reagierst.«

Jean-Louis setzte sich auf. Sein Kopf schwirrte, er wollte sich für sein ungebührliches Benehmen entschuldigen.

»Du brauchst dich nicht zu entschuldigen«, erwiderte sie lachend. »Das kommt bei Männern eben manchmal vor. Völlig bedeutungslos. Im Schrank sind Handtücher. Reib dich trocken, und dann komm zu mir und öl mich ein, meine Haut ist heiß und sehr empfindlich.«

Langsam arbeitete er sich an ihrem Rücken herunter und widmete sich dann ganz ihren vollkommenen Hinterbakken. Ihre Haut fühlte sich an wie weicher Satin, und sein erschlafftes Glied zuckte bedrohlich.

Er zitterte, als er ein wenig Öl in die Spalte zwischen ihren Hinterbacken tropfen ließ und es mit den Fingerspitzen sanft einmassierte. Als er den kleinen Knoten tief zwischen ihren Backen berührte, durchlief ein Schauer ihren schönen Körper.

Jean-Louis drückte mit einer Hand die runden Backen auseinander und liebkoste mit den Fingern seiner anderen Hand die sanfte Spalte dazwischen. Dabei glitt er immer tiefer und tiefer, bis er weiches Haar und den Ansatz weicher Lippen spürte. Seit mehr als einer Woche schon hatte er versucht, Madeleine Leroy dazu zu überreden, ihm zu erlauben, seine Hand in ihr Höschen gleiten zu lassen – und hier war Madame Gaumont und ließ ihn frei mit ihren Schätzen spielen!

»Was ist los?« fragte Marcelle, ohne die Augen zu öffnen. »Hast du das ganze Öl verbraucht?«

»Nein, es ist noch eine halbe Flasche da.«

»Dann reib meine Oberschenkel ein, bevor sie rot und häßlich werden.«

Er benutzte beide Hände, um ihren Oberschenkel einzuölen, wagte sich jedoch nicht weiter als zwei Fingerbreit an ihre braunen Locken heran. Dann war der andere Schenkel dran, und wieder kamen seine Hände in die Nähe ihrer Lockenpracht. Ihre Beine spreizten sich auf der gelben Matratze, und Jean-Louis stieß den längsten Seufzer seines

Lebens aus, als er ihre rosabraunen Schamlippen entdeckte.

»Zwischen meinen Beinen mußt du besonders viel Öl benutzen«, murmelte Marcelle. »Es ist ein Irrtum, wenn man meint, das Haar würde die zarte Haut darunter schützen.«

Jean-Louis atmete heftig, als er etwas Öl auf seine Handfläche goß und es auf Marcelles runden Hügel auftrug. Zuerst massierte er es mit der ganzen Hand in ihre Locken ein, doch seine natürlichen Instinkte waren zu übermächtig, um sich noch länger zügeln zu lassen, und bald benetzte er seine Fingerspitzen, um die empfindlichen Lippen zu berühren.

»So ist es richtig«, sagte sie mit sachlicher Stimme. »Massiere es sanft ein.«

Sein steifer Riemen zuckte heftig, als er ein wenig Öl in die weiche Spalte laufen ließ, die er durch sein sanftes Reiben geöffnet hatte. Einen Augenblick später waren seine Finger auch schon in ihr und rieben langsam hin und her. Marcelle sagte nichts, aber es war unmöglich, daß sie nicht bemerkte, was er mit ihr tat. Sie wand sich unter seinen Händen, und ihr Mund war leicht geöffnet. Jean-Louis starrte auf ihre Brüste. Ihre rosa Nippel waren größer und fester als vorher, als sie sich zum ersten Mal auf den Rücken gedreht hatte.

»Ja, du mußt das Öl sanft einmassieren«, seufzte Marcelle.

Sanft führte sie ihn ein Stück nach oben, bis er einen kleinen Knopf unter seinen Fingerspitzen fühlte.

»Das ist die allerempfindlichste Stelle«, flüsterte sie. »Massiere das Öl ganz sanft und zart ein.«

Marcelles Hüften zuckten. Sie stöhnte laut auf, ihre Fersen hämmerten gegen die Matratze. Dann lag sie wieder still.

»Es ist ein sehr großes Privileg für dich, mich nackt zu sehen«, sagte sie. »Ich verlasse mich darauf, daß du diskret bist und ein Geheimnis bewahren kannst.«

»Ich würde mir eher die Zunge abbeißen, als ein Wort von dem zu erzählen, was geschehen ist«, versicherte er ihr.

Er kniete neben ihr, während er mit ihren Brüsten spielte und so tat, als wolle er sie nur einölen. Seine Begierde wurde immer größer, und sein Glied ragte steif in die Luft.

»Mein armer Jean-Louis, das war gedankenlos von mir«, sagte Marcelle. »Ich liege hier so oft nackt in der Sonne, daß es für mich nichts Besonderes mehr ist. Ich hätte daran denken müssen, was es für einen jungen Mann bedeutet, mich so zu sehen.«

»Aber es ist herrlich, Sie nackt zu sehen!« protestierte er. »Ich bin derjenige, der sich entschuldigen muß, weil ich mich nicht beherrschen kann.«

»Nein, dich trifft keine Schuld. Ich bin untröstlich. Ich habe dich durch reine Gedankenlosigkeit in diese Situation gebracht.« Dabei ergriff sie wie beiläufig seinen harten Stamm und umschloß ihn mit beiden Händen.

Sie setzte sich auf, und ohne zu wissen, was er tat, kletterte Jean-Louis über ihr Bein und kniete sich zwischen ihre Schenkel, sodaß ihre Körper sich fast berührten. Sie hielt noch immer sein steifes Glied in der Hand.

Jean-Louis hatte das Gefühl, jeden Moment sterben zu müssen. Er war völlig benommen vor Lust und Vorfreude, als er sich auf ihren warmen, weichen Körper legte und mit den Händen ihre Brüste knetete. Marcelle zog an seinem steifen Freund. Er spürte, wie er etwas Feuchtes berührte und ahnte, daß er kurz vor der Schwelle stand.

»Stoß langsam zu«, flüsterte sie, den Mund dicht an seinem Ohr.

In diese weiche, heiße Grotte zu schlüpfen war für Jean-Louis wie der Eintritt ins Paradies; Engel bliesen auf goldenen Trompeten, um ihn willkommen zu heißen.

Ihre Worte drangen nur schwach an sein Ohr, so laut pochte ihm das Herz. Doch er hatte verstanden: Sie hatte ihm erlaubt zu tun, was immer er wollte. Er stöhnte heftig, während er sich in Marcelles gutgeölter Öffnung hin und her bewegte. Seine Bewegungen waren ein wenig ungelenk und so grob, daß Marcelle ebenfalls vor Vergnügen keuchte und die Beine spreizte, um ihn ganz tief in sich hineinzulassen. Wenige Augenblicke später wurde Jean-Louis auch schon von Ekstase geschüttelt; hart rammte er gegen ihren Bauch, während er sie mit seinem Saft überflutete. Er hörte ihre orgastischen Schreie nicht, so überwältigt war er von seinen eigenen Gefühlen.

Danach lagen sie nebeneinander auf der gelben Matratze. Durch die offenen Fenster fiel die Sonne auf ihre erhitzten Körper.

»Darf ich Sie etwas fragen?« ergriff er die Gelegenheit.

»Was denn, mein lieber Jean-Louis?«

»Fühlt es sich für eine Frau auch so herrlich an wie für einen Mann?«

»Ja, wenn sie selbst es auch will. Sonst nicht. Für verheiratete Frauen wird es manchmal zu einer öden Pflicht.«

»Hat es Ihnen gerade gefallen?«

»Die Frage, die jeder Liebhaber stellt!« lachte sie. »Ja, es hat mir gefallen.«

Marcelle ließ eine Hand sanft über seinen Schenkel gleiten. »Du bist heute Morgen zweimal zum Höhepunkt gekommen«, erinnerte sie ihn. »Findest du das schon übertrieben?«

Mit der Hand berührte sie nun sein erschlafftes Glied und spielte damit. Seine jugendliche Spannkraft machte sich sofort bemerkbar und ließ es unter ihren Berührungen zu voller Größe wachsen.

»Ach!« seufzte Marcelle entzückt. »Wie schnell du deine Kraft wiedergefunden hast! Das ist sehr eindrucksvoll. Gefallen dir meine Brüste?«

»Sie sind wunderbar!«

»Dann solltest du sie küssen.«

Ihr Vorschlag eröffnete Jean-Louis neue, bisher ungeahnte Perspektiven. Er beugte den Kopf, um ihre Brüste zu beschnuppern, während sie mit seiner jungen, steifen Männlichkeit spielte, und es dauerte nicht lang, da hatte er herausgefunden, wie er ihre zarten Nippel am wirksamsten mit der Zunge reizen konnte.

»Du machst das sehr gut«, flüsterte Marcelle. »Du hast schnell gelernt. Leg deine Hand zwischen meine Beine.«

Seine Finger kraulten das dichte braune Vlies ihrer Schamhaare und fanden wenig später den Weg zwischen ihre weichen, halbgeöffneten Lippen.

»Gefällt dir das?« fragte sie.

»O ja – sie sind so weich und warm!« schwärmte er. »Wenn ich meine Finger in sie stecke, habe ich das Gefühl, eine Hand in einem weichen Handschuh würde mich umschließen.«

Seine steife Männlichkeit zuckte in ihrer Hand. »Wie meine Hand, die dich jetzt umschlossen hält?«

»So ähnlich – bloß viel weicher und wärmer.«

»Es wird Zeit, daß du deine Finger herausnimmst und dies hier an ihre Stelle tust«, sagte sie und versetzte seinem Glied einen liebevollen Klaps. »Leg dich wieder auf mich, Jean-Louis.«

Er nickte und beugte sich dem Rhythmus, den sie mit den Händen bestimmte. Es waren feste, kräftige Stöße, die sie nach einer Weile laut aufstöhnen ließen: Ja, ja, ja! Jean-Louis zwang sich, einzelne Empfindungen als solche wahrzunehmen und nicht zu einem formlosen Gefühl der Erregung verschmelzen zu lassen, das ihn nur wieder allzu rasch überwältigt hätte. Er spürte, wie sich ihr warmer Bauch und ihre weichen Brüste gegen ihn preßten, wie ihr Innerstes ihn sanft umschlossen hielt, während er aus ihr heraus- und wieder hineinglitt. Diesmal war es Marcelle, die zuerst den

Gipfel der Lust erreichte. Sie stöhnte und keuchte und wand sich unter ihm, bis er von ihrer Leidenschaft mitgerissen wurde, ganz in ihrer schlüpfrigen Wärme versank und seine heiße Opfergabe in sie verspritzte.

»Das hast du sehr gut gemacht, mein Lieber«, sagte sie zufrieden. »Du bist ein guter Schüler, und ich bin offenbar eine gute Lehrerin.«

»Wie ist das, wenn Sie Ihren Höhepunkt erreichen?« fragte Jean-Louis. »Ich meine, wie fühlt sich das an?«

»Ah, du glaubst wohl, der Unterricht ginge noch weiter? Aber es ist unmöglich, diese Gefühle in Worte zu fassen. Es ist, als würde ich von einer großen Flutwelle fortgetragen und müßte ertrinken – näher kann ich es dir leider nicht beschreiben.«

Seine Hand lag auf Marcelles Bauch. Langsam ließ er sie über ihre geölte, von der Sonne erhitzte Haut nach unten gleiten, um sie zwischen den Schenkeln zu streicheln.

»Lassen Sie mich eine hübsche kleine Melodie auf Ihrer Geige spielen«, flüsterte er. »Ich möchte diesmal genau zuschauen, was dann mit Ihnen passiert.«

»Was für ein kleines Ungeheuer du doch bist!« erwiderte sie kichernd.

Sie spreizte die Beine, und seine Finger glitten sanft in ihre feuchte Muschel.

»Ein wenig höher«, murmelte sie. »Such die Knospe, die ich dir vorhin gezeigt habe, und streichle sie sanft. So mußt du es machen, wenn du eine Frau erregen willst. Ja, jetzt hast du sie. Und sei immer zärtlich und liebevoll. Du darfst niemals grob zu ihr sein.«

»So?«

»Ja, genau so. Und küß meine Brüste, während du mit meiner Knospe spielst.«

Jean-Louis brauchte keine Anweisungen mehr, um Marcelles kleine rotbraune Nippel fachmännisch zwischen die

Lippen zu nehmen und mit der Zunge zu reizen. Und in den folgenden Minuten lernte er auf gründliche und höchst anschauliche Weise, wie man eine Frau zum Gipfel der Erregung führt. Marcelles leidenschaftliche Explosion machte einen bleibenden Eindruck auf den Jungen. Ihre Hüften hoben sich von der Matratze, sie balancierte nur noch auf den Schultern und Fersen, bebte heftig und stöhnte laut.

Staunend schaute er ihr zu. Von ihm aus hätte es ewig so weitergehen können, so entzückend und aufregend war dieser Anblick, daß Marcelle schon nach wenigen Augenblicken zurück auf die Matratze fiel. Mit geschlossenen Augen lag sie da und zitterte heftig. Ohne einen Moment lang zu zögern, rollte sich Jean-Louis auf ihren Bauch und stieß sein Glied tief in sie hinein. Es war von dem, was er gesehen hatte, wieder steif geworden.

»O nein!« rief Marcelle. »Nicht noch einmal. Ich kann nicht mehr!«

Aber ihre ekstatische Explosion hatte ihn so sehr erregt, daß er ihre Worte gar nicht wahrnahm. Sie ergriff ihn bei den Schultern, um ihn von sich fortzustoßen, doch Jean-Louis ließ sich nicht beirren und liebte sie mit einer Kühnheit und Heftigkeit, die nicht zu seinem zarten Alter paßte. Die bereits genossenen Freuden verstärkten diesmal seine Ausdauer, und während er sich in einem festen Rhythmus in ihr hin und her bewegte, begann ihr eigener Körper auf ihn zu reagieren. Ihre Augen blieben geschlossen, doch ihre Arme und Beine schlangen sich um seinen Körper, um ihn noch fester an sich zu ziehen.

»Nein, das ist zu viel …«, stammelte sie verzweifelt, »ich kann nicht mehr … das ist unmöglich …«

Aber Jean-Louis ließ sich nicht täuschen. Ihre schlüpfrige Muschel umfing seine steife Männlichkeit, massierte und drückte sie.

»Es gefällt Ihnen«, stöhnte er und stieß noch heftiger zu.

Diesmal schrie sie laut, als er seinen Lebenssaft in ihre feuchte Kammer spritzte.

Jean-Louis glitt aus ihr heraus und legte sich neben sie. Er atmete heftig. Sein Körper war feucht vom Schweiß und vom Sonnenöl.

»Wir sind beide zur gleichen Zeit ertrunken«, murmelte er befriedigt.

»Wir sind ertrunken und treiben am Meeresboden«, flüsterte sie. Ihre Stimme war so schwach, daß er sie kaum hören konnte. »Ach, wenn die Männer doch diese Kraft der Jugend beibehalten könnten!«

Mit seinen sechzehn Jahren besaß Jean-Louis die beneidenswerte Spannkraft und den unbezähmbaren Forschungsdrang der Jugend, und sein Interesse an Marcelles nacktem Körper war noch längst nicht erloschen. Er hatte das Gefühl, innerhalb weniger Stunden um Jahre gereift zu sein, und er brannte immer noch darauf, den weichen Bauch zu berühren, auf dem ihm der Übergang von der Kindheit zum Erwachsenenalter so angenehm gelungen war. Er freute sich, daß Marcelle schlief – es gab ihm Gelegenheit, die Wärme ihrer Haut ungehemmt zu genießen. Als er ihren Rücken schließlich ganz und gar eingeölt hatte, war sein männliches Anhängsel wieder zu voller Größe angeschwollen. Seine Aufmerksamkeit richtete sich jetzt auf Marcelles Hinterbacken, und er spielte mit ihren köstlichen Rundungen, als wären sie die großen Schwestern ihrer Brüste. Obgleich er bisher auf diesem Gebiet keinerlei Erfahrungen gesammelt hatte und daher auch keine Vergleichsmöglichkeiten besaß, ahnte er instinktiv, daß Marcelles Hinterbacken für eine Frau in ihrem Alter äußerst wohlgeformt waren, weich, aber nicht zu schlaff.

Schließlich glitten die gutgeölten Finger des Jungen in das tiefe Tal zwischen diesen Backen und erforschten gründlich alles, was ihnen in die Quere kam, bis die Spitze seines Mittelfingers den feuchten Eingang berührte, in dem er noch vor kurzem so begeistert willkommen geheißen wurde. Es kann nicht mehr als eine Reflexhandlung gewesen sein, als Marcelle bei dieser Berührung langsam ihre Beine spreizte, denn sie schlummerte friedlich und spürte sicherlich nichts anderes als ein allgemein wohliges Gefühl.

Nach einer Weile wurden seine Bemühungen belohnt. Ihre Beine spreizten sich noch weiter, so daß er zwischen ihren Schenkeln knien und seine ganze Hand benutzen konnte, um ihre Geheimnisse zu erforschen.

Marcelle erwachte seufzend aus ihrem Schlummer und hob den Kopf.

»Oh!« rief sie, als sie seine aufrechte Männlichkeit erblickte. »Was tust du da?«

»Es ist alles in Ordnung«, sagte er. »Ich werde Sie nicht weiter stören.«

Er hatte sich auf Marcelles Rücken gelegt, denn ihm war die Idee gekommen, daß, wenn er ihren Eingang mit den Fingern von hinten erreichen konnte, ihm dies vielleicht auch mit dem steifen Stab gelingen könnte, der zwischen seinen Beinen hing.

»Ah, du kleiner Teufel!« rief Marcelle, als sie seinen heißen Pfeil an den Lippen spürte, die er vor kurzem noch mit den Fingern gestreichelt hatte. »Das wird dir nicht viel nützen.«

Doch Jean-Louis frohlockte bei der Erkenntnis, daß seine Idee ihn nicht in die Irre geführt hatte. So tief es ihm die unbequeme Position erlaubte, drang er in sie ein.

Wenn sie es gewollt hätte, hätte sie ihn leicht von sich herunterstoßen und dem Ganzen ein Ende bereiten können, denn sie war größer und stärker als er. Doch sie tat es nicht. Sie hatte ihre eigenen Gründe, pure Neugier vielleicht – jedenfalls lag sie still und spielte die Märtyrerin, während er heftig an ihre schlüpfrige Pforte pochte.

»O nein«, stöhnte Marcelle plötzlich, als sie ihn auf ihrem

Rücken zucken spürte und der warme Tribut seiner Leidenschaft ihre verborgene Knospe überflutete.

»Nein, nein!«, stöhnte sie wieder, als das bekannte, doch völlig unerwartete Gefühl orgastischer Erlösung sie übermannte. »Das ist unmöglich!«

Doch es war möglich, und sie stemmte ihre Hinterbacken fest nach oben, um Jean-Louis noch tiefer in sich zu ziehen, während sie vor Freude schluchzte.

Jean-Louis schwieg. Er lag auf dem Rücken, einen Arm über dem Gesicht, um seine Augen vor der Mittagssonne zu schützen. Sein Penis hatte seine Kraft verloren und lag schlaff auf seinem Bauch. Marcelle betrachtete ihn mit Respekt – in diesem Zustand machte er einen völlig harmlosen Eindruck. Doch wie sie am eigenen Leib gespürt hatte, war er zu mehr erfolgreichen Auftritten fähig als der jedes erwachsenen Mannes, den sie kennen gelernt hatte.

»Bist du müde?« frage sie.

»Nur ein wenig. Und Sie?«

»Ich bin völlig erschöpft – und du bist schuld daran«, erwiderte sie liebevoll. »Ich bin total erledigt, und es wird eine Woche dauern, ehe ich wieder daran denken kann, mit einem Mann ins Bett zu gehen. Ich nehme an, du weißt, daß du mir noch einen weiteren Orgasmus beschert hast, als ich es am allerwenigsten wollte?«

»Aber es hat Ihnen Spaß gemacht«, entgegnete er grinsend.

»Ja – und heute abend auf der Gesellschaft, zu der ich eingeladen bin, werde ich nur gähnen.«

Sie streichelte seine Schulter. Seine Haut war sehr heiß von der Sonne.

»In ein paar Minuten wirst du einen Sonnenbrand haben«, sagte sie, kniete sich hin und rieb seine Brust und seinen Bauch mit Sonnenöl ein.

»Ich glaube, es wäre wirklich besser für dich, wenn du

jetzt gehen würdest«, fügte sie hinzu. »Du bist die Sonne nicht gewöhnt.«

»Aber ich will noch nicht gehen.«

Zu Marcelles großem Erstaunen hatte seine erschlaffte Männlichkeit wieder zu zucken begonnen. Und als sie seinen Bauch fertig eingeölt hatte und das Öl auf den Innenseiten seiner Schenkel verteilte, stand sein Glied bereits wieder steif in die Luft.

»Das ist unglaublich!« murmelte sie.

Jean-Louis starrte mit gierigen Augen auf ihre nackten Brüste.

»Ich will noch einmal«, sagte er, eine Spur männlicher Anmaßung in der Stimme.

»Das sehe ich«, erwiderte Marcelle trocken.

»Sie brauchen gar nichts zu tun – liegen Sie einfach still, und lassen Sie mich alles machen.«

Sie goß noch ein wenig Öl in die Hand, umschloß fest seinen steifen Stab und massierte ihn heftig. Jean-Louis stellte sich vor, es wäre Madeleine, die jetzt mit der Hand an seinem Penis auf und ab fuhr. Er stellte sich vor, wie sie mit weit geöffneter Bluse neben ihm hockte und ihn massierte … Vielleicht war auch ihr Rock ein wenig hochgerutscht, sie hatte ihr Höschen heruntergezogen, und er konnte den kleinen Schlitz zwischen ihren Beinen sehen …

»Oh, oh, oh!« stöhnte er. Zwei perlweiße Tropfen lösten sich von seinem zitternden Glied und fielen auf Marcelles Hand – der Rest seiner jugendlichen Anstrengung.

In Marcelles Hand schrumpfte die Quelle seines jugendlichen Stolzes schnell zusammen. Sie war froh, daß sein Interesse an ihrem Körper schließlich doch zu einem natürlichen Abschluß gekommen war, doch um ganz sicherzugehen, legte sie sich auf den Bauch und preßte eng die Beine zusammen. Angenehme Müdigkeit befiel sie, und bald versank sie in einen tiefen Schlaf.

Eine Viertelstunde verstrich, ehe Jean-Louis sich langsam aufrichtete. Nachdenklich betrachtete er Marcelle Gaumont. Mit einem Handtuch wischte er sich das Öl vom Körper, ehe er seine Kleider anzog und – ohne ein Wort des Abschieds – das Zimmer verließ.

Für rauschende Liebesnächte

JUNE MARCH

Rouge et Noir

Immer wenn die Kugel ihren raschen Lauf durch das Rund verlangsamte, wenn sie bei den Zahlen anstieß und dabei ein klackendes Geräusch machte, schoß für einen kleinen Augenblick ein Flügelschlag durch meinen Schoß. Ich merkte, daß ich naß wurde. Jedes Mal. Mein Slip mußte schon ganz feucht sein. Hoffentlich würde er auf dem Sessel keinen Abdruck hinterlassen. Aber nein, der Sessel war aus Leder. Er würde nur ein bißchen naß sein, mit einer Handbewegung beim Aufstehen wegzuwischen.

Ich hatte ihn schon eine ganze Zeitlang beobachtet, im Spielcasino. Zunächst war er ziellos zwischen den Tischen umhergewandert, hatte beim Black Jack zugeschaut, aber nicht mitgespielt. Eine Hand in der Hosentasche, die andere hielt einen Zigarillo, sah er zu, wie eine ältere Dame mit viel zu viel Schmuck und Schminke verlor und verlor. Ein mitleidiges Lächeln schien auf seinen Lippen zu spielen, vielleicht bildete ich es mir auch nur ein.

Dann kam er an meinen Tisch, an dem ich schon eine halbe Stunde mutlos und ohne Glück spielte. Ich hatte kleine Summen gesetzt und verloren, dann immer mal wieder gewonnen, so daß ich jedes Mal auf das Einsetzen einer Glückssträhne hoffte. Doch der Erfolg hielt nie lange an, schon zwei, drei Runden weiter, und ich mußte mir eingestehen, daß das Glück weiterwanderte, zu dem drallen, blonden Ding, das mir schräg gegenüber saß und dem sein Begleiter immer wieder neue Chips zusteckte, das es dann ohne Sinn und Verstand setzte.

Es war von enervierender Langeweile. Auch der Croupier schien müde oder angeekelt oder beides zu sein. Schleppend machte er seine Ansagen, hier gibt es nichts zu holen, schien er zu denken, wann kapiert ihr's endlich.

»Rien ne va plus.«

Die Kugel wurde wieder ins Rollen gebracht, sie schoß in ihre Umlaufbahn mit einer Energie, die mir wie ein Hohn vorkam. Ich hatte das Setzen von Zahlen aufgegeben und war nun bei unsinnigen Kombinationen von »Rouge et Noir« und »Pair et Unpair». Kleiner Mut. Kleine Chancen.

Es würde meine letzte Runde sein, nahm ich mir wenig überzeugend vor. Genau mir gegenüber war ein Sessel freigeworden, und er setzte sich darauf. Aus der Sakkotasche holte ein paar Jetons hervor. Dieses Spiel ging noch ohne seinen Einsatz über die Bühne, die Kugel wurde bereits langsam und stolperte von Zahl zu Zahl, bis sie schließlich liegen blieb. Ich hatte gewonnen, meinen Einsatz heraus. Ein kleiner Sieg, nicht der Rede wert.

Er sah mich an, zog eine Augenbraue hoch, was ich bei Männern immer unwiderstehlich finde.

»Spielen wir doch zusammen ...«, sagte er.

»Und wie?«

»Sie Farbe und ich Zahlen. Was wir gewinnen, teilen wir.«

Kein schlechter Deal, dachte ich. Ich hatte die ungleich größeren Chancen. Verstand er die Spielregeln nicht?

Er schien meine Gedanken zu lesen und nickte beschwichtigend. Ja, ich weiß, für dich sieht's günstiger aus, schien er zu denken. Aber es machte ihm wohl nichts aus. Ich runzelte die Stirn und blickte ihn fragend an.

»Machen Sie schon ... es ist okay.«

Ich nickte ihm zu. Mir gefiel die lässige Art, die er ausstrahlte. James Bond und sein Girl im Casino, warum nicht. Er hatte etwas von Pierce Brosnan, die scharf geschnittenen Züge, das kurze Haar, die absolut gepflegte Erscheinung. Sogar ein altmodisches, weißes Einstecktuch.

Na, schön, Bond, spielen wir zusammen. »Faites vos jeux, mesdames et messieurs.«

Er setzte, ich setzte. Er drei Chips auf drei verschiedene Zahlen – neun, zwölf und achtzehn – und auf die Null, ich auf Schwarz und Ungerade. Irgendwas würde gewinnen … Und vielleicht würden wir wirklich nicht nur unsere Verluste zu teilen haben, sondern auch Gewinne. Wirkliche Gewinne.

Mit einer schnippischen, routinierten Handbewegung setzte ein neuer Croupier, der den Gelangweilten abgelöst hatte, die Kugel in Bewegung. Unser neuer Kugelblitz war von gemütlicher Konstitution, er lächelte mir sogar zu. Peter Ustinov als Croupier. Allmählich begann ich mich wie am Filmset zu fühlen.

Es begann stickig zu werden, vielleicht war es auch nur meine wachsende Erregung, die mich Luft zufächeln ließ. James Bond lachte mich erwartungsvoll an. Die Kugel zischte durch das Rund, sie hatte sogar noch mehr Schwung als bei dem früheren Croupier.

»Rien ne va plus.«

Na schön, nichts geht mehr. Ich wertete den Standardspruch als ein Omen und lehnte mich zurück. Wir würden zusammen untergehen, Bond und ich, ein kleiner Gewinn auf der Farbe, alle Zahlen perdu. So ist das Spiel. Ich schloß die Augen wie ein Teenager, der das Schlimme, das er erwartet, nicht sehen will.

»Neun schwarz«, sagte der Croupier.

Ich hatte gewonnen, Bond hatte gewonnen. Unglaublich.

Mir wurden ein paar Chips zugeschoben, Bond erhielt einen ganzen Stapel. Er grinste mir zu.

»Welche Zahlen soll ich jetzt setzen?«

»Fragen Sie mich nicht … ich bin darin nicht gut …«

»Sie wollen keine Verantwortung übernehmen in unserem kleinen Geschäft?«

Das wollte ich nicht auf mir sitzen lassen. »Doch … natürlich … Aber dann machen wir es jetzt anders herum. Ich übernehme die Zahlen.«

Er legte den Kopf schief und nickte mir zu. Ein belustigtes Lächeln spielte um seinen Mund.

Ich fuhr mir mit der Zunge über die Lippen. Meine Güte, laß diese blöde Anmache, dachte ich. Aber ich spürte, daß mein Puls sich beschleunigte. Bond sah mich mit einem durchdringenden Blick an, der direkt durch meine Augen bis in meinen Schoß zu fahren schien.

Also gut, tanzen wir zusammen.

Ich setzte drei Zahlen, er eine Farbe. Die nächste Runde verloren wir, auch die übernächste. Wir wechselten uns mit dem Zahlensetzen ab. Und dann setzte ein Rausch des Gewinnens ein – was immer wir auch setzten, irgendwas gewann immer. Unsere Chipsstapel wurden immer höher. Bond grinste immer unverschämter. Selbst Peter Ustinov schien sich über unser Spiel zu amüsieren, vielleicht auch nur über mich.

»Nehmen wir einen Drink?« fragte Bond schließlich.

»Gerne.« Ich stand auf, wischte mit einer raschen Bewegung der Handfläche über den Ledersitz. Unauffällig genug, wie ich hoffte. Meine Güte, er war tatsächlich naß.

An der Bar bestellten wir uns Drinks, Bond allerdings keinen Martini, sondern einen Whisky, ich einen Bellini.

»Spielen Sie oft hier?« fragte er.

»Nein, nie. Ich bin nur auf der Durchreise.«

»Und woanders?«

»Auch nicht öfter. Dann und wann. Ich habe nicht viel Talent dafür, wie Sie gesehen haben.«

»Ich habe was ganz anderes gesehen.«

»Ja, was denn?«

»Leidenschaft.«

Ich lachte auf. »Ich habe keine Leidenschaft für's Spielen.«

»Doch, haben Sie. Aber die meinte ich auch nicht.«

»Welche denn?« fragte ich kokett, obwohl ich die Antwort wußte.

»Sie wissen schon ...« wich er aus und wandte sich ab, um sich noch einen Zigarillo anzuzünden.

»Nein, weiß ich nicht.« Ich ließ es drauf ankommen, ganz klar. Entweder er machte jetzt weiter, oder er war nicht James Bond.

Er war James Bond. Er beugte sich zu mir, so daß er gerade noch einen schicklichen Abstand zwischen uns ließ, stieß den Rauch seines Zigarillos in die andere Richtung und blickte mir direkt ins Gesicht. Mit großen Augen sah ich ihn an, als würde mir sein Blick ein Geheimnis enthüllen.

»Dann will ich's Ihnen verraten. Übrigens, ich heiße James«, sagte er übergangslos.

Ich starrte ihn an. »Sie machen Witze ...«

»Wieso?«

Nein, das konnte ich ihm nicht sagen. Mit meiner Bond-Phantasie würde ich mich vollkommen lächerlich machen. Ich zuckte nur die Schultern, reichte ihm dann die Hand.

»Elaine ... Elaine Silverman«, sagte ich.

»Ich weiß ...«

»Woher sollten Sie das wissen?«

»Der Concierge im Grand Hotel ...«

»Soll das heißen, Sie beobachten ... Sie verfolgen mich?«

»Wenn Sie so wollen.«

»Nein, will ich nicht. Was soll denn das?«

»Nicht böse werden, meine Schöne. Ich weiß nur gern, mit wem ich es zu tun haben will.«

»Was wollen Sie denn mit mir zu tun haben?«

Los, James Bond, sprich's aus.

»Ich will Ihre Leidenschaft ... wie ich schon sagte.«

»Meine Leidenschaft ... aha ...«

»Ja ... Ihre Erregung. Ihr Verlangen. Ihr Begehren.«

Ich warf ihm einen empörten Blick zu, aber er spürte zu genau, daß die Empörung nur gespielt war.

»Das wollen Sie von mir?«

»Ja, das will ich von dir.«

»Und warum sollte ich es dir geben?« Ich fand Gefallen an seinem Spiel. Mit dem Wechsel zum Du waren wir beide einen Schritt über ein höfliches Geplänkel oder einen nichtssagenden Flirt hinausgegangen.

»Weil du dich revanchieren willst.«

»Revanchieren wofür?«

Er beugte sich vor und gab mir einen Kuß. Einen ganz leichten, aber einen auf den Mund. Dabei legte er sacht eine Hand auf meinen Rücken.

»Dafür …«, sagte er.

»Meistens wollen die Männer nicht unser Verlangen oder Begehren, sondern nur ihre Befriedigung.«

»Ich bin anders.«

»Das sagen alle.«

»Probier's aus.«

Ich stand auf und schlang meine Arme locker um seine Schultern. Meine vollen, weichen Lippen legten sich auf seinen Mund. Ich drückte meine kleinen, festen Brüste gegen seinen Brustkorb. Er öffnete den Mund und gab meiner Zunge ein Entree, das einladender nicht sein konnte.

Du schmeckst gut, 007. Ein bißchen Rauch, ein bißchen Whisky. Ein bißchen ich weiß nicht was. Wir spielten ein wenig mit den Zungen, seine war fordernd, meine weich, was mich an einen Koitus im Mund denken ließ. Nicht schlecht, dachte ich.

»Und wie wollen wir das fortsetzen?« fragte er, als ich mich wieder von ihm löste.

Jetzt zog er mir doch zu sehr das Tempo an.

»Nicht hier. Nicht heute. Wir kennen uns ja kaum.«

»Wir werden uns kennen lernen.«

»Vielleicht …«, zögerte ich. »Aber nicht jetzt. Ich muß los. Morgen wird ein anstrengender Tag. Ich muß schlafen.«

Er lächelte nur. Ein bißchen überheblich, wie ich fand. Oder durchtrieben.

Ich schenkte ihm einen langen, nicht leicht zu deutenden Blick, ließ ihn dann einfach stehen und ging, ohne mich noch einmal umzudrehen, mit leicht wiegendem Schritt, den ich wohl dosierte und nicht übertrieb, durch die Bar zum Ausgang des Casinos.

Ich wußte, er würde mich finden. Er kannte mein Hotel, es war nicht weit weg, *walking distance*. Ich war sicher, er würde mir nachgehen, in ein paar Minuten. Er wollte mir nur einen kleinen Vorsprung lassen, damit ich in dem Spiel, das wir begonnen hatten, das Gesicht wahren konnte.

Ich trat auf die Promenade. Unter einer Laterne warf ich einen prüfenden Blick in den kleinen Handspiegel, den ich immer bei mir trug, zog die Lippen nach, erneuerte sogar das Rouge auf meinen Wangen. Das Licht war nicht sehr hell, aber es reichte aus für die paar routinierten Handgriffe, die ich immer wie im Schlaf machte.

An Schlaf jedoch war nicht zu denken. Meine Gedanken verließen ihn nicht. Er war – so weit ich das erkennen konnte – gut gebaut. Er sah nicht so aus, als würde er irgend etwas trainieren, aber er besaß diese natürliche Y-Statur, die kein Training der Welt zustande bringt, ohne seinen Besitzer aufgepumpt aussehen zu lassen. Ich ging die paar Schritte zum Grand Hotel, ließ ihn in Gedanken an meiner Seite spazieren, und er schien mir so präsent und real, daß ich im Gehen beinahe das Wort an ihn gerichtet hätte.

»Guten Abend, Miss Silverman.« Der Concierge riß mich aus meinen Gedanken. Er war so beflissen, daß er mir unaufgefordert den Schlüssel entgegenstreckte.

Ich erwiderte murmelnd den Gruß, nahm den Schlüssel mit einem zerstreuten Nicken und ging zum Aufzug.

»Gute Nacht, Miss Silverman«, rief der Concierge mir nach.

»Ja, gute Nacht auch Ihnen.«

In meinem Zimmer war es kühl. Ein bißchen zu kühl, wie ich fand. Die Klimaanlage arbeitete auf Hochtouren. Ich schaltete sie herunter, um nicht den Kältetod zu sterben, und hatte noch nicht das Badezimmer erreicht, wo ich mir ein Bad einlaufen lassen wollte, als das Telefon klingelte. Du bist schnell, dachte ich.

»Miss Silverman, hier ist ein Herr, der Sie sprechen möchte.«

Hoffentlich nicht nur sprechen, schoß es mir durch den Kopf. Das Telefon wurde hörbar weitergereicht.

»Hallo.« Seine Stimme, ein wenig rau, unverkennbar. Nur Hallo.

»Hallo.« So einfach mache ich es dir nicht, Bond.

»Ich habe mir einen Schlüssel machen lassen. Ob ich wohl auf Ihr Schloß zurückgreifen dürfte?«

Ich grinste. Plump, aber passabel. »Mein Schloß ist eingerostet.«

»Das könnte ich ölen ... und wieder in Gang bringen.«

»Na, schön ... aber bringen Sie Ihr Werkzeug mit ... Zimmer 215.«

Er antwortete nicht mehr, hatte schon aufgelegt. Er ist schnell, dachte ich wieder. Wahrscheinlich nimmt er drei Treppenstufen auf einmal.

Ich zog die Badezimmertür zu, sprühte mir nur etwas Parfum hinter die Ohren und auf den Brustansatz und wartete, daß die Türglocke ging. Ein prüfender Blick in den Spiegel.

Doch niemand läutete. Eine Minute, zwei Minuten, fünf Minuten nicht. Im Film schafft James Bond es schneller ins Bett seines Girls, dachte ich. Steckst du fest? Ich grinste anzüglich. Spielte mit dem Gedanken, die Tür einen Spalt zu öffnen und mich schon einmal malerisch aufs Bett zu drapieren. Nein, zu theatralisch.

Die Minuten vergingen. Ich wurde nervös und ärgerte mich über die wachsende Erregung, die sich meiner bemächtigte und die das Warten noch steigerte. Ich spürte ein Ziehen im Bauch und unverkennbar auch, daß ich feucht wurde. Himmel, jetzt dreh nicht durch, ermahnte ich mich.

Ich war so sehr darauf erpicht, die Türglocke zu hören, die einen melodischen Dreiklang hatte, daß ich das Klopfen an der Tür glatt überhörte. Aber es war ein Klopfen, ganz sacht, als wollte jemand prüfen, ob er nicht störte.

Ich lief zur Tür. Er schaute mich erstaunt an.

»Wie lange muß man bei dir Einlaß begehren? Ich klopfe hier schon seit einer Ewigkeit.«

»Die Tür ist wohl ziemlich dick«, wandte ich lahm ein.

Er balancierte mit übertrieben-charmanter Verbeugung zwei Bellinis auf einem Tablett.

«Voilà ...«

Ich lächelte ihn erfreut an. »Aber die hätten wir doch auch beim Zimmerservice bestellen können.«

»Ich möchte dich bedienen.«

»Na, dann komm herein.«

Darum hatte es so lange gedauert. Er war noch in der Bar gewesen.

Ich legte mich aufs Bett, stützte mich mit den Ellenbogen auf und zog die Beine etwas an. Er reichte mir ein Glas und prostete mir zu. Ich trank einen Schluck. Eiskalt. Fruchtig. Spritzig. Perfekt für den Anfang.

Wir tranken schweigend. Nach einer Weile sagte er:

»Elaine ...?«

»Ja?«

»Du kannst da nicht so wie hingegossen liegen und mich ansehen ...«

»Kann ich nicht?«
»Nein, sonst würde ich ...«
»Würdest du was?«
»Über dich herfallen.«
»Einfach so?«
»Einfach so.«
»Im Anzug?« fragte ich spöttisch.
»Na schön ... wie du willst.«

Dann zog er sich aus. Er tat es langsam und methodisch, ohne auch nur einen Moment seinen Blick von mir zu wenden. Fast war es, als ob er mich mit seinen Augen bannen, mich zwingen wollte, ihm zuzuschauen, wie er sich für den Liebeskampf rüstete. Er schaute mich unverwandt an. Dann stahl sich ein kleines Lächeln in seine Mundwinkel.

»Und was ist mit dir? Wartest du auf mich ...?« fragte er mich, fast ein bißchen schelmisch.

Ich nickte nur. Er hatte das Hemd abgelegt und die Hose ausgezogen, dann streifte er die Strümpfe von den Füßen. Achtlos ließ er alles zu Boden fallen, und ich wandte nicht den Blick von ihm. Mir stockte der Atem. Ich fühlte mich ein bißchen weich in den Knien, als ich aufstand. Ich war gerührt. Ich war verwirrt. Ich begehrte ihn, ganz einfach – es war so ein simples, reines Gefühl. Um ein Haar hätte ich geseufzt, als er sich das seidige Unterhemd auszog, ich hätte ihn gern gestreichelt über und unter diesem Hemd. Ich konnte den Blick nicht von seinen Brustwarzen lassen, die dunkel und hart waren. Auf den Armen hatte er eine leichte Gänsehaut.

Ich setzte mich rasch wieder und bemühte mich, meine Gefühle und meine Gedanken zu sortieren, die allesamt Purzelbäume schlugen. Was für eine Situation! In diesem Luxushotel war ich mit einem Mann zusammen, den ich so gut wie gar nicht kannte, der zwar irgendwie nett war, aber über den ich praktisch gar nichts wußte, und er brauchte sich nur das Unterhemd auszuziehen, und ich wurde schwach. Meine Güte, hatte ich so etwas nicht schon hundertmal an Badestränden und sonstwo gesehen? Wieso brachte mich das jetzt so aus der Fassung? Irgendwie rührte mich sein Anblick, als würde er irgendeine versunkene Erinnerung heraufbeschwören, eine Erinnerung an andere Gelegenheiten, zu anderer Zeit. Ich fühlte mich begehrt, gewollt, es war unverkennbar, daß er mich haben wollte.

Ich war so sehr in seinen Anblick und in meine Gedanken versunken, daß ich gar nicht bemerkte, daß James schließlich nur noch im Slip vor mir stand.

»Was ist?« sagte ich und blickte auf.

Da stand er. »Ich warte auf dich …«, sagte er nur leise.

Mein Herz machte einen Sprung. Ich stand auf, zog meinen Blazer aus, unter dem ich nur einen spitzenbesetzten BH trug, der die Farbe von dunklen Pflaumen hatte, und sagte:

»Das Warten hat gleich ein Ende.«

Wie auf Watte machte ich einen Schritt auf ihn zu, zog ihn an mich, umarmte ihn und legte meinen Kopf an seine Brust. Und so blieben wir stehen.

Ohne ein Wort zu sagen.

Es gefiel mir, daß wir nichts sagten. Es war schöner so …

Ich konnte fühlen, wie sein Herz schlug. Es hatte – genau wie meines – einen festen und raschen Schlag. Seine Haut war ein wenig zu kühl, wie ich fand, ich wollte ihn wärmen und drückte ihn noch fester an mich. Er schloß seine Arme um mich, und ich sog seinen Duft ein. Hey, du riechst gut, 007. Sein Geruch war auf eine subtile Art herb, und ich konnte mich nicht zurückhalten, ich mußte an seiner Brust schnuppern. Glatt und fest war seine Haut, und ich wanderte in winzig kleinen Kreisen über sein Brustbein und stupste meine Nase darauf. Dann konnte ich mich nicht mehr beherrschen und küßte seine Brust, öffnete meine Lippen und ließ meiner Zunge freien Lauf.

Ich genoß es. Schon lange hatte ich nicht mehr etwas erlebt, das mir auch nur annähernd eine solch zarte Lust bereitet hätte. Ich mußte es einfach tun. Ich wollte es ...

Dann blickte ich nach oben, direkt in seine Augen. Er hatte den Kopf gesenkt und sah mir zu! Er sah ernst aus, beinahe ein bißchen traurig.

»Was hast du?« fragte ich. »Geh ich zu weit?«

»Nein«, sagte er mit flüsternder Stimme. Es ist nur ... ich bin ...«

»Was ...? Überrascht ...? Verheiratet ...? Schwul ...?«

»Nein. Erstaunt, verwirrt ...«

»Da sind wir schon zwei«, sagte ich und stellte mich auf die Zehenspitzen. »Und jetzt küß mich!«

Und er küßte mich. Seine Zunge war ein Fest. Und ich wünschte mir in diesem Augenblick nichts sehnlicher, als daß sie mich hierhin und dorthin leckte, ja überhaupt überall hin, besonders aber dorthin.

Wir lösten uns wieder voneinander, er mit einem verträumten Lächeln, und sahen uns an. Die Klimaanlage blies noch immer kalte Luft in den Raum, und ich fröstelte und zitterte ein wenig. Nicht nur wegen der Kälte ...

»Ich weiß, es ist kühl hier, aber ich ziehe dir das jetzt aus«, sagte er und hakte mit einem geübten Griff den BH auf.

Ich erschauerte bei dem Gedanken an die Kälte, aber sie war mir – nun ja – sie war mir egal. Ich wollte gerne ein bißchen frieren, wenn ich dafür nur seine Hände spüren durfte, wie sie sich auf meine Haut legten, wenn mich nur seine Arme umschlossen und ich mich an ihn schmiegen konnte. Seine Hände streiften mir den BH über die Schultern, die Arme hinab bis zu den Ellenbogen. Er war hinter mir, umfaßte mich, vergrub seine Nase, seinen Mund in meinem Haar. Mit den Lippen knabberte er an meinem Ohr, dann leckte er die Muschel so gierig, daß ich Gänsehaut bekam, meine Brustwarzen sich zusammenzogen und hart wurden, groß und hart.

Ich wandte mich um – jetzt schraubte ich wirklich jede Sicherung einzeln heraus, aber es mußte einfach sein, ich konnte nicht anders. Ich zog mir die Spange aus dem Haar, schüttelte es auf und sagte:

»Meine Pracht … für dich.«

Dann streifte ich die Schuhe ab, ihn unverwandt anschauend, wie er es soeben getan hatte. Ich genoß es, daß er mir dabei zusah, wie ich mir meine Sachen auszog und sie mir auf die Knöchel herunterstreifte – es war eine Performance, keine Frage, aber herrlich verrückt. Die schwarze Strumpfhose zog und rollte ich besonders lasziv herab und ließ dann mein Höschen folgen.

Ich konnte es selbst kaum fassen. Es war kalt, und ich stand nackt mit pochender Scham und klopfendem Herzen in einem Hotelzimmer vor einem fremden Mann, der gut roch und mich mit großen braunen Augen ansah wie ein Himmelsgeschenk – und schämte mich nicht. Durch mich flutete ein Gefühl der Freiheit und der Freude – und alles in mir wollte Hingabe sein, Begehren, wollte ihn.

Ich stand einfach still da.

Und er sah mich unentwegt an. «Du …«

»Schhh! Nicht … nicht sprechen«, bat ich, und er verstummte.

Sah mich nur an. Mein Gesicht … meine kleinen Brüste … meinen Bauch … mein Geschlecht, das mir vorkam, als zitterte es wie ein Vögelchen … meine Schenkel, zwischen denen das dunkle Vlies prangte … meine Knie … meine Füße – und den ganzen Weg wieder zurück. Langsam wich die Kälte einer sich ausbreitenden Wärme, wurde langsam eingeholt von einer Hitze, die in mir wuchs, und mit der etwas an mir wuchs – nicht nur meine Brustwarzen konnten groß werden ... Ich spürte, wie das Blut in mich schoß und meine Schamlippen mächtig anschwellen ließ, wie es immer stärker rauschte und mich einstimmte auf ein großes, ja wirklich großes Vergnügen, das ich mir und diesem Mann zu bereiten gedachte.

Inmitten all seiner michelangelohaften Herrlichkeit ragte sein Glied, nicht sehr groß, aber von perfekter Form, präsent wie ein Schmuckstück, dunkelrot die Eichel und voll erigiert. Mein Mund wurde trocken, und mir zog es bei diesem Anblick den Unterleib zusammen. Für einen Moment wurde ich ganz kindisch (wie an Weihnachten bei der Bescherung): Ich wollte, ich mußte es haben.

Es hielt uns nicht länger, wir faßten uns bei den Händen, bei den Schultern und Haaren, unsere Bewegungen wurden hektischer, fordernder, gieriger auch. Seine Hände spannten sich um meinen Po, als wollten sie sie ganz in Besitz nehmen, wie zwei Äpfel, die man vom Baum pflückt und die so appetitlich sind, daß man sogleich hineinbeißt. Er preßte mir die Backen, seine Hände hoben mich auf die Zehenspitzen und drückten mich an sich. Heiß lag sein Schwanz zwischen unseren Bäuchen, seine Härte machte mich rasend. Ich krallte mich in seinen Rücken und drängte mich so fest an ihn, wie ich nur konnte, ging ein wenig in die Knie, um seine Eichel zwischen meinen Brüsten fühlen zu können, richtete mich wieder empor, um die Spur, die sie zog, auf meinem Bauch zu spüren. Auch ich faßte mit beiden Händen nach seinem Po und grub meine Finger hinein, drängte mich in seine Spalte, um ihn zu fühlen, zu tasten und zu massieren.

Er durchwühlte mein Haar und zog mich an den Schultern wieder empor, hob mich mit beiden Händen auf, als sei ich ein Kind, das getragen werden wollte. Das wollte ich auch, nichts lieber als das! Ich schlang meine Beine um ihn, klammerte mich an und hielt mich an seinen Schultern fest, während er mir mit Küssen den Hals, die Schultern und – endlich! – meine Brüste bedeckte, die purpurnen, harten Warzen in den Mund nahm, sie lutschte und saugte wie ein Verdurstender. Es war, als bahnte sich eine erregende Energie ihren Weg direkt von seinem Mund bis in meinen Schoß. Ich wollte das so sehr, daß ich ihm am liebsten meine Brüste ganz in den Mund gepreßt hätte. Überall sollte er mich in den Mund nehmen. Mich ganz und gar sollte er in den Mund nehmen und mit seiner Zunge berühren, streicheln, lecken.

Und noch während wir uns küßten und mit den Zungen spielten – ich löste die Umklammerung nicht, mit Absicht nicht –, legte er mich mit dem Rücken aufs Bett und streckte sich über mir aus. Sein ganzes Gewicht legte er auf mich, und als er sich auf mir bewegte, spürte ich die Hitze und die Härte seines schneidigen Liebesschwerts, wie es schon Einlaß begehrte in meine Scheide. Und ich wäre durchaus naß und heiß genug gewesen – ich war es, seit ich mich für ihn ausgezogen hatte –, um ihn aufzunehmen, aber ich wollte noch nicht. Noch nicht.

Erst wollte ich etwas anderes. Ich wollte mein kleines, privates Liebesfest. Nach langen, tiefen Küssen, bei dem es in meinem Leib immer heißer und feuchter, ja begierig brennend wurde und James seine Hände in meinem Schoß immer tiefer kreisend, mal zart und mal hart spielen ließ, wandte ich mich ab. Ich kokettierte mit ihm, ich wollte es ihm nicht so einfach machen, mich restlos zu erobern. Nein, James, so rasch wie im Film geht's bei mir nicht.

Der Spion, der mich liebte, schien keineswegs enttäuscht, im Gegenteil, er ließ seine Hände über mich und in mir wandern, bis es mir selbst in den Zehen kribblig wurde. Und er zeigte mir alles, was er erotisch und sexuell drauf hatte, als er mit kessen Lippen und weicher Zunge ganz,

ganz flaumleicht mein Paradiesgärtlein küßte, dann immer tiefer kreiste und meine wie aufgeplatzt wirkende feuchte Vulva leckte ... oh, ja!

Ich weiß nicht, wie lange er mich so lutschte, auf meinen Schamlippen wie auf einem Saxophon spielte und meinen Kitzler in seinen Mund saugte, daß ich meinte, mein Pochen würde wie ein Trommelrhythmus in ihn hineinfahren.

Und dann sagte ich das, was jedes Bond-Girl im Film sagt. Ich seufzte leise:

»Oh, James ...«

Als er von mir abließ, delirierte ich. Wir atmeten nicht nur hörbar, wir keuchten. Wir sahen einander an, die Münder naß, die Wangen erhitzt.

Da war keine falsche Scham, keine Hemmung mehr, alles war weit, weit offen. Es gab nur uns zwei auf der Welt, in diesem Universum der Lust. Vom offenen Fenster hörten wir, wie draußen der Regen rauschte, die ganze Welt versank in Nässe, ich versank in Nässe, ich floß dahin hinter diesem Vorhang aus Regen und Rauschen, das unseren Atem übertönte.

Die Erregung machte mich mutig. Ich wand mich unter ihm hervor, drängte ihn, sich auf den Rücken zu legen; er ließ es mit einem genießerischen Stöhnen geschehen, als ich anfing, ihn mit Küssen zu bedecken, zuerst die Lippen, die Ohren, die Augen – oh, diese braune Glut darin – seine Wangen. Dann setzte ich mich mit einem Schwung rittlings auf ihn, hob mich im Becken noch einmal etwas an, um meine Vulva auf sein Glied zu setzen und zu reiben. Den ersten vibrierenden Orgasmus erlebte ich, noch bevor ich sein kleines Liebesschwert in meiner begierigen, tiefen und weit geöffneten Scheide versenkte: Mit beiden Händen massierte ich gleichzeitig seine Brust und rieb mich unten so fest an ihm, daß ich mit einem lauten Stöhnen kam. James legte die

Hände fest um meinen Po; wir fielen in einen wiegenden, schaukelnden Rhythmus, in dem er ebenfalls schwer atmete. Ich wollte mehr ... immer mehr ... ich richtete mich auf und faßte seine Handgelenke, ich hielt sie wie Zügel, und bog mich in eine Spannung, in der ich mein Geschlecht, so weich, so feucht, so tropfend auf seinem nun massiven Schwanz reiten lassen konnte. Bei jedem neuen Schwung schoß ein neuer Schwall entzückter Lust aus meiner Klitoris durch meine Schenkel, daß mir das Herz bis zum Hals hinaufschlug.

Dann gab ich seine Hände frei, die augenblicklich meine Brüste eroberten, zwei Hügel, die sie hinaufrannten und einnahmen ohne jeden Widerstand. Ich wiegte und rieb mich weiterhin an ihm, an seiner Härte, und bog meinen Rücken durch, hob den Kopf zur Decke über uns und breitete die Arme aus, ließ ihn fassen und formen und kneten, ja, lehnte mich ganz in die Kraft seiner Hände und ergab mich völlig der Melodie, die zwischen meinen Beinen gesungen wurde.

Noch einmal kam ich mit einer Gewalt, die mir beinahe die Besinnung raubte. So plötzlich sprang mich aus meiner weiten Spannung das Raubtier der Lust an, daß ich den Schwanz unwillkürlich aus mir gleiten ließ und plötzlich ein kühlerer Lufthauch mein Geschlecht berührte, das, pulsierend unter den Wellen des Orgasmus, vor Hitze zitterte.

Sein Glied lag auf seinem Bauch und schien noch größer geworden zu sein, seit ich auf ihm geritten war, und ich empfand tiefe Zuneigung zu diesem Organ, das ich noch in mir fühlen wollte, aber nicht gleich. Erst wollte ich mich ihm darbieten, wollte ich meinen Saft auf sein Gesicht fließen lassen, ihm von dem Schwall meiner Lust zu trinken geben.

Oh, diese herrliche Zunge. Ich bewegte und wiegte mich sanft über seinem Gesicht, und sie folgte überall hin. Ich tropfte ihm nasse Perlen auf die Wangen. Sanfte Stöße, rasches Schlängeln, leichtes Streicheln, festes Saugen – all das gab mir sein Mund, während ich mich am Bettpfosten festhielt und ihm mein Geschlecht darreichte wie eine Frucht. Wieder, wie schon einmal, sog er sich meine Schamlippen auf einen Satz in seinen Mund, schob seine Zunge in mich hinein, tastete mich mit ihr inwendig ab. Er leckte sogar kurz über meinen Anus (der sich mir unwillkürlich zusammenzog, bis ich dann entzückt wieder nachgab), biß leicht in meine Pobacken – und begann das Spiel von vorne.

Schließlich wandte ich mich um, betrachtete seinen Schaft, der sich mir so erwartungsvoll entgegenstreckte, daß ich mich über ihn beugte, ihn ergriff und ohne Zögern tief in meinen Mund nahm.

Die Hitze war überwältigend. Er glühte und pulsierte. Und wenn ich meine Zunge bewegte, bewegte sich James unter mir. Ich schloß meine Lippen fest um seinen Liebesspeer und ließ im Inneren der verschlossenen Höhle meine Zunge hin und her gleiten, erst sanft, dann fester. Auch er hörte nicht auf, mich zu lecken und zu saugen. Ich lutschte ihn ... völlig von Sinnen.

Dann faßte er mich plötzlich an die Schultern und zog mich von seinem Schaft weg. Jetzt also wollte er lenken! Nun, warum nicht. Ich würde ihm eine willige Gespielin sein, so wie er mir ein williger Gefährte gewesen war. Sollte er mich bestimmen ...

Er wand sich unter mir hervor, so daß er hinter mir zu sitzen kam und mich mit seinen Beinen umschlang. Er streichelte mir die Stirn und das Gesicht, meine Brüste und meinen Bauch mit einer Sanftheit, die mich vielleicht hätte schläfrig machen können, wäre da nicht jener immer noch pochende, heiße Schwanz in meinem Rücken gewesen. Es war dies wohl eine Pause, die James für sich brauchte, denn ich wurde unter seinen Händen nicht nur weicher und immer williger, sondern auch wieder hitziger und ungeduldiger.

»Und jetzt fick mich«, dachte ich. Vielleicht sagte ich es auch, ich weiß es nicht mehr.

Schließlich bewegte und legte er mich so, daß ich auf allen vieren direkt über seine Beine geriet. Ich fühlte mich an die säugende Wölfin, die Mutter Roms, erinnert, denn meine Brüste hingen nun frei herab und schaukelten bei jeder Bewegung vor und zurück. Offensichtlich wollte er sich an diesem Anblick erfreuen. Gut, sollte er. Ich begann mich zu regen und ein Hohlkreuz zu machen und wand mich vor ihm in jede Lage, die mir einfallen wollte, als ich den festen Druck seiner Hände spürte, an meinen Brüsten bis hinunter zum Po.

Das war angenehm. Ich genoß die Sachkunde, mit der er meinen Körper erforschte, und wiegte mich ein in den Rhythmus seiner Hände, die nun überall waren. Auf meinen Schenkeln, an meinem Hals, auf meinem Rücken und meinem Bauch gleichzeitig. Ich hatte das Gefühl, ich würde von mehreren Männern auf einmal gestreichelt, als gäbe es keinen Quadratzentimeter Haut, der nicht jederzeit verfügbar wäre. James streichelte mich mit einer Inbrunst, die mich den letzten Rest Verstand verlieren ließ, seine Fingerspitzen zogen Leuchtspuren über meine Haut, und ich wand mich voller Wollust.

Dann erreichten sie vorwitzig meine Pospalte und verweilten kurz über meinem Loch, das sie zärtlich betupften und wie fragend erkundeten, glitten aber dann weiter und tiefer hinab, wo sich ihnen schon meine Lippen öffneten wie eine große Blüte. Komm, süßer Kolibri, dachte ich verträumt, als sie auch schon in mich eindrangen, beide auf einmal, langsam und vorsichtig, aber mit Nachdruck, immer tiefer und tiefer – ich mußte laut aufatmen, stöhnte ganz unvermittelt jetzt –, bis ich die anderen Finger auf meinem Hintern fühlen konnte, und dann verharrten sie. Ich genoß das Gefühl in meinem Schoß und intensivierte es noch, indem ich meine Muskeln zusammenzog und die Finger zu einem kleinen Händeschütteln umschloß. Ja, willkommen, ihr zärtlichen Masseure! Und dann begannen sie sich in mir zu bewegen, langsam und vorsichtig drehte James seine Finger in mir, zog sie zurück und schob sie wieder in mich hinein – oh, ich wollte eine einzige Möse sein, und seine Hand, seinen Arm, ja alles von ihm in mir sich bewegen fühlen, ich wollte, daß meine Scheide ein Mund war, die ihn ganz verschlucken konnte. Seine Bewegungen wurden rascher und fester, meine Muschi weicher und feuchter, ich reckte meinen Po empor, daß er noch mehr und tiefer in mich eindringen konnte. Ich fühlte, wie seine Finger sich in mir rieben und schoben, in meinem Leib tremolierten, daß es mich zittern ließ. Ich wimmerte um Erlösung:

»James ... nicht ... doch ... hör auf ... mach weiter ...«

Dann machte ich einen Buckel und zog alle meine Muskeln zusammen, um ihn in mir einzusperren, aber da fand seine rechte Hand meinen Kitzler, und ich konnte nur und wollte nur noch kapitulieren, ergab mich.

Zum Zeichen meiner Ergebung legte ich meine Stirn auf die Unterarme, das Blut schoß mir in den Kopf, ich reckte meinen Hintern zu ihm empor, so daß alles sichtbar wurde – diese köstliche Blöße, die er nun mit seinen Küssen bedeckte. Er zog meine Beine noch weiter auseinander und hockte sich zwischen sie. Ich wußte, daß ich nun direkt vor seinem Gesicht war, und diese Aussicht erregte mich so sehr, daß ich mich ihm noch mehr entgegenreckte – wieder ohne jede Scham – und meine Rosette wie meine Scheide vor ihm bewegte, die jetzt so naß sein mußte, wie es nasser nicht ging.

Er hatte mich so wild und so hemmungslos gierig gemacht,

und ich war so himmlisch angetörnt abwechselnd durch seine trommelnden und tastenden Finger tief in meiner Venusgrotte und in den verborgensten Falten meiner Lenden, daß ich jetzt diesen Wunsch hatte, den ich mir zum ersten Mal eingestand und was ich noch bei keinem Mann erlebt, geschweige denn es mir vorgestellt hatte. Er wußte sofort, was ich meinte. Mit einem Mittelfinger, den er ausgiebig mit Speichel befeuchtet hatte, betastete und massierte er mein heiliges Höllenloch so, daß ich nur noch röchelte.

»Willst du?« fragte er mich.

»Ja.«

Langsam und vorsichtig schob er seinen Finger hinein, erst einen, dann zwei. Wie viele es zum Schluß waren, ich kann es nicht sagen.

»Wie willst du es? Tief?«

»Ja, tief ... tiefer ... ja, noch tiefer ...!«

Das Gefühl war neu, und ich war so erregt, daß meiner Phantasie die Bilder versagten, die mir erzählten, was er dort vor sich sehen mochte. Ich gab mich hin. Der letzte Rest Beherrschung fiel von mir ab, und ich verlor die Kontrolle, als ich spürte, wie sich seine Finger in mir berührten.

Ich gewährte nun nicht mehr – ich war gänzlich willenlos.

»Tu es«, keuchte ich, »tu es.« Ich klagte, ich flehte, ich kannte mich selbst nicht.

Er blieb bei seinem Rhythmus, als hätte er mich nicht gehört. In mir glühte eine Hitze, als müßte ich zerspringen. Ich wollte mehr in mir haben und fühlen. Und als ich sagte: »Noch einen« – da führte er einen weiteren Finger in meine Scheide ein, und schließlich noch einen in mein Poloch. Ich war ein reines Instrument seiner Hände. Ich war der Klang seiner Musik.

Dann hielt er inne – ganz plötzlich – und entzog sich mir. Und ich fühlte mich leer, ganz leer. Er sollte nicht aufhören, sollte sich nicht wegstehlen aus mir wie ein Dieb, der seine Beute in Sicherheit bringt. Ich fühlte Enttäuschung in mir aufsteigen, ich war so erhitzt, daß ich es immer weiter machen wollte. Ich fühlte mich so offen, so weit, so unendlich bereit für ihn. Doch dann spürte, dann wußte ich mit einem Mal, daß er nur auf meine definitive Einladung, ja auf meinen Befehl wartete.

»Komm«, sagte ich daher mit heiserer Stimme. »Komm. Es ist soweit.«

Ich legte mich auf den Rücken, legte meine Arme über den Kopf, als würden sie nicht gebraucht, hob statt dessen meine Beine wieder und zog sie mir an den Leib, bot ihm meine Öffnung dar – meine Spalte, die tiefrot schimmerte und schmerzte vor Verlangen.

Als er sich über mich beugte, ergriff ich zwischen meinen Beinen seinen Schwanz und lenkte ihn zu mir, indem ich meine Schamlippen spreizte und seine Eichel direkt über meine Öffnung brachte.

Er verharrte.

Er machte nicht weiter.

»Elaine …«

»Ja?«

»Jetzt?«

»Ja. Jetzt. Komm zu mir … komm.«

Und dann kam er zu mir mit all seiner Größe und füllte mich aus. Ich schlang meine Beine um ihn und ließ wieder los. Ich stöhnte und lachte, grub meine Fingernägel in das feste Fleisch seines Hinterns, umklammerte seinen Rücken und ließ mich ficken, ließ mich mit jedem Stoß, mit jeder Bewegung, die an Heftigkeit zunahm, mehr und mehr dem Höhepunkt entgegentreiben. Ich spürte, daß er sich noch zurückhielt, aber dessen bedurfte es gar nicht mehr. Ich war soweit.

Und als er in mir kam, da sprang mich sein Erguß mit einer Kraft an, daß ich jeden einzelnen Schwall in mir fühlen konnte – und gleichzeitig zerstob mein Leib in tausende und abertausende Funken, die in der festen Hülle meiner Haut umherzurasen begannen, als zerfiele jedes Organ, jeder Knochen zu Licht. Und in mir leuchtete ein Stern und strahlte eine Wärme, eine Helligkeit ab, als sollte die Welt nie wieder dunkel werden.

Es dauerte lange, bis wir aus der fiebrigen Ruhe nach dem Sturm erwachten. James stand auf und tat dann etwas, das mein Herz hüpfen ließ. Er faßte mir zwischen die Beine und nahm etwas von dem Gemisch aus seinem Samen und meiner Nässe auf, das in meinem Schoß glänzte. Er wischte es sich auf die Brust, als malte er sich ein geheimes Zeichen dorthin, und streichelte mich dann wieder. Ich glaube, er streichelte mich trocken. Ich fühlte mich sauber und hatte Tränen in den Augen. Auch das hatte ich noch nicht erlebt.

Diese Nacht war ein wahnsinniger Rausch, ein lebhafter Schwindel, ein barockes, freizügiges Fest, bei dem mein und sein Körper freudig fieberten, einmal zart bebten, dann wild zuckten, sich immer wieder suchten und sich fanden. Wir kuschelten uns auf dem dicken Teppich vor dem Bett, und James goß den Rest Bellini über mir aus und leckte ihn sich als Dessert von meiner erhitzten Haut.

Am Ende dieser Nacht, in einer nicht mehr abwendbaren Erschöpfung, wollte ich Danke sagen und hub an zu einer meiner überschwänglichen Dankbarkeitsbekundungen, die ich immer von mir gab, wenn ich zärtlich gestimmt oder gerührt war. Doch er wehrte nur ab.

»Du wirst dich doch nicht bei deinem eigenen Mann bedanken wollen …«

»Aber, Mr. Silverman, es war doch eine zu schöne Idee von Ihnen, mich wie eine Fremde zu erobern.«

»Sehr gern zu Ihren Diensten, Mrs. Silverman. Die Dankbarkeit ist ganz auf meiner Seite.«

»Auf Ihrer Seite, Mr. Silverman?«

»Ja. Wir haben doch beide gewonnen …«

»Beide?«

»Ja. *Rouge et Noir*. Du und ich.«

Das Schönste ist, wenn man sich einfallen läßt, was der andere erhofft hat, ohne es schon zu wissen. Und zu atemlos, um bitte oder danke zu sagen, ja oder nein.

Quellennachweis

EMMANUELLE ARSAN: Verlockungen. Aus: Emmanuelle oder die Schule der Lust. Aus dem Französischen übersetzt von Henri Holz-Fay. Copyright © 1971, 1990 by Rowohlt Verlag GmbH, Reinbek bei Hamburg.

ORAZIO BAGNASCO: Das Haus der hundert Lampen. Aus: Die Nacht der sieben Sünden. Aus dem Italienischen übersetzt von Bruno Genzler. Copyright © 1999 by C. Bertelsmann in der Verlagsgruppe Random House, München.

ITALO CALVINO: Abenteuer im Zug. Aus: Heikle Liebschaften. Aus dem Italienischen übersetzt von Nino Erné. Copyright © 1979 by Verlag Volk und Welt, Berlin.

GIACOMO CASANOVA: Nannetta und Martina. Aus: Erinnerungen. Erster Band. Übersetzt und herausgegeben von Franz Hessel und Ignaz Jezower. Berlin 1924.

CHIMO: Auf dem Fahrrad. Aus: Sagt Lila. Aus dem Französischen übersetzt von Hinrich Schmidt-Henkel. Copyright © 1997 by Deutsche Verlags-Anstalt, München.

BENOÎTE GROULT: Salz auf unserer Haut. Aus: Salz auf unserer Haut. Aus dem Französischen übersetzt von Irène Kuhn. Copyright © 1988 by Droemersche Verlagsanstalt Th. Knaur und Nachf., München.

D. H. LAWRENCE: Lady Chatterley. Aus: Lady Chatterley. Copyright © by Rowohlt Verlag, Reinbek.

JUNE MARCH: Rouge et Noir. Aus: Die Reisen der Elaine Silverman. Aus dem Englischen übersetzt von Melanie Berchem. Copyright © 2004 by Edition Anais, München.

ANNAROSA MERLO: Die Verführung. Aus: Der Palazzo. Aus dem Italienischen übersetzt von Caterina Beron. Copyright © 2004 by Edition Anais, München.

HENRY MILLER: Wachträume. Aus: Brenda, Liebste. Copyright © 1987 by C. Bertelsmann Verlag in der Verlagsgruppe Random House, München.

ALBERTO MORAVIA: Cecilia. Aus: La Noia. Copyright © by Fabbri Bompiani, Milano. Nach der im Paul List Verlag, Berlin, erschienenen Übersetzung.

HARUKI MURAKAMI: Das Geständnis. Aus: Gefährliche Geliebte. Aus dem Englischen übersetzt von Giovanni Bandini und Ditte Bandini. Copyright © 2000 by DuMont Literatur und Kunst Verlag, Köln.

ANAIS NIN: Ein Malermodell. Aus: Die verborgenen Früchte. Copyright © by Scherz Verlag, Bern und München, S. Fischer Verlag GmbH, Frankfurt am Main.

PAULINE RÉAGE: Begegnung mit Stephen. Aus: Die Geschichte der O. Copyright © 1954 by Editions Jean Jacques Pauvert. Copyright © 2000 by Librairie Arthème Fayard. Aus dem Französischen übersetzt von Simon Saint-Honoré. Copyright © 1975/2001 by F.A. Herbig Verlagsbuchhandlung GmbH, München.

GUSTAV SCHILLING: Abenteuer. Aus: Denkwürdigkeiten des Herrn von H., eines deutschen Edelmannes (1787).

ZERUYA SHALEV: Ohne Slip. Aus: Liebesleben. Aus dem Hebräischen übersetzt von Mirjam Pressler. Copyright © 2000 by Berlin Verlag, Berlin.

DIANDRA STONE: Die Prüfung. Copyright © bei der Autorin.

ANNE-MARIE VILLEFRANCHE: Das Öl. Aus: Die Purpurrose. Aus dem Französischen übersetzt von Irmela Rosenzweig. Copyright © by Agentur Thomas Schlück, Garbsen.

Nicht alle Quellen konnten ausfindig gemacht werden. Herausgeberin und Verlag sind für entsprechende Hinweise dankbar. Rechtsansprüche bleiben gewahrt. Den erwähnten Verlagen danken wir freundlich für die erteilte Abdruckgenehmigung.